ANNE FREYTAG

Das Gegenteil von Hasen

ANNE FREYTAG

Das Gegenteil von Hasen

ROMAN

heyne ›fliegt

Bei diesem Buch wurden die durch das verwendete Matetrial und
die Produktion entstandenen CO2-Emissionen ausgeglichen,
indem Heyne fliegt ein Projekt zur Aufforstung in Brasilien unterstützt.
Weitere Informationen zu dem Projekt unter:
www.ClimatePartner.com/14044-1912-1001

Klimaneutral
Druckprodukt
ClimatePartner.com/14044-1912-1001

FSC
www.fsc.org

MIX
Papier aus verantwor-
tungsvollen Quellen
FSC® C014496

Verlagsgruppe Random House FSC® N001967

3. Auflage
Copyright © 2020 by Anne Freytag
Copyright © 2020 dieser Ausgabe
by Wilhelm Heyne Verlag, München,
in der Verlagsgruppe Random House GmbH,
Neumarkter Str. 28, 81673 München
Umschlaggestaltung: Das Favoritbüro, München
Umschlag- und Innenillustrationen: Martina Frank, München
Zitat S. 355: Little Hurricane, »OTL« © 2017
Zitat S. 387: Keaton Henson, »10am Gare du Nord« © 2013
Herstellung: Mariam En Nazer
Satz: Leingärtner, Nabburg
Druck und Bindung: GGP Media GmbH, Pößneck
Printed in Germany

ISBN 978-3-453-27280-4
www.heyne-fliegt.de

Der krumme Baum lebt sein Leben,
der gerade Baum wird ein Brett.

(chinesisches Sprichwort)

*Diese Geschichte ist für all die krummen Bäume
da draußen. Ich wünsche euch ein schönes Leben.*

Prolog

Der Tag, an dem alles anders wurde, war ein Donnerstag. Das Datum weiß ich nicht mehr. Dafür erinnere ich mich umso genauer an den weißen Hasen, den ich am selben Morgen um kurz vor acht auf dem Grünstreifen zwischen Straße und Trambahnschienen gesehen habe. Ich stand an einer roten Ampel, Musik in einem Ohr, den Straßenlärm im anderen, und da saß er, allein und völlig unbeeindruckt. Von den Autos, vom Benzingestank, von der flirrenden Hitze ganz knapp über dem Asphalt. Er hat einfach nur existiert, ganz klein und plüschig irgendwo mitten im Berufsverkehr. Und entgegen dem Klischee hatte er kein bisschen Angst. Er war wie ein Wolf unter den Hasen. Und ich wollte sein wie er.

7

PROTOKOLL

München, Donnerstag, 21. Mai, 11:45 Uhr

Direktorat, Städt. Käthe-Kollwitz-Gymnasium

Betreff: Mobbingvorfall Julia Nolde

Anwesende:

* Frau Dr. Ferchländer, Rektorin
* Herr Weigand, Konrektor
* Edgar Rothschild,
  Schüler der 12. Jahrgangsstufe
* Benjamin Rothschild, Vater des
  Schülers, Erziehungsberechtigter

Edgar:

Ich war es nicht.

Frau Dr. Ferchländer:

Soweit ich weiß, hast du den Jutebeutel aber
gefunden. Ist das korrekt?

Edgar:

Ja, das ist richtig. Im Bus. Aber ich habe das
nicht getan.

Herr Weigand:

Du verstehst aber doch sicher, dass es einigen
hier schwerfällt, das zu glauben.

Herr Rothschild:

Mein Sohn lügt nicht. Wenn er sagt, er
hat es nicht getan, dann hat er es nicht
getan.

Frau Dr. Ferchländer:

Es liegt uns fern, Ihren Sohn zu beschuldigen.

Herr Rothschild:

Tatsächlich? Denn genau so klingt es für mich.

Herr Weigand:

Wir versuchen lediglich zu rekonstruieren, was passiert ist, das ist alles.

Herr Rothschild:

Ich würde sagen, Sie wissen ziemlich genau, was passiert ist. Sie wissen nur nicht, wer es war.

Frau Dr. Ferchländer:

Wir wollen die Wahrheit.

Herr Rothschild *amüsiert*:

Die Wahrheit? Und wessen Wahrheit genau?

Frau Dr. Ferchländer:

Sie denken, es gibt mehr als eine?

Herr Rothschild:

Es gibt immer mehr als eine.

Frau Dr. Ferchländer:

Nun gut. *Blick zu Edgar.* Dann erzähl mir mal deine.

ZWEI TAGE VORHER,
DIENSTAG, 19. MAI

14:07 Uhr

Manchmal glaubt Edgar, dass es Menschen wie ihn hauptsächlich deswegen gibt, damit man die Besten mit irgendwas vergleichen kann. Denn gäbe es nur die Besten, wären sie ja Durchschnitt und damit nicht die Besten, sondern einfach normal. Wenn man diesen Gedanken einmal zu Ende denkt, macht eigentlich erst er sie zu etwas Besserem. Dementsprechend findet Edgar, sie sollten Leuten wie ihm dankbar sein. Aber das sind sie nicht. Er schätzt, dafür sind sie zu sehr mit sich selbst beschäftigt.

Mit ihr ist das nicht groß anders. Für ein paar Wochen dachte er es, aber so ist es nicht.

Edgar sitzt hinten im Bus, vorletzte Reihe links, so wie immer, wenn er allein fährt. Er hört »In the Morning« von Jefferson Airplane, und sein Blick ist auf sie gerichtet wie eine geladene Waffe. Er sieht nur ihre dunklen Haare und ihren Nacken. Sogar der ist verletzlich. Sie schaut aus dem Fenster, irgendwo hin, auf die vorbeiziehenden Bäume. Er kann ihr Gesicht nicht sehen, nur eine Idee von ihrem Profil.

Vor ein paar Tagen sind sie noch zusammen in die Schule gefahren und nach dem Unterricht dann wieder zurück. Die Erinnerung daran fühlt sich seltsam fremd an. Als wäre er gar nicht dabei gewesen, sondern jemand anders. Als hätte ihm nur jemand davon erzählt.

13

Ihre Freundschaft, oder wie man das auch nennen mag, beschränkte sich ausschließlich auf die Busfahrten. Davor und danach sprachen sie nicht miteinander. Als wären sie ein Geheimnis. Etwas, von dem man anderen nicht erzählt. Sie, weil er ihr peinlich war, er, weil es ihm ohnehin keiner geglaubt hätte. Als ob ein Mädchen wie sie sich mit einem wie ihm abgibt. Ihr Nacken ist schmal und zierlich. Edgar will sich nicht vorstellen, wie ihre Haut riecht, tut es aber immer wieder. Sie hat kleine runde Ohren. *Ohrmuscheln*, denkt er. Bei ihr passt der Ausdruck.

Vor nicht mal drei Monaten kannten sie sich noch nicht. Er war einer von denen, die in ihrer Welt keinen Namen haben, irgendein Statist, der um sie und ihresgleichen kreist. Ein Pluto in ihrer Umlaufbahn. Wäre sie nicht umgezogen, wäre das auch so geblieben. Sie und er fein säuberlich abgegrenzt durch Trennlinien, wie in einer Turnhalle, die jedem Spieler seinen Platz zuweisen. Man könnte sie natürlich übertreten, aber man tut es nicht. Das verstößt gegen die Regeln. Als wäre es nicht nur eine Markierung auf einem Boden, sondern eine Tatsache, die jeder instinktiv versteht.

Edgar hat eigentlich nichts gegen seine Welt. Er wollte nie einer von den Beliebten sein. Zumal er gar nicht weiß, warum man sie so nennt. *Beliebt.* Wenn überhaupt, mögen sie sich untereinander – und nicht einmal da ist er sich sicher. Alle anderen fürchten sie nur. Die hässliche Fratze unter der Oberflächlichkeit. Sie sind mächtig, nicht beliebt. Und doch wirken sie so. Dieses kleine Bisschen schöner, das kleine Bisschen besser, so als würde

14

in ihrer Mitte mehr gelacht, lauter gefeiert und intensiver gelebt als bei den Normalen. Die sind nur der Dunstkreis, in dem sie sich bewegen. Wie ein Spucknebel um sie herum.

Trotzdem mochte er die Busfahrten mit ihr. Sie waren eine Klammer um seinen Tag. Ein Sprung aus seiner Realität in eine andere. So eine Art Ausflug in eine Zwischenwelt zwischen ihrer und seiner. Als wäre er ein Hase, der einen Haken schlägt.

Er muss zugeben, dass es ihn überrascht hat, wie gut man mit ihr reden kann. Davor war sie immer nur das Mädchen mit dem kindlichen Gesicht und den großen Brüsten. Dann wurde sie Leonards Freundin – vermutlich wegen genau dieser Attribute. Und dann auf einmal ist sie witzig und klug, eine Person, die eine Meinung hat und nicht nur Brüste.

Edgar wünschte, er wüsste es nicht. Wenn er nie mit ihr gesprochen hätte, hätte er sie weiterhin als das sehen können, was sie immer für ihn war: eine gute Vorlage, um sich einen runterzuholen. Ein Mädchen mit Marzipan-Armen und einem schönen Mund. Aber seit er weiß, dass aus diesem Mund interessante Dinge kommen, und was es mit ihm macht, wenn sie ihn mit diesen Lippen anlächelt, kann er sie nicht mehr so sehen. Wie bei einer dieser optischen Täuschungen, bei denen man erst gar nichts erkennt und dann, wenn einem jemand die Lösung verraten hat, nichts anderes mehr. Man kann es nicht mehr nicht sehen. Genau so geht es ihm mit ihr.

Noch eine Station, dann steigt sie aus. Edgar schaut weiter in ihre Richtung und wartet darauf, dass sie den

Stopp-Knopf drückt, und in derselben Sekunde tut sie es, als hätte sein Gedanke ihren linken Arm gesteuert. Sie hebt ihn, blass und weich, und ein Ping-Laut verrät, dass der Wagen halten wird. Vor ein paar Tagen saß er noch neben ihr. Auf dem Platz, auf dem sie jetzt sitzt – dem hinter der Glasscheibe direkt neben dem Ausstieg. Den am Fenster hat sie frei gelassen. So, als wäre sie ein menschliches Absperrband, das ihm unmissverständlich sagt: *Du bist nicht willkommen.*

Dann steht sie auf. Kein Blick zu ihm, kein Lächeln, nichts. Sie ist nur körperlich anwesend, in Gedanken ist sie längst ausgestiegen.

Der Bus wird langsamer, Edgar sieht die Haltestelle, hört ein Bremsgeräusch. Und in seinem Brustkorb breitet sich eine Schwere aus, die so etwas ist wie Sehnsucht. Am liebsten würde er mit ihr aussteigen, sie fragen, was auf einmal mit ihr los ist. Ob er etwas falsch gemacht hat. Aber das hat er bereits getan. Gestern bei der Rückfahrt und heute auf dem Weg zur Schule. Und beide Male hat sie ihn auflaufen lassen. *Wie kommst du darauf, dass etwas los ist?*, hat sie gefragt und ihn dabei angesehen, als wären sie Fremde. Und damit wurden sie es wieder. Als hätte sie mit diesem einen Blick die vergangenen Wochen unwiderruflich gelöscht und Edgar mit nur einem Satz in sein Feld zurückgeschlagen.

Die Türen öffnen sich, und der Tag draußen ist grau und gleichgültig. Genau wie sie. Ein farbloser Einschub in einen Sommer, der alle Rekorde bricht. Es ist schwül, ein Wetter auf der Kippe. Sie steigt aus und sonst niemand ein, dann schließen sich die Türen, und der Bus

16

setzt sich schleppend in Bewegung, als wäre er ein sehr alter Mensch, dem die feuchte Luft zu schaffen macht.

Edgar blickt aus dem Fenster, zu ihr, und dann, ganz plötzlich schaut sie auf, nur ganz kurz, zwei Wimpernschläge vielleicht. Sie sieht ihn direkt an, und er schaut zurück, und die Leere in ihrem Gesicht ist wie ein Abgrund. Zwei große Augen, hinter denen es so dunkel ist, dass Edgar Gänsehaut bekommt. Als hätte jemand ihr Wesen ausgeschaltet wie eine Nachttischlampe.

Sie überquert die Straße, den Kopf gesenkt, den Rucksack auf den Schultern. Heute hat sie keinen Jutebeutel dabei. Er sieht ihr nach, bis der Bus die Unterführung erreicht, dann reißt sein Blick ab, wie ein Faden, der zu sehr unter Spannung stand.

Irgendwas muss in den letzten drei Tagen passiert sein. Am Freitag war sie noch ein anderer Mensch.

13:24 Uhr

Also dafür, dass Rothaarige angeblich aussterben, sieht
Linda erstaunlich viele von ihnen. Gerade radelt sie hinter einer her. Und gestern im REWE hat sie sogar zwei
gesehen. Vielleicht fallen sie ihr aber auch nur deswegen
auf, weil ihre Mutter das neulich mal beim Frühstück erwähnt hat. Da hat sie die Zeitung zur Seite gelegt, Linda
und ihren Vater entrüstet angeschaut und gefragt:»Wuss-
tet ihr, dass Rothaarige aussterben?« Sie hat es gesagt, als
wäre es etwas Persönliches. Als befürchtete sie, dass jeden Moment jemand die Küchentür aufstoßen und sie er-
schießen könnte, nur weil sie rote Haare hat. Eigentlich
sind die gar nicht wirklich rot, sie sind eher orange. Das
klingt hässlich, aber das ist es nicht. Die Haare ihrer Mutter
sind schön, Lindas sind langweilig. Sie hat die von ihrem
Vater geerbt – was bei genauerer Betrachtung wieder für
das Aussterben der Rothaarigen spricht. Bei Linda ist es
ein schmutziges Blond geworden, ganz knapp vor Grau.
Ein Farblos, das ihr Gesicht umrahmt. Ein paar Mädchen an ihrer Schule haben sich die Haare grau ge-
färbt. Deshalb sind Lindas jetzt grün. Sie will auf keinen
Fall das, was die anderen haben. Ärgerlich genug, dass
sie die gleiche Luft wie sie atmen muss. Ihre Mutter
würde sie jetzt korrigieren, wenn sie zu Hause wäre. Sie
würde sagen:»Dieselbe, Linda, nicht die gleiche. Da gibt
es einen Unterschied.« Und den würde sie ihr dann lang

18

und breit erklären. Dann eben *dieselbe* Luft, es ist Linda egal.

Sie rollt die letzten Meter auf ihrem Fahrrad bis zum Gartentor, dann bremst sie und steigt ab. Die rothaarige Frau fährt weiter. Und die Sonne steht am Himmel wie ein riesiger Scheinwerfer. Als wäre das Leben eine Bühne und Linda eine kleine Darstellerin ohne Text. Sie schaut auf das Haus, in dem sie wohnt, in dem sie immer gewohnt hat, es ist klein mit einem spitz zulaufenden Dach. Wie ein Tipi umgeben von Baumkronen. Ganz oben ist ihr Zimmer. Überall Dachschrägen und Balken. Ihr Vater sagt immer wieder, wenn er mehr Geld hätte, würde er das Haus umbauen. Moderne Glasfronten, ein großzügiges Wohnzimmer, vielleicht sogar ein Anbau. Sie ist froh, dass er keins hat. Ja, das Haus ist proportional zu klein für das Grundstück, die Räume sind schlecht geschnitten, die Fenster schließen nicht richtig, und im Winter ist es kalt. Aber es hat Charakter. Es ist wie ein Mensch, mit dem sie zusammenwohnen. Wie eine Großmutter, die sie ihr Leben lang kennt. Mit allen Geräuschen und Gerüchen. Es stört nicht, dass der Lack überall abblättert, an den Fensterläden und an dem schmiedeeisernen Balkongeländer. Das spielt alles keine Rolle. Dass das Haus irgendwann mal hellblau war und weiße Fensterläden hatte. Inzwischen ist beides eine undefinierbare Mischung aus verblichen und Witterung, und es sieht trotzdem schön aus.

Lindas Großmutter väterlicherseits hat das Haus vor vielen Jahren für wenig Geld gekauft. Das Land ist inzwischen ein Vermögen wert. Um sie herum stehen fast ausschließlich Villen. Alte und neue. Und ein paar von diesen modernen Klötzen, Beton und deckenhohe Fenster. Ihr Haus ist wie eine einzelne Speerspitze zwischen den Flachdächern. Ein Störfaktor, den jeder in der Gegend kennt – eine Tatsache, auf die Linda insgeheim stolz ist.

Sie schiebt ihr Rad über den Kiesweg. Und das leise Knirschen klingt wie eine Begrüßung. Ihre Eltern sind noch nicht da, weder das Auto ihrer Mutter noch das Fahrrad ihres Vaters stehen in der Auffahrt. Linda lächelt. Sie mag es, wenn sie das Haus nach der Schule erst mal ein paar Minuten für sich hat. Ohne Stimmen und jemanden, der spricht. Nicht gleich ein *Und? Hast du die Klausur rausbekommen?* oder ein *Haben Momo und du euch inzwischen wieder vertragen?*. Einfach nur sie und die Stille. Der einzige Haken an der Sache ist, dass Linda dann das Mittagessen machen muss. Denn der, der zuerst heimkommt, kocht. Das ist ein ungeschriebenes Gesetz im Hause Overbeck. Es gibt nicht viele solche Gesetze, nur eine Handvoll oder so, doch die sind dafür unbedingt einzuhalten. Zum Beispiel die Geschirrspüler-Regel. Wer den sauberen Geschirrspüler aufmacht, muss ihn auch ausräumen. Was nicht selten dazu führt, dass ihr Vater und sie bei akuter Kleiner-Löffel-Knappheit – sie sind beide totale Joghurt-Junkies –, um den Geschirrspüler herumschleichen wie Raubtiere, in der Hoffnung, der jeweils andere möge zuerst einknicken und die Klappe öffnen. Lindas Mutter trifft es so gut wie nie. Manchmal glaubt Linda, dass sie irgendwo im Haus ein Geheimversteck hat, wo sie sauberes Geschirr für sich bunkert, anders kann Linda es sich nicht erklären. Neben der Geschirrspüler-Regel gibt es noch die für Klopapierrollen. Diese wiederum unterteilt sich in zwei Bereiche. Erstens: Aufgebrauchte Klorollen müssen unter allen Umständen ausgewechselt werden. Und zweitens: Wer auch immer die letzte Klorolle aus der Verpackung holt, muss die Familien-Einkaufsliste um den Punkt *Klopapier* ergänzen. Sie haben so eine App, die sich auf ihren drei Handys automatisch aktualisiert. Man kann sogar sehen, wer was wann hinzugefügt hat. Totale Kontrolle. Die Klopapier-Regel hat Lindas Vater eingeführt. Jeder, der ihn ein bisschen kennt, würde ihn als friedliebenden Menschen beschreiben, Linda sogar manchmal als Waschlappen, aber beim Anblick einer fast leeren Klopapierrolle mit nur noch zwei Alibi-Blättern dran vergisst er sich. Da rastet er aus. Irgendwann hat Lindas Mutter ihr mal gestanden, dass sie es manchmal extra »vergisst«. Ihr genauer Wortlaut war: »Also, ab und zu, wenn wir uns gestritten haben, mache ich das ja absichtlich. Da lasse ich die leere Rolle hängen. Nur um ihn zu ärgern.« Linda fragt sich manchmal, ob Toilettenpapier auch in anderen Familien so ein Thema ist, und kann es sich nicht vorstellen. Bei den Overbecks hängt der gesamte Haussegen davon ab. Und auch davon, *wie* die Klopapierrolle aufgehängt wurde, denn das verrät laut ihrer Mutter sehr viel über den Charakter eines Menschen. Sie sagt, das erste Blatt *muss* nach vorne schauen. Auf keinen Fall nach hinten. Leute, die das Toilettenpapier so hinhängen, sind elende Geizkragen. »Achte mal darauf«, sagt sie dann jedes Mal. »Es ist wirklich so. Ganz schlimme Geizkragen. Alle.« Linda kann das bisher nicht unterschreiben, trotzdem hängt sie es so auf, wie ihre Mutter es haben will.

Die dritte Familien-Regel ist eine, die es wohl fast überall gibt: keine Drogen. Und dabei spielt es keine Rolle, welche. Ihre Eltern unterscheiden nicht zwischen hart und weich. Es ist alles Teufelszeug. Aber ihre Eltern wären nicht ihre Eltern, wenn es nicht eine Ausnahme gäbe: und das ist Gras. Immerhin eine Pflanze. Trotzdem bestehen Lindas Eltern darauf, dass sie nur mit ihnen kifft. *Wenn du mal Lust auf einen Joint hast, Kleines, dann sagst du es uns einfach und wir besorgen etwas.* Kein Witz. So sind ihre Eltern. Alte Hippies. Alleine wird nicht gekifft, aber mit ihnen ist es vollkommen okay. Sie kennen jemanden, der seine eigenen Pflanzen zieht und der bringt ihnen dann was vorbei. »Da weiß man wenigstens, wo es herkommt«, sagt ihre Mutter. Linda kifft nicht besonders oft mit ihren Eltern, vielleicht ein, zwei Mal im Jahr. Meistens draußen auf der Terrasse, wenn die Nachbarn grillen, dann riecht es keiner. Das letzte Mal war mit Edgar irgendwann im letzten Juni – kurz bevor Momo an ihre Schule kam und alles anders wurde.

Neben dem Drogenverbot gibt es noch die Kondompflicht. Sex an sich ist ganz klar erlaubt. Sogar sehr gesund, laut ihrer Mutter, sie hat da einige Studien dazu gelesen. Wenn Linda also Sex haben will, ist das vollkommen in Ordnung, auch unter dem Dach ihrer Eltern – allerdings NUR mit Kondom. Wenn es nach Lindas Vater ginge, am liebsten zwei übereinander – er hat in seiner Praxis schon zu viele ungewollte Schwangerschaften miterlebt, vor allem bei Minderjährigen. Seit sie mit Momo zusammen ist, ist das kein Thema mehr, aber davor mit Edgar war es eins. »Er ist ein wirklich netter Junge«, hat ihr Vater damals gesagt, »du weißt, wie sehr ich ihn mag, aber auch wirklich nette Jungen können ein Mädchen schwängern«. Und zu guter Letzt wäre da dann noch die Sache mit dem Kochen. Bei Linda läuft es eigentlich immer auf Pasta hinaus. Oft nur mit etwas Butter und Salz, ansonsten mit irgendeiner Soße aus dem Glas. Manchmal fragt sie sich, ob sie deswegen so einseitig kocht, weil sie hofft, dass ihre Eltern irgendwann so sehr von ihren Nudelgerichten genervt sind, dass sie sich mit dem Nachhausekommen etwas beeilen oder die Koch-Regel einfach kippen, aber sie erweisen sich, was das betrifft, als ziemlich resistent. Also wird sie kochen – ein weiteres Mal Pasta mit Butter.

Die anderen

Clemens: Die kann von Glück reden, dass sie nichts über mich geschrieben hat. Andererseits wundert es mich schon ein bisschen, dass ich wirklich gar nicht erwähnt wurde. Ich meine, wir waren drei Jahre zusammen in einer Klasse. Und dann schreibt sie nichts über mich? Echt jetzt?

Johanna: Ich verstehe überhaupt nicht, was das alles soll. Mich interessiert nicht, was die dumme Kuh denkt. Offen gestanden hätte ich ihr so viele Gedanken gar nicht zugetraut.

Nathan: Ich mochte sie eigentlich immer ganz gern, wir hatten ein paar Projekte zusammen – aber nach dem, was ich jetzt so gelesen habe, gehe ich ihr lieber aus dem Weg. Sonst richtet sich am Ende ihr nächster Ausbruch noch gegen mich.

Kathi: Ich wusste immer, dass sie eine falsche Schlampe ist. Ich meine, eine, die so aussieht, was kann man da erwarten?

Tatjana: Mein Gott, sie war einfach nur ehrlich. Das, was da steht, stimmt doch alles. Abgesehen davon war es privat. Das eigentliche Arschloch der Geschichte ist doch die Person, die die Einträge auf öffentlich gestellt hat. Mal im Ernst, wer macht so was?

Paul: Also ich hab da ja so eine Vermutung, wer dahinterstecken könnte. Ist nur so ein Gefühl. Andererseits spricht dagegen, dass diese Person auch in den Einträgen erwähnt wird. Was wiederum auch ein geschickter Schachzug sein könnte, um so von sich selbst abzulenken. Über mich stand natürlich nichts auf der Seite. Ich bin nicht wichtig genug. So gesehen ist das vielleicht eine ganz gute Sache.

Die übernächste Haltestelle ist Edgars. Viktualienmarkt. Und ja, es gibt tatsächlich Menschen, die da wohnen, auch wenn das viele überrascht. Als wäre der Viktualienmarkt so eine Art Disneyland. Was natürlich Quatsch ist. In den Seitenstraßen leben ganz normale Leute. Ein seltsames Gleichgewicht aus Alteingesessenen und Yuppies, wobei die Alteingesessenen langsam aussterben – und mit ihnen das Gleichgewicht. Die Wohnung, in der Edgar und sein Vater wohnen, ist direkt über dem Juweliergeschäft, das seine Urgroßeltern aufgebaut haben. Edgar weiß nicht genau, wann das war. Irgendwann. Es ist ein kleiner, vollgestopfter Laden mit antikem Schmuck. Er gehörte ihnen, bis die Nazis kamen. Danach gehörte er wieder ihnen. Aber das ist eine andere Geschichte. Eine mit so vielen Tretminen, dass er sie meistens gar nicht erst anschneidet. Sein Nachname verrät ohnehin genug: Rothschild. Und nein, sie sind nicht mit *den* Rothschilds verwandt. Zumindest nicht, soweit er weiß.

Edgar schaut in Richtung Digitalanzeige. *St.-Jakobs-Platz*. Passt auch zum Thema. Genau wie der Streifenwagen, der immer auf dem Gehweg steht. Zwei Polizisten, die den ganzen Tag aufpassen, dass bei der Synagoge nichts passiert. Edgar fragt sich manchmal, ob zwei Polizisten reichen würden, wenn tatsächlich mal was wäre. Wohl eher nicht. Vermutlich sind vier Polizisten einfach zu teuer. Also stellt man zwei hin. Gar keine Bewachung käme bestimmt nicht gut an beim Zentralrat der Juden. Edgar darf das sagen, immerhin ist er selbst einer. Trotzdem ein Reizthema. Am besten, man schneidet es gar nicht erst an.

Der Bus fährt weiter, gleich erreicht er den Zebrastreifen. Edgar könnte auch mit der S-Bahn in die Schule fahren. Am Marienplatz fahren sie alle. Es würde bestimmt schneller gehen, der Weg mit dem Bus ist weit. Edgar ist zwei Mal täglich über vierzig Minuten unterwegs. Aber er muss nicht umsteigen. Und Edgar *hasst* es umzusteigen. Da sitzt er lieber eine Dreiviertelstunde lang einfach nur da und hört Musik. Abgesehen davon erinnert ihn diese Buslinie an seine Mutter. Irgendwann hat sein Vater mal erwähnt, dass sie eine Freundin in der Gegend hatte. Und wenn sie die besucht hat, hat sie immer den 62er-Bus genommen. Vermutlich romantisiert er das. Dazu neigt man ja, wenn jemand tot ist.

Ja, seine Mutter ist tot. Sie ist von ihnen gegangen, kurz bevor Edgar laufen konnte. Laut seiner Tante hat er am Tag ihrer Beisetzung seine ersten Schritte gemacht. Vielleicht wollte er wegrennen. Oder sie suchen. Er erinnert sich nicht mehr. Er war damals so klein, dass er sie nicht mal vermisst. Was ihn irgendwie nervt. Als wäre er um das angemessene Gefühl der Trauer betrogen worden.

Ihr hat er seinen Namen zu verdanken. Edgar. Nach Degas. Sie hat seine Bilder geliebt. Sein Vater wollte ihn Adam nennen. Ein Glück, dass er sich nicht durchgesetzt hat. So hat Edgar wenigstens ihren Namen, wenn er sie schon nie hatte. Seine Mutter ist tot und irgendwie trotzdem überall. Wie Glasscherben, die man erst bemerkt, wenn man barfuß in sie hineingestiegen ist. Jeder Versuch, über sie zu sprechen, hinterlässt viele kleine Wunden. Sein Vater und er reden nicht darüber, aber die ganze Wohnung hängt voll mit Fotos, die beweisen, dass es sie gab. Die zeigen, dass das, was seine Tante immer wieder sagt, nämlich, wie ähnlich er ihr sieht, stimmt. Dieser Fremden, in der er mal herangewachsen ist. Und manchmal, ganz selten, da erinnert er sich doch an etwas. Wobei *erinnern* eigentlich zu viel gesagt ist. Es sind keine konkreten Bilder, nur Gefühle, die unvermittelt und ohne jeden Zusammenhang in ihm aufsteigen wie Luftblasen aus der Tiefe. Irgendwelche Erinnerungen, die so weit weg sind, dass er sie nicht mehr greifen kann. Wie ein Gedanke, den man eben hatte und der dann auf einmal weg ist. Lediglich das Wissen, dass es ihn gab, ist noch da, so wie ein Nachgeschmack, während der Inhalt sich längst in Nichts aufgelöst hat.

Nur so kann Edgar sich erklären, warum er bei dem Geruch von warmem Milchreis mit Zimt ausnahmslos jedes Mal weinen muss. Ähnlich verhält es sich bei einer bestimmten Sonnencreme. Und wenn die Linden blühen. Dann schmerzt es plötzlich so tief und so sehr, dass er sich sicher ist, dass es etwas mit ihr zu tun haben muss. Dass sein Unterbewusstsein noch etwas weiß, das er schon lange vergessen hat.

Edgar wollte seinen Vater oft danach fragen, aber er hat es dann nie getan. Er will ihn nicht daran erinnern, dass sie weg ist – als müsste er ihn daran erinnern. Als wäre ihre Abwesenheit nicht ohnehin in jedem Winkel dieser viel zu großen Wohnung spürbar. Das Fehlen eines Menschen kann größer sein als der Mensch selbst. Als hätte es einen Verstärker. So eine Art Echo.

Der Bus biegt rechts in Richtung Viktualienmarkt ab, und Edgar drückt den Stopp-Knopf. Abgesehen von ihm und der alten Dame mit Hund, die ganz vorne sitzt, ist niemand da. Die Straße ist voll mit Fußgängern. Für sie ist es keine Straße, für sie ist es eine Verlängerung der Fußgängerzone. Die letzten Meter ziehen sich jedes Mal hin. Deswegen bleibt Edgar möglichst lange sitzen. Die Digitalanzeige wechselt auf *Viktualienmarkt*, die Schirme und Stände kommen näher, in der Mitte ragt der Maibaum weiß-blau in den bedeckten Himmel wie eine Lanze, die versucht, ihn zu durchdringen.

Edgar sieht seine Haltestelle, rappelt sich auf und geht zum Ausstieg. Dabei hält er sich abwechselnd an den Stangen fest, links, rechts, links, rechts. Dann fällt sein Blick auf den Platz, auf dem sie vor ein paar Minuten noch saß. Und in genau dem Moment, als der Bus zum Stehen kommt und die Türen sich für Edgar öffnen, bemerkt er den Jutebeutel auf dem Sitzplatz am Fenster.

Sie hatte also doch einen dabei.

14:14 Uhr

Als es Julia auffällt, bleibt sie so abrupt stehen, als wäre sie in vollem Lauf mit jemandem zusammengestoßen. Ein paar Sekunden lang bewegt sie sich nicht, steht einfach nur da, mitten auf dem Gehweg, ein gelähmter Körper, keine Gedanken mehr und gleichzeitig zu viele. Dann trocknet ihr Mund aus, und ihr Herz beginnt zu rasen. Sternchen mitten am Tag, ein farbloses Flirren vor einem grauen Himmel.

Sie sieht sich noch auf den Stopp-Knopf drücken, sieht sich dabei zu, wie sie aufsteht und absichtlich nicht zu Edgar schaut, überall hin, nur nicht zu ihm. Sie sieht sich, wie sie dem enttäuschten Ausdruck in seinen Augen ausweicht, und wie sie dann wenig später aussteigt.

Ohne ihre Jutetasche.

»Nein«, sagt sie seltsam tonlos. Und noch mal, leiser: »Nein.«

Dann dreht sie sich um und rennt zurück in Richtung Haltestelle. Und während sie rennt, schießen ihr einzelne Sätze durch den Kopf. Es sind ihre Worte. Hart und ehrlich. Sie hinterlassen ein Gefühl wie Einschusslöcher.

Als Julia die Straßenecke erreicht, kann sie kaum noch atmen. Sie hat Seitenstechen, die Baumkronen der Platanen pulsieren, eine einzelne Schweißperle läuft ihr über die Schläfe, und das kitzelnde Gefühl passt nicht zum Moment. Julia hält sich die Seite und starrt auf das leere

29

Bushäuschen. Es steht da wie ein stilles Sinnbild für *zu spät*.

Natürlich ist es zu spät. Sie selbst hat den Bus wegfahren sehen. Das war erst vor ein paar Minuten. Und dann fragt sie sich, ob sie ihn noch einholen könnte, wenn sie zurückläuft und das Fahrrad holt. Aber etwas in ihrem Kopf sagt Nein. Sie hätte gleich das Rad nehmen sollen. Warum hat sie nicht daran gedacht? Hätten sie nicht umziehen müssen, hätte sie den Rollerschein zu Ende gemacht. Mit dem Roller hätte sie ihn eingeholt. Nur, dass es dann gar nicht erst passiert wäre, weil sie in dem Fall nie in diesem gottverdammten Bus gesessen hätte. Weil ihr Leben dann anders weitergegangen wäre – nämlich so wie vorher. Sie in ihrer alten Wohnung, die so viel mehr Zuhause war, inmitten ihrer Freunde, die ihr damals viel mehr wie Freunde vorkamen. Doch dann denkt sie an Edgar. Daran, dass sie ihn vor ein paar Wochen noch nicht kannte. Und wie gern sie ihn jetzt hat. Wäre sie nicht hierher umgezogen, hätte sie auch nichts über ihn geschrieben, weil er in ihrem Leben keine Rolle gespielt hätte. Er wäre ein Fremder geblieben. Ein Gesicht in der Masse. Jetzt, da sie ihn mag, wäre das bedauerlich. Andererseits wüsste sie das nicht.

Edgar. Vielleicht hat er die Jutetasche ja bemerkt. Vielleicht hat er sie mitgenommen. Julia stellt sich vor, wie er beim Aussteigen an dem Platz neben dem Ausgang vorbeikommt. Wie er dasteht und darauf wartet, dass sich die Türen öffnen, und wie er den Beutel dann sieht. Auf dem Sitz neben dem Fenster. Wo eigentlich er hätte sitzen sollen. Wo er auch gesessen wäre, wenn er und sie zusammen nach Hause gefahren wären. Dann hätte Edgar gesagt: *Julia, warte, deine Tasche.* Und dann hätte sie sie jetzt noch. Doch sie sind nicht zusammen nach Hause gefahren, weil sie sonst mit ihm hätte reden müssen. Und sie konnte nicht mit ihm reden. Weder mit ihm noch mit sonst jemandem. Schon gar nicht *darüber.* Julia schiebt den Gedanken weg und denkt den vorherigen weiter. Wenn Edgar den Jutebeutel gesehen hat, hat er ihn auch mitgenommen, da ist sie sich sicher. Und wenn er ihn mitgenommen hat, wird er hineinschauen. Die Frage ist, was er danach tun wird. Nachdem er hineingeschaut hat. Würde er den Laptop öffnen? Nein, das würde er nicht. Nicht Edgar. Aber wenn er es nun doch tut? Dann wird er die Einträge sehen. Jedes Wort, das sie geschrieben hat.

Julia schließt kurz die Augen.

Sie hat sich nicht bei Wordpress abgemeldet. Sie hat noch kurz darüber nachgedacht, es dann aber gelassen, weil Leonard nach dem Duschen zurück ins Zimmer kam. Er hat ihr über die Schulter geschaut, und da hat sie schnell auf irgendeinen anderen Post geklickt und den Laptop danach zugeklappt. Vor ein paar Wochen wäre das alles kein Problem gewesen. Da hätte der Laptop beim nächsten Öffnen das Passwort verlangt. Aber das hat sie so genervt, dass sie es deaktiviert hat. Nicht einfach nur den Zeitraum verlängert, nein, sie hat die Sicherheitsabfrage einfach komplett abgestellt. So als hätte sie es insgeheim darauf angelegt, dass jemand ihre Gedanken liest. Julia fragt sich, was sie an Edgars Stelle tun würde. Wenn sie seinen Laptop hätte. Sie würde ihn nicht öffnen. Sie wäre neugierig, aber sie würde es nicht tun. Edgar wird es auch nicht tun. Nein, er nicht.

Und doch bleibt ein winziger Restzweifel. Wie feuchter Dunst, der sich an einer Fensterscheibe absetzt, wenn es geregnet hat. Letzten Endes sagt sie sich, dass der Akku vermutlich ohnehin bereits leer ist. Vielleicht hofft sie das aber auch nur.

Julia steht noch immer an der Ecke und starrt auf das Bushäuschen auf der gegenüberliegenden Straßenseite. Als wäre es nicht wahr, wenn sie sich nur lange genug nicht von der Stelle rührt. Aber es ist wahr. Und dann hofft sie, dass Edgar den Beutel übersehen hat. Dass er ohne ihn ausgestiegen ist. Und dass der Beutel einfach verschwindet. Irgendwo in irgendeinem Fundbüro des MVV.

Doch sie glaubt nicht, dass er ihn übersehen hat. Edgar ist keiner, der Dinge übersieht. Er hat ihn ganz bestimmt bemerkt. Und wenn er ihn bemerkt hat, hat er ihn auch mitgenommen – was jedoch nicht bedeuten muss, dass er die Einträge liest.

An diesem Gedanken hält Julia fest. Sie klammert sich daran.

Und geht dann nach Hause.

Die anderen

Vincent: Ich kenne sie im Grunde ja gar nicht. Habe nie mit ihr geredet. Mir ist immer nur ihr Riesenbusen aufgefallen.

Janina: Ich fasse es nicht, dass sie das geschrieben hat. Ich meine, es waren ja nicht nur ihre Geheimnisse, die da veröffentlicht wurden, sondern auch die von anderen. Ich hätte echt nicht gedacht, dass sie so eine ist.

Momo: Verdient hat sie es. Ich glaube, das denkt jeder. Jetzt weiß sie endlich, wie es sich anfühlt, fertiggemacht zu werden. Ich mochte sie nie besonders, das ist kein Geheimnis. Nein, ich habe kein Mitleid mit ihr.

Linda: Also mir tut sie schon irgendwie leid. Was komisch ist, weil ich sie nie mochte. Aber es war so etwas wie ein Tagebuch. Sollte man nicht wenigstens in ein verdammtes Tagebuch seine Gedanken reinschreiben können, ohne Angst davor haben zu müssen, dass jemand sie liest?

Edgar: Es denkt doch sowieso jeder, dass ich es war.

14:32 Uhr

Die Wohnung ist dunkel, als Julia ankommt. Zweieinhalb leere Zimmer und ein Zettel auf dem Küchentisch. Das »J« in der oberen rechten Ecke heißt, dass er für sie bestimmt ist. Sie greift danach und liest: *Joghurt, Quark, Brot, Eier, Aufschnitt.* Das Wort Aufschnitt hat ihre Mutter doppelt unterstrichen, weil Julia dazu neigt, ihn zu *vergessen.* Sie und ihre Mutter wissen beide, dass es Absicht ist. Dass Julia sich dagegen wehrt, tote Tiere einzukaufen. Doch ihre Geschwister mögen die nun mal gern, auch wenn sie gar nicht wissen, was sie da essen.

Julia steht da und starrt auf den Zettel. Und der Moment scheint ihr seltsam absurd. Als wäre ihr Leben ein Wagen, der mit rasender Geschwindigkeit auf einen Abgrund zurast, und sie soll zum Lidl gehen. Separatorenfleisch kaufen, das sich ihre kleinen Geschwister dann in Scheiben auf ihre Brote legen können. Zusammengeklebten Abfall, für den ihre Mutter auch noch Geld bezahlt. Es ist ekelerregend.

Julia verharrt ein paar Sekunden neben dem Tisch. Wie angeschossen. Nur das schnelle Ticken der Uhr füllt die Stille. Julia greift nach den zwanzig Euro, die ihre Mutter unter den Einkaufszettel gelegt hat, und steckt sie ein, dann nimmt sie eine leere Jutetasche vom Garderobenhaken im Flur. Bei seinem Anblick schluckt sie. Ihre Kehle umgibt ein Kloß aus Zorn und der Angst vor dem, was passieren könnte. Vielleicht wird es ja gar nicht so schlimm. Vielleicht bleiben ihre Gedanken und Geheimnisse ja einfach bis zur Endstation auf dem blauen Buspolster liegen. Und dann findet sie der Fahrer. Ein älterer Mann, den ihre Sicht auf die Welt kein bisschen interessiert, weil er eigene Sorgen hat. Echte Sorgen. Vielleicht läuft es ja so. Oder aber Edgar liest sie, diese Gedanken, die ihr oftmals schon beim Schreiben peinlich waren. Jeder Eintrag ein Schwall aus erbrochenen Worten.

Julia hat sich oft gefragt, wie es wohl wäre, wenn man alles laut sagen würde, was man denkt. Wenn man kein Blatt vor den Mund nimmt und keine Rücksicht auf die Befindlichkeiten anderer. Und in ihrer Vorstellung war das irgendwie befreiend gewesen. So, als würde man erst dann wirklich zu sich selbst stehen, wenn man seine Meinung laut ausspricht. Aber in diesem Moment wird ihr klar, dass das eigentlich Besondere an Gedanken ist, dass man sich aussuchen kann, mit wem man sie teilt – und ob man es tut. Nicht wie sein Äußeres, das jeder sehen kann, ganz einfach, weil es da ist. Ganz plump und offensichtlich, so wie ihre Brüste an ihrem Oberkörper. Diese sexuelle Ablenkung von ihrem Gesicht. Julia hat sich mit der Zeit an die Blicke gewöhnt. Und auch an die seltsame Stille, die ihnen folgt.

Als Kind hatte Julia Ballettunterricht. Da war sie noch ein zierliches Geschöpf mit filigranen Gliedmaßen und knochigen Beinen. Mit dreizehn hat sie damit aufgehört, weil ihr Körperbau nicht mehr passte. Sie wurde ganz weich und rund, etwas, das man vielleicht gern anfasst, aber sicher nicht in ein Tutu steckt. Davor war Julia einfach nur ein Mensch. Irgendwas zwischen Kind und Frau, das niemanden interessierte. Und dann veränderte Julia sich. Von außen und von innen. Auf einmal war sie voll mit einer Lust, für die sie sich auf eine besonders tiefe Art schämte. Es war, als würde sie immer weiter in ihr aufsteigen, bis sie überlief. Sie schaute heimlich Sex-Videos im Internet und löschte danach den Verlauf, damit ihr niemand auf die Schliche kommen konnte. Am liebsten mochte sie Videos, in denen Männer sich selbst befriedigten, konnte sich aber nie wirklich erklären, warum. Manchmal schrieb sie darüber. Über das, was sie dachte und tat. Weil sie so fasziniert und überfordert davon war. Von sich selbst und ihrem Körper, von seiner befremdlichen neuen Wirkung auf andere und vom monatlichen Bluten. Sie schrieb über das Einführen von Tampons und Unterleibsschmerzen. Und über Gefühlsschwankungen, die sie manchmal so plötzlich trafen wie eine Ohrfeige. Es tat gut, das alles loszuwerden, eine Deponie dafür zu finden.

Julia zieht die Wohnungstür hinter sich zu. Sie verlässt das Haus und geht die Straße hinunter in Richtung Lidl. Das graue Wetter steht stur zwischen den Häusern, als wäre die Luft zu dick, um sich zu bewegen. Vor ein paar Monaten war ihr Leben noch richtig toll. Eine Lüge, ja, aber eine richtig gute. Es war die Art von Leben, die andere sich gern überziehen würden wie einen Handschuh. Und dann kam diese beschissene Eigenbedarfskündigung und ein paar Wochen später der Umzug hierher. Zu viert in diese winzige Wohnung, die gerade mal halb so groß ist wie ihre alte. Zweieinhalb Zimmer und zweiundsechzig Quadratmeter. Das halbe Zimmer gehört ihr. Die Kleinen teilen sich das große, und ihre Mutter klappt sich jeden Abend das Schlafsofa im Wohnzimmer aus. Sie wollte, dass Julia etwas Privatsphäre hat. Raum für sich, hat sie es genannt. Aber eigentlich ist es mehr so etwas wie eine Speisekammer, in der sie schläft. Sechs, vielleicht sieben Quadratmeter zwischen Küche und Bad. Bei der Besichtigung fiel das Wort »Hauswirtschaftsraum«. Ihr halbes Zimmer hat eine Tür, ein kleines Fenster und keine Heizung. »Da holen wir dir noch eine, bevor es kalt wird«, sagt ihre Mutter jeden zweiten Tag. »So eine kleine elektrische. Die kriegen wir da schon irgendwie unter.« Julia will gar nicht an den Winter denken. Und auch nicht an morgen. Und am wenigsten an den Termin am Freitag.

Am liebsten würde sie zurückspulen. Dann wäre sie jetzt nicht in dieser Situation. In ihrem alten Leben war es besser. Das stimmt. Und trotzdem fühlt Julia sich undankbar, wenn sie das denkt, weil ihre Mutter wirklich tut, was sie kann – sogar mehr als das. Sie arbeitet wie eine Verrückte und beschwert sich nie. Abends kocht sie für sie alle, und danach lesen sie oder Julia den Kleinen etwas vor. Sie fragt sich, wie ihre Mutter das schafft. Julia hilft und jobbt ab und zu nebenher, aber besonders viel bringt es nicht ein. Nicht genug, um von echter Unterstützung sprechen zu können.

Julias Mutter sagt, die neue Gegend ist wie ein Dorf in der Stadt. Und irgendwie stimmt das. Es gibt keine U-Bahn und keine S-Bahn. Nur den Bus. Und viele Fahrräder.

Und ACAB-Tags an den gekachelten Wänden der uralten Unterführungen. Anfangs wusste sie nicht, was das bedeutet, doch dann hat Edgar es ihr erklärt.

Julia weiß, dass sie ohne den Kollegen ihrer Mutter nicht mehr in München wären. Dann wären sie nach Landsberg am Lech gezogen. Sie hatten dort sogar schon ein paar Wohnungen besichtigt. Julia hat sich mit Händen und Füßen gewehrt. Wegen ihrer Freunde. Und wegen Leonard. Und jetzt weiß sie nicht mal, ob sie diese Menschen überhaupt mag. Also, *wirklich* mag. Nicht nur an der Oberfläche, sondern tiefer. Diese echte Art von Mögen, die Julia gerade erst so richtig kennenlernt. Vielleicht hat sie sie mal gemocht. Oder sie wollte sie nur mögen. So wie sie sich damals in Leonard verlieben wollte, was aber leider nicht passiert ist. Als der sie das erste Mal oben ohne gesehen hat, hat er laut geschluckt. Daran erinnert sich Julia noch genau. An dieses kehlige, durstige Geräusch. Es war wie ein seltsames Kompliment an sie gewesen. Er saß ihr in Boxershorts gegenüber, und seine Erektion hat sich nach ihr ausgestreckt. Und irgendwie hat sie sich davon geschmeichelt gefühlt. Davon, dass sie der Grund dafür war.

Vielleicht wäre es gar nicht so verkehrt gewesen, nach Landsberg am Lech zu ziehen. Dann hätten sie sich getrennt, Leonard und sie. Und nicht miteinander geschlafen. Kein erstes Mal. Und auch danach nicht mehr. Sie hätte nicht all diese schrecklichen Dinge über ihn geschrieben, weil nichts davon je passiert wäre. Doch leider ist alles wahr. Und es ist passiert.

In der Sekunde, als sie das denkt, summt ihr Handy.

Schon wieder er. Er ruft bereits zum vierten Mal an. Und sie geht bereits zum vierten Mal nicht hin. Leonard wird sich Sorgen machen, aber sie kann im Moment nicht mit ihm reden. Es gibt Probleme, die sind zu groß, um sie mit anderen zu teilen. Die passen nicht in ein Gespräch. Genau genommen passen sie nicht mal in ein ganzes Leben. Julia steckt das Handy ein und biegt rechts auf den Lidl-Parkplatz. Er ist riesig und halb leer. Während sie sich dem Flachbau nähert, versucht sie, nicht daran zu denken, welche Folgen es haben könnte, dass sie ihren Laptop im Bus hat liegen lassen. Sie kann ihrer Mutter nicht davon erzählen. Genauso wenig wie von dem Termin in drei Tagen. Und dann schießt ihr durch den Kopf, dass Edgar vielleicht gerade den Eintrag von Montagmorgen liest. Und bei diesem Gedanken wird ihr ganz plötzlich übel. Es ist die Stufe, kurz bevor man kotzen muss. Wenn sich der Speichel bereits im Mund sammelt. Julia macht ein paar Schritte zu einem Gebüsch und spuckt ins trockene Gras. Die Sonne scheint durch milchige Wolken auf sie herunter, sie brennt auf ihre Haare, diese ungewöhnliche Hitze zu dieser Jahreszeit. Ein Mai wie ein Juli. Sie spuckt noch einmal aus. Und dann denkt sie, dass das eigene Gehirn bei aller Transparenz der vielleicht letzte wirklich private Ort ist, den man hat. Und sie hat ihres ausgeleert, sich im Internet ausgeschüttet, als wäre es ein sicherer Platz für ihre Gedanken.

Julia spürt einen Blick auf sich und zwingt sich weiterzugehen. Die Frau in dem roten Auto schaut ihr nach, besorgt, wie eine Mutter schauen würde, dann verlässt sie den Parkplatz, und die kurze Überschneidung ihrer beiden Leben endet.

Julia hat Edgars Handynummer nicht. Wenn sie sie hätte, könnte sie ihn fragen, ob er die Jutetasche mitgenommen hat. Aber sie hat ihn nie nach seiner Nummer gefragt. Weil sie nur im Bus miteinander befreundet waren. Dafür war er ihr gut genug. Jedoch nicht für ihre Scheinwelt. Julia hätte es verdient, wenn er nie wieder mit ihr spricht. Sie würde auch nicht mehr mit sich reden, wenn sie er wäre. Andererseits hätte Julia das an seiner Stelle von Anfang an nicht getan. Als sie das denkt, erreicht sie endlich die elektrische Schiebetür des Discounters. Und da geht ihr durch den Kopf, dass es fast beeindruckend ist, wie wenig man von sich selbst halten kann.

Zeitgleich

Linda sitzt auf dem Fensterbrett, sie hat ihre nackten Füße auf dem dicken Ast direkt davor abgestellt, und balanciert die Schüssel mit der Pasta auf den Knien. Sie hat doch noch ein paar Kirschtomaten aufgeschnitten und Bergkäse gerieben. Und jetzt sieht sie dabei zu, wie der langsam schmilzt und sich an die Nudeln klebt. Er wird zu einer würzig riechenden Schicht, die Linda jeden Moment mit ihrer Gabel durchstoßen wird. Sie spießt drei Nudeln auf, der Käse zieht feine Fäden, dann steckt sie sie sich in den Mund. Ihre Mutter wird später vermutlich noch einen Löffel Schmand unterrühren. Und ihr Vater Schnittlauch darauf geben.

Linda hört »The World to Come« von Fredrika Stahl und isst, während die Blätter sanft im Wind erzittern – ein wohliges Geräusch, das Linda fast so liebt wie einen Menschen. Es ist ein guter Moment. Die intensive Wärme des Frühsommers, die heiße Luft an ihren nackten Waden, das Lied, das irgendwie melancholisch ist und irgendwie schön. Und der Geschmack des Käses, der auf eine seltsam irrationale Art perfekt zum Rascheln der Baumkrone passt. Nach der halben Portion ist Linda satt und hätte gern einen größeren Magen, weil es so gut ist. Ein zufriedenes, träges Gefühl macht sich in ihr breit. Ungefähr so stellt sie es sich vor, eine Katze zu sein.

Als ihr Handy vibriert, unterbricht die eintreffende

41

Nachricht kurz den Song, dann läuft er weiter, als wäre nichts gewesen. Linda stellt die Schüssel zur Seite. Bestimmt ist es Momo, die ihr schreibt, dass sie sich verspätet.

Momo heißt eigentlich Simone. Eine ganze Weile wusste Linda das nicht. Erst als sie irgendwann mal ihren Personalausweis gesehen hat. Momos richtiger Name ist Simone Bergmann. Als sie klein war, hat sie sich selbst Momo genannt, weil sie Simone nicht aussprechen konnte. Dabei ist es dann irgendwie geblieben. Linda liebt solche Spitznamen. Spitznamen, die eine Bedeutung haben. Sie selbst heißt Linda, und alle nennen sie Linda – das ist nicht gerade einfallsreich.

Ihr Blick fällt auf die Uhr. In eineinhalb Minuten ist Momo zu spät. Sie verspätet sich ständig. Eigentlich ist es fast ein Witz, dass sie ihr das überhaupt noch schreibt. Sinnvoller wäre es, nur dann eine Nachricht zu schicken, wenn sie pünktlich kommt. Das würde ihr sehr viel Zeit sparen. Auf Momo zu warten, ist für Linda in den vergangenen Monaten zu so etwas wie einem kranken Hobby geworden.

Die Sache mit Momo und ihr ist kompliziert. Eine von ihnen ist eigentlich immer damit beschäftigt, der jeweils anderen irgendwas zu verzeihen. Oder vorzuwerfen. Mit Edgar war das nie so. Linda und er waren ausgeglichen gewesen wie zwei Waagschalen. Was Linda irgendwann gegen Ende entsetzlich langweilig fand. Das würde sie Edgar so natürlich niemals sagen. Abgesehen davon war es ja nicht nur langweilig. Auch am Ende nicht. Es war auch schön. Auf eine sehr berechenbare gemütliche Art und Weise. So wie eine Tasse Tee schön ist. Oder

Wollsocken. Momo und sie sind das andere Extrem. Nicht wie zwei Waagschalen, eher wie eine Wippe. Die meiste Zeit stehen sie an irgendeinem Abgrund, irgendwo zwischen zu gut, um wahr zu sein, und dem nächsten großen Drama. Als hätten sie beide einen Kippschalter im Gehirn, den die jeweils andere nur zu gern umlegt. Wenn sie sich verstehen, verstehen sie sich ohne Worte. Und dann verstehen sie sich wieder gar nicht. Kein Wort mehr, ganz gleich, wie gut sie gewählt sind.

Linda war vor Momo nur mit Edgar zusammen, daher weiß sie nicht, ob das bei Mädchen vielleicht immer so ist. Zwei hormonelle Zeitbomben, die sich gegenzeitig zünden. Das könnte natürlich sein. Oder aber, das eine hat mit dem anderen nichts zu tun.

Linda schaut auf das Display ihres Handys und liest:

MOMO BERGMANN:
**Ich hab meine Roller-Schlüssel nicht gefunden.
Tut mir leid. Bin gleich da.**

Zur Antwort schickt Linda ihr nur ein *Ok*. Mehr nicht. Und dann fragt sie sich, ob sie absichtlich gemein zu ihr ist. Ob sie es ihr extra schwer macht.

Momos Reaktion folgt nur ein paar Sekunden später.

MOMO BERGMANN:
Ich mache es wieder gut. 😛

Bei dem Anblick des kleinen Zungen-Icons muss Linda lachen. Und etwas tief in ihrem Bauch zieht sich zusammen, als sie sich Momos Gesicht zwischen ihren Beinen vorstellt.

Linda hat immer irgendwie gewusst, dass sie auf Mädchen steht. Zumindest auch. Auf Mädchen vielleicht sogar noch ein bisschen mehr als auf Jungs. Vielleicht steht sie aber auch einfach nur mehr auf Momo als damals auf Edgar. Wieder etwas, das sie ihm niemals sagen würde. Jedenfalls hat sie es immer gewusst. Anfangs nur ganz neblig, wie ein Dunst, der alles durchdringt, der aber nicht wirklich greifbar ist. Früher hat sie sich darüber keine Gedanken gemacht. Sie hat einfach gern Brüste angeschaut und diese Tatsache nicht weiter hinterfragt. Weil vielleicht ja jeder gerne Brüste anschaut. Sie sind ja auch schön.

So richtig bewusst ist es ihr erst geworden, als ihre Mutter sie dann dazu gezwungen hat, mit ihr ins Fitnessstudio zu gehen. Vielleicht ist *gezwungen* das falsche Wort. Wobei, nein, eigentlich trifft es das ziemlich genau.

Linda war damals zwölf. Ein blasses Mädchen mit vorhangartigen Haaren und abgenagten Fingernägeln. Wenn sie heute alte Bilder von sich sieht, will sie sich auch mobben. Sie darf das sagen, immerhin geht es um sie. Ihre ersten sieben Schuljahre waren scheiße. Vom Wesen her war Linda dünn wie ein Windhauch, dafür hat sie rein körperlich umso mehr Angriffsfläche geboten. Sie war ein dickes Kind. Vielleicht auch nur mollig. Aber das hat gereicht. Da war kein bestimmter Anlass, kein Streit, kein blöder Kommentar ihrerseits. Nur ein schweigsames dickes Kind. Als wäre das eine universelle unausgesprochene Einladung für andere, mal reinzuschlagen. Mit den

Fäusten oder verbal. Bei Linda waren es keine echten Schläge – wenn man davon absieht, dass Philipp Weber beim Schulausflug nach ihr getreten hat. Aber erstens hat er sie verfehlt, was bei ihrer damaligen Körperfülle nicht gerade für seine Treffsicherheit spricht, und zweitens war es echt nur ein Mal. Rein körperlich betrachtet ist sie also eigentlich ganz gut davongekommen. Wobei sie ihre Speckschicht vermutlich besser gegen ihre Tritte hätte schützen können als gegen die Spitzen, die in Form von Worten viel tiefer in sie drangen. So tief, dass sie irgendwann zu Wahrheiten wurden. Weil es manchmal reicht, etwas oft genug zu hören, damit es stimmt. Es muss nicht wirklich wahr sein. Es genügt, es zu glauben. Und Linda hat es geglaubt. Dass sie hässlich ist und fett und schwach. Dass alles an ihr schwabbelt, sogar ihr Gehirn. Komischerweise hat sie das am meisten getroffen. Dass ihr Gehirn schwabbeln könnte. Aus dem Jetzt betrachtet, war das nicht mal besonders originell. Aber sie war damals erst sieben. Und da hat es wehgetan.

Linda hat ihren Eltern nie etwas davon erzählt, weil sie Angst davor hatte, dass die dann etwas dagegen unternehmen würden, weil Erwachsene zu so etwas neigen. Die kommen dann mit Lösungen, die nichts bringen. Sprechen mit der Lehrerin, mit den Eltern der anderen Kinder, oder schlimmer noch: mit den Kindern selbst. Nur, dass das nichts geändert hätte. Man bekämpft Arschlöcher nicht mit Vernunft, das hat Linda früh verstanden.

Ihre Mutter bemerkte irgendwann, dass etwas nicht in Ordnung war. Sie hat gesagt, Linda sei wie ein Foto gewesen, das mit der Zeit immer blasser wurde. Als würde die Schule einen Teil ihrer Tochter ausradieren. Und als würde jeden Tag etwas weniger von ihr nach Hause kommen. Am Gymnasium wurde es noch schlimmer. Aber Linda hat weiterhin geschwiegen. Sie hat es für sich behalten. Doch irgendwann ist es aus ihr herausgebrochen. Als wäre sie ein Knoten, der endlich geplatzt ist.

Linda erinnert sich nicht mehr an die Einzelheiten, sie weiß nicht, warum sie ihrer Mutter ausgerechnet an dem Tag davon erzählt hat, ob es einen bestimmten Grund gab oder ob das Maß einfach voll war. Es war in der siebten Klasse, das weiß sie noch, und auch, dass sie nebeneinander im Auto saßen – in dem alten Honda Civic ihrer Mutter, den sie gefahren ist wie einen Rennwagen. Linda weiß noch, dass sie angefangen hat zu heulen und dass sie dann einfach nicht mehr aufhören konnte. Dass sie geschluchzt hat. Dass ihr ganzer Körper bebte.

Ihre Mutter ist rechts rangefahren auf irgendeinen Parkplatz von einem Supermarkt. Linda glaubt, es war ein Tengelmann. Dann hat ihre Mutter die Arme um sie gelegt und sie festgehalten. Richtig fest. Als würde sie sonst wegrutschen. Linda hat an der Schulter ihrer Mutter geweint wie ein kleines Kind. Die angezogene Handbremse hat sich durch den Speck in ihre Rippen gebohrt, aber das war ihr egal. Vielleicht, weil der Schmerz so schön körperlich war. Etwas, das vorbeigeht, wenn sie sich bewegt.

Sie standen eine ganze Weile auf diesem Parkplatz. Wie lang, kann Linda nicht sagen. Aber sie erinnert sich noch, dass ihre Haare danach am Scheitel nass waren. Ihre Mutter hat auf ihren Kopf geweint. Sie hat sie langsam hin und her gewiegt. Mit einem liebevollen Summen in der Brust, das erst durch den Körper ihrer Mutter und dann durch ihren eigenen geflossen ist. Sie hat kein Wort gesagt. Und Linda weiß noch, dass ihr das lieber war. Keine leeren Sätze, die nichts ändern. Nur ein mitfühlendes langes Summen. Wie ein Balsam aus halber Stille.

Irgendwann sind sie dann weitergefahren. Und am nächsten Morgen hat ihre Mutter sich und Linda in einem Fitnessstudio angemeldet. Linda wollte nicht hingehen, aber das war ihrer Mutter egal. Sie hat sie angeschaut und gesagt: »Man kann gegen mobbende Kinder nichts tun. Man kann ihnen nur die Grundlage nehmen.«

Von da an sind sie jeden Tag ins Fitnessstudio gegangen. Ihre Mutter und sie. Sie hatten beide keine Lust darauf, trotzdem tat ihre Mutter jedes Mal total begeistert, kurz bevor sie losfuhren. Nach ein paar Wochen ist sie dann nur noch in die Sauna gegangen, inzwischen geht sie gar nicht mehr hin. Aber Linda ist dabeigeblieben. Vier bis sechs Mal die Woche geht sie in den Sport. Von dem molligen Mädchen ist rein äußerlich betrachtet nichts übrig geblieben. Linda weiß, dass ihre Mutter dachte, die schnellen Resultate wären der Grund dafür. Aber das stimmt nicht. Der eigentliche Grund waren die vielen nackten Frauenkörper in der Damen-Umkleide. Sie waren Lindas eigentliche Belohnung.

Sie sind es bis heute.

Nachdem Julia die Einkäufe im Kühlschrank verstaut hat, setzt sie sich an den Küchentisch und googelt das Fundbüro. Nebenher hört sie »Wolves« von Phosphorescent und isst dazu Cashewkerne aus der Packung. Es ist ihr Mittagessen.

Julia sucht nach einer Info-Hotline, bei der sie anrufen könnte, findet aber keine. Der Grund steht in den FAQs. *Ist das Fundbüro telefonisch erreichbar?* Antwort: *Nein. Besuchen Sie das MVG Fundbüro zu den Öffnungszeiten (siehe Infobox).* Auch ihre zweite Frage klärt sich schnell: *Wie lange dauert es, bis eine Sache im Fundbüro ankommt?* Antwort: *Fundsachen werden an allen Werktagen täglich über eine festgelegte Tour ins MVG Fundbüro gebracht.* Julia liest sich alles auf der Seite komplett durch. Dann entdeckt sie ganz unten einen Verweis auf eine Versteigerung. *Das MVG Fundbüro versteigert Fundsachen aus U-Bahn, Bus und Tram.* Julia überspringt die Uhrzeiten und Daten und liest dann weiter: *Versteigert werden Fahrräder, Überraschungskoffer, -taschen und -tüten, Handys mit Löschungszertifikat, Kinderwägen, Kleidung, Schuhe und Laptops.*

Julia lässt das Handy sinken.

Und dann hat sie die Lösung.

Sie hört mitten in der Bewegung auf zu kauen, einen Moment sitzt sie da wie ein Standbild. Dann stößt sie einen Laut aus, der spitz durch die Küche hallt wie das Bellen eines kleinen Hundes. Julia hat das Problem von der falschen Seite her betrachtet. Vom Laptop aus. Aber es sind die Einträge. Und die kann sie über ihr Handy löschen. Die Erleichterung platzt in ihr wie ein Ballon. Julia entsperrt ihr Handy und ruft das Backend von Wordpress auf. Ihre Finger zittern. Aber nur innerlich, außen sieht man nichts. So, als hätten ihr Innen und ihr Außen nichts miteinander zu tun.

Julia hatte ohnehin nie vor, diese Einträge noch mal zu lesen. Es ging ihr nicht darum, ihren Gedanken einen sentimentalen Schrein zu bauen, sie wollte sie loswerden. Sie jetzt zu löschen ist eigentlich nur die logische Konsequenz. Ein Zu-Ende-Bringen von etwas, das sie schon lange hat abschließen wollen.

Sie schreibt ihre E-Mail-Adresse in das obere Feld und tippt dann auf das untere. *Passwort.* Wie lautete das Passwort? Ein paar Sekunden lang schaut Julia grübelnd auf die kleine Tastatur, die bläulich unter ihren wartenden Daumen hervorleuchtet. Aber das Passwort fällt ihr nicht ein. Ihr Browser hat es sich für sie gemerkt. So wie er sich so gut wie jedes Passwort für sie gemerkt hat. Sie hat es ihm erlaubt, damit sie sie vergessen kann. Und genau das ist passiert.

Julia versucht es mit einem ihrer Standard-Passwörter. Aber es funktioniert nicht. *Zugangsdaten falsch.* Danach gibt sie ein anderes Passwort ein, doch auch das wird mit derselben Fehlermeldung abgelehnt. Es ist zu lange her. Fast zwei Jahre, vielleicht sogar länger. Julia dreht nachdenklich einen Cashewkern zwischen ihren Fingern hin und her, dann steckt sie ihn sich in den Mund und schiebt die Packung ein Stück von sich weg. Sie traut sich nicht, einen dritten Versuch zu unternehmen, weil sie nicht weiß, wie oft sie das Passwort falsch eingeben kann, bevor der Account gesperrt wird. Dann lieber *Passwort vergessen*. Eine neue Seite öffnet sich, Julia gibt ihre E-Mail-Adresse erneut ein und drückt auf *Senden*. Und in dem Moment, als sie zu ihrem Mail-Programm wechseln will, sieht sie die Meldung.

Da steht: *E-Mail-Adresse nicht vergeben.*

Sie muss sich vertippt haben. Julia gibt sie erneut ein. Und dieses Mal überprüft sie jeden Buchstaben einzeln, den Punkt zwischen ihrem Vor- und Nachnamen und zuletzt noch die Position des @-Zeichens. Die E-Mail-Adresse ist korrekt – julia.nolde@web.de. *Senden.*

Und wieder: *E-Mail-Adresse nicht vergeben.*

In genau diesem Moment bricht Julia der Schweiß aus. Überall gleichzeitig, noch bevor sie es wirklich versteht. Als würde ihr Körper die Gefahr vor ihrem Kopf begreifen. Das Zittern, das eben nur innen war, stülpt sich im Bruchteil einer Sekunde nach außen. Als wäre die Temperatur in der Wohnung ganz plötzlich gefallen. Julia wiederholt den Vorgang weitere vier Male. Danach sind ihre Handflächen nass geschwitzt und ihre Füße eiskalt.

Die angegebene E-Mail-Adresse ist nicht bei Wordpress hinterlegt. Noch kein Konto? Hier geht's zur Registrierung.

Julia liest die Fehlermeldung immer und immer wieder. So lange, bis die Worte ihren Sinn verlieren und in einzelne Buchstaben zerfallen. Es muss ein Irrtum sein.

Oder ein Problem bei Wordpress. Aber Wordpress funktioniert. Sie ruft die Seite auf, dann ein paar Unterseiten. Und alle werden sofort geladen. Das Blut rauscht in Julias Ohren, sie hört ihren Herzschlag schnell und abgehackt. Ihr Körper sitzt steif und still da. Als wäre sie gar nicht echt. Als würde sie neben sich stehen und sich selbst beobachten. Aber in ihrem Inneren ist Chaos. Unzählige Gedanken, die als lose Fäden beginnen und sich dann verknoten, ihr Verstand, der versucht, sie zu entwirren, ihre Zellen, die auf Panik umschalten.

Julia erinnert sich, wie sie damals die Seite eingerichtet hat. Wie sie bei den allgemeinen Einstellungen ihre E-Mail-Adresse angeben und dann bestätigen musste. Danach hat sie sich immer mit dieser E-Mail-Adresse angemeldet. Immer mit derselben.

Und dann denkt sie den einzig logischen Gedanken. Einen Gedanken, der überhaupt keinen Sinn ergibt: *Jemand hat sie geändert.*

Ihr Kopf leert sich im Bruchteil einer Sekunde. Und die Erkenntnis fühlt sich an wie am Scheitelpunkt einer Achterbahn. Dieser winzige Moment, wenn man ganz oben angekommen ist und vor sich nichts mehr sieht. Nur Leere. Wenn alles langsam wird, quälend langsam, kurz bevor man über den Rand kippt und in die Tiefe stürzt, ein freier Fall, wie ein kleiner Tod für den Verstand.

Irgendjemand hat das getan. War es Edgar? Ihr Kopf spuckt einzelne Sätze aus, die sie über ihn geschrieben hat. Und dann werden es immer mehr. Wie bei einem Drucker, der nicht mehr aufhört zu drucken. Julia friert und schwitzt. Ihre Finger fühlen sich blau an, und das

Display ihres Handys wird schwarz. War es Edgar? Sie glaubt es nicht. Sie will es nicht glauben. Aber wer sollte es sonst gewesen sein?

Die angegebene E-Mail-Adresse ist nicht bei Wordpress hinterlegt.

Hat er es getan, damit sie die Einträge nicht löschen kann? Und wenn es so ist, was hat er mit ihnen vor?

Bei diesem Gedanken zieht sich Julias Magen so abrupt zusammen, dass ein Schwall seines Inhalts in ihren Mund gepresst wird. Sie lässt das Handy auf die Tischplatte fallen und steht auf. Zum Klo ist es zu weit, sie wird es nicht schaffen, ihre Beine sind schwer, zwei Fremdkörper, die sie zwar tragen, aber dabei so zittern, dass Julia sich an einem der Stühle festhalten muss, um nicht umzukippen. Sie erreicht gerade noch rechtzeitig die Spüle, dann schwappt die bröckelige Mischung aus Cashewkernen und Galle hinein, cremefarben und dickflüssig. Julia klammert sich an die Arbeitsfläche, sie würgt ein zweites Mal, doch es kommt nur noch Magensäure. Danach ist sie leer. Das Erbrochene läuft zäh die Edelstahlwände der Spüle hinunter und sammelt sich breiig im unteren Bereich des Beckens.

Julias Arme zittern. Tränen laufen über ihr Gesicht. Es riecht säuerlich.

Jemand hat die E-Mail-Adresse geändert.

Und Julia muss sauber machen.

Die anderen

Veronika: Es ist ein Witz, dass jetzt ausgerechnet Marlene Meller als die Arme dasteht. Die größte Täterin von allen. Ich hätte da auch so einige Geschichten, die ich erzählen könnte, aber mir würde sowieso keiner zuhören.

Gustav: Ich habe erst mal gar nichts mitbekommen. Ich war die letzten Tage nicht in der Schule. Also, ich habe nicht blaugemacht, oder so, ich habe an einem Leichtathletik-Wettkampf teilgenommen. Und als ich dann wieder da war, waren die Einträge bereits ein Riesenthema. Meine Freundin hat mir davon erzählt. Eigentlich interessieren mich solche Sachen nicht besonders, das ist eher so Mädchenkram, aber in dem Fall ging es schließlich um Leo. Wir kennen uns seit dem Kindergarten, Leo, Lene und ich. *Ein verschämtes Lächeln.* Ich war ja sogar mal in sie verliebt. In Marlene Meller, meine ich. Wenn ich ehrlich bin, eine ganze Weile. Ist schon länger her, ich glaube nicht, dass sie davon weiß. Jedenfalls ging es bei der Sache um ihren Bruder, und der ist einer meiner besten Freunde. Ich kann mir nicht vorstellen, dass das, was da geschrieben stand, wirklich stimmt. Ich meine, hoffentlich ... es wäre echt ziemlich heftig, wenn es das tut.

Marlene: Ich glaube, was mich am meisten trifft, ist nicht, was sie geschrieben hat, sondern, dass ich dachte, wir wären Freundinnen. Rückblickend betrachtet hätte ich meinen Bruder vor ihr warnen sollen. Ich meine, das habe ich getan, aber eben nicht eindringlich genug.

Melanie: Ich glaube, das ist alles ganz große Scheiße. Eine Riesenshow. Marlene weint nur, wenn es ihr etwas bringt. Sie kann das auf Knopfdruck. Ganz ehrlich, das sollte man nicht zu ernst nehmen. Und was ihren komischen Bruder angeht: So richtig überraschend finde ich das jetzt nicht. Einfühlsam wäre kaum das erste Wort, das mir bei ihm in den Sinn kommen würde. *Kurze Pause.* Wobei ich zugeben muss, dass sie es schon ziemlich hart formuliert hat. Da tut er mir fast schon wieder ein bisschen leid. Und ich neige echt nicht zu Mitgefühl.

Lisa: Also, ich vermute ja, es lag an ihr. Wenn es im Bett nicht gut läuft, hat das immer mit zwei Leuten zu tun. Zwischen mir und Leonard wäre es beispielsweise bestimmt ganz anders gewesen. Also, ich meine, rein hypothetisch.

Moritz: Bin ich eigentlich der Einzige, der sich fragt, ob alle Einträge von derselben Person sind? Es könnten doch auch welche erst im Nachhinein hinzugefügt worden sein. Oder die bestehenden zumindest bearbeitet?

MITTWOCH, 20. MAI

7:20 Uhr

»Den hast du gestern liegen lassen«, sagt er ohne Um-
schweife, als sie in den Bus steigt, und hält ihr den Jutebeutel entgegen. Edgar klingt dabei unfreundlicher, als
er klingen wollte. Oder vielleicht wollte er genauso klingen, aber eigentlich ist das lächerlich. Julia schaut ihn
an und ihr gerade noch belegter Gesichtsausdruck verschwindet. So als hätte ihn jemand weggewischt wie
einen Fleck auf einer Tischplatte. Es ist das erste Mal,
dass Edgar bewusst bemerkt, wie hoch ihre Stirn ist. Breit
und gewölbt. Ein Schlüsselreiz. So gesehen ist es gar
nicht seine Schuld. Er ist lediglich dem Kindchenschema
in ihrem Gesicht erlegen. Er wäre nicht der Erste.

»Du hast ihn mitgenommen«, sagt Julia.

Und obwohl es ziemlich offensichtlich ist, antwortet er:
»Ja, ich hab ihn mitgenommen.«

Sie schaut von dem Beutel zu ihm und sagt nichts.
Kein Wort. Edgar wartet auf ein *Danke*, aber es kommt
keins, also sagt er irgendwann: »Hier«, und Julia nimmt
ihm die Tasche ab. Sie sagt immer noch nichts. Was soll's.
Es ist ihm egal.

Edgar weicht ihrem bohrenden Blick aus. Sie steht neben ihm im Gang zwischen den Sitzreihen, Edgar besetzt
den Platz, auf dem sie gestern saß. Den rechts neben sich
am Fenster hat er frei gelassen. Als wollte er die Situation
umgekehrt nachstellen. Es ist albern, das weiß er auch.

Edgar sollte einfach reinrutschen, damit sie sich zu ihm setzen kann, aber er tut es nicht. Was hauptsächlich deswegen so idiotisch ist, weil er gern hätte, dass sie sich zu ihm setzt. So nah wie möglich. So nah, dass ihre Schultern und Arme und Knie sich während der Fahrt immer wieder kurz berühren, wenn der Bus auf eine Unebenheit trifft. Seit er mit ihr in die Schule fährt, liebt Edgar Kopfsteinpflaster.

Der Moment verstreicht, drei ungenutzte Sekunden, dann sinkt Julia auf den freien Platz auf der anderen Seite des Gangs. Der Ausdruck in ihrem Gesicht ist nachdenklich und blass. Irgendwie versteinert und irgendwie leer. Und irgendwie noch etwas. Wütend vielleicht. In der Sekunde, als er das denkt, schaut sie zu ihm rüber. Es ist ein langer, direkter Blick, dem Edgar gern ausweichen würde. Doch aus irgendeinem Grund tut er es nicht. Vielleicht aus Trotz.

Er fragt: »Was ist?«

Und sie entgegnet: »Hast du hineingesehen?« Sie fragt es seltsam tonlos, als wäre etwas sehr Privates in dem Beutel.

Edgar zögert. »Ja«, sagt er. »Ich dachte, es wäre vielleicht etwas zu essen drin. Irgendwas Verderbliches, das ich in den Kühlschrank legen oder wegwerfen muss.«

Julia mustert ihn aus engen Augen, als würde sie in seinem Gesicht nach Spuren einer Lüge suchen. Als würde sie ihm nicht glauben. Dann schaut sie weg.

»Sonst hast du nichts gemacht?«

Diese Frage kommt Edgar komisch vor. Als wüsste sie, was er getan hat.

»Ich habe nur kurz nachgesehen, was drin ist, und mich dann nicht weiter mit deinen Sachen beschäftigt«, sagt Edgar an der Schwelle zu gereizt. Sein Tonfall überdeckt gekonnt die Lüge. Er hat natürlich alles rausgenommen. Ihre Sachen lagen ausgebreitet auf seinem Bett. Und irgendwann hat Edgar sein Gesicht in ihrem Pullover vergraben. Mund und Nase. Er lag auf dem Bauch, die Augen fest geschlossen und hat ihren Geruch eingeatmet. So lange, bis er weg war und Edgar ganz voll davon. Beim Gedanken daran läuft Gänsehaut über seinen Rücken.

»Ist das irgendein krankes Spiel, Edgar?«, schneidet Julias Stimme scharf in die Erinnerung von ihm auf dem Bett mit seinem Gesicht in ihrem Pullover. Edgar schaut sie an. Und ihr Blick ist ein Vorwurf, den er sofort in seinem Magen spürt. Sie hält ihm ein Buch entgegen. Es ist das Buch, das in ihrer Tasche war, ein Buch, das er auch hat. Edgar sieht Julia an und versteht nicht, was sie von ihm will.

»Tut mir leid«, sagt er nach ein paar Sekunden, »ich komme nicht ganz mit.«

»Wo ist mein Laptop?«, erwidert sie. Ihre Stimme bricht spröde weg.

»Dein Laptop?«, fragt Edgar irritiert.

»Ja«, sagt sie, »mein Laptop.«

»Ganz ehrlich, ich habe keine Ahnung, wovon du sprichst.«

»Du weißt ganz genau, wovon ich spreche.« Julias Gesicht ist plötzlich direkt vor seinem, sie ist aufgestanden. Ihr Atem riecht nach Zahnpasta. »Du hast die E-Mail-Adresse geändert.«

»Die E-Mail-Adresse?«, fragt Edgar, nun nicht mehr ruhig. »Was denn für eine E-Mail-Adresse?«

»Du hast die Einträge gelesen. Und dann hast du die Adresse geändert.«

Edgars Verstand arbeitet langsam. Zäh. Als würde die Kombination aus der frühen Uhrzeit, Julias Nähe und dem, was sie sagt, die Verbindungen in seinem Gehirn verstopfen. Oder ihr Geruch. Dieser warme Duft, den ihr Körper verströmt. Edgar hat die Jutetasche gestern Abend ausgeleert. Er hat lange mit sich gerungen, ob er es tun soll und es dann schließlich getan. Der Inhalt lag auf seinem Bett. Eine halbleere Trinkflasche, eine Packung Tempos mit nur noch zwei Taschentüchern darin, ein dünner Pullover und ein Buch mit schwarzem Einband – das Buch, das sie in diesem Moment in der Hand hält. Eine Graphic Novel, die er sehr mag. Es hat ihn überrascht, dass sie so etwas liest, aber er hat es nicht weiter hinterfragt. Was weiß er schon über sie?

»Mein Laptop war da drin«, sagt Julia und deutet auf den Beutel. »Wo ist er?«

Edgar schüttelt den Kopf. »Da war kein Laptop drin.«

Sie sehen einander an, und Julias Augen schimmern zwischen Grau und Braun. Ein Ton wie Blei und Schokolade. Sie ist ihm fremd, wenn sie so schaut. Eine explosive Mischung aus wütend und verzweifelt. Und noch etwas anderem. Etwas, für das er kein passendes Wort hat.

Edgar dreht sich komplett in ihre Richtung und sagt: »Ich habe deinen Laptop nicht«, dabei legt er seine Hände auf ihre Schultern. »Ich schwöre es. Was auch immer passiert ist, ich war es nicht.« Bremsen quietschen, der Bus hält an, Julia wankt zur Seite, Edgar hält sie. »Denk mal darüber nach. Warum hätte ich dir die Tasche dann überhaupt zurückbringen sollen? Ich hätte doch auch einfach so tun können, als hätte ich sie übersehen.« Edgar schaut ihr in die Augen und legt alle Aufrichtigkeit, die er in sich hat, in diesen einen Blick, dann sagt er: »Es muss jemand anders gewesen sein.«

Und bei diesem Satz leert sich ihr Gesicht. Wie eine Tafel, die gewischt wurde. Der Ausdruck ist plötzlich und so vollkommen weg, als wäre ihr Wesen in einem Wimpernschlag verloren gegangen. *Ungefähr so muss es sein, wenn jemand stirbt*, denkt Edgar.

Der Bus fährt wieder los, und Julia setzt sich hin.

Dann sagt Edgar: »Dein Laptop ist doch bestimmt passwortgeschützt?«, aber sie reagiert nicht. Sie schaut einfach durch ihn hindurch. Durch ihn und die Wand des Busses und die Bäume. Nur ihre Halsschlagader pulsiert. Da begreift er, dass genau das das Problem ist. »Er ist also nicht passwortgeschützt«, sagt Edgar.

»Nein«, antwortet Julia so leise, dass das Motorengeräusch des Busses ihre Antwort fast verschluckt.

Edgar nickt langsam. »Und es sind sensible Daten auf der Festplatte ... Du sagtest Einträge?«

Julias Lippen werden weiß, sie knetet ihre Finger. »Ja«, sagt sie. »Aber sie sind nicht auf der Festplatte.«

»Wo sind sie dann?«, fragt Edgar irritiert.

Sie sieht ihn an. Ein glasiger, geröteter Blick. Als hätte sie zu wenig geschlafen. Oder zu viel geweint.

»Es sind Blog-Einträge«, sagt sie.

»Ich verstehe nicht«, murmelt Edgar. »Was für Blog-Einträge?«

Und dann erzählt sie ihm davon. Von der Therapie, die sie gemacht hat, als ihre Eltern sich trennten, von ihrer unbändigen Wut, auf sie, auf die Welt, auf alles, von den Gedanken, die manchmal so durcheinander waren, dass sie sich darin verheddert. Sie erzählt ihm davon, dass sie anfangs noch in Bücher geschrieben hat, aber dass ihre kleinen Geschwister die zu oft zum Malen benutzt haben. Und dass ihr so die Idee zu der Wordpress-Seite gekommen ist. Zu einem leeren Raum voller Geheimnisse, die niemand sehen kann. Edgar hört ihr zu und sagt nichts. Ab und an ein Nicken, mal eine gerunzelte Stirn, ein verständnisvolles Lächeln, mehr nicht. Der Bus hält wieder an und fährt wieder los, immer wieder, Menschen steigen aus und andere ein, während Julia sich ihm anvertraut.

Der Moment zwischen ihnen ist so echt und unverstellt, dass es sich anfühlt, als würden ihre Worte eine Leere in Edgar füllen, von der er bis dahin nicht einmal gewusst hatte, dass sie existierte.

Es gibt einen Blog. Er ist auf privat gestellt. Online ist es nur eine leere Seite. Aber in Wirklichkeit ist sie voll mit Einträgen. Einträgen, die niemand sehen kann. Es sind Julias Gedanken. Ein ungefiltertes Ich, das Julia nicht besonders mag, das sie aus genau diesem Grund aus sich herausgeschrieben hat. Edgar wüsste gern, ob es auch Einträge über ihn gibt, aber er fragt nicht danach, weil es unpassend wäre. Und dann wird ihm klar, dass es welche über ihn geben muss, weil sie gesagt hat: *Du hast die Einträge gelesen.* Warum hätte er die E-Mail-Adresse sonst ändern sollen, wenn sie nichts über ihn geschrieben hat?

»Und was hat es mit dieser E-Mail-Adresse auf sich, die ich geändert haben soll?«, fragt Edgar, und Julia schaut in ihren Schoß. Auf ihre Hände, die dort liegen, als würden sie nicht zu ihr gehören. »Du dachtest, ich hätte die Einträge gelesen«, sagt Edgar. »Und ich nehme mal an, es sind auch welche über mich dabei.« Stille. »Okay«, sagt Edgar dann. »Ich deute das mal als ein Ja. Und ich schätze, es sind nicht gerade schmeichelhafte Sachen, die du da geschrieben hast, sonst würdest du wohl kaum befürchten, dass ich deine Zugangsdaten geändert habe.«

Julia schaut auf. Ihre Augen sind so voll mit Tränen, dass man die Farbe darunter nicht mehr sieht, kein Grau und kein Braun mehr, nur nass. »Ich wollte die Einträge löschen«, sagt sie dann. »Ich wollte mich bei Wordpress anmelden und sie löschen. Nur für den Fall, dass du den Laptop doch öffnest.« Dicke Tränen rollen über ihre Wangen. Wie Bindfäden, eine nach der anderen. »Ich dachte nicht mal, dass du es tun würdest. Ihn öffnen, meine ich. Es war bloß eine Vorsichtsmaßnahme.« Julia wischt sich mit dem Handrücken übers Gesicht. Edgar möchte seine Hand ausstrecken und damit ihren nackten Arm berühren, aber er hält sich zurück. »Aber ich konnte mich nicht anmelden. Da stand, die E-Mail-Adresse wäre nicht vergeben.«

»Und deswegen glaubst du, jemand hat sie geändert«, schlussfolgert Edgar. »Und du glaubst, dieser Jemand bin ich.« Er versucht, sich nicht anmerken zu lassen, wie sehr es ihn kränkt, dass sie das sagt, und schaut weg. »Da musst du ja ziemlich heftige Sachen über mich geschrieben haben, wenn du denkst, dass das meine Reaktion darauf wäre.«

Julia schweigt. Er hatte gehofft, sie würde widersprechen. Edgar mustert das Buch, das auf ihrem Schoß liegt. Die Abmessungen und das Gewicht sind ähnlich wie die eines Laptops. Wer auch immer das getan hat, muss gewusst haben, dass Julia ihn in dem Jutebeutel transportiert. Und dass er nicht passwortgeschützt ist. Andernfalls würde die ganze Aktion keinen Sinn ergeben. Die Person muss aus ihrem näheren Umfeld sein. Jemand, den sie kennt. Und offensichtlich ist es jemand, der Graphic Novels mag.

»Wie viele Leute wissen, dass du deinen Laptop immer in diesem Beutel da hast?«, fragt Edgar. »Und wer von denen weiß, dass er nicht passwortgeschützt ist?«

»Rein theoretisch könnte das jeder beobachtet haben. Ich habe ziemlich oft in der Schule geschrieben.«

Edgar erinnert sich, dass er sie mehrfach mit dem Laptop gesehen hat. In Freistunden oder nach der Pause. Immer an demselben Tisch.

»Okay«, sagt er, »und ich schätze mal, dein Browser kennt die meisten deiner Zugangsdaten.«

»Fast alle«, erwidert Julia.

»Nur, damit ich das richtig verstehe, ich kenne mich mit Wordpress nicht so gut aus. Man wird also nach einer gewissen Zeit automatisch dort abgemeldet, aber theoretisch könnte jeder, der deinen Laptop aufklappt, sich mit den hinterlegten Daten einfach wieder anmelden. Richtig?«

Julia nickt.

»Okay«, sagt Edgar. »Wer in deinem Freundeskreis liest Graphic Novels?«

Das ist eine gefährliche Frage, doch das geht ihm erst auf, als er sie bereits gestellt hat. Denn *er* liest Graphic Novels. Nicht, dass Edgar sich sonderlich gut damit auskennen würde, er hat vielleicht gerade mal sechs oder sieben davon, aber er hat sich in letzter Zeit vermehrt damit beschäftigt. Und er ist sich nicht sicher, ob er das in irgendeinem ihrer Gespräche vielleicht schon mal erwähnt hat.

Julia legt den Kopf schräg und sieht ihn seltsam an. »Nur du«, sagt sie dann.

7:46 Uhr

Linda steht an der Bushaltestelle und wartet auf Edgar. Normalerweise tut sie das nicht. Es ist ein ziemlicher Umweg. Aber an seinem Geburtstag macht sie eine Ausnahme. Da holt sie ihn immer ab. Und jedes Mal hat sie irgendwas für ihn dabei. Einen Muffin, eine Wunderkerze oder etwas in der Art. Heute ist es ein kleiner Gugelhupf, den sie und ihre Mutter gestern Abend noch gebacken haben. Edgar stirbt für Zitronenkuchen. Und für Panna Cotta. Die Panna Cotta bekommt er am Wochenende, den Zitronenkuchen schon heute. Er hat eine daumendicke Glasur aus Puderzucker und Zitrone. Genau so, wie Edgar es mag.

Ursprünglich war das alles natürlich seine Idee. Er ist der Kreative von ihnen beiden. Der bessere Freund. Linda weiß, dass es so ist. Angefangen hat es mit ihrer Geburtstagstradition vor etwa vier oder fünf Jahren. Irgendwann später hat Edgar ihr mal gesagt, dass er da bereits in sie verliebt war. Mit zwölf oder dreizehn war das. Edgar mochte sie auch mollig. Er mochte sie immer. Sogar dann, wenn sie sich selbst nicht mochte. Edgar hat sich jedes Jahr etwas Besonderes zu ihrem Geburtstag einfallen lassen. Da der auf die Sommerferien fällt, haben sie oft zusammen reingefeiert. Edgar kam dann mit einem Tiramisu und Luftballons vorbei oder mit Lindas Lieblingseis und einem Strauß Blumen. Die Blumen hat er nicht gekauft, er hat sie in den Nachbargärten gepflückt. Ja, Edgar pflückt Blumen. Nicht für jeden, aber für sie hat er es getan. Und letztes Jahr ist er mit einem Rucksack bis oben hin voll mit Essen den Baum vor Lindas Fenster hochgeklettert. Er hat um Punkt zwölf leise an die Scheibe geklopft. Und dann haben sie ein Picknick auf dem Fensterbrett gemacht – mit den Füßen auf dem dicken Ast direkt davor. Nur sie beide und der Mond. Und Butterbrezen. Und für jeden eine Flasche Paulaner Spezi, weil Linda das von Paulaner am liebsten mag. Edgar weiß solche Dinge. Er ist wie ein Schwamm für die Kleinigkeiten, die einen Menschen ausmachen. Er merkt sich einfach alles. Lindas Mutter meinte mal, das wären tausend kleine Beweise seiner Liebe. Vielleicht stimmt das. Wenn es so ist, ist dieser Gugelhupf ein Zeichen von Lindas.

Momo ist manchmal genervt davon, wie viel Geschichte Edgar und sie haben. Linda kann das verstehen. Doch es gibt Dinge, die sind so, wie sie sind. Die ändert man nicht. Für niemanden. Nicht mal für Momo. Und diese Tradition gehört dazu.

Linda zieht das Handy aus der Hosentasche und wirft einen Blick auf die Uhrzeit. In einer Minute kommt der Bus. Sie schaut auf und erkennt ihn in der Ferne. Er wirkt wie ein kleiner blauer Wurm, der sich über die Friedenheimer Brücke in ihre Richtung schiebt. Sie packt das Handy weg, steckt die drei kleinen Kerzen, die sie mitgebracht hat, in den Kuchen und holt das Feuerzeug aus dem vorderen Fach ihres Rucksacks.

Linda steht an der Haltestelle und wartet. Sie sieht dabei zu, wie der Bus sich der roten Ampel nähert, wie die kurz später auf Grün schaltet und er dann die Kreuzung passiert. Linda zündet die Kerzen an und schirmt ihre zitternden Flammen mit einer Hand vom Fahrtwind ab, damit der sie nicht gleich wieder ausbläst. Die Bremsen quietschen, und der Bus bleibt stehen. Linda geht zum hinteren Ausstieg, weil Edgar immer hinten sitzt. Die Türen öffnen sich, und Linda hält den kleinen Teller mit dem Kuchen vor sich hoch.

Dann steigt Edgar aus.

Zusammen mit Julia Nolde.

7:51 Uhr

In den vergangenen Jahren hat Edgar an seinem Geburtstag die gesamte Busfahrt zur Schule damit zugebracht, sich auf den Augenblick zu freuen, in dem er Linda an der Haltestelle sieht. Sie hatte dann einen Ballon für ihn dabei oder ein Stück Kuchen. Und wenn er ausgestiegen ist, war da ein Lächeln auf ihrem Gesicht, das sofort zu Gänsehaut auf seinen Armen wurde.

Linda war jahrelang sein erstes Geburtstagsgeschenk gewesen. Und auch das, auf das er sich insgeheim am meisten gefreut hat. Edgar hat ihre Geburtstagstradition immer geliebt. Aber in diesem Jahr hat er sie vergessen. Auf eine Art vergessen, als hätte es sie nie gegeben. Und das hat nicht nur mit dem Gespräch eben mit Julia zu tun, sondern mit der Tatsache, dass Linda und er nicht mehr dieselben sind. Nicht mehr die, die sie waren. Weder einzeln noch zusammen. Edgar sieht sie an, und da wird es ihm klar. Die Lüge, die er sich selbst so gern erzählt hat, weil er sie glauben wollte. Weil alles andere bedeutet hätte, dass er sich eingestehen muss, wie weit sie sich voneinander entfernt haben. Sie von ihm und er von ihr. Linda war seine beste Freundin, dann seine Freundin, und jetzt ist sie diese unausgegorene Mischung aus einer Freundin, mit der er Sex hatte, und dem Mädchen, das ihn für ein anderes verlassen hat. Ihm war klar, dass ihre Freundschaft zu Schaden gekommen ist, jedoch nicht, wie tief der Riss geht.

Plötzlich spürt er ihn mit einer Deutlichkeit, als hätte er sich an der Erkenntnis geschnitten. Als müsste es bluten, so körperlich ist die Kluft zwischen ihnen. Und das, obwohl sie ihm direkt gegenübersteht, keinen Meter von ihm entfernt.

Einige Sekunden stehen Linda, Julia und er einfach nur da. Sie sind wie drei Zutaten, die nicht zusammengehören. Und die peinliche Stille umgibt sie wie unsichtbare Fesseln. Dann fällt Julias Blick auf den kleinen Teller mit dem Kuchen und den bunten Kerzen. Sie schaut von ihm zu Edgar. Ein bisschen so, als wäre Linda gar nicht da, nur der Kuchen auf dem Teller.

Sie sagt: »Du hast heute Geburtstag?« Edgar nickt. »Das wusste ich nicht.«

Er ist kurz davor zu sagen: *Woher auch? Du weißt so gut wie nichts von mir.* Aber er tut es nicht. Weil es nicht fair wäre. Und außerdem will er Julia nicht bloßstellen.

»Alles Gute«, sagt sie dann so leise, als wäre es ein Geheimnis. Ihr Lächeln ist ganz klein, ein Anflug auf ihren Lippen und ein Schimmern in ihren Augen.

Edgar will es nicht erwidern, es passiert einfach. Als hätten seine Mundwinkel ihn überstimmt. Sie sind zu zweit und er allein. Also lächelt er und sagt: »Danke.«

Der Moment dehnt sich aus, es ist, als wäre Linda gar nicht da. Julia sieht ihn an, und er schaut in ihre Augen, so groß und rund und dunkel, und dann denkt er an sein Gesicht tief vergraben in ihrem Pullover, in diesem wunderbaren Geruch aus Duft und Haut, bis Linda plötzlich sagt: »Von mir übrigens auch alles Gute.«

Es fühlt sich an, als wäre ihre Stimme zugeschaltet

worden. Wie bei einem Radiointerview. Ihr Unterton ist eisig. Und ihre Anwesenheit auf einmal so eindeutig, dass es ihn wundert, dass er sie eben noch hat ausblenden können. War es das, was er getan hat? Hat er sie ausgeblendet? Oder einfach kurz nicht wahrgenommen?

Edgar sieht zu Linda hinüber, aber die schaut zu Julia. Ein bisschen trotzig und ein bisschen von oben herab. Und da ist noch etwas anderes. Etwas, das er nicht gleich zuordnen kann. Wie ein Gewürz, das man eindeutig herausschmeckt, von dem man aber nicht weiß, ob man es mag. Er mustert Linda wie eine Fremde. Die Art, wie sie Julia ansieht, passt nicht zu dem Gugelhupf auf dem geblümten Teller. Edgar hat geglaubt, jeden ihrer Blicke zu kennen. Aber dieser Blick ist neu. Wie ein Kleidungsstück, das sie noch nie anhatte.

»Was machst du in diesem Bus?«, fragt Linda. Und ihre Frage klingt, als hätte außer Edgar niemand das Recht darauf, diesen Bus zu benutzen. Als wäre es *sein* Bus und nicht ein öffentliches Verkehrsmittel.

»Ich fahre zur Schule«, erwidert Julia.

»Ich dachte, du wohnst am Rotkreuzplatz?«

»Das habe ich auch«, sagt sie. »Wir sind vor ein paar Monaten umgezogen.«

Linda schaut in Edgars Richtung. »Vor ein paar Monaten also«, sagt sie. »Und seitdem fahrt ihr zusammen mit dem Bus?«

Ihre Frage geht an Edgar, aber es ist Julia, die schließlich sagt: »Ja, meistens.«

Danach weicht Edgar Lindas Blick aus. Wie ein kleiner Junge, der etwas falsch gemacht hat. Er will die Enttäuschung in ihrem Gesicht nicht sehen. Und auch nicht die Vorwürfe. Die Wahrheit ist, dass es sie nichts angeht, mit wem er Bus fährt. Dass sie gar nichts mehr etwas angeht, das mit ihm zu tun hat. Und dass sie genau genommen die Letzte ist, die ihm irgendwelche Vorhaltungen machen darf. Sie kann von Glück reden, dass er überhaupt noch mit ihr spricht. Weil sie mit ihm Schluss gemacht hat. Sie mit ihm. Und er hat dann gelitten wie ein Hund. Linda weiß davon nichts. Edgar hat es ihr nie erzählt. Er hat es für sich behalten, weil er nicht wusste, wie viel Wahrheit ihre neue Freundschaft aushält.

»Wir sollten gehen«, durchbricht Julias Stimme die Stille. »In ein paar Minuten beginnt der Unterricht.«

Linda streckt Edgar den Teller mit dem Gugelhupf und den drei Kerzen entgegen. Ihre Flammen sind erloschen, die drei kleinen Dochte gebogen und schwarz. In dem Moment überfällt Edgar das schlechte Gewissen dann doch. Weil Linda nichts sagt, und das sagt alles. Und weil der Kuchen so gut riecht. Nach Zitrone und Zucker.

Linda wendet sich ab und geht voraus. Julia und er folgen ihr. Dann sind sie irgendwann zu dritt, gehen mehr oder weniger nebeneinander her. Und die Stimmung zwischen ihnen ist gespannt, so wie Haut, die zu viel Sonne erwischt hat. Linda schaut stur geradeaus, sogar ihr Gang ist wütend. Edgar trägt den Zitronenkuchen und fühlt sich schlecht, weil er wünschte, sie wäre nicht da. Das hat er sich noch nie gewünscht. Wenn es einen Menschen gibt, den er immer um sich haben wollte, dann war es Linda. Ganz gleich, wie es ihm ging, es ging immer um sie. Und auf einmal tut es das nicht mehr. Und dieses Gefühl ist seltsam traurig. Als wäre erst heute etwas zu Ende gegangen, obwohl es in Wahrheit schon vor Monaten vorbei war. Als würde er sie hier und jetzt gewaltsam von einem Thron stoßen, auf den er sie vor so vielen Jahren gesetzt hat. Edgar hat seinen bei Linda schon vor einer ganzen Weile verloren. Und dann fragt er sich, ob es ihr damals auch schwergefallen ist. Als Momo kam und er seinen Platz räumen musste. Vielleicht. Soweit hat er nie gedacht. Weil er das Opfer war – das Opfer ihrer Gefühle für jemand anderen.

Als endlich das Schultor in der Ferne auftaucht, ist Edgar erleichtert. Darüber, dass Julia gleich nach links gehen wird und er nach rechts, so wie jeden Morgen. Am Tor zum Lehrerparkplatz endet ihre Freundschaft, und jeder von ihnen kehrt in seine eigene Welt zurück. Nur dass diesmal Linda dabei ist. Ein Störfaktor, und Edgars beste Freundin. Gleich wird sie ihn mit Fragen löchern. Fragen, von denen ihr die Antworten nicht gefallen werden. Wie es dazu kam, warum ausgerechnet Julia Nolde, ihrer beider Feindin, obwohl sie eigentlich immer nur Lindas Feindin war, und Edgar sie nur stellvertretend gehasst hat. Aus Loyalität. Weil Freunde das eben tun. Aber am meisten fürchtet sich Edgar vor einer anderen Frage. Und zwar vor: *Warum hast es du mir nicht einfach erzählt?* Er wird nicht wissen, was er darauf sagen soll. Weil er es selbst nicht weiß.

Wenig später erreichen sie das Tor zum Lehrerparkplatz. Sie bleiben alle drei stehen – Edgar zwischen Linda und Julia und zwischen den Stühlen. Zwischen zwei Mädchen, die außer ihm nichts gemeinsam haben. Außer ihm und der Tatsache, was er für sie empfindet. Mehr als sie für ihn.

7:59 Uhr

Julia Nolde. Ausgerechnet Julia Nolde. Das Mädchen, das sie neben Marlene Meller am meisten hasst.

Linda schaut Edgar an, als würde sie ihn gerade zum ersten Mal sehen, während er völlig unbeteiligt neben ihr hergeht. So als wäre nichts gewesen. Als wäre es ein ganz normaler Tag.

Edgar wird das Thema nicht ansprechen, und noch weniger wird er sich entschuldigen, das erkennt sie an der Art, wie er sie über sie hinwegsieht, an diesem vagen Blick, der sich irgendwo in der Ferne verliert. Es ist der Anfang eines Totschweigens, das typisch für ihn ist.

Er hätte ihr davon erzählen müssen. Oder wenigstens etwas andeuten. Aber er hat nichts gesagt. Nicht ein Wort.

Julia Nolde. Dieses Miststück mit dem süßen Gesicht. Wie ein Herz mit großen Augen, speckigen Wangen und einer hohen Stirn. Sie sieht aus, als wäre sie noch ein kleines Mädchen. Und wenn man ihr den Blick abkauft, ist sie unschuldig. Rein wie ein Tautropfen. Dieses Gesicht war immer ihre effektivste Waffe. Diese runden Augen, die so aussehen, als könnten sie kein Wässerchen trüben. Tiefes ehrliches Braun mit dichten Wimpern. Aber Linda weiß es besser. Sie weiß es so viel besser.

Edgar und sie gehen nebeneinander her. Sie sind umgeben von Mitschülern, es ist ein Meer aus Stimmen und

74

Gesichtern, überall Füße, die irgendwo hin wollen. Dann ertönt der Gong, und sie fließen in die Klassenzimmer und Treppenhäuser, als hätte jemand einen Stöpsel gezogen. Die Gespräche ebben ab, Türen fallen zu und machen Platz für die Stille zwischen ihnen.

Edgars Schritte hallen durch den Flur. Linda geht lautlos halb hinter ihm her. Er biegt rechts ab in Richtung der Chemiesäle, der Korridor vor ihnen ist fensterlos und lang.

Linda fragt sich, was sie mehr verletzt: dass Edgar ihr nichts von diesen Busfahrten erzählt hat oder dass er vergessen zu haben scheint, was Julia ihr damals angetan hat. Natürlich war es nicht nur sie, aber sie war dabei. Sie war immer dabei. Eine Mitläuferin der ersten Reihe. Und wenn Linda dann geweint hat, hat sie sie angesehen. Mit so viel Mitleid im Blick. Aber gesagt hat sie nie etwas. Verdammte Heuchlerin.

Linda holt auf, dann geht sie schweigend neben Edgar her. Er macht keine Anstalten, etwas zu sagen, also sagt sie irgendwann: »Du und Julia also«, und dabei klingt sie so fremd, als würde jemand anders durch ihren Mund sprechen.

Edgar verdreht die Augen. »Wir fahren nur zusammen mit dem Bus, Linda«, antwortet er in einem Tonfall, der irgendwie gleichgültig und zur selben Zeit gereizt klingt.

»Ja«, sagt sie. »Und das seit Monaten.«

Edgar bleibt stehen und schaut sie an.

»Was soll das?«, fragt er.

»Das wüsste ich auch gern«, sagt sie.

Die Flure sind gespenstisch leer, graublauer Linoleum

und schmutzig weiße Wände. Und dazwischen irgendwo sie.

»Verstehe ich das richtig«, sagt Edgar irgendwann, »ich darf also nicht mit ihr sprechen, nur weil sie zu dir vor ungefähr hundert Jahren mal nicht so nett war?«

Sie stehen einander gegenüber. Mit den Zehenspitzen an einem Abgrund, von dem nur sie weiß, dass er da ist.

Dann sagt Linda: »Weil sie nicht so nett war? Im Ernst jetzt?«

Edgar seufzt. »Komm schon, das ist jetzt echt ewig her. Irgendwann ist sowas einfach nur noch nachtragend.«

Es vergeht ein langer angespannter Moment, der ihr eine Seite von Edgar zeigt, die sie vorher nicht kannte. Und die sie auch nicht kennen wollte.

»Das ist nicht nachtragend«, sagt Linda nach einer Weile. »Es ist gesunder Menschenverstand.«

»Kann sein«, antwortet Edgar. »Aber die Sache damals hatte nichts mit mir zu tun.«

Dieser letzte Satz sickert nur langsam in ihren Verstand, als wäre er durchnässte Erde, die nichts mehr aufnehmen kann. *Die Sache damals* waren mehrere Jahre ihres Lebens. Edgar hat gesehen, wie sie gelitten hat. Wie eingeschüchtert sie war. Ein ganz anderes Ich. Er war damals immer auf ihrer Seite. Und jetzt hat er sie gewechselt.

Lindas Augen brennen, und ihr Hals füllt sich mit einem Kloß aus verschluckten Worten und Angst. Angst, Edgar zu verlieren, ein Gefühl, dass sie so nicht kannte. Sie fühlt sich wieder wie damals in den Umkleidekabinen. Dick und nackt. Dann fällt ihr Blick auf den kleinen

Teller mit dem Gugelhupf in Edgars Hand. Er sieht winzig aus. *Zitronenkuchen.* Edgar liebt Zitronenkuchen. Linda hat ihn genau so gebacken, wie er ihn mag. Nach seinem Rezept. Heute Morgen dachte sie noch, sie würden die erste Stunde zusammen blaumachen und ihn sich teilen. So wie immer an ihren Geburtstagen. Stattdessen stehen sie jetzt hier. In einem langen Flur kurz vor einem Streit.

»Wenn das damals wirklich nichts mit dir zu tun hatte«, fragt Linda schließlich, »warum hast du mir dann nicht einfach von diesen Busfahrten erzählt?«

Der Blick, mit dem er sie ansieht, ist ungewohnt schroff.

»Weil sich nicht immer alles um dich dreht, Linda«, sagt er.

Und mit diesem Satz lässt er sie stehen.

PROTOKOLL FORTGESETZT

München, Donnerstag, 21. Mai, 12:20 Uhr
Direktorat, Städt. Käthe-Kollwitz-Gymnasium
Betreff: Mobbingvorfall Julia Nolde
Anwesende:

- Frau Dr. Ferchländer, Rektorin
- Herr Weigand, Konrektor
- Edgar Rothschild,
  Schüler der 12. Jahrgangsstufe
- Benjamin Rothschild, Vater des
  Schülers, Erziehungsberechtigter

Frau Dr. Ferchländer:
Dann hast du den Laptop also nie gehabt?

Edgar:
Ich wusste nichts von diesen Einträgen.

Frau Dr. Ferchländer:
Das war nicht die Frage, Edgar.

Edgar:
Julias Laptop war nicht in dem Beutel. Und
selbst wenn es anders wäre, ich hätte diese Einträge über mich ja wohl kaum selbst veröffentlicht.

Herr Weigand:
Es muss hart für dich gewesen sein, das zu
lesen. Ich meine, so etwas liest niemand
gerne.

Edgar:

Es war nicht schön.

Herr Weigand:

Dennoch warst du ja nicht der Einzige, über den sie geschrieben hat. Die Tatsache, dass du erwähnt wurdest, schließt also nicht zwangsläufig aus, dass du mit der Sache zu tun hast.

Herr Rothschild:

Dass er *erwähnt* wurde? Ich denke, das beschreibt die Umstände nicht einmal annähernd. Haben Sie die Einträge überhaupt gelesen?

Frau Dr. Ferchländer:

Was Herr Weigand eigentlich damit sagen will, ist, dass…

Herr Rothschild:

Bei allem nötigen Respekt, ich denke, ich verstehe ganz gut, was Herr Weigand damit sagen will. Nämlich, dass mein Sohn die Einträge, die über ihn verfasst wurden, veröffentlicht haben könnte, um so von sich selbst abzulenken. Als eine Art Alibi. *Seitenblick zu Herrn Weigand.* Das meinten Sie doch, oder?

Herr Weigand:

Nun ja, es ist zumindest eine Möglichkeit, die man nicht außer Acht lassen sollte.

Herr Rothschild:

Und was genau war bitte sein Motiv?

Herr Weigand:

Was weiß ich? Ablehnung vielleicht. Oder Rache.

Er zuckt mit den Schultern. Immerhin hat das
Mädchen ihn mit diesen Einträgen ganz schön
bloßgestellt.

Herr Rothschild:

Und dann rächt er sich, indem er eben diese Einträge, in denen er bloßgestellt wird, veröffentlicht? Damit jeder sie lesen kann? Sogar Ihnen
müsste aufgehen, dass das ziemlich dämlich wäre.

Herr Weigand *gereizt*:

Was soll das denn jetzt bitte heißen?

Frau Dr. Ferchländer:

Meine Herren, lassen Sie uns bitte beim Thema
bleiben, ja? *An Edgar gerichtet*: Hast du denn
einen Verdacht, wer die Einträge online gestellt
haben könnte?

Edgar:

Ich schätze, jeder des Jahrgangs hätte einen
Grund gehabt, es zu tun.

Frau Dr. Ferchländer:

Linda Overbeck wurde mehrfach als mögliche Täterin genannt. Laut einigen Schülern haben Marlene
Meller und Julia Nolde sie über Jahre gemobbt.
Kurze Pause. Ihr seid eng befreundet, ist das
richtig?

Edgar:

Ja.

Frau Dr. Ferchländer:

Stimmt es, dass sie gemobbt wurde?

Ja, das ist korrekt.

Frau Dr. Ferchländer:
Hältst du es für möglich, dass Linda diese Ein-
träge veröffentlicht hat? Als eine Art späte
Rache?

Edgar:
Erwarten Sie von mir, dass ich meine beste
Freundin anschwärze?

Herr Weigand:
Dann hältst du es also für möglich.

Herr Rothschild:
Das hat er nicht gesagt.

Herr Weigand:
Na ja, eigentlich schon.

Frau Dr. Ferchländer:
Herr Weigand, bitte legen Sie dem Jungen keine
Worte in den Mund.

Herr Weigand:
Aber er hat es impliziert.

Herr Rothschild:
Sie haben es deduziert. Das ist etwas anderes.

Herr Weigand, *stirnrunzelnd*:
Ich habe was?

Herr Rothschild:
Ich kann es Ihnen nachschlagen, wenn Sie wollen.

Frau Dr. Ferchländer:
Meine Herren, ich bitte Sie. Wir brauchen bei

der derzeitigen Situation wahrlich keine Neben-
kriegsschauplätze. *Wieder an Edgar gerichtet:*
Nein, ich erwarte nicht, dass du Linda an-
schwärzt. Ich will nur wissen, ob du es für möglich hältst, dass sie es war. Das ist alles.

Edgar:

Warum hätte sie es jetzt tun sollen? Ich meine,
jetzt, wo sie alle in Ruhe lassen.

Frau Dr. Ferchländer:

Weil man manche Dinge einfach nicht vergisst.

18:12 Uhr

Linda sitzt auf ihrem Bett und fragt sich, ob Edgar recht hat mit dem, was er sagt. Ob sie vielleicht doch nachtragend ist. Und ob es wirklich immer nur um sie ging. Vielleicht ist es so. Ach, und wenn schon. Dann ging es eben um sie. Geht es nicht fast immer um einen Menschen ein bisschen mehr als um den anderen? Funktionieren Beziehungen nicht so? Linda ist nun mal gern Edgars Mittelpunkt. Das ist doch kein Verbrechen. Außerdem hat sie ihn zu nichts gezwungen. Es war seine freie Entscheidung, sie zu seinem Mittelpunkt zu machen. *Ja, und jetzt hat er eben Julia zu seinem Mittelpunkt gemacht,* sagt eine Stimme in ihrem Kopf. *Ist das dann nicht auch seine freie Entscheidung?* »Nein, verdammt noch mal, das ist es nicht«, sagt Linda in die Stille ihres Zimmers – was ihr bereits im selben Moment idiotisch vorkommt, weil ein inneres Zerwürfnis im Inneren stattzufinden hat.

Linda greift nach ihrem Handy, entsperrt es und sucht Edgars Nummer in ihren Favoriten. Es ist der zweite Eintrag. Früher war es der erste. Sie schiebt den Gedanken weg und tippt auf seinen Namen, legt dann aber sofort wieder auf, noch bevor es das erste Mal klingelt. Edgar muss sie anrufen. Er ist derjenige, der sich entschuldigen muss. Und der Edgar, den sie kennt, hätte das auch schon längst getan. Wobei es mit dem erst gar nicht zu diesem Streit gekommen wäre. Denn in der richtigen Version ihres Lebens wäre er allein aus dem verdammten Bus gestiegen. Linda hätte ihm den Gugelhupf gegeben und ihm gratuliert. Edgar hätte die Kerzen ausgepustet und sich etwas gewünscht, und dann hätten sie den Zitronenkuchen zusammen auf ihrer Wiese zwischen Lehrerparkplatz und Turnhalle gegessen.

Linda legt das Handy auf die Matratze und sich dann daneben. Als wäre es Edgar und nicht bloß ein Handy. Sie rollt sich zu einer Kugel zusammen und ignoriert das leere Gefühl unter ihren Rippen. Dieses Gefühl, ihn verloren zu haben. Aber Edgar ist ein Teil von ihr. Wie ein Arm oder ein Bein. Sie kann ihn nicht verloren haben. Sie ist seine Verlängerung und er ihre. Das war immer so.

Linda legt sich auf den Rücken und starrt an die Decke. Hätten Edgar und sie nicht gestritten, würde sie jetzt nicht an ihn denken. Wahrscheinlich wäre dann Momo da, und sie würden einen Film schauen oder miteinander schlafen. Oder Momo würde ihr weiter aus dem Buch vorlesen, von dem sie so begeistert ist. So wie neulich nachts, als sie beide nicht schlafen konnten. Hätten Edgar und sie nicht gestritten, wäre er ihr gerade egal. Er wäre in seinem Leben und sie in ihrem. Und das, obwohl er heute Geburtstag hat. Linda ist eine schlechte Freundin. Eine, die eigentlich gar keine ist. Sie dreht den Kopf und schaut das Handy an, als wollte sie es mit der Macht ihrer Gedanken zum Klingeln bewegen. *Ruf an, Edgar. Ruf an.* Aber er ruft nicht an. Sie fragt sich, wann sie sich das letzte Mal bei ihm gemeldet hat, aber es fällt ihr nicht mehr ein. In den vergangenen Monaten hat fast ausschließlich Edgar sie angerufen. Linda hat ihn eigentlich immer nur dann gefragt, ob er Zeit hat, wenn Momo etwas anderes vorhatte. Oder wenn gerade mal wieder Krach zwischen ihnen war. Edgar ist ihre liebste Nummer zwei geworden. *Tja, und genau das bist du für ihn jetzt eben auch,* sagt die Stimme.

Linda setzt sich auf und greift nach dem Handy. Aber sie kann ihn nicht anrufen. Sie kann nicht. Alles in ihr wehrt sich dagegen. Er hat sie in diesem Flur stehen gelassen. Er sie. Nicht umgekehrt.

Linda zieht ihre Hand zurück. Und dann gesteht sie sich ein, dass es stimmt. Dass es schon ziemlich lange nicht mehr ausgeglichen zwischen Edgar und ihr ist. Dass es das womöglich niemals wirklich war. Und dann fragt sie sich, ob sie vielleicht ihre Zeit hatten. Ob sie vielleicht aus ihren Rollen herausgewachsen sind. Ob sie sich auseinanderentwickelt haben. Und bei diesen Gedanken füllen sich ihre Augen mit Tränen. So lange, bis ihre Wimpern sie nicht mehr halten können. Linda hat früher nie wegen Edgar weinen müssen. Sie fragt sich, wie oft er wohl schon ihretwegen geweint hat. Und ohne zu wissen warum, weiß sie, dass es oft gewesen ist.

Linda denkt an die Haltestelle zurück, sie sieht sich, wie sie mit ihrem kleinen Kuchen auf Edgar wartet. Und wie er dann mit Julia Nolde aus dem Bus steigt. Das Knirschen ihrer Zähne schneidet laut in die Stille. Linda hat nicht mal gemerkt, wie fest sie sie zusammenbeißt. Das macht sie oft, wenn sie wütend ist. Früher hat sie nachts manchmal so extrem geknirscht, dass sie selbst davon wach geworden ist. Dann hat sie von ihrem Zahnarzt eine Beißschiene bekommen, die anfängt, komisch zu riechen, wenn man sie nicht regelmäßig reinigt. Edgar hat auch so eine. Aus demselben Grund. Und wenn er früher bei ihr übernachtet hat, haben sie beide nach dem Zähneputzen ihre Zahnschienen eingesetzt. Danach konnten sie das »s« nicht mehr richtig aussprechen. Edgar hat dann tausend Dinge mit »s« gesagt. Und das war so lustig, dass Linda ihre Schiene manchmal versehentlich ausgespuckt hat vor Lachen. Daran zu denken ist so schön, dass es weh-tut. So als würde man sich an jemanden erinnern, der gestorben ist. Jemanden, der einen nie wieder zum Lachen bringen wird.

Linda denkt an das Gespräch im Schulflur heute Morgen, sie versucht, es abzuspielen wie eine gespeicherte Audiodatei, aber es sind bloß noch Bruchstücke davon übrig. Lediglich das Gefühl des Verrats ist vollständig geblieben. Und der Satz, der dieses Gefühl hervorgerufen hat: *Ich darf also nicht mit ihr sprechen, nur weil sie zu dir vor ungefähr hundert Jahren mal nicht so nett war?*

Nicht so nett. Das hat er wirklich so gesagt. Aber Julia Nolde war nicht einfach nur *nicht nett*. Wenn Linda zurückdenkt, ist ihre Vergangenheit übersät mit blauen Flecken. Innere Verletzungen, die keiner ernst nimmt, weil man sie nicht sehen kann. Edgar hat die Erinnerungen daran mit nur einem Satz in ihr geweckt. So wie ein böses kleines Monster, das Kinder nur fürchten, wenn es dunkel ist und das sie tagsüber vergessen. Aber Linda hat es nicht vergessen. Nicht wirklich. Sie erinnert sich genau, an die vielen kleinen Gemeinheiten, die im Einzelnen nicht so schlimm waren und in der Summe vernichtend. Sie erinnert sich daran, wie die Mädchen aus ihrer Klasse auf sie gezeigt und sie ausgelacht haben. Damals in den Umkleiden vorm Sportunterricht, wenn sie mal wieder halbnackt und dick vor ihnen stand, weil sie ihre Kleidung versteckt hatten – die Sportsachen und die normalen Klamotten. Eine kleine Unterhose und ein kleines Bustier. Und sonst nur Speck. Linda erinnert sich, dass sie immer die Letzte war, die auf dieser endlos langen Bank in der Turnhalle saß, weil keiner sie in sein Team gewählt hat. Ein kleines Häuflein Mensch, das sich am liebsten in Luft aufgelöst hätte. Sie erinnert sich fast körperlich an die Einsamkeit, die sie in jenen Momenten gespürt hat. An diese Leere, mit der sie so voll war, dass sie dachte, daran zu ersticken.

Heute fragt sie sich, warum sie sich so hat behandeln lassen. Warum sie nichts getan hat, als die anderen ihr Pausenbrot ins Klo oder ihren Rucksack aus dem Fenster des Klassenzimmers geworfen haben. Oder ihr Turnsäckchen. Oder den Inhalt ihres Federmäppchens. Edgar ist dann jedes Mal mit ihr runter in den Hof gegangen und hat die Sachen mit ihr eingesammelt. Die Sportschuhe, die Stifte, das Lineal und den Radiergummi. Und wenn sie dann zu spät zum Unterricht kamen und der Lehrer fragte, wo sie gewesen sind, sagten die anderen, Edgar hätte das Mäppchen oder den Turnbeutel oder den Rucksack aus dem Fenster geschmissen. *Es war nur Spaß*, fügte Julia Nolde in solchen Situationen dann oft hinzu. *Wir haben alle nur Spaß gemacht.* Dabei klang ihre Stimme so aufrichtig, so überzeugend, dass Linda ihr auch geglaubt hätte, wenn es nicht um sie gegangen wäre.

Jetzt sitzt sie da, starrt auf ein Handy, das einfach nicht klingelt, und fragt sich, warum sie es sich so lange hat gefallen lassen. Sie hätte zu einem der Lehrer gehen und die Wahrheit sagen können. Erzählen, wer die Sachen wirklich aus dem Fenster geworfen hat. Oder die Schule wechseln. Sie hätte irgendwas tun können – *irgendwas tun müssen*. Aber sie hat nichts getan. Nur geschwiegen.

Heute würde sich Linda von niemandem mehr so behandeln lassen. Es würde sich keiner trauen. Die Beliebten gehen auf die los, die sie lassen. Das hat Linda irgendwann verstanden. Dass man Menschen auf eine seltsame Art und Weise die Erlaubnis gibt, einen zum Opfer zu machen. Dass es ist wie ein Vertrag, bei dem beide Seiten unterschreiben müssen. Und wenn einer seine Rolle nicht mehr ausfüllt, bricht das gesamte Konstrukt in sich zusammen. Linda hat eines Tages einfach aufgehört, das Opfer zu sein. Wie ein Schalter, den man drückt, und dann ist das Licht aus. Trotzdem ist da noch etwas von diesem dicken, kleinen Mädchen in ihr übrig geblieben. Wie ein winziger fauliger Rest eines alten Ichs, das Linda so gern vergessen würde. Sie verabscheut diese Version von sich. Weil sie feige war. Und schwach. Und weil sie insgeheim glaubte, das zu verdienen, was sie mit ihr machten. Aber sie hat nichts davon verdient. Sie war nur ein dickes, kleines Mädchen. Und jetzt hat ihr Julia Nolde auch noch Edgar weggenommen. Ihren Edgar. Den einen Menschen, der immer auf ihrer Seite war.

Linda spürt die Wut in sich wachsen. Eine gewalttätige, reine Wut, die den Verstand einfach umgeht. Wie bei einem Tier, das bereit ist zu töten, um sich zu verteidigen. Wäre Julia Nolde in diesem Moment hier, würde Linda ihr ins Gesicht schlagen. Sie würde ihr so fest ins Gesicht schlagen, dass ihre Hand einen Abdruck auf ihrer fleischigen Wange hinterlassen würde. Vier Finger, ihren Daumen und ihre Handfläche.

Aber Julia Nolde ist nicht da.

Also ruft Linda bei Momo an.

19:08 Uhr

Es ist das fast schon menschliche Ächzen der Wohnungstür, das Julia weckt. Sie fragt sich, wie lange sie bereits
im Bett ist. Länger als sie wollte, so viel steht fest. Als sie
sich zur Seite dreht, rollen Tränen aus ihren Augen, eine
über die Schläfe, eine über die Nase. Die Uhrzeit auf
dem Handydisplay ist kurz verschwommen, dann wieder
scharf. 19:09 Uhr. Julia hat sich vor über zwei Stunden
hingelegt. Direkt nach dem erfolglosen Anruf bei Wordpress. Eigentlich hätte sie es wissen müssen. Ihre Geschichte klingt selbst für sie weit hergeholt. Ein vielleicht
gestohlener Laptop, oder doch nicht gestohlen, sondern
im Bus vergessen – *Ja, was denn nun?*, hat er gefragt. *Ich
weiß es nicht*, hat sie geantwortet. Und dann hat der
Kundenbetreuer am anderen Ende der Leitung auf diese
erwachsene Art geschwiegen, die keinen Hehl daraus
gemacht hat, dass er ihr kein Wort glaubt. Julia nimmt
ihm das nicht mal übel. Sie hätte es an seiner Stelle vermutlich auch nicht geglaubt. Als sie dann angefangen
hat zu weinen, war er peinlich berührt und meinte, dass
sie beweisen müsse, dass sie wirklich sie ist und dass es
sich bei der genannten Seite tatsächlich um ihre Seite
handele. *Wir haben Sicherheitsvorschriften*, hat er gesagt. Danach hat Julia sich hingelegt. Sie wollte eigentlich nur kurz die Augen zumachen. Ein paar Minuten.
Und dann hat sie sie zwei Stunden lang nicht mehr auf-

gemacht. Es hat keine Rolle gespielt, weil niemand da war. Aber jetzt sind sie alle da. Alle auf einmal. Ihre Geschwister reden im Flur wild durcheinander, sie erzählen mit ihren kleinen hellen Stimmen vom Kindergarten. Es ist diese niedliche, aber anstrengende Tonlage, die fast alle Kinder in dem Alter haben. Bei Neli ist sie noch ein bisschen schlimmer als bei Marie. Aber sein kleines Gesicht macht das wieder gut.

Die meisten Leute denken, Neli und Marie wären Zwillinge, aber sie sind es nicht. Neli ist auf den Tag genau ein Jahr älter als Marie. Doch er ist klein, und Marie ist groß. Und der geteilte Geburtstag ist das i-Tüpfelchen.

Ihre Stimmen nähern sich Julias Zimmer, und der alte Holzfußboden kommentiert knarzend ihren Weg durch die Küche. Julia sollte aufstehen, das weiß sie, aber sie bleibt liegen. Unter der Decke ist es schön warm, nur ihr Kopf schaut heraus. Nachdem sie sich übergeben hat, hat sie stundenlang gefroren. Jetzt ist es besser.

»Juli?«, fragt ihre Mutter. »Juli, bist du da?«

Sie klingt entsetzlich müde, so als wäre sie fast leer.

In dem Moment, als Julia antworten will, drückt jemand langsam von außen die Türklinke hinunter. Es ist Neli. Er schaut durch einen schmalen Spalt zu ihr ins Zimmer wie eine Katze. »Sie ist hier!«, ruft er hinter sich in die Küche und klettert zu ihr aufs Bett. Julia hebt die Daunendecke an, und Neli kriecht darunter. Die Matratze federt leicht unter seinem Gewicht, dann spürt sie seinen kleinen Körper an ihrem. Sie und ihre Geschwister kuscheln oft vor dem Abendessen. Manchmal spielen sie auch zusammen. Dann hat ihre Mutter ein paar Minuten für sich. Zum Kochen oder zum Telefonieren. Wenn sie richtig fertig ist, stellt sie sich ans offene Wohnzimmerfenster und raucht eine Zigarette. Dann weiß Julia, dass es ein schlechter Tag war.

Sie hört kleine Fersen auf dem Parkettboden näher kommen. Maries Kleinkindtrampeln. Nackte Füße auf Holz. Ihre Schwester springt zu ihnen aufs Bett. Und dann sind sie zu dritt, alle unter einer Decke. Und für den Moment ist das Leben wieder gut. So, als könnten Sorgen und schwere Gedanken Daunenfedern nicht durchdringen, solange man mit kleinen Menschen darunterliegt. Als wären sie eine Art Schutzschild dagegen.

»Hast du geweint?«, fragt Neli und legt seine Hände auf ihr Gesicht. Eine links, eine rechts. Sie passen genau auf ihre Wangen.

»Nur ein bisschen«, sagt Julia. »Ist nicht schlimm.«

»Warum hast du geweint?«, fragt er.

»Weil man manchmal einfach weint«, antwortet sie und streicht ihm über die Stirn.

Marie stützt sich auf den Ellenbogen ab und mustert sie. Ihre dunklen Locken sehen aus wie Geschenkband.

»War einer in der Schule gemein zu dir?«, fragt sie.

Julia schüttelt den Kopf. »Nein. Es war keiner gemein zu mir.« *Noch nicht*, denkt sie und sagt: »Macht euch keine Sorgen.«

Dann stülpt sie die Decke über ihre Köpfe. Darunter ist es heiß und dunkel, und sie kitzeln sich gegenseitig. Julia tut so, als würden Neli und Marie immer genau die richtigen Stellen erwischen. Und dann lacht sie laut und windet sich wie ein Wurm. Speckige kleine Arme und Hände suchen sie in der Dunkelheit, sie weicht ihnen aus und lässt sich dann von ihnen finden. Neli und Marie lachen. Es ist ein glockenheller, schöner Laut. So unbeschwert und glücklich, wie sie gern auch wäre. Mit ihnen ist sie es fast.

Irgendwann schlägt Julia die Decke zurück und setzt sich auf. Ihr Gesicht ist verschwitzt. Die Federn knistern wie ein Lagerfeuer, und der Geruch der Zigarette dringt von nebenan durch die Wand.

Julia stellt sich ihre Mutter am offenen Fenster vor. Wie sie dort steht, die Zigarette in der Hand, Falten auf der Stirn, eine Müdigkeit im Blick, die von Tag zu Tag grauer wird. Julia darf sie nicht auch noch mit ihren Sorgen belasten. Sie wird den Termin abwarten. Und wenn alles gut läuft, gibt es nichts zu besprechen.

Neli steht auf, sein Gesicht ist direkt vor ihrem. Er lacht und riecht aus dem Mund. Nach Magen und nach Hunger.

»Was haltet ihr von überbackenen Nudeln?«, sagt Julia.

Beide nicken.

Dann fragt Neli: »Mit viel Käse?«

Und Julia antwortet: »Mit verdammt viel Käse.«

19:39 Uhr

Anita Nolde steht am Fenster und raucht eine Zigarette.
Und jedes Mal, wenn sie daran zieht, verabscheut sie
sich dafür, ein so schlechtes Vorbild zu sein. Nicht nur
wegen des Rauchens. Wegen allem. Alleinerziehend, nie
genug Geld, ein feindliches Verhältnis zu ihrem Exmann
und dem Vater ihrer Kinder, mit dem sie bis vor einem
Jahr auf dem Papier noch verheiratet war, der aber schon
lange davor mit einer anderen geschlafen hat. Jetzt sind
Anita und er geschieden. Und er und die andere Mann
und Frau. Anita war hochschwanger, als sie sich getrennt
haben. Knapp vier Jahre ist das her, zwei Wochen vor
Maries Geburt. Sie sind auseinandergegangen, aber Eltern sind sie geblieben. Seitdem führen sie zwei Leben,
die mit drei Kindern verbunden sind. Immer wenn die
den Raum betreten, setzen Patrick und sie ihre fröhlichen
Gesichter auf. Und dahinter haben sie Schaum vorm
Mund. Anita ist sich sicher, dass die Kinder es spüren. Sie
haben viel feinere Antennen als Erwachsene. Vielleicht
sind die Lügen sogar schlimmer. Dieses Versuchen, es
richtig zu machen. Anstatt einfach echt zu sein. Echt traurig, echt wütend, echt verletzt. Emotionen, die Kinder
verstehen. Aber sie will es nicht noch schwerer für sie
machen, deswegen die Maske. Anita weiß, dass sie mal
glücklich waren, Patrick und sie. Aber es fällt ihr schwer,
sich daran zu erinnern. Und das, obwohl die glückliche

Phase so viel länger angedauert hat als die unglückliche. Vielleicht geht Unglück tiefer. Oder es ist ihr einfach näher, weil es noch da ist und das Glück schon lange weg.

Anita schließt die Augen. Sie brennen, weil es an Schlaf mangelt. Das Bisschen, das sie bekommt, ist flach und schlecht. Eine unerholsame Variante, die gerade so reicht, um einen Tag nach dem anderen irgendwie hinter sich zu bringen. Draußen fährt ein Auto vorbei. Es fährt langsam, aber das Kopfsteinpflaster macht es laut. Danach ist es kurz still. Nur aus der Küche kommen Geräusche. Sie beruhigen Anita. Es sind die Stimmen ihrer Kinder, ihr Lachen, das monotone Brummen des Backofens, Geklapper von Geschirr und Besteck, das Abreißen von Backpapier. Sie hat gute Kinder. Liebe Kinder. Manchmal fragt sie sich, ob sie ihnen das oft genug sagt. Ob sie sich oft genug bei Julia für ihre Hilfe mit den Kleinen bedankt. Oder wenn sie für sie einkauft. Oder abends etwas kocht. So wie jetzt. Und dann fragt sie sich, wann sie zuletzt überhaupt mit ihrer Tochter gesprochen hat, ein richtiges Gespräch geführt, nicht nur ein paar Sätze zwischen Tür und Angel, keine belanglose Unterhaltung, die lediglich den Alltag zum Inhalt hatte. Anita öffnet die Augen.

Sie weiß es nicht mehr. Sie erinnert sich an kein Gespräch.

In letzter Zeit fühlt es sich ohnehin so an, als würde Julia ihr immer mehr entgleiten. Als würde sie mit jedem Tag ein bisschen mehr zu einer Fremden. Vielleicht auch nur zu einer Frau. Vielleicht gehört das so. Vielleicht muss das so sein. Anita wünschte, sie hätte jemanden, den sie solche Dinge fragen kann. Was normal ist und was nicht. Aber ihre Mutter ist vor sechs Jahren gestorben, und ihre Schwester hat keine Kinder. Genauso wie die meisten von Anitas Kolleginnen. Aber die mag sie ohnehin nicht besonders. Mit Ausnahme von Claudia. Die ist eigentlich ganz nett. Aber ihre Kinder sind fast noch Babys. Sie spielen und schlafen. Und dazwischen schreien sie und müssen gewickelt werden. Eine Phase, die Anita nicht vermisst.

Dann fragt sie sich, was Julia den ganzen Tag macht. Wie es ihr in der Schule geht. Und mit Leonard. Sie sind doch noch zusammen? Oder? Hat Julia irgendwas erwähnt? Anita weiß es nicht mehr.

Die Blätter der Platane vor dem Fenster rascheln, und Anita schaut in die Baumkrone. Es war kein Wind, vermutlich nur ein Vogel. In diesem Moment dringt der Geruch von geschmolzenem Käse aus der Küche zu ihr ins Wohnzimmer, und Anitas Magen antwortet mit einem langgezogenen lauten Knurren. Und dann muss sie lächeln, weil nur Kinder auf die Idee kommen können, bei so einer Hitze etwas Überbackenes zu machen. Später wird alles danach riechen. Die Vorhänge, das Schlafsofa, ihr Bettzeug. Anita wischt sich mit den Handflächen den Schweiß aus dem Gesicht. Diesen dünnen klebrigen Film, den der Sommer auf ihr hinterlassen hat.

Die Luft steht vollkommen still. Wie ein Sprinter auf seinem Startblock kurz vor dem Schuss. Manchmal würde Anita auch gern weglaufen. Alles zurücklassen – alles, bis auf ihre Kinder. Und manchmal sogar die. Sie schämt sich für diese Gedanken. Weil eine gute Mutter so etwas doch nicht denkt.

Anita raucht die Zigarette zu Ende. Dann schnippt sie den Stummel aus dem Fenster. Die Glut liegt orangerot leuchtend auf dem Gehweg, irgendwie vorwurfsvoll. Als wüsste sie, dass sie eigentlich in einen Aschenbecher gehört. Anita hat überlegt, einen aufs Fensterbrett zu stellen, aber dann wäre es amtlich. Ein Eingeständnis. Dann könnte sie nicht mehr sagen, dass sie ja gar nicht wirklich raucht, weil jemand, der nicht raucht, auch keinen Aschenbecher aufs Fensterbrett stellt. Während sie darüber nachdenkt, zündet sie sich die nächste Zigarette an. Sie könnte ein Glas nehmen. Ein Glas mit etwas Wasser. Das wäre kein Aschenbecher. Anita zieht an der Zigarette, und das Rauchen ist fast anstrengend in der schwülen Abendluft. Sie stellt sich vor, wie diese Mischung aus Feuchtigkeit und Gift in ihre Zellen dringt. Sie sollte es wirklich lassen. Und sie sollte auf keinen Fall ein Glas aufstellen.

Anita wirft die Zigarette kaum geraucht zu der anderen auf den Bürgersteig. Sie landet rot glühend knapp daneben. Dann schließt Anita das Fenster, und ihr graues Spiegelbild starrt sie an. Ein hageres Gesicht mit hohen Wangenknochen. Sie fühlt sich wie diese Frau, halb durchsichtig und blass. Alles an ihr ist müde. Und sie müsste dringend zum Frisör. Aber sie sieht nicht alt aus. Nur verbraucht. Und auf eine Art unglücklich, die inzwischen auch ihre Oberfläche zeichnet.

»Mama?«

Anita dreht sich zur Tür. Und beim Anblick ihrer Tochter denkt sie, was sie schon so oft gedacht hat: *Juli hat einfach das liebste Gesicht.* Damit meint sie nicht nur das liebste ihrer Kinder, sondern das liebste überhaupt. Das liebste, das sie kennt.

»Es gibt Essen«, sagt Julia. Sie sagt es so leise, als hätte Anita gerade noch geschlafen, und als hätte sie sie geweckt. Julias Augen sind glasig. Sie verraten die Tränen, die sie verschweigt. Und die Art, wie sie wegschaut, fügt unmissverständlich hinzu, dass sie nicht darüber reden will.

Also lächelt Anita und sagt: »Sehr gut. Ich bin am Verhungern«, anstatt sie zu fragen, was mit ihr los ist.

20:34 Uhr

Bei den Overbecks zu sein, fühlt sich für Momo immer ein bisschen an, wie zu Hause ankommen. Ein Gefühl, das sie von zu Hause so nicht kennt. Und das hat nichts mit ihren Eltern zu tun, denn die sind eigentlich gar nicht so schlecht. Ein bisschen spießig vielleicht, aber auch nicht schlimmer als andere. Sie sind die Art von Eltern, die nichts von ihren Kindern wissen, die aber denken, dass sie es tun. Manchmal hat Momo ein schlechtes Gewissen deswegen. Weil sie sie in dem Glauben lässt, sie zu kennen. Nur, dass sie sie in Wirklichkeit gar nicht kennen wollen. Sie denken es, aber es stimmt nicht. Sie wollen lieber die Momo, die sie nicht ist. Sie wollen sie so, wie sie sein sollte, und wie sie auch seit Jahren vorgibt zu sein. Den Teil, an dem sie sich stören könnten, lässt Momo weg. So wie man ein Lied auf einem Album überspringt, das man nicht mag.

Seit Momo mit Linda zusammen ist, schminkt sie sich öfter. Und auch stärker als früher. Vor ein paar Tagen hat sie ihr Vater darauf angesprochen. Er hat gesagt: »Du hast dich verändert«, hat aber keine Vorstellung davon, wie sehr. Ihm ist schon die Oberfläche der Wahrheit zu viel. Die Schminke. Ein Lidstrich und Lippenstift. Manchmal fragt sie sich, wie er reagieren würde, wenn er es wüsste. Wenn sie ihm sagen würde, dass es einen Grund dafür gibt, warum sie noch nie einen Jungen mit nach Hause gebracht hat.

Momo glaubt, er ist insgeheim froh darüber, weil er dann seine Tochter weiterhin so sehen kann, wie er will. Weil *kein Junge* in seiner Welt nicht gleich Mädchen bedeutet. Sondern dass sie einfach noch nicht so weit ist. Oder sich für den Richtigen aufhebt. Wer auch immer das sein mag. Momo weiß, dass er so denkt. Sie weiß es, weil er sie auf diese stolze Art ansieht, wie Väter es oft in Filmen tun. *Meine Tochter ist kein leichtes Mädchen.* Momo fragt sich, was er von ihr halten würde, wenn er es wüsste. Wenn er wüsste, was in seinem Haus hinter ihrer verschlossenen Tür passiert, während er schläft. Und auch während er nicht schläft. Es passiert direkt vor seiner Nase. Und er sieht es nicht, weil sich die Frage nach zwei Mädchen, die sich lieben, für ihn gar nicht stellt. Es gibt sie nicht. So wie es Zwerge und Elfen nicht gibt.

Ihr Vater hat gesagt, dass er Linda mag. Aber er mag sie nur als *eine* Freundin, nicht als *ihre* Freundin. Und nicht mal das stimmt. Er mag nur, dass seine Tochter Anschluss gefunden hat. Da akzeptiert er dann auch die grünen Haare, die Piercings und Tattoos – nicht gern, aber er tut es, wenn das nun mal dazugehört.

Eigentlich ist es seltsam, dass er so ist. Immerhin hatten er und ihre Mutter damals ähnliche Probleme mit seinen Eltern. Da waren es Vorurteile wegen ihrer Herkunft und nicht wegen sexueller Orientierung, aber im Grunde macht das nicht viel Unterschied. Ihre Großeltern haben immer betont, dass sie keine Rassisten sind. Und dann kam das *Aber.* Aktiv sind sie es auch nicht. Nur passiv. Alle Kulturen und Völker sind wunderbar, wenn sie dort bleiben, wo sie herkommen oder man dorthin in den

Urlaub fährt. Alles ist in Ordnung, solange keiner auf die Idee kommt, einen der anderen zu heiraten. Jeder soll leben, wie er will, aber bitte woanders. Ihre Großeltern schmeißen keine Steine oder so, aber sie mögen ihresgleichen eben einfach ein kleines bisschen lieber als die anderen. Oder auch ein bisschen mehr als nur ein bisschen. Sie sind so etwas wie *Man-bleibt-unter-sich-Rassisten*. Keine bösen Menschen, nur engstirnig.

Momo zum Beispiel hat immer Geschenke zum Geburtstag von ihnen bekommen, auch Frida bekommt welche, aber die ihrer beiden Cousins Johannes und Valentin sind immer etwas größer ausgefallen. Darauf angesprochen sagten sie: »Es sind Jungs, das sind ganz andere Geschenke. Die wären nichts für die Mädchen.« Aber das ist nicht der wahre Grund. Johannes und Valentin sind ihnen einfach näher. Sie sind mehr wie sie.

Das Schlimmste ist, dass Momo ihre Großeltern sogar ein Stück weit verstehen kann. Sie selbst hat sich auch immer ein wenig gefühlt wie der Fehler im Bild. Das eine Gesicht auf den Klassenfotos, das nicht so recht zu den anderen passte. Fremder als die anderen Fremden. Und als ihr klar wurde, dass sie Mädchen mag, wurde es noch schlimmer. Das war gegen Ende der sechsten Klasse. Und in der siebten hatte sie dann einen Freund. Sebastian Friedrich. Sie ist mit ihm zusammengekommen, weil es einfacher war, Ja zu ihm zu sagen als Nein. Außerdem war es kurz vor den Sommerferien. Danach, so dachte Momo, würden sie ohnehin Schluss machen. Oder sie würde sich doch in ihn verlieben. Das hätte so vieles einfacher gemacht.

Wenn Momo es sich hätte aussuchen können, hätte sie sich für »normal« entschieden. Für eine Mutter, die europäisch aussieht und dafür, auf Jungs zu stehen. Ihr Leben war das Gegenteil davon. Und Mädchen zu mögen, ein weiterer Faktor auf der Skala weg von »normal«.

Außerdem schien Sebastian echt nett zu sein. Jemand, den alle mochten. Und außerhalb der Schule sah sie ihn ohnehin so gut wie nie. Sie gingen zwei Mal gemeinsam zur S-Bahn. Und einmal ins Kino. Das war's. Es störte Momo nicht, mit ihm zusammen zu sein. Er war das Normalste in ihrem Leben. Aber dann kam diese Party. Die Party bei Martina Weber. Sie hatte einen Hobbyraum im Keller. Dicke Betonwände und dunkelgrauer Teppichboden. Daran erinnert sich Momo noch genau. Und da hat Sebastian sie geküsst. Es war okay. Aber mehr wollte sie nicht. Also hat sie Nein gesagt, als er eine Hand unter ihr T-Shirt schob. Und mit diesem kleinen Nein war sie in nur ein paar Sekunden von einem beinahe beliebten Mädchen zur absoluten Außenseiterin geworden. Sebastian hat noch am selben Abend mit ihr Schluss gemacht und ist keine fünf Minuten später mit ihrer besten Freundin Sarah zusammengekommen.

Es war Momo egal. Als hätte das alles nichts mit ihr zu tun. Das war der Moment, in dem sie endlich verstand, dass sie anders war. Dass sie es auch immer sein würde. Nach dieser Party bei Martina Weber hatte Momo den Ruf, prüde zu sein, und konzentrierte sich auf die Schule. Sie schrieb gute Noten, und die Lehrer mochten sie. Trotzdem war Momo nicht traurig, als ihr Vater ihr dreieinhalb Jahre später eröffnete, dass sie umziehen würden, und dass sie daher leider die Schule wechseln müsste. Momo ist gern gegangen. Es war ein Ort ohne Freunde und ohne Wurzeln. Sich dort herauszunehmen, war leicht.

Und dann ist sie Linda begegnet. Gleich am ersten Schultag. Momo erinnert sich genau an diesen Moment in der Aula. An den Geruch von frisch gestrichenen Wänden und die vielen stillstehenden Staubkörner in der Morgensonne. Es war, als hätten Linda und sie sich irgendwie erkannt. Als hätten sie sich ein heimliches Zeichen gegeben, von dem Momo bis dahin nichts wusste.

Sie hat einmal von einem Experiment gelesen, in dem die Probanden gebeten wurden, Paare anhand ihres Aussehens zusammenzufügen. So eine Art Memory. Es hat Momo schockiert, wie hoch die Trefferquote war. Die meisten Menschen legen instinktiv die richtigen Partner zusammen. Sie fragt sich manchmal, ob jemand Linda und sie zusammenlegen würde. Und dann hofft sie, dass es so ist. Nicht wie bei ihren Eltern, die dieses eine Paar wären, bei dem sich alle täuschen.

Ihre Mutter ist damals wegen des Studiums von Berlin nach München gezogen. Da war sie gerade achtzehn. Nur ein bisschen älter als Momo jetzt. Und an der Uni hat sie dann ihren Vater kennengelernt. Einen Mann wie aus einem Kinderbuch der Fünfzigerjahre. Groß, mit hellbraunem Haar und stahlblauen Augen. Ein paar Jahre älter als sie, er war fast fertig mit dem Studium, sie ganz am Anfang. Ihre Mutter sagt, sie sei ihm sofort verfallen. Und er ihr. Eigentlich eine schöne Geschichte. Und als Kind wollte Momo sie auch immer und immer wieder hören, diese Geschichte, wie ihre Eltern sich in einander verliebt haben. Inzwischen ist ihr Vater ein ziemlich hohes Tier in einem Unternehmen, das Mikrochips herstellt. Und wenn er sie und ihre Mutter zu Empfängen mitnimmt, kommen jedes Mal dieselben Blicke. Als wäre Momos Mutter nicht seine Frau, sondern eine Putzhilfe, die sich in der Garderobe und der Tür geirrt hat. Die meisten Leute meinen es nicht mal böse. Sie kennen Asiatinnen einfach nur aus dem Restaurant. Oder aus dem Urlaub. Es sind Kellnerinnen oder Flugbegleiterinnen. Ansonsten haben sie kaum Berührungspunkte mit ihnen. Jedes Mal, wenn Momo in Berlin ihre Großeltern mütterlicherseits besucht, fällt ihr auf, wie anders es dort ist. Wenn man den geschichtlichen Hintergrund kennt, ist es kein Wunder, aber die meisten kennen ihn nicht.

Momo hat sich daran gewöhnt, dass Leute anfangs laut und deutlich mit ihr sprechen, weil sie davon ausgehen, dass sie kein Deutsch kann. Es liegt an den Augen. Aber Momo kann nur deutsch. Die paar Brocken vietnamesisch, die ihre Mutter ihr beigebracht hat, sind nicht der Rede wert. Die lernt man auch an der Volkshochschule in einem Anfängerkurs. Für Momo ist Vietnam ein Urlaubsort. Es ist schön da. Aber das ist es in Italien auch.

Ihre Schwester ist noch zu klein, um das alles zu verstehen. Frida weiß noch nicht, dass sie anders ist. Sie ist noch nicht mal drei, und Momo liebt sie über alles. Weil sie so echt ist, ohne Filter und ohne Vorurteile. Ein Mensch, wie alle Menschen sein sollten, wenn es nach Momo geht. Ganz im Gegensatz zu ihr, die ihre ganze Welt belügt. Momo liebt ihre Eltern. Auch wenn sie sie nicht kennen. Trotzdem sehen sie falsch nebeneinander aus. Er so groß und sie so klein. Wie ein Versuch, der schiefgegangen ist. Und Momo ist das Ergebnis.

Seltsamerweise sieht sie Frida nicht so. Wenn überhaupt, wäre sie der Beweis dafür, dass die Kombination ihrer Eltern einem höheren Plan entspringt. Als wäre Momo das missglückte Experiment und ihre Schwester der langersehnte Durchbruch. In solchen Momenten fragt sich Momo, was Linda an ihr findet. Sie ist nicht hässlich oder so, aber sie ist auch nicht schön. Auch wenn Linda das Gegenteil behauptet. Sie sagt, dass sie ihr Gesicht liebt, diese Kombination aus europäisch und asiatisch, vor allem ihre Augen. Und wenn Linda sie schön findet, reicht das dann nicht? Immerhin muss die sie viel öfter anschauen als sie sich selbst.

In der Schule wissen die Leute, dass sie zusammen sind. Sie sind die Lesben. Manchmal kommen blöde Kommentare deswegen, und dann küsst Linda sie einfach, weil es ihr egal ist. Weil sie es genießt, die anderen zu provozieren. Sie zieht Momo dann ganz fest an sich. Mitten im Flur. Und die Antwort der anderen ist ein Johlen und Grölen, das Momo zu gleichen Teilen peinlich ist und das ihr gefällt. Genauso ist es, wenn Linda ihr im Gehen eine Hand auf den Po legt. Oder wenn sie sie mit diesem Blick anschaut, der ihr – und allen anderen – verrät, woran sie gerade denkt. Linda tut das oft. Es ist so eine Art Vorspiel mit den Augen, das Momo mag. Und das sie rot werden lässt. Und feucht. Alles auf einmal.

Sie wäre auch gern so. So selbstsicher und frei. Jemand, mit dem man sich nicht anlegt, weil man gegen Echtheit einfach nicht ankommt. Linda ist so. Es ist keine

Fassade. Sie ist auch so, wenn sie allein sind. Momo ist nur so, wenn sie allein sind.

Es heißt, manche Menschen tragen ihr Herz auf der Zunge. Linda trägt sich am ganzen Körper. Wenn sie nackt ist, ist sie nackt. Und dann bewegt sie sich genauso wie mit Kleidung. Momo hat niemals zuvor jemanden gekannt, der so war. Und manchmal ertappt sie sich dabei, dass sie so fasziniert von Linda ist, dass sie gar nicht richtig zuhört, wenn sie spricht. Als würde sie sich in Linda verheddern. Momo liebt dieses Gefühl. Dann ist es, als wäre sie ein Teil von ihr. Als wären sie miteinander verwoben.

Sie schaut neben sich. Zu Linda, die ihre Pizza isst und gut gelaunt tut, weil sie ihren Eltern nichts von dem Streit mit Edgar erzählen will. Die lieben Edgar. Er hat sogar einen festen Platz am Esstisch. Den halten sie selbst dann frei, wenn er nicht da ist. Wie von einem geliebten Familienmitglied, das nicht länger unter ihnen weilt oder ins Heim musste. Manchmal wünschte Momo, sie würde Edgar nicht mögen. Aber sie mag ihn. Weil er nett zu ihr ist. Und das, obwohl er allen Grund hätte, es nicht zu sein. Als Linda ihretwegen mit ihm Schluss gemacht hat, war er trotzdem immer freundlich. Er hat sich stets so verhalten, als hätte das eine mit dem anderen nichts zu tun. Er war sogar dann nett, wenn Linda nicht dabei war. Und jetzt ist er ein Thema, obwohl er gar nicht da ist. Obwohl nicht mal über ihn gesprochen wird. Oder gerade, *weil* nicht über ihn gesprochen wird.

Momo sieht Linda dabei zu, wie sie sich die fettigen Finger an einer Serviette abwischt, dann schaut sie auf.

Ihr schwarzer Lidstrich ist am linken Auge leicht verschmiert, rechts ist das Muster noch da. Momo lächelt sie an, und Linda lächelt zurück. Aber es ist nur ein halbes Lächeln, das auf den ersten Blick ganz aussieht. Es ist ein *Linda-ohne-Edgar-Lächeln.*

Und in genau diesem Moment, bei diesem halben Lächeln, wird Momo bewusst, wie wichtig er ihr ist. Sie hat ihn nicht ersetzt, so wie sie es bisher dachte – sie ist nur dazugekommen. Zu etwas, das es schon lange vor ihr gab.

23:21 Uhr

Als Edgar vom Laufen zurückkommt, sitzt Linda auf seinem Bett. Es ist ein zu gewohntes Bild, um sich zu erschrecken. Und doch ist es seltsam, dass sie da ist.

»Was willst du hier?«, fragt er schroff.

»Dein Vater meinte, ich kann hier auf dich warten.« Pause. »Können wir reden?« Sie schaut ihn von unten an.

Edgar hat diesen Blick immer geliebt. Vielleicht weil er nicht wirklich zu Linda passt. Zu den Piercings und der harten Fassade, hinter der sie das Mädchen von früher gefangen hält. Dieser Blick macht etwas mit ihm. Das war immer so. Edgar sieht Linda an, wie sie dasitzt auf seinem Bett, und etwas in ihm zieht sich zusammen. Sie wird ihn nie kaltlassen. Dafür ist sie ihm viel zu nah gekommen, so nah, dass sie ihn selbst weiter weg noch berührt.

»Rede«, sagt Edgar, und die Länge der Matratze liegt zwischen ihnen wie eine ganze Welt.

»Es tut mir leid«, sagt Linda dann.

Das überrascht ihn. Linda ist nicht groß im Entschuldigen. Sie windet sich lieber aus ihren Fehlern heraus. Oder sie schreibt einem eine Nachricht, wenn genug Zeit vergangen ist. Irgendwas Witziges, das einen vergessen lässt, warum man sauer war – und einen gleichzeitig daran erinnert, warum man sie mag.

»Was genau tut dir leid?«, fragt Edgar und verschränkt

die Arme. Dieses Mal wird er es ihr nicht so leicht machen. Dieses Mal ist es anders.

»Du willst das volle Programm?«, murmelt Linda und schaut einen Moment in ihren Schoß, als lägen dort die richtigen Worte.

Sie sitzt da und schweigt. Die Stille zwischen ihnen fühlt sich schwer in ihm an, und das Halbdunkel seines Zimmers passt zur Situation: Das gelbliche Licht der Schreibtischlampe, das ihr Gesicht ganz schwach erleuchtet, Edgar in seinen verschwitzten Trainingshosen und mit nassen Haaren. Und sie auf seinem Bett in schwarzen Jeans und barfuß, mit angezogenen Beinen und den Unterarmen auf den Knien. Sie saß schon oft so dort. Sein halbes Leben lang. Vielleicht sogar sein ganzes. Als sie wieder aufschaut, löst sich eine grüne Strähne aus ihrem Haargummi und fällt ihr in die Stirn. Linda sagt nichts, sie schaut ihn nur an, so als würde ihr Blick es schon erklären.

»Weißt du was? Es ist egal«, sagt Edgar irgendwann. »Du bist gekommen, um dich zu entschuldigen, und das hast du getan.« Er zuckt mit den Schultern. »Ich schätze, du kannst jetzt gehen.«

»Dann ist meine Entschuldigung gar nichts wert?«, fragt Linda.

»Wie könnte sie das sein?«, entgegnet Edgar harsch. »Ich weiß doch noch nicht mal, wofür du dich entschuldigst.«

»Klar tust du das«, sagt sie. »Du weißt es ganz genau.«

Linda blinzelt, und er spürt, wie genervt er ist. Von ihr und der gesamten Situation. Davon, dass sie nur wegen

Julia hier ist. Wäre er heute Morgen allein aus dem Bus gestiegen, wäre alles geblieben, wie es war. So, wie Linda es haben will. Sie will nicht ihn, sie will ihn nur nicht verlieren.

Es ist schon erstaunlich, wie so ein weiterer Mensch eine Beziehung verändern kann. Erst Momo und jetzt Julia. Linda ist nicht seinetwegen hier. Nicht wirklich. Es geht wieder nur um sie. Es ging immer nur um sie.

Edgar atmet tief ein, dann fragt er: »War es das?«

Und Linda erwidert: »Keine Ahnung. Sag du es mir.«

Ein gereiztes Gefühl breitet sich in Edgar aus. Wie ein Hautausschlag, nur innen.

»Ich habe echt keine Lust mehr auf deine Spielchen, Linda.«

»Was denn für Spielchen?«, fragt sie.

»Na, deine Spielchen eben.« Er schüttelt den Kopf. »Du sagst, dass du vorbeigekommen bist, um zu reden, redest dann aber nicht.«

»Weil ich nicht weiß, was ich sagen soll.«

»Gut, dann kannst du ja auch gehen.« Edgar deutet auf die Digitalanzeige seines Weckers. »Es ist spät. Und ich will noch duschen.«

»Du schickst mich weg?«

»Ja«, sagt er. »Außer, es gibt noch etwas, was du loswerden willst.«

Es kommt ihm seltsam vor, so mit ihr zu reden. Als würde er eine neue Sprache an ihr ausprobieren.

Linda schluckt. »Es tut mir leid, wie ich dich behandelt habe«, sagt sie dann. Und ihr Ton ist von früher. Von seiner Linda. Von dem Mädchen, das ein Teil von ihm nach wie vor liebt. »Ich war eine lausige beste Freundin. Und das schon ziemlich lange.« Sie spielt an ihrem Lippenpiercing herum, und ihre Augen sehen schwarz und schön aus. Etwas in ihm erinnert sich daran, wie sich dieses Piercing angefühlt hat. An seinen Lippen, an seiner Zunge, an seinem Penis. Edgar schluckt und zwingt sich, an etwas anderes zu denken. »Ich habe mich dir gegenüber beschissen verhalten, und es ist mir nicht mal aufgefallen. Aber ich wollte das nicht. Ich würde nie etwas tun, das dir wehtut.« Lindas Blick ist so direkt, dass Edgar nicht wegsehen kann. »Jedenfalls nicht absichtlich«, fügt sie murmelnd hinzu. Das Schwarz ihrer Augen ist glasig. Es schimmert wie ein See in der Nacht. Und dann laufen Tränen über ihre Wangen, und etwas in Edgar wird weich. Weich und spröde, als würde es brechen. Er hat Linda seit Jahren nicht weinen sehen. Sie hat irgendwann damit aufgehört. Als wäre es einfach genug gewesen. Das Licht der Schreibtischlampe betont ihre nassen Wangen. »Ist es zu spät für eine Entschuldigung?«, fragt Linda leise, und ihr Flüstern ist belegt.

Edgar schüttelt langsam den Kopf. Sein Brustkorb ist seltsam eng. »Nein«, sagt er dann. »Dafür ist es nie zu spät.«

Jetzt hat sie ihn. Er weiß es. Und sie weiß es auch. Aber es ist nicht so wie vorher. Das nicht. Ihr letztes Kapitel ist ganz klar vorbei.

Aber vielleicht beginnt ja gerade das nächste.

23:40 Uhr

Linda und er stehen neben dem Bett in einer Umarmung, die Linda innerlich so leicht werden lässt, dass es ihr vorkommt, als wäre ihr Körper mit Helium gefüllt. Sie spürt Edgars Herz als schnelles Wummern an ihren Rippen. Erst dann wird ihr sein Körper an ihrem bewusst. So bewusst wie ein heißer Schauer, der sich langsam auf der Haut ausbreitet und der jedes Härchen, das sich ihm in den Weg stellt, einzeln aufrichtet. Lindas Kopfhaut prickelt.

Die Situation hat etwas von einem ersten Kuss. Nur, dass sie den längst hatten. Vor ziemlich genau zwei Jahren in genau diesem Zimmer. Es war eine ähnliche Uhrzeit gewesen. Aber sonst war alles anders. Vielleicht ist es die Erinnerung an diese Nacht, die den Moment auflädt. Oder das Wissen, wie Edgar küsst. Ungefähr so, wie er Klavier spielt. Mit langen Fingern, die ganz sanft jede Taste einzeln hinunterdrücken. Töne, die zu Gänsehaut werden. Linda spürt Edgars Körper an ihrem, diese warme Nähe, die zu sehr nach ihm riecht. Nach ihm und nach Schweiß. Mit Edgar war sie zum ersten Mal nackt. Sie erinnert sich noch, wie er sie damals angesehen hat. Mit Blicken wie Händen. Hunderte davon. Als wäre er enttäuscht, dass er nur zwei hat, mit denen er sie anfassen kann. Sie waren sehr oft zusammen nackt, Edgar und sie. Und irgendwie seltsam unbefangen miteinander.

Vielleicht, weil sie sich so gut kannten. Ja, Linda hat währenddessen manchmal an irgendwelche gesichtslosen Mädchen gedacht. Aber die meiste Zeit war sie vollkommen bei ihm gewesen.

Als sie das denkt, bringt Edgar etwas Abstand zwischen sie, doch die Spannung bleibt. Sie liegt wie ein Surren in der Luft, das man nicht hören kann. Wie Strom, der sie durchfließt. Linda schaut ihm in die Augen, und ihr Schlucken ist laut in der Stille des Raums. Sie sehen einander an, es sind halbschattige Blicke, die von einem Auge zum anderen springen. Dann fällt seiner auf ihre Lippen. Nur ganz kurz. Als wäre er gestolpert. Es ist ein flüchtiger Moment, kaum der Bruchteil einer Sekunde. Und doch küsst sie ihn. *Sie* tut es. Nicht er. Er macht nur mit. Und es fühlt sich fremd und gut an. Schneller als früher. Und hastiger. Als wüssten sie beide, dass sie nicht viel Zeit haben, bis einer von ihnen zur Vernunft kommen wird. Bis einer aufhört, bevor sie so weit gehen, dass es kein Zurück mehr gibt. Aber sie hören nicht auf, noch nicht, dafür ist es zu gut. Zu vertraut und viel zu anders. Wie eine alte Sucht, die man neu entdeckt, von der man sich so sicher war, sie überwunden zu haben.

Zwischen ihren Zungen und Händen denkt Linda an Momo. Und dann macht sie einen Schritt zurück, so als hätte sie einen Stromschlag bekommen. Sie atmen beide schwer, ihre Lippen trennen nur ein paar Zentimeter. Edgar hat eine Erektion. Und wenn es anatomisch möglich wäre, hätte Linda auch eine.

»Du solltest besser gehen«, flüstert Edgar.

»Ja«, sagt Linda, bewegt sich aber nicht.

Die Zeit dehnt sich aus, und sie bleiben stehen.

»Oder du gehst nicht«, sagt Edgar mit trockener Stimme.

Linda schmeckt seinen Atem. Sie versucht nachzudenken, aber ihre Gedanken gehen verloren zwischen Anfang und Ende, genauso wie sie und Edgar in diesem Moment. Und während sie sich ansehen, fällt ihr plötzlich ein Satz ein, den er gesagt hat, kurz nachdem es zwischen ihnen vorbei war. *Ich wusste ja nicht, dass es das letzte Mal sein würde, dass wir miteinander schlafen. Manchmal frage ich mich, ob es anders für mich gewesen wäre, wenn ich es gewusst hätte. Verstehst du, was ich meine?*

Linda hat es auch damals schon verstanden. Aber jetzt versteht sie es noch besser. Als wäre die Bedeutung seiner Aussage erst in diesem Moment vollkommen zu ihr durchgedrungen. Linda steht reglos da. Ihr Gewissen versucht, sich einzuschalten, aber es stottert wie ein alter Motor und stirbt ab.

Und dann hört sie sich sagen: »Das letzte Mal?«

Und Edgar antwortet: »Das letzte Mal.«

00:42 Uhr

Momo sitzt in ihrem Zimmer auf dem Fensterbrett. Auf dem Schoß eine Biografie über Ruth Bader Ginsberg, die Linda ihr geschenkt hat, weil Momo gesagt hat, wie faszinert sie von ihr ist. Sie legt das Buch weg und schaut nach draußen in die Nacht. Der Himmel hat diese magische Farbe – am Horizont gerade noch dunkelblau, ganz oben kurz vor schwarz und das Dazwischen seltsam undefinierbar. Irgendwie beides und weder noch. Der Farbton ist tiefer und weiter als alle anderen Farben. Als wäre er ein Beweis für die Unendlichkeit.

Das Haus ist ruhig. Frida schläft nebenan, und Momos Eltern sind irgendwo. Im Wohnzimmer, im Schlafzimmer, Momo weiß es nicht. Sie sind woanders. Wie auf einem anderen Kontinent, bloß im selben Haus. Die ganze Welt scheint stillzustehen, sogar die Blätter halten den Atem an. Nur Hitze und Schweiß und immer mal wieder ein Blick auf die Uhr. 00:51 Uhr. Momo macht Musik an. »Sonderling« von Joep Beving. Sie liebt dieses Stück. Es ist auf eine Art traurig, die sie glücklich macht. Momo ist seltsam, was das betrifft. Sie mag die Gratwanderung zwischen den Emotionen, den schmalen Bereich, wo die eine in eine andere übergeht. Vermissen bedeutet, dass man jemanden liebt. Und erst Sehnsucht und Vermissen machen das Wiedersehen so schön. Als würde einen das positive Gefühl aus dem negativen herausziehen. Sie funktionieren nur in Wechselwirkung. Wie bei einem Tanz. Einer macht einen Schritt nach vorn, der andere nach hinten.

Linda hat gesagt, sie würde anrufen. Nein, eigentlich hat sie das nicht. Sie hat gesagt, dass sie anruft, wenn es nicht zu spät wird. Ist es zu spät geworden? Sollte Momo aufhören zu warten und endlich schlafen gehen? Aber bisher hat Linda immer angerufen. Es war nie zu spät. Diese Situation ist neu für Momo. Genauso wie Linda spätabends noch zu Edgar zu fahren, weil die unbedingt mit ihm reden muss.

Momo mag diese Änderung nicht. Als würde sich etwas verschieben zwischen ihnen, weg von ihr und zurück zu Edgar. Sie fragt sich, wie er das damals ausgehalten hat. Von der Hauptfigur in Lindas Leben zur Nebenrolle degradiert zu werden. Linda und er waren über ein Jahr zusammen. Und ihr Leben lang befreundet. Sie waren einander ein und alles. Edgar war der Erste, mit dem Linda geschlafen hat. Und sie hat gern mit ihm geschlafen, das hat sie Momo erzählt. Dass es schön war, anders als mit ihr, aber schön. Sie hat gesagt, er war zärtlich. Momo stellt sich Edgars Hände vor, er hat Klavierhände mit langen Fingern. Sie hat ihn nur ein Mal spielen hören. Und jeder Klang war sanft und zart, als wären die Tasten Haut, als würde er nicht einen Gegenstand berühren, sondern Linda. Momo glaubt, dass er sie noch immer liebt. Solche Gefühle stellt man nicht einfach ab. Dafür gehen sie zu tief. Wie Wurzelwerk in Erde.

Es klopft in die Stille, und Momo zuckt zusammen.

Dann sagt sie leise »Ja?«, und ihre Mutter steckt den Kopf ins Zimmer.

»Du bist ja zu Hause«, sagt sie. »Ich habe deinen Roller eben in der Einfahrt entdeckt.« Sie öffnet die Tür. »Ist alles okay?«

Momo nickt.

»Wolltest du nicht eigentlich bei Linda übernachten?«

»Nein«, sagt Momo, »nicht heute.«

Ihre Mutter betritt das Zimmer, ohne zu fragen. Das macht sie immer. Momo kann es nicht leiden, aber sie sagt nichts.

»Habt ihr beiden euch gestritten?«

»Was?«, fragt Momo. »Nein.« Sie klingt sehr gereizt für ein Nein. Aber sie haben nicht gestritten. Linda wollte nur zu Edgar. Dann steht ihre Mutter auf einmal neben ihr, und Momo fühlt sich seltsam eingeengt. Räumlich und emotional.

»Geht es dir gut, mein Schatz?«

Nicht wirklich, aber sie sagt: »Ja, es geht mir gut.«

»Ich erkenne es, wenn du lügst, weißt du?«, sagt ihre Mutter.

Ich lüge die ganze Zeit, denkt Momo. »Ach echt? Du erkennst das?« Ihre Frage klingt irgendwie spitz und irgendwie gelangweilt. Momo sollte schlafen gehen. Bevor sie ihre Mutter verletzt, und sie anfangen zu streiten.

»Na gut, vielleicht nicht ganz«, sagt sie. »Aber ich erkenne es, wenn du traurig bist.« Sie streicht Momo über die Wange, und sie lässt es zu. »Und gerade bist du traurig.«

Momo antwortet nicht. Sie sitzt nur da und wartet. Darauf, dass Linda anruft. Darauf, dass ihre Mutter das Zimmer verlässt, darauf, dass der Kloß in ihrem Hals verschwindet.

»Weißt du, was ich früher immer gemacht habe, wenn du traurig warst?«

»Nein«, sagt Momo, und ihre Stimme klingt wie die eines Kindes.

»Pfannkuchen«, sagt ihre Mutter.

Und dieses eine Wort ist wie ein Startschuss für Erinnerungen. Sie kommen in vielen einzelnen Bildern. Situationen, die weg waren, ganz tief vergraben in Momos Kopf.

»Hast du Lust auf Pfannkuchen?«

»Was denn, jetzt?«, fragt Momo.

»Ja, jetzt«, sagt ihre Mutter.

»Es ist fast ein Uhr morgens.«

»Ich weiß«, sagt sie, »aber du bist traurig.«

Zeitgleich

Alles an diesem Moment ist falsch. Und alles daran ist richtig. Linda liegt nackt auf der Bettdecke. Edgar liegt auf ihr. Sie spürt ihn noch in sich, wie seine Härte allmählich der Erschöpfung weicht. Sein Atem geht stoßweise, er trifft heiß auf ihr Ohr, seine Hand ruht nach wie vor auf ihrer Hüfte. Und ihre Herzen schlagen schnell, irgendwie miteinander und irgendwie füreinander. Damals, als sie noch zusammen waren, hat er nie so mit ihr geschlafen. Da war ihr Körper wie Porzellan und er ganz vorsichtig. Fast zu zärtlich. Es hat immer dieser Funke Wut gefehlt. Dieses Verlangen, das heute Nacht in jeder seiner Bewegungen deutlich wurde. So, als hätte er zum ersten Mal in ihrer Gegenwart losgelassen, aufgehört, sich zu kontrollieren. Und dann war er überall. Als hätte er jede ihrer Zellen erreicht. Lindas Unterleib pocht, es wird leiser, aber es ist noch da. Wie eine kleine Erinnerung an einen Höhepunkt, der höher war als alle anderen mit ihm zuvor. Er hat sie mitgerissen, und sie hat sich treiben lassen. Von Edgar und dem Moment. Und währenddessen hat seine Fülle in ihr das schlechte Gewissen einfach erstickt. Wie eine Decke einen Brand. Und nun, da es vorbei ist, wacht es langsam auf. Es kommt mit Linda zu sich.

Edgars Brust berührt ihre, ein Schweißfilm verbindet sie wie ein elektrischer Leiter. Die Luft ist schwer und feucht, als wäre ihrer beider Atem in ihr hängen geblieben. Linda öffnet die Augen und blickt zur Decke, an einen unbestimmten Punkt. Und dahinter sieht sie Momos Gesicht.

Sie weiß, dass es falsch war, was sie getan hat, dass sie es nicht hätte tun dürfen – und schon gar in diesem Maß genießen. Aber in ihrem Kopf, an dem einen Ort, wo sie ehrlich sein kann, bereut sie es nicht. Da war immer etwas Unausgesprochenes zwischen Edgar und ihr. Wie ein Knirschen, das man nicht ignorieren kann. Jetzt ist es weg. Linda fragt sich, ob sie es Momo sagen sollte. Oder ob es besser wäre, dieses Geheimnis mit Edgar einfach zu behalten. Als einen Punkt hinter ihnen als Paar. Schließlich war es ihr letztes Mal. Ein Abschluss für ein zu offenes Ende.

Sie wird nichts sagen. Ja, es hat etwas bedeutet, aber etwas, das Momo nicht verstehen würde.

In dem Moment fängt Edgar an, sich wieder zu bewegen, und Linda atmet ein – ein seufzender, einzelner Laut, der sich im Raum ausbreitet wie kleine Wellen auf einer glatten Wasseroberfläche. Das hat er auch früher getan, nachdem er gekommen ist – weitergemacht. Linda hat es vergessen, so wie sie vieles vergessen hat. Und noch während ihre Augen zufallen und sie sich an Edgar festhält, fragt sie sich in einem letzten klaren Augenblick, ob sie mit diesem Nachspiel das Ende gerade wieder öffnen.

01:01 Uhr

Ich schaue ins Tiefkühlfach. Wonach genau ich suche, weiß ich nicht. Vielleicht ein Eis. Ich schaue durch die Schubladen, und nichts spricht mich an. Mir fehlen nur noch drei Einträge, dann habe ich alle durch. Was irgendwie komisch ist, so als würde ich bald eine Beziehung beenden.

Mir ist noch nie jemand so schnell so nah gekommen wie sie in dieser kurzen Zeit. Und sie weiß nicht einmal davon. Als hätte ich einen Crashkurs über sie gemacht. Und vielleicht auch über mich. Ziemlich sicher sogar. Ich bin nicht dieselbe Person wie noch Anfang der Woche. Ich bin verschoben. Man könnte auch sagen verrückt. Es war ein Zufall, der alles geändert hat. Aber sind es nicht eigentlich immer die Zufälle, die alles ändern? Schläge von außen, die wir einstecken, weil uns nichts anderes übrigbleibt?

Als ich den Eintrag über mich gelesen habe, war ich erst mal wütend. Ich habe geweint und gezittert, als würde ich frieren. Bis mir klar wurde, dass ich gar nicht wütend war, sondern verletzt. Zutiefst gekränkt. Mich durch ihre Augen zu sehen, war, als würde meine Realität zum ersten Mal vollkommen scharf. Als wäre ich davor immer ein bisschen kurzsichtig durchs Leben gegangen. Erst ihre Worte haben mir bewusst gemacht, wie ich bin. Dass ich mich selbst belüge. Und wie viel wir alle lügen. Meistens aus Höflichkeit, weil man uns von klein auf beigebracht hat, dass man gewisse Dinge einfach nicht sagt. Julia hat sie alle gesagt. Und während ich ihre Wahrheit gelesen habe, hatte ich diesen Moment der Klarheit, so als würde ich mich von außen betrachten. Durch eine saubere Glasscheibe, weit genug von mir weg, um mich wahrhaftig sehen zu können. Ich wurde zu einer Fremden, zu jemandem, den man zum ersten Mal sieht. Und da wusste ich, dass ich mich nicht mögen würde, wenn ich nicht ich wäre. Wenn ich nicht wüsste, dass ich eigentlich ganz anders bin. Diese Einsicht hat mich getroffen wie ein Schlag. Ich habe die Lügen geglaubt. Mir und allen anderen. Aber vor allem mir. Weil sie so viel angenehmer sind als die Wahrheit. Julia hat mich mit mir selbst konfrontiert. Und mich dann enttäuscht – im wahrsten Sinne des Wortes. Sie hat mich aus einem Zustand gerissen, der zwar falsch war, sich aber richtig angefühlt hat. Warm und kuschelig, wie ein Nest aus falscher Nettigkeit. Es war ein mürbes, schweres Gefühl, eine Art Traurigkeit, die nötig war, um die Lüge loszuwerden. Wie eine schwere Grippe, von der ich mich nur langsam erhole.

Natürlich ist es auch ein Stück weit Rache, das gebe ich zu. Aber das ist längst nicht alles. Es ist lediglich eine positive Randerscheinung. Zu Beginn ging es mir ausschließlich darum. Aber jetzt habe ich andere Gründe. In meinem Kopf ergeben sie Sinn. Sie einem Außenstehenden zu erklären, ist sehr viel schwerer. Doch glücklicherweise muss ich das nicht.

Mein erster Impuls war, Julia zu konfrontieren. Ihr zu sagen, dass ich es weiß. Dass ich alles gelesen habe, was sie geschrieben hat. Über mich, über ihre angeblichen Freunde, über ihre Beziehung ...

Sie hat mich um ein Haar erwischt. Zwei Sekunden früher und sie hätte gesehen, wie ich einen der Einträge lese. Aber ich habe sie rechtzeitig gehört. Und nichts gesagt. Es hätte ohnehin nichts geändert. Also habe ich nachgedacht und abgewartet. Und dann habe ich verstanden, dass Julias Texte nicht das Problem sind, sondern die Lösung. Und dann kam einfach so der richtige Moment. Und ich habe ihn genutzt. Dienstagvormittag zwischen der dritten und vierten Stunde. Den Einfall mit der Graphic Novel finde ich immer noch gut. Ein Indiz, das von mir weg deutet und auf jemand anderen hin. Auf jemanden, der auch noch guten Grund dazu hätte, das zu tun, was ich tun werde. Ein Indiz, das ganz klar sagt: *Das hier war Vorsatz.*

Ich wüsste zu gern, wann Julia es gemerkt hat. Noch in der Schule? Vermutlich nicht. Vielleicht auf dem Heimweg? Oder noch später? Ich hätte gern Mäuschen gespielt und beobachtet, wie sie nach und nach realisiert, dass ihr Laptop nicht einfach nur weg ist, sondern dass jemand ihn hat – ihn und die Passwörter und den Zugriff auf alles.

Währenddessen saß ich vermutlich gerade zu Hause und habe ihre Texte gelesen. Vielleicht war ich in dem Moment aber auch schon dabei, die E-Mail-Adresse im Backend zu ändern. Oder ich habe ihre Tippfehler korrigiert. Ich werde es nie wissen – und sie im besten Fall auch nicht.

Teilweise ist es mir nicht leicht gefallen, meinen Plan in die Tat umzusetzen. Bei manchen Passagen über ihre

Familie hatte ich tatsächlich ein schlechtes Gewissen, weil es sich angefühlt hat, als würde ich zu weit gehen. Wie ein Voyeur, der sich in einem abgedunkelten Raum verschanzt und nach draußen schaut. In die beleuchteten Wohnungen seiner nichts ahnenden Nachbarn. Doch dann habe ich mir gesagt, dass ich das Recht dazu habe, weil es nicht meine Entscheidung war, an dieser Sache beteiligt zu werden. Julia hat diese Beiträge geschrieben. Das war alles sie. Ich bringe mich jetzt nur ein.

Abgesehen davon sind die Texte richtig gut. Es wäre ein Jammer, wenn sie niemand liest. Das, was Julia da geschrieben hat, ist das Gegenteil von politisch korrekt, es ist nicht angepasst und nicht zu Ende gedacht. Ihr Verstand hatte keinerlei Möglichkeit, irgendwas abzuschwächen oder zu verwässern. Es sind rohe nackte Gedanken. Sie sind ungefiltert und hart. Und stellenweise ziemlich witzig. Wenn ich ehrlich bin, hätte ich ihr das so gar nicht zugetraut. Vermutlich, weil ich immer dachte, sie wäre eher schlicht.

Das ist nicht nett, ich weiß, aber vielleicht bin ich einfach nicht nett. Oder aber ich war neidisch auf ihre Oberweite und habe sie deswegen für ein bisschen dumm gehalten. Weil sie ja sonst klug wäre und einen großen Busen hat. Und das wäre echt nicht fair. Und einmal ganz abgesehen davon, wie nett oder un-nett sie ist, ein Genie ist sie nicht. Ich meine, wer schreibt so etwas bitte online? Ich für meinen Teil würde das niemals tun. Und wenn doch, dann würde ich dem Browser garantiert nicht erlauben, sich auch noch die Zugangsdaten dazu zu merken. Ja gut, ich mache das auch manchmal, und bei manchen

Internetseiten ist das auch vollkommen okay, aber doch nicht bei so einer.

Ursprünglich wollte ich die gesamte Seite einfach von privat auf öffentlich stellen. Alles auf einmal. Zack. Mit nur einem Klick. Die ganze Wahrheit ans Licht bringen, so wie sie mich getroffen hat. Doch dann ist mir klar geworden, dass es aus dramaturgischer Sicht nicht wirklich sinnvoll wäre, es so zu handhaben. Das hätte etwas von einer Bombe, die man zündet. Und alles, was bleibt, ist Verwüstung. Ich will keine Verwüstung. Und auch kein Chaos. Was ich will, ist Ordnung. Jedenfalls auf lange Sicht. So eine Art Neustart. Deswegen habe ich mich anders entschieden. Nicht alles gleichzeitig, sondern in Etappen. Mehrere kleine Häppchen, die ich serviere.

Ich lag mit geschlossenen Augen auf meinem Bett und habe mir Julias Leben wie eine lange Reihe Dominosteine vorgestellt, die von oben betrachtet ein komplexes Muster ergeben, ein Netz aus einzelnen Aspekten und Beziehungen, die ganz dicht beisammen liegen, sich jedoch nicht berühren. Ich habe mir alles bis ins kleinste Detail ausgemalt. Julia in der Mitte und das Gefüge um sie herum. Und dann habe ich mir vorgestellt, wie ich mit nur einer Fingerkuppe alles zerstören kann. Wie ein Klick den ersten Dominostein virtuell umstößt und damit die Realität zum Beben bringt. Und wie danach alles Stück für Stück in sich zusammenbricht, als wäre es eine Reality-Show, bei der ich Regie führe.

Aber zuerst habe ich alle Rechtschreibfehler und Vertipper korrigiert, da gab es wirklich einige, und die haben den Lesefluss massiv gestört. Jemand sollte Julia echt mal erklären, was substantivierte Verben sind. Und die Komma-Regeln kennt sie auch nicht. Als ich die Einträge verbessert hatte, habe ich die Reihenfolge so abgeändert, dass sie zu einem Spannungsbogen werden. Inhaltlich habe ich natürlich alles so belassen, wie es war. Ich habe nicht in Julias Texte eingegriffen, ich habe sie lediglich wie einzelne Perlen auf einen roten Faden gefädelt. Eine nach der anderen. Und dann habe ich die Posts geplant. Die ersten gehen heute Nacht um 5:15 Uhr online. In etwas über vier Stunden. Alles ist genau getaktet, eine Zeitbombe in mehreren Akten, die ich gestellt habe. Und niemand wird wissen, von wann die einzelnen Einträge wirklich sind. Sie bekommen kein Datum, nur Julias vollen Namen. Den habe ich im Backend als Admin eingetragen. Ein Geniestreich.

Aber noch besser gefällt mir, wie sich das Ganze verbreiten wird. Denn ich lasse es Julia selbst tun. Sie teilt es einfach über ihre Socialmedia-Kanäle, immerhin habe ich Zugriff auf alle. Und ich weiß auch schon, an wen ich den Link schicken muss, damit er viral geht. An ein paar der Kleingeister unserer Schule, da gibt es einige. Leute, die im Grunde nichts tun, als über andere zu reden. Etwas, das mir in diesem Fall entgegenkommt.

Julia wird das bestimmt anders sehen, aber ich finde, wir sind ein gutes Team, sie und ich. Sie hat ihre Empfindungen wahllos aus sich herausgeschrieben – und genau das macht ihre Einträge auch so gut –, und ich habe den für meine Sache relevanten eine Struktur gegeben, damit ein unbeteiligter Dritter dem Inhalt besser folgen kann.

Bei diesem Gedanken nehme ich ein Magnum aus der untersten Schublade des Tiefkühlfachs, reiße die Verpackung auf und beiße knackend in die Schokolade. Es ist mir egal, dass es schon so spät ist. Ich werde vermutlich ohnehin nicht schlafen.

Noch drei Einträge, dann bin ich in Julias Jetzt angekommen. Oder besser gesagt an ihrem letzten Dienstag. Es ist fast ein bisschen schade, dass ich dann schon fertig bin. Ich war wirklich gern in ihrem Kopf. Ihre Gedanken waren wie eine Serie, die ich in den vergangenen zwei Tagen durchgesuchtet habe. Und bald ist es vorbei.

Aber es gibt keinen Grund, wehmütig zu werden. Weil ich dafür gesorgt habe, dass die Geschichte weitergeht.

Zeitgleich

Es ist bereits kurz nach eins, als Julia nach dem Duschen leise ihre Zimmertür hinter sich zuzieht. Sie hat sich vorher schon mal hingelegt, aber dann hat ihr doch etwas zu ausgiebiges Nachmittagsschläfchen sie wach und rastlos an die dunkle Decke starren lassen. Also ist sie wieder aufgestanden und duschen gegangen. Jetzt sitzt Julia nackt auf ihrem Bett. Die Luft ist stickig und heiß in dem kleinen Raum, die restlichen Wassertropfen auf ihrer Haut verdampfen. Julia greift nach ihrem Handy, auf dem sie in Flüsterlautstärke »Roads« von Portishead hört. Sie ringt mit sich, ob sie Leonard noch anrufen soll. Es ist schon ziemlich spät, und eigentlich hat sie keine Lust, mit ihm zu sprechen. Aber noch weniger Lust hat sie auf einen Streit am nächsten Tag. Also schickt sie ihm eine Nachricht, ein Unverfängliches: *Tut mir leid, dass ich mich nicht gemeldet habe. Wir reden morgen. Gute Nacht.* Wenn sie Glück hat, schläft er schon, und sie kann auch schlafen gehen. Aber er ist natürlich noch wach. Und kaum hat er die Nachricht gesehen, ruft er auch schon an.

»Hallo«, sagt sie leise, damit ihre Mutter sie durch die dünne Wand nicht hört.

»Juli, endlich«, sagt er irgendwie erleichtert und irgendwie vorwurfsvoll. »Ich hab den ganzen Tag versucht, dich zu erreichen.«

»Ich weiß«, sagt sie. »Tut mir leid. Es … es ging mir nicht

gut.« Das ist nicht mal gelogen. Irgendwo hat Julia mal gelesen, dass man so nah wie möglich an der Wahrheit bleiben sollte, wenn man lügt. Weil dadurch die Wahrscheinlichkeit, überführt zu werden, am kleinsten ist.

»Es ging dir nicht gut?«, fragt Leonard. »Wieso? Was war denn?« Auf einmal klingt er besorgt. Sie wird ihm nicht erzählen, dass sie sich übergeben musste. Erstens ist das widerlich, und zweitens will sie die Umstände nicht erklären. Lieber die Sache mit dem Laptop. Das ist etwas, das er versteht. Außerdem geht es dann nicht so sehr um sie.

»Ich habe meinen Jutebeutel im Bus vergessen«, sagt sie schließlich. »Mit meinem Laptop drin.«

Julia hört es rascheln, so als würde Leonard sich im Bett aufsetzen.

»Scheiße«, sagt er. »Wann war das?«

»Vorgestern. Auf dem Rückweg von der Schule.«

Einen Moment ist es still, dann sagt Leonard: »Vielleicht hat ihn ja jemand gefunden und du bekommst ihn zurück.«

Julia schaut aus dem Fenster. Hinaus in eine Nacht, die so friedlich ums Haus liegt wie ein schlafendes Tier auf einem Schoß.

»Das habe ich schon«, sagt sie. »Ich habe ihn zurückbekommen.«

»Ohne den Laptop«, folgert Leonard.

»Ohne den Laptop«, wiederholt Julia.

Auch das ist nicht gelogen.

»Fuck«, sagt Leonard. »Hast du deine Passwörter alle geändert?«

»Ja«, sagt Julia und denkt: *Alle, die ich ändern konnte.*

»Okay, das ist gut«, sagt Leonard und nach einer Pause: »Und was jetzt?«

»Keine Ahnung«, murmelt Julia. »Ich kann es meiner Mutter nicht erzählen. Sie würde ausrasten.«

»Ich dachte, du hast den Laptop von deinem Vater?«, sagt Leonard.

»Ja, schon. Aber meine Mutter war dagegen. Angeblich, weil er zu teuer war. Aber in Wirklichkeit ging es dabei um meinen Vater. Alles, was von ihm kommt, ist schlecht.«

»Na, dann dürfte es sie ja freuen, dass er weg ist.«

»Das ist nicht witzig, Leonard.«

»Tut mir leid, natürlich nicht«, erwidert er. »Das war dumm von mir.« Kurze Pause. »Was ist, wenn du es ihr einfach nicht sagst? Vielleicht fällt es ihr ja gar nicht auf?«

»Ist das dein Vorschlag?«, fragt Julia. »Ich soll darauf hoffen, dass meine Mutter nicht bemerkt, dass mein Laptop weg ist?«

»Du hast doch eben selbst gesagt, du kannst es ihr nicht sagen.«

»Weißt du was?«, sagt Julia gereizt, »vergiss es.« Sie verschluckt, was sie eigentlich sagen will. Nämlich, dass er keine Ahnung hat, wovon er spricht. Weil seine Eltern ihn und Marlene mit allem zuschütten, was sie haben wollen. Weil Geld bei den Mellers noch nie ein Thema war. In ihrem riesigen Haus in der Renatastraße, das so groß ist, dass sie sich tagelang aus dem Weg gehen könnten.

»Wenn du willst, kannst du meinen alten Laptop haben«, sagt Leonard dann. »Der funktioniert noch.«

Klar, tut er das. Es gab eben einfach ein neueres Modell. Und dann war das alte alt und wurde ersetzt. Julia hat ihren Vater über Monate regelrecht beknien müssen, um ein refurbished MacBook zu bekommen. Und am Ende hat er nur Ja gesagt, weil er ihn steuerlich geltend machen und so seinen Gewinn mindern konnte. Aber einer wie Leonard hat natürlich fast den gleichen einfach irgendwo zu Hause rumliegen.

»Das kann ich nicht annehmen«, sagt Julia kühl. »Aber ich weiß das Angebot zu schätzen. Danke.«

»Klar kannst du das annehmen«, erwidert Leonard. »Er ist formatiert. Es ist nichts drauf, ich brauche ihn nicht. Und wenn deine Mutter so ist wie meine«, fügt er amüsiert hinzu, »wird ihr der Unterschied gar nicht auffallen.«

Julia lacht kurz und aufgesetzt, aber es klingt überzeugend. Zumindest für Leonard, denn der sagt: »Genau das wollte ich hören. Dieses Lachen.«

Julia schluckt und wischt sich die Tränen von den Wangen, die er nicht sehen kann. Nach ein paar Sekunden sagt sie: »Danke wegen dem Laptop. Und danke fürs Zuhören.«

»Du kannst immer mit mir reden, Juli«, sagt er, »das weißt du.«

Ja, das weiß sie. Aber immer heißt nicht über alles. Leonard wäre für sie da, egal zu welcher Tages- oder Nachtzeit. Aber er würde mit ihren Gedanken nicht zurechtkommen. Er mag, was er sieht – die Hülle und das Lächeln –, nicht, was sie ist.

»Wann seh ich dich morgen?«, fragt Leonard in einem Flüstern, das irgendwie sehnsüchtig klingt.

»Ich habe zur ersten«, sagt sie. »Und du?«

»Zur zweiten«, sagt er. »Dann in der Pause an unserem Platz?«

»Okay«, sagt Julia. »Schlaf gut.«

»Du auch.«

Sie will gerade auflegen, da sagt Leonard noch: »Ich liebe dich, Hase.«

Hase, denkt Julia, irgendwie gerührt und irgendwie abfällig.

»Ich dich auch«, sagt sie. Nicht, weil es stimmt, sondern weil es die richtige Antwort ist.

DONNERSTAG, 21. MAI

7:50 Uhr

Dass Julia ihre Social-Media-Passwörter geändert hat, ist natürlich ärgerlich. Ich hätte daran denken sollen und die Posts vorab planen. Oder die Zugangsdaten ändern. Ich hatte sogar noch darüber nachgedacht, war mir dann aber nicht sicher, ob Julia vielleicht eine zweistufige Authentifizierung aktiviert hat. Bei ihrem Umgang mit Passwörtern unwahrscheinlich, aber falls doch, hätte sie eine Nachricht bekommen, und das wollte ich nicht. Im Grunde ist es egal. Jetzt musste ich eben umdisponieren. Mein Plan funktioniert auch so, auch wenn Variante A mir um einiges besser gefallen hätte. Aber da am Ende ohnehin niemand mehr wissen wird, wo alles angefangen hat, spielt es keine Rolle. Das ist das Schöne am Chaos. Es verstellt die Sicht auf das Wesentliche. Überall Ablenkung. Normalerweise ertrage ich sowas ganz schlecht, aber in diesem Fall kommt es mir entgegen.

Ich habe den Link heute früh um kurz nach sieben in drei WhatsApp-Gruppen gepostet, Gruppen, in denen ich für gewöhnlich nie etwas schreibe und in denen die meiste Zeit nur gelästert wird. Ich lese da ganz gern mal mit, das gebe ich zu, aber ansonsten habe ich mit den Leuten nichts zu schaffen. Und dann dachte ich, als ich heute Morgen im Bett saß und mich weder bei Julias Facebook- noch bei ihrem Instagram-Account anmelden konnte, warum nicht diese Idioten als Zündschnur nutzen?

Leute, die unmittelbar nach dem Aufstehen anfangen zu lästern. Besser geht es doch gar nicht.

Ich habe also den Link gepostet und abgewartet. Gerade so lange, bis ihn garantiert alle gesehen haben. Währenddessen habe ich mich für die Schule fertig gemacht. Und dann den Link um etwa halb acht mit dem Kommentar: *Ooops, falsche Gruppe. Sry.* gelöscht.

Keine drei Minuten danach kam er das erste Mal zu mir zurück. Wie ein Bumerang, den ich geworfen habe. Und dann hörte mein Handy gar nicht mehr auf zu piepen. Eine Nachricht nach der anderen. So viele, dass es in ihrer Flut vollkommen unmöglich wäre herauszufinden, wer die erste verschickt hat.

Bei meinem nächsten Blick auf die Uhr war es dann auf einmal zehn vor acht und ich spät dran. Aber ich habe es nicht weit in die Schule. Erst recht nicht, wenn ich den Roller nehme.

Ich biege links ab, und die Ampel schaltet auf rot. Alles in mir vibriert vor innerer Anspannung. Fast elektrisch. Ungefähr so stelle ich es mir vor kurz vor einem Bungee-Sprung. Wenn man nur noch Tiefe vor sich hat. Nur Tiefe und Nichts. Wenn das Gehirn denkt, dass man jeden Moment sterben wird und sich alles in einem ein letztes Mal lebendig macht, als wollte es einen daran erinnern, wie es sich anfühlt am Leben zu sein, kurz bevor man es sich nimmt.

Ich stehe an der Ampel und höre mit einem Kopfhörer »Ain't no Rest For The Wicked«, und der Himmel liegt in seinem frühmorgendlichen Hochsommerblau über mir, noch ein bisschen milchig, so als wäre er leicht zugedeckt.

Mein Blick streift die Reklame an der Tramhaltestelle, dann folgt er einer Frau über die Straße, die einen Kinderwagen schiebt. Sie biegt ab und ist weg. Das ist der Moment, in dem ich den Hasen bemerke. Wie er auf dem schmalen Grünstreifen zwischen Straße und Trambahnschienen sitzt. Allein und völlig unbeeindruckt von den Autos, vom Benzingestank, von der flirrenden Hitze ganz knapp über dem Asphalt. Er existiert einfach, ganz klein und plüschig irgendwo mitten im Berufsverkehr. Sein Gesicht ist arglos mit einem beinahe menschlichen Ausdruck, ganz kurz vor naiv. Doch dahinter lauert etwas anderes. Etwas Tiefes, Echtes, so als hätte er mich durchschaut, als wüsste er alles, was ich je getan habe.

Wir sehen einander an, ich auf dem Roller, er auf der Wiese. Er hockt da mit seinem zweideutigen Blick in dieser eigentümlichen Ruhe. Und entgegen dem Klischee hat er kein bisschen Angst. Er ist wie ein Wolf unter den Hasen.

Und ich will sein wie er.

7:55 Uhr

Als Julia an diesem Morgen die Schule betritt, spürt sie sofort, dass etwas anders ist. So als hätte sich die Zusammensetzung der Luft verändert. Erst ist es nur ein unbestimmtes Gefühl. Eine vage Vorahnung, wie wenn sich der Himmel verdunkelt und man mit Regen rechnet, es aber genauso gut möglich wäre, dass die Wolkendecke gleich wieder aufreißt. Julia schiebt den Gedanken beiseite. Es war eine kurze Nacht. Sie hat verschlafen und hatte dann keine Zeit mehr zu frühstücken. Also hat sie sich eine Banane genommen und ist zum Bus gelaufen. Edgar muss den früheren genommen haben, denn er war nicht da. Und erst als sie dort saß, allein auf ihrem Platz, wurde ihr klar, dass sie sich seinetwegen so beeilt hat. Dass sie ihn sehen wollte. Und das, obwohl sie nicht mal weiß, was sie von ihm denken soll, ob er verdächtig ist oder ein Verbündeter.

Es ist das vierte Mal, dass Julia ihr Handy aus der Tasche holen will. Doch sie hat es nicht dabei. Nach dem Telefonat mit Leonard letzte Nacht hat sie vergessen, es aufzuladen. Und heute Morgen lag es tot auf dem Fensterbrett. Julia hat es an Strom angeschlossen, bevor sie gegangen ist. Jetzt fühlt sie sich seltsam nackt. Als wäre sie der einzige Mensch ohne Handy. Ein Außenseiter.

Julia durchquert die Aula und geht zum Vertretungsplan neben dem Lehrerzimmer, um nachzusehen, ob irgendeiner ihrer Kurse entfällt. Und während sie dort steht und die einzelnen Einträge studiert, spürt Julia plötzlich einen starrenden Blick auf sich. Sie schaut auf und direkt in die Augen eines Mädchens, das sie bis zu diesem Moment nie bewusst wahrgenommen hat. Es sieht sie an, als würde es sie kennen. Lange und direkt. An der Grenze zu unangenehm. Als das Mädchen endlich wegschaut, bleibt eine seltsame Verachtung zurück. Wie ein übler Geruch, der erst verspätet bei Julia ankommt. Sie wendet sich ab und geht in Richtung Treppenhaus. Und jeder Schritt fühlt sich an wie ein Rand, auf dem sie balanciert. Als wäre etwas auf der Kippe und sie mit einem Fuß über dem Abgrund. Sie spürt erste Anzeichen einer Angst, von der sie sich sagt, dass sie unbegründet ist. Der zu schnelle Herzschlag und die Unruhe im Bauch, das Grummeln in ihren Gedärmen, der flaue Magen, die kühlen Hände an einem so heißen Tag.

Julia geht weiter. Sie ist ein Gesicht unter vielen. Wenn sie mit Marlene und Leonard unterwegs ist, ist sie wie eine Verlängerung der beiden. Ein Verbindungsstück zwischen ihnen und dem Rest. Aber Marlene war heute nicht an ihrem Treffpunkt. Und Leonard hat erst zur zweiten. Normalerweise wird Julia gesehen, heute wird sie angestarrt. Mehr als üblich und auch anders. Eindringlicher, lauter. Blicke, die sie sonst eher streifen, bleiben heute an ihr haften. Sie folgen ihr. Köpfe drehen sich in ihre Richtung, und Gespräche enden mitten im Satz. Die Stille wird bedrohlich, eine Ruhe, die in ihr knistert. Das ist der Moment, in dem die Vorahnung zu etwas Handfestem wird. Zu einer Gewissheit, die Julias Mund trocken werden lässt und das mulmige Gefühl überall in ihr verteilt. Irgendjemand flüstert etwas. Dann noch jemand. Ein Geräusch wie ein Rauschen. Sie stehen da und schauen Julia unverhohlen an. So wie man andere sonst nicht anschaut. Nur Tiere im Zoo. Oder die Nachrichten.

Dann hallt ihr Name über die Treppen. Ein einzelnes klares: »Julia!«

Sie dreht sich um, reagiert auf den Ruf, noch bevor ihr Verstand ihn verarbeiten kann. Und im selben Moment teilt sich die Menge für Marlene. Als wäre sie ein scharfes Messer, das in sie hineinschneidet. Oder der Bug eines Schiffes.

Als Marlene auf Julias Höhe ankommt, grinst sie sie an und hakt sich bei ihr unter. »Ich hab verschlafen«, sagt sie leise.

»Ich auch«, erwidert Julia.

Die Stille ist nach wie vor überall, eingerahmt von Augenpaaren.

Marlene schaut sich um, ein Blick wie ein Scheinwerfer. Dann sagt sie zu einem Mädchen neben sich: »Warum guckst du so blöd?« Ihr Tonfall hat etwas von einer Peitsche. Er geht als Ruck durch die Menge, wie durch eine Herde Rinder. Und alle setzen sich in Bewegung.

Danach schaut erst mal keiner mehr Julia an. Die Gesichter und Körper verschmelzen zu einem Schwarm. Ihr Starren weicht einem absichtlichen Wegschauen, geschürt von der Angst, Marlene könnte sich einen von ihnen negativ merken.

Aber das ungute Gefühl bleibt.

Die anderen

Edgar: Mein Vater hat Linda und mich an dem Morgen in die Schule gefahren. Wir haben am Abend zuvor einen Film bei mir angeschaut und sind dabei eingeschlafen. Ich habe keinen Wecker gestellt. Wie gesagt, wir sind ja auch eingeschlafen. Und als mein Vater dann morgens geklopft hat, war es zu knapp für den Bus. Wir hätten ihn niemals erwischt. Das ist auch der Grund, warum wir beide an dem Tag zu spät waren. Also, Linda und ich. Weil Linda die Nacht über bei mir war. Also, um einen Film zu schauen.

Momo: Ich glaube, außer mir ist niemandem aufgefallen, dass sie zusammen in die Klasse gekommen sind. Die anderen waren da schon mit den Einträgen beschäftigt, aber das habe ich zu dem Zeitpunkt noch nicht gewusst. Wobei rückblickend betrachtet die Stimmung schon ein bisschen aufgeladen war. Und irgendwie zu still. Normalerweise reden immer alle, wenn in Englisch jemand ausgefragt wird. Keiner hört da zu. Aber an dem Tag war es ruhig. Und als Linda dann endlich da war, konnte ich sie nicht fragen, warum sie zu spät ist, weil die Rinecker uns auseinandergesetzt hat. Angeblich, weil wir den Unterricht andauernd stören. Linda war irgendwie komisch an dem Tag. Ich habe ihr eine Nachricht geschrieben, aber sie hat nicht auf ihr Handy geschaut. Außer mir war sie da die Einzige. Alle anderen haben unter den Schulbänken auf ihre Displays gestarrt. Erst dachte ich, ich bilde mir das nur ein. Ich war an dem Tag mies drauf und hatte kaum geschlafen. Keine Ahnung.

Ich glaube, ich habe mich in dem Moment mehr auf Linda konzentriert als auf alles andere. Sie und Edgar kommen oft zusammen in die Klasse, daran ist nichts Ungewöhnliches. Und es kam durchaus auch schon vor, dass sie spät dran waren. Aber trotzdem war es an dem Tag irgendwie anders. Die gesamte Stimmung war komisch. So als wäre etwas Schlimmes passiert. Wie ein Flugzeugabsturz. Oder ein Anschlag oder so was.

Leonard: Ich hab donnerstags ja immer eine Stunde später, also kann ich länger schlafen. Aber die ersten Nachrichten wegen der Einträge kamen schon so um halb acht. Da lag ich noch im Bett. Ich hab den Scheißlink gleich mehrfach bekommen. In Gruppenchats, von Lene und von ein paar Freunden. Aber ich hab ihn nicht sofort angeklickt – ich schau immer erst nach dem Sport auf mein Handy. Das hab ich mir so angewöhnt. Als der Anruf meiner Schwester dann kam, war ich gerade laufen. Die ersten paar Mal hab ich sie noch weggedrückt, aber sie hat einfach nicht aufgehört anzurufen. Das macht sie sonst nie. Also bin ich irgendwann rangegangen. Ich stand am Kanal, als sie mir von den Posts erzählt hat. Und anfangs hab ich ihr nicht geglaubt. Lene war nie besonders begeistert davon, dass Juli und ich zusammengekommen sind. Bis dahin war sie das Bindeglied zwischen uns – Juli und meine Schwester waren seit der fünften Klasse die besten Freundinnen –, und dann war es plötzlich ich. Das Bindeglied, meine ich. Lene hat nie etwas deswegen gesagt, dass es sie stört oder so. Aber ich kenne sie ziemlich gut. Ich weiß, wie sie tickt. Und sie hat mich immer wieder vor Juli gewarnt. Sie hat gesagt, dass es für mich mehr ist als für sie. Was ich natürlich nicht hören wollte. Na, jedenfalls hab ich dann auf die Internetseite geschaut. *Kurze Pause.*

Erst dachte ich, die Texte wären nicht von ihr. Ich dachte, dass ihr Account vielleicht gehackt wurde, oder dass jemand durch ihren Laptop Zugriff auf die Seite bekommen hat. Ich meine, ich wusste ja, dass ihr Laptop weg war, das hat sie mir am Abend davor ja noch erzählt. Aber je mehr ich gelesen habe, desto klarer wurde, dass diese Einträge nur von ihr kommen können. Da standen Dinge, die außer uns beiden niemand wusste. Mir ist klar, dass ich mich damit nicht gerade beliebt mache, aber sie hat verdient, was ihr passiert ist.

8:50 Uhr

Edgar nimmt seine Brille ab und macht die Gläser mit einem Zipfel seines T-Shirts sauber. Er hat auch ein Brillenputztuch im Rucksack, aber die Baumwolle des frisch gewaschenen T-Shirts reinigt besser. Er schließt die Augen und lässt Daumen und Zeigefinger den verinnerlichten Bewegungsablauf ausführen. Edgar spürt ein Brennen hinter den Lidern, es kommt von zu wenig Schlaf. Aber das war es wert. Dieser letzte Akt ihrer Beziehung. Als hätten sie sich noch *ein Mal* körperlich so nahe kommen müssen, um einander endgültig loszulassen. Jetzt kann er das. Sie loslassen. Endlich mit ihr und dem, was sie hatten, abschließen. Vielleicht, weil er sich nicht länger wie der Verlassene fühlt. Wie der, den sie nicht mehr wollte. Ja, sie hat ihn verlassen, aber sie wollte ihn noch. Zumindest ein Teil von ihr. Das, was gestern zwischen ihnen passiert ist, war nicht nur eine rein körperliche Sache. Kein Abreagieren von etwas, das monatelang in ihnen geschwelt hat. Es war Liebe in einer anderen Form. Linda und er haben ihre Geschichte mit einem Höhepunkt beendet. *Das ist ein würdevoller Abschied für eine große Liebe*, denkt Edgar. Denn genau das war Linda. Seine Erste in so ziemlich allem. Das eine Mädchen, das ihm immer etwas bedeutet hat. Und das schon lange, bevor er verstanden hat, was.

Edgar driftet in die Erinnerung von vergangener Nacht. So wie man in den Schlaf fällt. Es fühlt sich an, als würde er in Bildern schwimmen. Als würde er auf dem Rücken liegend auf einer glatten Wasseroberfläche treiben, irgendwo zwischen gestern und heute, die Arme und Beine weit von sich gestreckt, in seinem Inneren ein Gefühl der Leichtigkeit, das er fast vergessen hat. Edgar spürt, wie sich seine Mundwinkel nach oben bewegen. Ein versonnenes Lächeln, tief zufrieden und aufgeräumt. Als würde nun endlich alles wieder stimmen. Als hätten sie Ordnung in ihr Chaos gebracht.

Edgar denkt an Lindas Körper unter seinem, an sie auf ihm und seine Hände auf ihrer Haut, auf ihrem Bauch und ihren geöffneten Schenkeln. Er hat ihr dabei zugesehen, wie sie kommt. Wie sich jeder Muskel in ihr anspannte. Wie aus ihrem schweren Atmen lautes Schweigen wurde, eine erregte Stille, die kurz davor war zu platzen, und die er bis in seine Zellen spürte. Edgar hat dabei zugesehen, wie Linda unter ihm erstarrt ist. Und hat sich weiter in ihr bewegt. Langsam und tief, so wie sie es mag. Und dann hat er sie über die Klippe gestoßen. Ein freier Fall in Zeitlupe lag auf ihrem Gesicht. Edgar war, als hätte er für einen kurzen Moment die Welt angehalten. Als wäre etwas tief in Linda explodiert, so tief, dass man es nicht hören konnte. Nur sehen, in diesem stummen Schrei, den er als Echo in seinem Körper spürte. Es hat Edgar immer fertiggemacht zu sehen, wie Linda kommt. Das war jedes Mal sein point of no return gewesen. Als würde sie fallen und er ihr dann mit etwas Abstand hinterherspringen.

Dann vibriert Edgars Handy in seiner Hosentasche, und er zuckt kurz zusammen. Sein Herzschlag beschleunigt sich, Edgar öffnet die Augen. Ein Teil seines Verstandes ist irritiert darüber, in einem Klassenzimmer zu sein und nicht in seinem Bett. Sein Daumen und sein Zeigefinger putzen nach wie vor die Brille, so als hätte das alles nichts mit ihnen zu tun.

Edgar schaut prüfend hindurch, dann setzt er sie auf und sieht unauffällig nach, wer ihm geschrieben hat. Die neue Nachricht ist in einem der Gruppenchats. Von Fabian Willach. Edgar runzelt die Stirn. Fabian hat ihm noch nie geschrieben. Sie haben abgesehen von der Lateinnachhilfe, die Edgar ein Mal die Woche nach der Schule gibt, nichts miteinander zu tun. Fabian gehört zu den neueren Nachhilfeschülern. Er ist erst seit knapp einem Monat dabei.

Edgar wählt den Chat mit dem Namen Lateingruppe aus. Er hat ihn erst vor Kurzem angelegt. Falls jemand mal nicht kommen kann oder für den Fall, dass er selbst einen Termin absagen oder verschieben muss. Bis auf Fabians Nachricht ist der Chat leer. Zwei einsame Sätze in einem langen Verlauf.

> FABIAN WEPUNKT:
> **Ich dachte, das willst du vielleicht wissen. In dem Eintrag geht's um dich.**

Dann folgt ein Link: *www.somerandomthoughts.de/1382-2.*

Edgar zögert. Bis auf die Nachhilfestunden haben er und Fabian nichts miteinander zu tun. Sie kennen sich nicht, jedenfalls nicht nach Edgars Maßstäben. *In dem Eintrag geht's um dich.* Und wenn schon, denkt Edgar. Es kümmert ihn nicht, was andere über ihn sagen. Daran hat er sich lange gewöhnt, er war schon immer jemand, über den die Leute sich das Maul zerreißen. Es ist ihm egal. *Vergiss die anderen, Edgar,* hört er die Stimme seines Vaters. *Am Ende musst nur du mit dir klarkommen. Niemand sonst.*

Er weiß, dass sein Vater recht hat. Und trotzdem klickt er den Link an.

Später wird er sich wünschen, er hätte es nicht getan.

Zeitgleich

Wieder eine Doppelstunde Englisch, die die Rinecker ohne Pause durchunterrichtet. Moritz hält ein Referat über den Roman »The Beach« – ihre nächste Schullektüre. Linda hat das Buch nicht gelesen, sie kennt nur den Film. Aber der war eigentlich ganz gut. Linda versucht zuzuhören, driftet gedanklich aber immer wieder weg. Zu Edgar, der schräg vor ihr sitzt und unter dem Tisch auf sein Handy schaut. Das tut er in der Schule sonst nie. Edgar ist einer von denen, die aufpassen. Einer, der sich Notizen macht. Doch in diesem Moment ist er abwesend, so als hätte er seinen Körper stellvertretend in die Klasse geschickt.

Linda sieht sich im Klassenzimmer um, und da bemerkt sie, dass sie alle so dasitzen. Als wäre jeder eine Kopie seines Nachbarn. Dass ein paar Leute während des Unterrichts auf ihre Handys schauen, ist nicht weiter ungewöhnlich, erst recht nicht bei Referaten, aber das gerade ist anders. Sie sind wie eine Armee mit gesenkten Köpfen und starren Blicken. Wie Roboter, die jemand auf Stand-by geschaltet hat.

Nur Momo sieht sie an, zwei Bänke von ihr entfernt. Es kommt Linda fast so vor, als würde die kollektive geistige Abwesenheit der anderen Momos Blick noch intensivieren. Er ist wie eine Verbrennung auf ihrer Haut. Aber sie kann Momo nicht ansehen, deswegen schaut sie überall hin, nur nicht zu ihr. So als hätte sie Angst, dass ihre Augen verraten könnten, was sie getan hat. Es war nicht einfach nur ein Fehltritt, es waren Fehltritte. Plural. Das ist auch der Punkt, der Linda am meisten zu schaffen macht. Das erste Mal war Absicht, ja, aber es war nötig gewesen. Das zweite Mal nicht. Sie hätte Nein sagen können, aber sie hat lieber geschwiegen und nur mit dem Körper genickt, damit sie sich im Nachhinein nicht vorwerfen muss, aktiv an dem Betrug beteiligt gewesen zu sein. Mit der Passivität war es dann aber recht schnell vorbei. Linda hat mitgemacht. Sie hat es gewollt. Sie beide haben das. Und danach haben sie einen Pakt geschlossen, verschwitzt und schwer atmend, nackt auf Edgars Bett. Es kommt Linda unwirklich vor, dass das erst vor ein paar Stunden gewesen sein soll. Irgendwie scheint es weiter weg. Sie denkt daran, wie sie neben sich geschaut hat, zu Edgar, sein Profil im Halbdunkel des Zimmers, die Lippen leicht geöffnet. Und wie er sie dann plötzlich angesehen und gemurmelt hat: »Wir werden über das hier kein Wort verlieren.« Bei *das hier* hat er unbestimmt auf sie beide gezeigt. Sein Blick war tief und direkt, dann sagte er: »Deal?« Und Linda hat genickt. »Ja«, hat sie gesagt. »Deal.«

Genau deswegen kann sie Momo nicht ansehen. Weil ihr klar ist, dass es nicht Nichts war, was zwischen Edgar und ihr passiert ist, keine Kleinigkeit, die man einfach so abtun kann. Aber es war eben auch nicht das, was andere denken. Ja, sie haben miteinander geschlafen. Aber es musste sein, das verstehen sie beide. Dieser Sex stand wie eine Mauer zwischen ihnen und einer zukünftigen

Freundschaft. Zwischen dem, was sie waren und dem, was sie sein könnten. Für Außenstehende mag das keinen Sinn ergeben, auch für Momo würde es keinen Sinn ergeben, aber für sie tut es das. Es gibt Dinge, die kann man nicht erklären. Die sind zwischen zwei Menschen, und genau dort sollten sie bleiben. Privat. Unter einem Deckmantel aus Schweigen und Vertrauen.

In genau dem Moment dreht sich Edgar zu ihr um. Und der Blick, der sie trifft, ist bedrohlich leer, so als würde er halb auch durch sie hindurchschauen, irgendwo anders hin. »Was ist los?«, formt sie mit den Lippen. Doch er reagiert nicht. Sein Gesicht bleibt versteinert und farblos, als wäre es in einer Art Schock gefroren. Dann wendet er sich ab. Und in der nächsten Sekunde vibriert Lindas Handy. Sie entsperrt das Display und sieht vierzehn neue Nachrichten, sechs davon sind von Momo, der Rest von anderen. So viele bekommt Linda sonst nicht mal in einer Woche. Sie öffnet die von Edgar zuerst. Es ist nur ein Link, sonst nichts. *Somerandomthoughts* steht da.

»Ja, Edgar?«, sagt Frau Rinecker, und Linda schaut auf. Edgars gewelltes Haar steht heute noch mehr ab als sonst. Er hat keine Zeit gehabt zu duschen.

»Kann ich kurz auf die Toilette?«, fragt er matt. »Mir ist nicht gut.«

Sie mustert ihn, dann sagt sie: »Natürlich. Soll dich jemand begleiten?«

»Nein«, erwidert Edgar, »nicht nötig«, dann steht er auf und geht seltsam steif an den anderen Tischen vorbei. Er verlässt den Raum, ohne sich noch einmal umzudrehen.

»Weißt du, was er hat?«, flüstert Nicole neben ihr.

Linda sieht sie kurz an und schüttelt den Kopf. Dann fällt ihr Blick wieder auf Edgars Nachricht und den Link. Er führt zu einer schmucklosen Wordpress-Seite. Zu sehen ist ein langer Beitrag, keine Bilder, hellgrauer Hintergrund. Über dem Post steht in klein: *1382-2, veröffentlicht von Julia Nolde.*

Julia Nolde, denkt Linda. Dann beginnt sie zu lesen.

1382-2 // veröffentlicht von Julia Nolde

Edgar ist seltsam, mit seinen dunkelbraunen Locken, die ihn immer ein bisschen verschlafen aussehen lassen und dieser Schriftstellerbrille, die seine Intelligenz noch zu unterstreichen scheint. Er hat ein interessantes Gesicht und einen ziemlich fragwürdigen Modegeschmack. Typ: grob gestrickte Zopfmusterpullover und dazu Altherrenschals mit Karos. Und im Sommer dann Jacketts. So als würden er und sein Vater sich die Kleidung teilen. Edgar ist schon immer in so komischen Sachen rumgelaufen. Schon in der fünften Klasse. Ich habe damals nie mit ihm gesprochen. Als wären wir in verschiedenen Kasten gewesen, ich irgendwo ganz oben und er einer der Unberührbaren. Wir haben hinter seinem Rücken über ihn gelacht, und man hat sich erzählt, dass er nach Mottenkugeln und Kohl riecht. Ich bin ihm nie nah genug gekommen, um herauszufinden, ob es stimmt. Edgar war mir egal. Und er war Lindas bester Freund. Immer da, wo sie war. Ein Hund in Menschenform, ein treuer Schatten, von dem ich mir bis zur achten Klasse nicht gemerkt habe, wie er heißt. Edgar Rothschild. Eigentlich ein Name, den man nicht vergisst. Ich habe ihn trotzdem vergessen.

Zu Beginn war es mir unangenehm, mit ihm Bus zu fahren. Weil ich Angst hatte, jemand könnte uns zusammen sehen. Oder schlimmer noch: mir anmerken, dass ich ihn mag. Und das tue ich. Aber ich will ihn nicht mögen. Und ich weiß, dass es schrecklich ist, das zu sagen, aber es wäre mir peinlich, wenn jemand wüsste, dass wir miteinander zu tun haben.

In der Schule gehe ich an ihm vorbei, als würden wir uns nicht kennen. Und wenn andere in der Nähe sind, spreche ich nicht mit ihm. Manchmal schaue ich kurz in seine Richtung, und wenn keiner hinsieht, lächle ich ihn an. Und wenn er mein Lächeln dann erwidert, fühle ich mich grauenhaft. Weil seins so offen ist und ehrlich. Und meins so verlogen, weil ich ihn verschweige. So wie man auch nicht über Durchfall spricht oder über Regelschmerzen.

Wenn wir uns dann nach der Schule sehen, strahle ich ihn an. Und das ist dann genauso aufrichtig wie mein Schweigen in den Stunden zuvor. Ich vermute, dass Edgar weiß, warum ich mich so verhalte. Er ist viel zu klug, um es nicht zu wissen. Einer wie er liest ganze Romane zwischen ein paar Zeilen. Und trotzdem sagt er nichts. Manchmal frage ich mich warum. Warum er sich so behandeln lässt. Andererseits verstehe ich auch nicht, warum ich ihn so behandle. Vielleicht tut man manche Dinge einfach, ohne sie zu verstehen. Aus einem Gefühl heraus und nicht aus dem Verstand.

Edgar an der Bushaltestelle zu treffen, ist jedes Mal, als würden wir einen kleinen Ausflug in ein anderes Leben machen. In ein Leben, in dem er nicht peinlich ist und ich nicht oberflächlich. Es gibt diese Redensart, die meine Oma gern verwendet hat: *Er trägt ein Hasenherz im Wolfspelz.* Ich weiß genau, wie sich das anfühlt. Ich bin eine des Rudels. Eine, die andere auslacht, um nicht selbst verlacht zu werden. Eine, die auf andere losgeht, damit keiner merkt, wie klein sie eigentlich ist. Eine glaubwürdige Lüge mit großen braunen Augen, die unschuldig aussieht. Ich wäre gern besser als das. Aber ich bin es nicht. Ich bin ein Hase unter Wölfen, der rennt und Haken schlägt. Der dem Leittier blind folgt, um nicht selbst totgebissen zu werden. Wenn ich einen *anders*-Schalter in meinem Kopf hätte, ich würde ihn drücken. Aber ich habe keinen, also bleibe ich, wie ich bin. Und mit denen befreundet, die ich in Wahrheit mehr fürchte als mag. Weil man mich so in Ruhe lässt. Und weil ich mich im Schatten des Rudels sicher fühle. Es gibt den Mittelpunkt und den äußersten Rand. Ich war immer lieber im Mittelpunkt. Möglichst weit weg von Edgar und Linda und den ganzen anderen Versagern.

Edgar wurde nur deswegen nie gemobbt, weil er uns bei Schulaufgaben immer hat abschreiben lassen. Und weil er jahrelang für Marlene und Leonard die Hausaufgaben gemacht hat. Edgar hat sich seinen Frieden erkauft. Erst seinen und dann Lindas. Ich weiß noch, wie Marlene eines Tages gesagt hat, dass wir die beiden von nun an in Ruhe lassen sollen. Als ich sie fragte, warum auch sie, meinte Marlene: »Ganz einfach, weil Edgar gesagt hat, dass er uns nicht mehr abschreiben lässt, wenn wir es nicht tun.« In derselben Zeit hat Linda verdammt schnell verdammt viel abgenommen, vielleicht hatte es auch damit zu tun, dass Linda plötzlich in Ruhe gelassen wurde, aber das ändert nichts daran, dass Edgar Marlene erpresst hat. Und dass er damit durchgekommen ist. Was mich dabei am meisten beeindruckt hat, war nicht mal die Erpressung an sich. Sondern, dass er es für Linda getan hat. So wie er alles für Linda tut. Das hat mir damals echt imponiert. Seit diesem Tag kenne ich Edgars Namen.

Trotzdem war es mir unangenehm, als er sich vor ein paar Wochen das erste Mal im Bus neben mich gesetzt hat. Ich war mir sicher, er würde seltsam riechen. Wie die Wohnung eines sehr alten Menschen. Ich habe darauf gewartet, mich schon darauf vorbereitet. Aber dann roch er nur nach Seife und Shampoo. Und da wusste ich, ich bin ein grauenhafter Mensch. Formbar wie nasser Ton. Und dieses Gefühl hat sich mit jeder Busfahrt gefestigt, mit jeder Unterhaltung mit ihm. Und irgendwann wurde mir klar, dass ich mich einfach nicht mag. Dieses Ich, das ich wie eine Maske trage. Das sich anfühlt, wie in einen Spiegel zu schauen und sich darin nicht wiederzuerkennen. Mit der Zeit lernt man, diese Spiegel zu meiden und nur noch in die zu sehen, die sich auf das Äußere beschränken. Auf den Teil, den man schminken kann. Und den anderen ignoriert man wie eine Krankheit, die noch keine Symptome zeigt.

Neulich habe ich gehört, wie meine Mutter zu meiner Tante am Telefon gesagt hat: »Gefühle entwickeln sich.« Ich weiß nicht, worum es dabei ging, aber ich habe lange über diese Aussage nachgedacht. Und eines Morgens ist mir aufgefallen, dass Edgar die erste Person war, an die ich dachte. Ich bin aufgewacht, und da war er. Wie ein Geist in meinem Geist. Das ist seither immer öfter passiert. Beim Gong der letzten Stunde, auf dem Weg zum Bus. Ich habe mich auf Edgar gefreut, hätte das aber niemals zugegeben. Meine Mutter hat zu der Zeit irgendwann gesagt, dass ich so glücklich aussehe und ob das an Leonard liegt. Da hätte ich ihr von ihm erzählen können. Davon, dass Edgar in nur einer einzigen Busfahrt mehr interessante Dinge sagt, als Leonard während unserer gesamten Beziehung von sich gegeben hat. Aber das habe ich nicht getan. Ich habe nur gelächelt und bin mit Leonard zusammengeblieben. Und das werde ich auch weiterhin. Weil Leonard Leonard ist. Einen Meter neunzig groß, dunkelblond und gut aussehend. Mit dieser senkrechten Falte zwischen den Brauen, die ihn immer ein bisschen skeptisch aussehen lässt. Als würde er der Welt nicht ganz über den Weg trauen. Es ist ein Blick, den ich mag. Genauso ist es mit seinem Lächeln. Leonard kann richtig toll lächeln. Ich glaube, er hat es lange vor dem Spiegel geübt. Oder er konnte es schon immer, das kann natürlich auch sein. Jedenfalls hat er etwas an sich, das Mädchen mögen. Er könnte jede haben, und er wollte mich. Mit ihm zusammenzukommen, war wie eine Beförderung. Als wäre ich von einem Tag auf den anderen im Wert gestiegen. Und irgendwie habe ich das geglaubt. Dass er mich aufwertet. So wie eine Luxussanierung ein altes Gebäude. Manchmal ertappe ich mich dabei, wie ich mir Leonard schönrede, weil er so gut aussieht. Einfach, weil ich ihn gerne anschaue. Und dann erinnere ich mich daran, wie beeindruckt ich war, als er sich das erste Mal vor mir ausgezogen hat. Von seinem Körper. Von seiner Erektion. Und davon, dass er sie meinetwegen hatte.

Edgar will ich mir lieber nicht nackt vorstellen. Aber

wenn es mir dann doch mal passiert, ist er ganz mager und dünn. Ein schwacher knochiger Körper. Neben Leonard wirkt Edgar wie ein Kind. Wie ein kleiner Junge, der seinen Penis nur braucht, um zu pinkeln. Wenn ich versuche, mir vorzustellen, wie er Sex hat oder sich selbst befriedigt, geht das nicht. Als wäre meine Fantasie damit an ihre Grenzen gestoßen.

Ich gehe davon aus, dass Linda und er Sex hatten. Vermutlich haben sie sich gegenseitig entjungfert. Das würde so passen. Ich glaube ja, Linda hat an ihm immer am meisten geliebt, wie sehr er sie liebt. Ich schätze in gewisser Weise hat Edgar auch sie aufgewertet. Anders als bei Leonard und mir, trotzdem ist es falsch. Man sollte nicht mit Menschen zusammen sein, nur weil man sich dann besser fühlt. Das ist keine Beziehung, es ist reiner Egoismus. Ich glaube, in dem Punkt nehmen Linda und ich uns nicht viel. Nur, dass sie, im Gegensatz zu mir, bei sich angekommen zu sein scheint. Und dann hat sie Edgar abgeschrieben und durch ein Mädchen ersetzt. Das sagt ja auch was aus. Wenn ich versuche, mir Linda beim Sex vorzustellen, fällt mir das komischerweise überhaupt nicht schwer. Nur wenn ich versuche, sie mir mit Edgar vorzustellen. Vielleicht, weil er so geschlechtslos ist. So blank mit milchweißer Haut. Ich glaube, ich würde lieber mit Linda schlafen als mit Edgar. Das ändert nichts daran, dass ich mich irgendwie zu ihm hingezogen fühle. Als wäre mein Verstand von ihm erregt. Von dem, was er erzählt und wie er es tut, von seiner Stimme und diesen dunklen Augen, die so viel mehr sagen, als die von jedem anderen. Und dann schweigen sie wieder und mustern mich auf eine Art, die mir fremd ist und die ich genau deswegen so mag. Als hätte mich vor ihm noch nie jemand gesehen. Als wäre bei ihm mein Inneres nach außen gestülpt. Mit Edgar kann ich reden und reden. Und es kommt mir nie lang vor. Nicht wie eine Schulstunde. Eher wie die Folge einer spannenden Serie, die viel zu schnell vorbei ist. Und wenn wir dann am Tor des Lehrerparkplatzes ankommen, trennen sich unsere Wege und wir tun wieder so, als würden wir uns nicht kennen. Als gäbe es diese Stunden im Bus nicht, in denen ich mich so viel echter fühle, als in meinem restlichen Leben. In den Telefonaten mit meinen sogenannten »Freunden«, oder in Leonards Armen, in seinem Bett, wenn wir miteinander schlafen. Das bin alles nicht ich. Ich sehe nur so aus.

Manchmal frage ich mich, ob Edgar Linda von uns erzählt hat. Von diesem *Bus-Uns*, das es sonst nirgends gibt. Ich habe niemandem davon erzählt. Keiner Menschenseele. Und das werde ich auch nicht. Als Leonard Edgar und mich vor ein paar Tagen zusammen an der Bushaltestelle gesehen hat, hat er danach abschätzig gefragt: »Was wolltest du denn mit dem?« Und ich habe die Augen verdreht und geantwortet, dass ich Probleme in Latein habe und dachte, Edgar könnte mir vielleicht helfen. Und dann hat Leonard mich angegrinst und gesagt: »Also, in Latein bin ich richtig gut.« Ich wusste, dass es nicht stimmt. Trotzdem bin ich an dem Abend *zum Lernen* zu ihm gefahren. Und in dieser Nacht haben wir zum ersten Mal miteinander geschlafen.

Seitdem weiß ich, dass mir seine Verpackung sehr viel besser gefällt als der Inhalt.

8:39 Uhr

Julia steht in einer abgesperrten Toilettenkabine und wartet auf den Gong zur zweiten Stunde. Darauf, dass alle in den Unterricht verschwinden, und sie endlich gehen kann. Marlene hat mit Leonard telefoniert und musste dann ziemlich überstürzt weg. Sie hat Julia nicht gesagt warum, nur, dass es ihm nicht gut geht. Aber es hätte ohnehin keinen Unterschied gemacht. Spätestens wenn sie zu ihrem Physikkurs abgebogen wäre, wäre sie allein gewesen, weil Marlene Physik abgewählt hat. So kamen die Blicke und das Getuschel eben ein bisschen früher. Bereits auf dem Flur und nicht erst im Physiksaal. Alle haben sie angestarrt. Und als es gegongt hat, ist Julia kurzerhand abgebogen und aufs Mädchenklo geflohen. Und da ist sie noch.

Julia wollte sich dort nur kurz verstecken, warten, bis alle in ihren Klassenzimmern sind, aber dann kam eine Gruppe Mädchen, die sich ausgerechnet diese Toilette für ihre Freistunde ausgesucht hat, und dann saß Julia fest. Sie ist selbst daran schuld. Jeder weiß, dass dieses Klo so gut wie nie kontrolliert wird und dass deswegen alle zum Rauchen dorthin gehen.

Jetzt steht sie seit fast vierzig Minuten mit dem Rücken zur Wand und erfährt Stück für Stück, was sie längst geahnt hat. Julia gibt keinen Laut von sich, während diese Mädchen über sie reden. Sie vermutet sie bei den Waschbecken. Oder in einer der Nachbarkabinen. Und während sie ihnen zuhört, weint Julia stille Tränen, die immer weiter fallen, genauso wie sie. In eine Schlucht aus Gedanken, die Julia nie hätte aufschreiben dürfen. Sie geht ein paar ihrer Einträge im Kopf durch. Sie hat über alles geschrieben. Das war Sinn und Zweck der Sache. Nicht nachdenken, einfach loslassen. Der Eintrag von Montagmorgen ist der schlimmste von allen. Sie fragt sich, ob Leonard ihn schon gelesen hat. Vermutlich. Wahrscheinlich hat er Marlene deswegen angerufen. *Marlene.* Beim Gedanken an den Eintrag über sie schließt Julia kurz die Augen. Und dann denkt sie an die vielen anderen Posts, die nie als Posts gedacht waren. Über Edgar und Leonard und ihre »Freunde«. Sie denkt an die vielen Wahrheiten, die oft nur in dem Moment gestimmt haben. Wahrheiten, die Leonard mehr treffen werden, als sie je wollte. Worte als Ventile, die nun zu Waffen werden. Julia hatte einen Grund, sie für sich zu behalten. Sie hatte ein Recht darauf gehabt, so zu empfinden. Zumindest dachte sie das.

Ein paar der Mädchen fangen an zu lachen, dann sagt eine von ihnen: »Hört euch das mal an.« Und dann liest sie vor: »*Ich dachte, ich würde mich auf eine ungekannte Art vollständig fühlen, so als wäre man als Mädchen ohne einen Penis in sich drin irgendwie undicht.* Die ist ja vollkommen gestört.«

»Also, ich finde den Vergleich gar nicht schlecht«, sagt eine andere.

»Wieso nur wundert mich das nicht?«, antwortet die erste in einem gespielt amüsierten Tonfall. Aber es ist kein Spaß. Sie meint es ernst.

»Wisst ihr, was mich noch viel mehr schockiert?«, unterbricht die Frage eines anderen Mädchens die angespannte Stille, »dass Leonard so schlecht im Bett sein soll.« Sie macht eine Pause, in der sie entweder an ihrer Zigarette zieht oder die anderen einfach fragend anschaut. Dann sagt sie: »Glaubt ihr das? Ich meine, wenn ich einen nicht von der Bettkante gestoßen hätte, dann ja wohl ihn.«

Darauf eine andere: »Tja, ich schätze mal, jetzt stößt ihn so ungefähr jede von der Bettkante.«

Alle kichern los. Julias Kinn zittert.

»Vielleicht liegt es ja auch an ihr?«, wirft ein Mädchen mit dunkler Stimme ein. »Habt ihr daran schon mal gedacht?«

»Ähm, nein.«

»Wie könnte es bitte an ihr liegen, wenn *er* nach zwei Sekunden kommt?«, fragt eine der anderen.

»Ach, was weiß ich«, sagt die mit der dunklen Stimme. »So oder so ist Julia Nolde eine Schlampe.«

»Wieso ist sie bitte eine Schlampe?«, fragt eine der anderen.

»Na, vielleicht, weil sie sich von einem Typen ficken lässt, den sie nicht liebt?«

»Ach, dann bist du jetzt also die moralische Instanz?«

»Nein, das nicht, aber ...«

»Denkst du etwa, dass Leonard Meller in alle Mädchen verliebt war, die er flachgelegt hat?«, unterbricht sie eine andere. »Wohl kaum.«

Julia hört das Zischen einer Zigarette, die ins Klo geworfen wird.

»Nimm sie nicht so ernst. Miriam ist doch nur neidisch, weil sie seit Jahren heimlich auf Leonard steht.«

Dann lachen wieder alle.

»Ich stehe nicht auf Leonard Meller«, sagt die mit der dunkeln Stimme, die offensichtlich Miriam heißt.

»Klar tust du das«, sagt das Mädchen von eben. »Aber das macht nichts. Wir stehen doch alle ein bisschen auf ihn.«

Und eine der anderen erwidert: »Na ja, alle bis auf seine Freundin.«

Das ist der Moment, in dem der Schulgong einen akustischen Punkt hinter ihr Gespräch setzt. Er führt binnen Sekunden zu seltsamer Geschäftigkeit. Zu Türen, die sich öffnen, Klospülungen, die gedrückt werden, quietschenden Schuhsohlen auf dem Fliesenboden. Julia wartet, bis die Schritte sich entfernt haben und die Tür zu den Mädchentoiletten zeitverzögert ins Schloss fällt. Danach ist es still. Die Luft ist voll mit Rauch und Parfum. Eine süßlich verbrannte Mischung, die Julia bei jedem Atemzug bis in den Rachen schmeckt.

Sie steht noch immer mit dem Rücken zur Wand. Und sie fühlt sich genauso glatt und grau wie sie. Julia bewegt sich nicht. Keinen Muskel. Reglose Stille und ein tropfender Wasserhahn. Sie traut sich nicht, die Kabine zu verlassen. Lieber wartet sie noch bisschen. Bei der Vorstellung, wie sie einer der Personen, über die sie geschrieben hat, im Schulhaus über den Weg läuft, wird ihr übel.

Vor ein paar Stunden sind sie noch befreundet gewesen, jetzt sind sie es nicht mehr. Genau genommen waren sie es auch davor schon nicht, aber da hat es nur Julia gewusst. Jetzt wissen sie es auch. Und alle anderen. Alle wissen alles. Als hätte man ein ganzes Leben vor einer Schar Fremder ausgeschüttet wie eine Kiste mit Spielsachen in einem Wartezimmer. Julia steht da und starrt auf die eingeritzte Liebeserklärung in der Klotür. *Lara + Ben.* Sie nimmt sie wahr, verarbeitet sie aber nicht. Genauso wie das, was gerade mit ihr passiert. Julia weiß, dass es passiert, aber sie begreift es nicht. Als hätte sie jemand ruhiggestellt, weil die Wahrheit zu viel auf einmal wäre. Und doch hat irgendetwas in ihr es verstanden. Sonst würde sie nicht weinen. Ihr Rest steht neben sich. Vielleicht liegt es daran, dass sie es nicht mit eigenen Augen gesehen hat. Dass etwas in ihr nicht glaubt, dass ihre Einträge wirklich online sind. Ihr Handy hängt zu Hause am Strom. In ihrem Zimmer auf dem Fensterbrett.

Julia möchte gehen, aber sie bringt es nicht über sich, die Toilettenkabine zu verlassen. Als wäre sie der einzig sichere Ort auf der ganzen Welt. Also bleibt Julia dort stehen. Wie festgewachsen in den Fliesen. Sie zwingt sich zu atmen, immer wieder ein und aus. Und irgendwann, ohne ersichtlichen Grund, entriegelt sie dann die Tür. Ein lautes *Klack* schneidet in die Stille, wie ein kurzer metallischer Schlag. Dann ist nichts mehr zu hören. Im Vergleich zu diesem Geräusch wirken Julias Schritte wenig später wie ein Flüstern auf dem Boden. Sie hat sich heute Morgen für die Sneakers mit den leisen Sohlen entscheiden, so als hätte sie geahnt, dass sie sich später davonschleichen muss. Sie setzt einen Fuß vor den anderen, erst an den Klokabinen vorbei, dann an den Waschbecken. Den tropfenden Wasserhahn dreht sie ab.

Es ist keine bewusste Handlung, nur etwas, das sie gelernt hat.

Dann öffnet sie die Tür und späht den Korridor hinunter. Es ist niemand zu sehen. Nur eine lange Dunkelheit, von der auf der rechten Seite mehrere Klassenzimmer abzweigen. Julia atmet tief ein, als wäre sie im Begriff unterzutauchen, dann stößt sie die Luft aus, und der Laut verliert sich in der Weite des Gangs.

Letzten Endes entscheiden ihre Füße. Sie gehen irgendwann einfach los. Und Julia bleibt nichts anderes übrig, als mit ihnen zu gehen. Sie verlässt den Schutz der Mädchentoilette, und mit jedem Schritt beschleunigt sich ihr Herzschlag, als wäre der Flur gefährlich, und nicht nur ein Flur. Julia geht schnell und leise, achtet auf jedes Geräusch. Hinter den Türen vernimmt sie Stimmen, die von Lehrern und von Schülern. Und dann, als Julia gerade fast das Treppenhaus erreicht hat, geht plötzlich eine von ihnen auf.

Und vor ihr steht Edgar.

8:52 Uhr

Julia gefriert mitten in der Bewegung, als sie ihn sieht. Wie ein Reh im Scheinwerferlicht. Edgar schaut auf sie herunter, seine Schultern und sein Kiefer spannen sich an. Er spürt, wie viel Kraft es Julia kostet, dem feindseligen Ausdruck in seinem Gesicht standzuhalten. Seiner Wut. Und der Kränkung.

Sie stehen einander gegenüber in diesem dunklen Flur, mit Blicken, die miteinander verbunden sind wie mit einem Seil. Als wären sie sichtbar, eine starre Linie zwischen ihren Augen. Und während sie sich ansehen, hallen Julias Worte in seinem Kopf wie verbale Schläge. *Und dann hat Linda ihn abgeschrieben und durch ein Mädchen ersetzt. Das sagt ja auch was aus.* Edgar schluckt. Vordergründig steht er aufrecht vor Julia, doch innerlich ist er längst zu Boden gegangen. Er war nicht vorbereitet gewesen auf diesen Kampf. Auf die Härte ihrer Meinung über ihn. Julia hat ihn zu einer Figur gemacht in einem Spiel, von dem er die Regeln nicht kennt. *Geschlechtslos*, hämmert es in Edgars Verstand. *Wie ein kleiner Junge, der seinen Penis nur braucht, um zu pinkeln. ... Wenn ich versuche, mir vorzustellen, wie er Sex hat oder sich selbst befriedigt, geht das nicht. Als wäre meine Fantasie damit an ihre Grenzen gestoßen.*

Vor nicht einmal zwei Tagen hat er sich unter der Dusche einen runtergeholt und währenddessen an sie gedacht. So wie er in den vergangenen Wochen meistens dabei an sie gedacht hat. Die Diskrepanz zwischen dem, wie er sie wahrnimmt, und wie sie ihn wahrnimmt, ist plötzlich so übergroß und offensichtlich, dass es sich für Edgar anfühlt, als würde er seinen Körper verlieren. Als würde sich alles, was ihn männlich macht, in Luft auflösen.

Edgar zittert. Er würde Julia am liebsten packen und anschreien. Ihr entgegenbrüllen, dass er gestern mit Linda geschlafen hat. Nur vor ein paar Stunden. Gleich zwei Mal hintereinander. Und dass sie beide Male gekommen ist, weil es gut für sie war, richtig gut. Nicht wie für sie mit ihrem Leonard. Aber er spürt, wie Tränen in seine Augen steigen, und weiß, wenn er es sagt, wird er weinen. Und seine Stimme wird brüchig klingen. Und er wird noch mehr wirken wie ein kleiner Junge. Also sagt er nichts.

Julia sieht ihn an mit hängenden Schultern und einem Blick, als hätte jemand anders das alles geschrieben. Aber es war sie. Jedes Wort davon kam aus ihr. Edgar wusste immer, dass er nicht in ihrer Liga spielt, dass er ein Aushilfsfreund ist, mit dem Julia Bus fährt, und dass sie ohne diese Fahrten nie von ihm Notiz genommen hätte. Er hat es gewusst und sich doch gewünscht, dass er falschliegt. Dass er sich täuscht. Dass mehr zwischen ihnen ist. Nun weiß er, wie es sich anfühlt, wenn die Hoffnung zuletzt stirbt. Seine liegt zwischen ihm und ihr auf dem harten Boden der Realität.

Edgar sagt immer noch nichts, sieht sie nur an. Wie sie wie ein halber Mensch vor ihm steht und nicht zu wissen scheint, was sie als Nächstes tun soll. Es gibt nichts, was sie tun kann. Nichts wäre richtig. Es wären nur noch mehr Worte. Und Worte hatte Edgar für heute genug.

Julias Augen sind voll mit Tränen, und Edgar fragt sich, ob sie ihretwegen weint oder seinetwegen. Weil sie ihm wehgetan hat oder weil er nun die Wahrheit kennt. Edgar steht still vor ihr, während in seinem Inneren ein Kampf tobt. Er gegen sich selbst. Sein Verstand gegen seine Gefühle. *Du wusstest doch, dass sie dich so sieht. Du hast es immer gewusst. Und jetzt tust du überrascht.* Es stimmt. Er wusste es. Trotzdem wäre eine Entschuldigung angebracht. Wenigstens ein *Es tut mir leid.* Doch in dem Moment, als er das denkt, wird Edgar klar, dass ihn das nur noch mehr demütigen würde. Als wäre das, was sie geschrieben hat, nur ein kleiner Fauxpas gewesen – sie, die ihm versehentlich auf den Fuß tritt und dann sagt: *Es tut mir leid.*

Trotzdem wüsste er gern, ob es so ist. Ob es ihr leid tut. Doch er bringt es nicht über sich, sie zu fragen. Die zwei Sätze liegen fertig auf seiner Zungenspitze, bereit ausgesprochen zu werden: *Bereust du das, was du geschrieben hast? Oder nur, dass es rausgekommen ist?* Aber er sagt weder den einen noch den anderen. Er schluckt sie hinunter wie ein zu großes Stück Fleisch, das er nicht richtig gekaut hat.

Dann blinzelt Julia, und ihre Tränen rollen als kleine dicke Kugeln über ihre Wangen. Edgar ist hin- und hergerissen zwischen dem Impuls, sie zu trösten und sie mit aller Kraft gegen die Wand zu stoßen.

Letztlich tut er nichts davon. Er sieht sie nur an. Und dann dreht er sich um und geht.

9:33 Uhr

Zu Beginn der großen Pause erfährt Kristin Ferchländer zum ersten Mal von dieser ominösen Internetseite, die sich gerade wie ein Virus an ihrer Schule verbreitet. Unmittelbar nach den ersten beiden Unterrichtsstunden kamen besorgte Kollegen auf sie zu. Dicht gefolgt von ein paar aufgeregten Schülerinnen der Unterstufe. Laut Frau Heisenberg, einer von Kristin Ferchländer sehr geschätzten Physiklehrerin, handelt es sich um die Internetseite einer gewissen Julia Nolde, zwölfte Klasse, sechzehn oder siebzehn Jahre alt, da war sich die Kollegin nicht sicher. Die Inhalte bezeichnete sie vieldeutig als *sensibel.*

»Dann handelt es sich ausschließlich um Texte?«, fragt Frau Dr. Ferchländer. »Wir haben es also nicht mit Bildern oder Videomaterial oder dergleichen zu tun?«

»Nein, nur Texte«, sagt Frau Heisenberg.

»Und woher wissen Sie, dass es sich dabei um die Internetseite dieser Schülerin handelt? Wie hieß sie noch? Julia Nolde?«

»Weil ihr Name über jedem Post angezeigt wird«, antwortet Frau Heisenberg und hält Frau Dr. Ferchländer ihr Handy vors Gesicht.

Da steht: *veröffentlicht von Julia Nolde.*

Frau Heisenberg lässt das Handy sinken.

»In Ordnung«, sagt Frau Dr. Ferchländer und atmet

hörbar aus. »Und wie bitte finde ich diese Internetseite?«

»Ich habe Ihnen den Link per E-Mail geschickt«, antwortet Frau Heisenberg. »Die Posts haben keine Überschriften, nur fünfstellige Nummern. Laut den Informatik-Kollegen werden die wohl bei Wordpress automatisch vom System so vergeben.«

»Okay, vielen Dank«, sagt Frau Dr. Ferchländer. »Dann werde ich mir diese Einträge mal ansehen.« Ihr Tonfall verrät, dass das Gespräch damit beendet ist. Und Frau Heisenberg versteht den Wink sofort – ein weiterer Grund, die Frau zu mögen.

Ein paar Minuten später beginnt Kristin damit, die Posts zu lesen. Die ersten Sätze noch neutral, durch die Brille einer Rektorin, doch dann erfasst sie eine fast fiebrige Aufregung, und sie taucht ein in die Gedanken dieser Sechzehn- oder Siebzehnjährigen wie in eiskaltes Wasser.

Kristin erinnert sich dunkel an diese Welt. Ihre hat sich damals ganz ähnlich angefühlt. Als wäre sie das Einzige, das nicht hineinpasst. Ein Fehler im Gesamtbild. Und während sie weiterliest, steigt ein längst vergessenes Gefühl des Verlorenseins in ihr auf. Wie eine Erinnerung, die man so lange verdrängt hat, dass sie einem seltsam fremd erscheint.

Es ist das erste Mal in ihrem Leben, dass Kristin sich so vollkommen erwachsen wahrnimmt. Unendlich weit weg von dem, was sie da liest. Und doch nimmt es sie auf eine eigentümliche Art gefangen. Wie ein Krimi. Oder einer dieser schlechten Erotikromane, von denen man vorgibt, sie nicht zu mögen, und die man dann heimlich im Sommerurlaub verschlingt.

Kristin liest einen Beitrag, in dem es um einen Edgar und eine Linda geht. Je weiter sie kommt, desto sicherer ist sie sich, dass es sich bei der erwähnten Linda um Linda Overbeck handeln muss. Sie kennt Linda inzwischen recht gut. Besser als ihr lieb ist. Sie war schon öfter bei ihr im Direktorat. Das letzte Mal vor knapp drei Wochen, weil sie einem Lehrer gegenüber ausfallend geworden ist. Kristin Ferchländer kann sich nicht vorstellen, dass es unter ihren Schülerinnen eine weitere Linda geben könnte, die ebenfalls mit einem Edgar befreundet ist und die gleichermaßen offen mit ihrer Bisexualität umgeht, wie es in diesem Post beschrieben wird. Es kann nur Linda Overbeck sein. Sehr liberale Hippie-Eltern, denen verschärfte Verweise vollkommen egal sind. Kristin hätte früher auch gern solche Eltern gehabt. Ihre waren da ein kleinwenig anders eingestellt.

Nach dem Beitrag über Edgar und Linda klickt Kristin den nächsten an. Die *1357-9*. Sie liest den Anfang des Textes, bricht dann jedoch nach dem ersten Absatz ab. Das, was da steht, ist zu persönlich. Wenigstens sie als Rektorin sollte die Privatsphäre ihrer Schüler respektieren, wenn die es schon untereinander nicht tun. Mit gutem Beispiel vorangehend, schließt sie den Tab ihres Browsers. Es ist das Richtige, das weiß sie. Und doch bleibt ein Gefühl des Bedauerns zurück. Kristin hätte den Eintrag gern zu Ende gelesen – und schilt sich im selben Moment für den Gedanken.

Sie schüttelt ihn ab und macht sich an die Arbeit. An

das, was getan werden muss. Zuerst lässt sie Julia Nolde ausrufen, aber die hat, wie sich wenig später herausstellt, die Schule schon wieder verlassen. Kollegen und Mitschüler bestätigen einhellig, sie gesehen zu haben. Sie war also da. Und eine Befreiung liegt keine vor. Als Mensch kann Kristin diesen Schritt verstehen, doch als Schulleiterin kann sie ein derartiges Verhalten auf keinen Fall akzeptieren. Also veranlasst sie im Sekretariat, dass jemand Julia Noldes Mutter darüber informiert. Danach sucht sie im System die Telefonnummer von Edgars Vater heraus. Irgendwo muss man ja anfangen. Sie erreicht ihn sofort, und er sagt zu, um 11:30 Uhr da zu sein. Im Anschluss gibt Kristin Ferchländer Edgars Erdkundelehrerin, Frau Stocke, Bescheid, dass Edgar ihren Unterricht heute leider verpassen wird, und dass sie ihn bitte entschuldigen soll.

Den Anruf bei Lindas Eltern schiebt Kristin Ferchländer noch etwas auf. Beim bloßen Gedanken daran, sich schon wieder mit ihnen auseinandersetzen zu müssen, wird ihr ganz anders.

Und dann, während sie an ihrem Schreibtisch sitzend auf den Termin mit Edgar und seinem Vater wartet, überlegt Kristin Ferchländer, ob es nicht vielleicht doch besser wäre, das Ende des Beitrags zu lesen, den sie zuvor aufgrund moralischer Bedenken abgebrochen hat. Sie sagt sich, dass sie ja im Bilde sein muss, um angemessen reagieren zu können. Dass sie Fakten und Inhalte kennen muss, um zu wissen, worum es geht und wer in die Sache verwickelt ist, kurz: Es ist ihre Pflicht, dem nachzugehen. Keineswegs ein Vergnügen.

Und so wechselt sie zu ihrem E-Mail-Programm und klickt erneut auf den Link. Erst öffnet sich ihr Browser, dann die Internetseite. Frau Dr. Ferchländer scrollt zu der Stelle, bis zu der sie den Text gelesen hat. Dann liest sie weiter. Dieses Mal ohne schlechtes Gewissen.

Schließlich macht sie nur ihren Job.

1357-9 // veröffentlicht von Julia Nolde

Wenn wir nackt sind, bin ich nicht ich, aber er ist in mir. Manchmal glaube ich, er will mich einfach nur ficken. Und wenn ein Kissen auf meinem Gesicht läge, wäre es ihm auch egal. Hauptsache meine Titten wippen und er kann raus und rein. Meine Titten liebt er. Er kann die Hände kaum von ihnen lassen.

Gestern war ich nach der Schule bei ihm. Er lag auf mir drauf, und wir haben rumgemacht. Und währenddessen habe ich Marlene in der Küche telefonieren hören, was irgendwie komisch war. Aber auch gut. Sie hat gelacht, während Leonard und ich bis auf die Unterhosen nackt waren und er sich zwischen meinen Beinen bewegt hat. Ich war ganz kurz davor zu kommen. Endlich mal zu kommen. Und dann hört der Vollidiot plötzlich auf und rutscht mit dem Becken immer weiter nach oben. Er hat mich angeschaut, ganz verrenkt, mit so einem mitleidigen Blick. Ein Gesicht, als würde er betteln. Ich wusste, was er will. Es war so offensichtlich, dass es mich angekotzt hat. Ich weiß nicht, ob ich es deswegen nicht mache, weil ich gemein bin, oder weil es mich verletzt, dass er meine Brüste lieber mag als mich. Vielleicht ist es eine Mischung aus beidem. Trotzdem haben wir danach miteinander geschlafen. Ich habe Leonard ein Kondom hingehalten und ihn angelächelt, obwohl mir nicht danach war. Weder nach Sex noch nach

Lächeln. Ich weiß selbst nicht, warum ich manchmal Dinge tue, die ich eigentlich nicht will. Als wäre ich darauf abgerichtet, meinem Gegenüber zu gefallen. *Sei bloß nett.* Es ist lächerlich. Leonard ist total auf meine Titten fixiert, ich fühle mich davon irgendwie erniedrigt, und zur Belohnung schlafe ich mit ihm. Das ist doch nett. Die Frage ist nur, wem gegenüber?

Während Leonard neben mir auf dem Bett saß und damit beschäftigt war, das Kondom abzurollen, habe ich mich gefragt, warum ich so ein Problem damit habe, dass er seinen Schwanz zwischen meine Brüste stecken will. Ich meine, dann will er das eben. Daran ist nichts Verwerfliches. Trotzdem möchte ich es nicht. Weil ich mich dadurch irgendwie benutzt fühle. Wie einen Gegenstand. Wenn er in mich eindringt und mit mir schläft, tue ich das seltsamerweise nicht. Und das, obwohl ich nie komme, wenn wir Sex haben. Ich liege eigentlich nur da und schaue irgendwo hin. Und dann ist er schon nach ein, zwei Minuten fertig. Manchmal sind es auch nur ein paar Sekunden. Er sagt dann, dass es ihm leid tut, und fragt, ob es gut für mich war, und ich habe keine Ahnung, wie ich reagieren soll. Die Wahrheit wäre: Nein, es war nur kurz. Aber das kann ich nicht sagen. Ich habe mal versucht, es ohne Worte in eine andere Richtung zu lenken. Ich auf ihm drauf, damit ich das Tempo vorgeben kann. Aber das macht keinen Unterschied. Leonard stößt dann einfach von unten zu und kommt genauso schnell.

Wenn er danach duschen geht, mache ich es mir meistens selbst. Dann bringe ich das zu Ende, was er wieder nur angefangen hat. Ich komme und komme mir schäbig dabei vor. Verlogen, weil ich es tue und bei ihm nur so tue. Und dann habe ich ein schlechtes Gewissen. Und Mitleid mit ihm, weil er so unfähig ist und ich so feige. Weil ich stöhne, obwohl es nichts zu stöhnen gibt. Und Leonard denkt, er ist gut, weil ich ihn in dem Glauben lasse. Aber wenn ich es ansprechen würde, wäre er gekränkt. Und ewig beleidigt. Er würde sagen, dass ich ohnehin keine Ahnung habe, und er hätte recht damit. Ich habe keine Ahnung. Vor ihm gab es keinen anderen. Nur mich mit mir – und Selbstbefriedigung ist einfach, weil man nichts erklären muss. Trial und Error funktioniert ohne die Zwischenstation. Der Vergleich hinkt also.

Im Grunde kenne ich Sex nur aus New-Adult-Romanen. Ich habe eindeutig zu viele davon gelesen. Getarnte Liebesgeschichten, in denen Liebe eigentlich Sex bedeutet. Alle lügen sich die ganze Zeit an und ziehen sich dann aus. Und natürlich wissen die Typen immer ganz genau, was zu tun ist. Die schauen dann ein bisschen dunkel und laufen andauernd völlig grundlos oben ohne durch die Gegend. Aber in Wirklichkeit sind sie total sanft und verletzt. Missverstandene Seelen. Es wird andauernd hart geschluckt, und wenn der kaputte, aber eigentlich total liebeswerte Typ die weibliche Hauptfigur dann zufällig an der Schulter berührt, ist sie schon feucht – eine weitere total unerfahrene Jungfrau, die dann gleich beim ersten Mal so heftig kommt, dass sie fast das Bewusstsein verliert. Ist klar. Ich habe diese dämlichen Mädchen immer verachtet, weil sie alle auf den Bad Boy mit dem Sixpack und dem dunklen

Geheimnis reinfallen und weil sie alle denken, dass sie ihn retten können. Das ist so erbärmlich. Aber noch viel erbärmlicher ist es, diesen Schwachsinn zu lesen und sich bei den Sexszenen selbst zu befriedigen. Genau genommen sind solche Romane nichts anderes als Wichsvorlagen für Mädchen. Pornos in pastellfarbenen Covern, die man ungeniert im Beisein von Familienmitgliedern im Sommerurlaub lesen kann, weil die denken, es wären Liebesgeschichten.

Ich schätze, meine Erwartungen an Sex waren einfach zu hoch. Ich dachte irgendwie, ein Typ dringt in mich ein, und ich sehe nur noch Sterne, weil es so gut ist. Ich dachte, ich würde mich auf eine ungekannte Art vollständig fühlen, so als wäre man als Mädchen ohne einen Penis in sich drin irgendwie undicht. Aber die Wahrheit ist, beim ersten Mal hat es wehgetan. Es war nicht unerträglich oder so, und Leonard war wirklich sanft, aber es war trotzdem nicht schön. Ein spitzer, scharfer Schmerz, als würde jemand mit einem kleinen Dolch zustoßen. Danach war wie zum Beweis ein Blutfleck im Laken, und Leonard und ich waren seltsam verlegen für zwei Menschen, die sich gerade auf die intimste Art nah gewesen waren.

Ich habe mich ihm nicht nah gefühlt. Aber wenn ich ganz ehrlich bin, habe ich mich in dem Moment nicht mal mir selbst nah gefühlt. Die Stunden danach habe ich mir eingebildet, ihn noch in mir zu spüren. Kein Phantomschmerz, nur ein Phantom. Und dann habe mich gefragt, ob es wohl so ist, eine Frau zu sein. Ob ich nun auch eine war. Und wenn ja, ob Leonard mich zu einer gemacht hatte. Aber wie kann einen ein Mann zu einer Frau machen? Das ergibt doch überhaupt keinen Sinn. Ich habe mich nach dieser Nacht jedenfalls nicht erwachsener gefühlt. Nur irgendwie innerlich verletzt. Als wäre ich rau oder aufgeschürft. Mit Leonard darüber geredet habe ich nicht. Wir haben nur beide viel gelächelt.

Ich weiß nicht, wann aus Empathie eine Lüge wird. Oder was schwerer wiegt – dass ich Leonard nicht die Wahrheit sage, oder wie gern er die Lüge glaubt? Das Schlimmste ist, dass er sich wirklich Mühe gibt. Vielleicht sogar sein Bestes. Er will, dass es mir gefällt. Und er denkt, dass es das tut. Also lächle ich und reiche ihm ein Kondom.

Weil es ja nicht lange dauert.

Und weil es für ihn schließlich gut ist.

9:10 Uhr

Als Leonard vom Laufen nach Hause kommt, tritt er seine Schuhe von den Füßen und rennt nach oben. Zu Lene. Er hat sie angerufen und gesagt, sie soll nach Hause kommen, und sie hat es getan. Sie hat sich befreien lassen, weil er sie braucht. Weil Lene der einzige Mensch ist, der ihn wirklich liebt. Gestern dachte er noch, es gäbe zwei, aber das hat nicht gestimmt. Es hat nie gestimmt. Juli ist für ihn gestorben. Wäre sie es nicht, würde er sie umbringen. In diesem Moment glaubt er, er würde es wirklich tun. Seine Hände um ihren Hals legen und einfach zudrücken.

Er war noch eine Weile draußen. In einer Seitenstraße und hat geweint. Nicht nur ein paar Tränen, sondern so richtig. Er hat sich an einem Zaun festgehalten, weil seine Beine nicht mehr gereicht haben. Und dann hat er geheult. So wie er seit Jahren nicht geheult hat, das letzte Mal als kleiner Junge.

Leonard nimmt zwei Stufen auf einmal in den ersten Stock, dann stürmt er in das Zimmer seiner Schwester. Er klopft nicht an, reißt einfach die Tür auf. Aber die verdammte Musik ist so laut, dass Lene ihn nicht hört.

Sie tanzt zu »White Rabbit« von Jefferson Airplane. Der Bass wummert durch Leonards Knochen, er dröhnt bis in seine Eingeweide. Er sieht einen Moment dabei zu, wie seine Schwester sich zu dem Lied bewegt, und fragt sich, was an diesem Bild sich so falsch anfühlt. Dann plötzlich endet der Song, und Lene sieht ihn im Türrahmen stehen. Der Schreck durchfährt sie, als wäre sein Anblick eine Ohrfeige. Ein neuer Track beginnt, und Lene greift nach ihrem Handy und stoppt ihn. Und dann stehen sie beide da – sie mitten im Zimmer und er mit einem Fuß drin und mit dem anderen draußen. Leonard spürt die heißen Spuren, die die Tränen auf seinen Wangen hinterlassen. Er spürt, wie sie über sein Kinn laufen und schließlich vom Synthetikstoff seines verschwitzten T-Shirts aufgesaugt werden. Er will mit seiner Schwester über die Einträge reden, aber die Worte stecken in seinem Hals wie Fischgräten. Er kann nicht sprechen, stattdessen steht er nur da und weint. Ein großer Junge mit zu Fäusten geballten Händen, die zitternd neben seinem Körper schweben. Mit denen er zuschlagen will, weil ihm weinen so weich vorkommt. So unglaublich armselig.

Lene geht auf ihn zu. Barfuß und irgendwie zaghaft. Sie legt ihre Arme um ihn. Sie tut es vorsichtig, so als könnte sie ihn kaputtmachen. Als wäre ihr Bruder etwas sehr Zerbrechliches. Und dann weint er an ihrer Schulter und hält sie fest. So fest, dass es ihr unangenehm sein muss. Aber er kann nicht anders. Er ist zu voll mit Julis Sätzen. Mit der Leere, die sie in ihm hinterlassen haben. Und der Wut. Leonard kennt dieses Gefühl nicht, er hatte es noch nie. Als wäre er durchsiebt von ihren Worten.

Dann geht er in die Knie, und Marlene geht mit ihm. Sie war immer an seiner Seite. Schon bevor sie geboren wurden. Sie der Mittelpunkt und er irgendwo dicht neben ihr. Die ganze Welt hat sich stets um sie gedreht. Zu

Hause, in der Schule, überall. Ihm war das ganz recht. So hat niemand gemerkt, dass er seinen Part nur spielt. Eine Rolle, die er tagein, tagaus mit Leben füllt, weil alle das von ihm erwarten. Die einzige Person, mit der er sich nicht verstellt hat, war Juli. Mit ihr war er das Ich, das er sein wollte. Er hat ihr vertraut, ihr gezeigt, wer er ist, selbst die Seiten, die er sonst lieber verheimlicht – das Verletzliche, das ihn so sehr ausmacht und für das er sich so sehr schämt. Er war zum ersten Mal richtig verliebt.

Lene hatte ihm von Anfang an gesagt, dass Juli es nicht ernst mit ihm meint. Sie hat ihn vor Juli gewarnt. Sie hat ihm in die Augen geschaut und gesagt: »Du weißt, wie gern ich sie mag, Leo, aber Juli liebt dich nicht. Sie benutzt dich nur. Sie hat dich nicht verdient.« Aber er hat es nicht hören wollen. Kein einziges Mal der vielen Male.

Lene hatte recht, so wie sie immer recht hat. Und gerade hasst er sie dafür. Und er hält sich an ihr fest, weil nur sie ihn halten kann. Aushalten und über Wasser, als wäre er dabei zu ertrinken. Vor ein paar Tagen hat er Juli noch geküsst, und gestern Nacht hat er ihr noch gesagt, dass er sie liebt. Und sie hat erwidert: »Ich dich auch.« Sie widert ihn an.

Am Anfang war er einfach nur scharf auf sie, das gibt er zu. Da ging es ihm nicht um ihr Wesen. Und dann hat er sich in sie verliebt. Mit voller Wucht. Wie wenn man gegen eine Wand rennt. Juli hat dieses Gesicht, das fast ausschließlich aus Augen besteht. Aus großen, dunklen, runden Augen. Und mit diesen Augen kann sie schauen, dass er fast alles für sie tun würde – *getan hätte*, korrigiert er sich. *Jetzt nicht mehr. Bestimmt nicht.* Stünde sie in diesem Moment vor ihm, er würde sie anspucken. Doch dann denkt er daran, wie sie ab und zu auf seiner Schulter eingeschlafen ist, wenn sie einen Film geschaut haben, und wie ihn das jedes Mal fertiggemacht hat. Sie auf seiner Schulter. Wie er dann stillgehalten hat, damit sie nicht aufwacht. Dabei ging es nicht um die Körper-an-Körper-Sache. Selbst wenn sie keinen Körper gehabt hätte, hätte er es gemocht. In dem Moment wird ihm klar, dass sie nie wieder auf seiner Schulter schlafen wird. Und dieser Gedanke zerreißt etwas in ihm. Ein Riss von oben nach ganz unten.

Leonard klammert sich an seiner Schwester fest. Sie streicht ihm übers Haar. Und während sie es tut, flüstert sie: »Sei nicht traurig. Sei nicht traurig, Leo. Es wird wieder gut.« Aber es wird nicht wieder gut. Und er kann nicht aufhören zu weinen. Er sitzt wie ein kleines Häuflein auf dem Fußboden und löst sich in Lenes Armen auf.

Die Zeit mit Juli hat eine Tür in ihm aufgestoßen. Eine Tür, die er jetzt nicht mehr zubekommt. Hinter dieser Tür hat ein Stück von ihm gewartet. Ein anderer Leonard. Ein Typ, der seinem Mädchen Blumen kauft, obwohl seine Kumpel ihn deswegen auslachen. Ein Typ, den die Unsicherheit fast umbringt, weil er nicht weiß, was richtig ist, es aber unbedingt richtigmachen will.

Seit einer Dreiviertelstunde etwa weiß er, dass er es nicht geschafft hat. Kein einziges Mal. Und nicht nur er weiß es. Alle wissen es. Seine Freunde. Und eine ganze Schule voller Fremder, die gestern noch zu ihm aufgeschaut haben. Gestern. Heute nicht mehr. Jetzt wissen sie, dass er nicht gut im Bett ist. Sie wissen, dass er auf seine Kosten kommt, und dass sie nur so tut. Sie wissen, dass sie es sich in seinem Bett selbst macht, während er unter der Dusche steht. Und sie wissen, dass ein anderer seine Freundin intellektuell erregt, während er nur gut aussieht. Ein Vollidiot mit einem schönen Gesicht und einer beeindruckenden Erektion. Immerhin das.

Jetzt weiß er es also. Und man kann Wissen nicht rückgängig machen. Man kann es nicht abschalten.

Ebenso wenig wie Gefühle.

11:55 Uhr

Julia sitzt im Schneidersitz auf ihrem Bett und hört »Written On The Sky« von Max Richter. Edgar hat es ihr vor ein paar Wochen vorgespielt. Und seitdem hat sie es immer wieder gehört. Sie saßen an dem Tag nebeneinander im Bus, und er sagte: »Das klingt jetzt vielleicht komisch, aber irgendwie beruhigt mich dieses Stück.« Julia beruhigt es auch. Wenn sie es hört, wird alles logisch und klar. Als würde sich ihr Verstand immer weiter mit Wasser füllen. Und ihre Gedanken werden abgebremst, bis sie nur noch hin und her driften, so als würden sie schweben. Und irgendwann sind sie langsam genug, dass sie sie zu fassen bekommt. Einen nach dem anderen.

Inzwischen hat Julia aufgehört zu weinen und angefangen zu begreifen, dass da jemand ein Spiel mit ihr spielt. Es sind nur fünf Beiträge online – fünf von schätzungsweise dreißig oder vierzig. Julia hat sie nie gezählt, weil es ihr egal war, wie viele es sind. Aber es waren einige. Der Abfall vieler Monate.

Wer auch immer das war, hat nicht ohne Grund gerade diese fünf gepostet. Die übrigen fünfundzwanzig oder fünfunddreißig Einträge hängen wie eine unausgesprochene Drohung über ihr, ein Damoklesschwert, das sie jeden Moment und ohne Vorwarnung treffen könnte.

Die Reihenfolge der Posts wurde geändert. Sie haben keinen Zusammenhang mehr, ihr Kontext ist entfernt worden wie eine Kugel aus einer Schusswunde. Bis auf Julia und ihr Gegenüber weiß niemand, dass zwischen diesen Posts teilweise mehrere Monate lagen. Niemand weiß, dass es auch gute Gedanken gab, Einträge, in denen sie dankbar war und glücklich. Das, was bis jetzt zu sehen ist, ist ein reines Konzentrat aus Boshaftigkeit.

Julia trinkt einen Schluck Cola, dann legt sie sich hin und schließt die Augen. Und während sie die Musik hört und nur schwarz sieht, fragt sie sich, was wohl als Nächstes kommt. Ein Eintrag? Oder mehrere? Und dann hofft sie, dass egal, was passiert, der von Montagmorgen nicht dabei ist. Jeder andere, nur nicht dieser. Sie würde es nicht ertragen, wenn es alle wüssten. Bei diesem Gedanken beschleunigt sich ihr Herzschlag. Als wäre die Tatsache, dass jemand davon weiß, schlimmer als die Tatsache an sich. Wenn Julia könnte, würde sie vorspulen. Auf morgen Nachmittag fünfzehn Uhr. Nur ein paar Stunden.

Sie darf nicht daran denken. Also denkt sie an etwas anderes. Daran, wie absurd die gesamte Situation ist. Wie Russisches Roulette. Als wäre sie in einem Traum, aus dem sie einfach nicht aufwachen kann. Sie öffnet die Augen. Und dann fragt sie sich, ob es sich genau so für sie anfühlen soll. So hoffnungslos. Jeder weitere veröffentlichte Beitrag eine neue Wunde. Für sie und für jemand anderen. Das Bild von Edgar in dem dunklen Schulflur schießt ihr durch den Kopf, und Julia schluckt bei dem Gedanken. Sie hat niemals zuvor ein so enttäuschtes Gesicht gesehen. Als wäre nicht nur seine Oberfläche enttäuscht, sondern jede Schicht von ihm.

Bis zum Kern. Er war durchtränkt von ihren Worten. Ein bisschen so, als hätte sie ihn damit vergiftet. Edgar kennt den Post von neulich Nacht nicht. Und auch nicht den aus der Woche davor. Es wäre ihr unangenehm, wenn er davon wüsste, aber das Bild wäre dann vollständiger. Dann wüsste er, dass sie ihn schon lange nicht mehr so sieht. Julia wünschte, sie hätte den Mut gehabt, ihm das vorhin zu sagen. Dass das nicht alles ist, was sie geschrieben hat. Dass es noch viele Einträge über ihn gibt, die anders sind. Vollkommen anders. Aber sie hat nichts gesagt. Weil kein Ton in ihrer Kehle übrig war. Nur Schweigen und Scham. Abgesehen davon hätte Edgar ihr ohnehin nicht geglaubt. Man bekommt keinen Vertrauensvorschuss von jemandem, über den man solche Dinge geschrieben hat.

Julia scrollt weiter zum Ende der Seite. Und als sie Leonards Namen im Text liest, wird ihr klar, dass er wahrscheinlich nie wieder mit ihr sprechen wird. Weil sie ihn bloßgestellt hat. Und verletzt. Vermutlich mehr, als sie sich vorstellen kann. Aber nicht alles war gelogen. Vieles war echt. Zum Beispiel, wenn sie über seine Witze gelacht hat. Vielleicht nicht immer, aber oft. Und auch als sie gesagt hat, dass sie bei ihm besser einschlafen kann, war das die Wahrheit. Zwischen seinem Arm und seinem Oberkörper hat sie sich auf eine ganz besondere Art sicher gefühlt. Es war eine Geborgenheit, die etwas von Weihnachten hatte. Sie war wie Zimt und warmes Gebäck mit Apfel.

Aber sie liebt Leonard nicht, manchmal hat sie ihn noch nicht mal besonders gemocht. Sie liest die ersten

Zeilen des Beitrags, den sie über ihn geschrieben hat, und das meiste davon sieht sie nach wie vor genauso. Trotzdem war es nie ihre Absicht, ihm wehzutun. Julia ist kein bösartiger Mensch, auch wenn diese Texte etwas anderes vermuten lassen.

Julia liest die fünf Beiträge alle noch einmal durch. So wie ein Ermittler es tun würde. So, als ginge es dabei nicht um sie, sondern um jemand anderen. Sie sagt sich, dass sie nur das bewerten darf, was wirklich da ist, nicht das, was es in ihr auslöst. Die Gemeinsamkeiten liegen auf der Hand. In allen bisher veröffentlichten Posts geht es entweder um Leonard oder um Edgar. Okay, es geht auch um Linda, aber die war eigentlich nur Beiwerk. Es ging nicht wirklich um sie, sie war eher eine Randfigur. Im Zentrum standen Leonard und Edgar – die zwei Personen, mit denen Julia in den vergangenen Wochen am meisten zu tun hatte. Neben Marlene. Aber die Posts über sie wurden nicht veröffentlicht. Das ergibt doch alles keinen Sinn. Außer natürlich, es geht darum, Julia als Schlampe darzustellen. Dann wären das genau die richtigen Beiträge. Andererseits hatte sie nichts mit Edgar. Wenn überhaupt hat sie ihn nur lächerlich gemacht – das ist nicht richtig, macht sie aber nicht zu einer Schlampe. Ja, sie hat mit Leonard geschlafen, aber mit sonst niemandem. Vielleicht geht es auch gar nicht darum. Vielleicht hat es jemand darauf abgesehen, ihr ihren engsten Kreis zu nehmen? Keiner aus ihrer alten Clique wird jetzt noch mit ihr sprechen. Aber warum dann Marlene auslassen? Julia hat auch über sie geschrieben. Mehrere Einträge sogar. Aber von denen ist keiner online gegangen. Julia fragt sich warum. Ohne Marlene gibt es keinen engsten Kreis. Sie *ist* der engste Kreis. Andererseits: Würde dazu nicht auch ihre Familie zählen? Es gibt haufenweise Posts über ihre Eltern und deren Trennung. Oder wäre das für ihre Mitschüler nicht unterhaltsam genug?

Julia setzt sich auf und trinkt den letzten Schluck Cola, er ist mittlerweile warm und ohne Kohlensäure, dann geht sie im Kopf alle Menschen durch, die einen Grund haben könnten, sie zu hassen. An erster Stelle steht Linda, auch wenn die Sache schon lange her ist. Manche Dinge verjähren nicht. Direkt neben Linda wären da noch Leonard und Edgar auf dem obersten Treppchen. Aber Leonard hätte diese Einträge niemals selbst veröffentlicht, da ist Julia sich sicher. Er würde sich anders an ihr rächen. Er würde *sie* bloßstellen, aber niemals sich selbst. Und Edgar? Julia schüttelt unwillkürlich den Kopf. Sie sieht ihn in dem dunklen Korridor, ähnlich verloren wie sie. Er in seiner Wut, sie in ihrer Scham. Nein, es war nicht Edgar. Bei der Art, wie er sie angesehen hat, kann er die Texte vorher nicht gekannt haben. Dafür war er viel zu schockiert. Abgesehen davon hätte er sich das niemals angetan. Und nicht nur sich selbst nicht, sondern auch ihr nicht. Edgar hätte sie still und heimlich verachtet oder sie darauf angesprochen. Aber er hätte diese Einträge nicht veröffentlicht. Und überhaupt, zu welchem Zweck? Was hätte er davon? Er hat ihr sogar noch die Jutetasche zurückgebracht.

Julia denkt an die Busfahrt zurück und daran, wie er sie getröstet hat. Sie erinnert sich an diesen unglaublich aufrichtigen Ausdruck in seinem Gesicht, als er sagte: »Es muss jemand anders gewesen sein.« Aber wer? Wer war es? Wer hätte ihren Laptop durch das Buch austauschen können? Und wann? Julia geht alles ein weiteres Mal durch.

Den letzten Eintrag hat sie am Montagmorgen bei Leonard geschrieben, während der unter der Dusche war. Als er wieder ins Zimmer kam, hat sie auf einen anderen Beitrag geklickt, damit er nicht sieht, was sie zuvor getippt hat. Und dann hat sie den Laptop zugeklappt. Montagabend wollte sie den Beitrag beenden, aber es wurde zu spät. Sie musste ihrer Mutter helfen. Julia fragt sich, ob sie den Laptop Montagabend überhaupt noch ausgepackt hat. Dann erinnert sie sich, dass er auf ihrem Bett lag, als ihre Mutter geklopft hat. Da war es kurz nach zehn. Sie hört noch, wie ihre Mutter sagt: »Willst du lieber die Wäsche unten abhängen oder die Küche aufräumen?« Julia wollte weder noch, entschied sich aber dann für die Küche, weil sie sich in dem Gewölbekeller fürchtet. Danach musste sie noch ihr Referat für Deutsch fertigmachen, und dann war es zu spät, um den Eintrag zu beenden. Also hat Julia den Laptop unverrichteter Dinge in die Jutetasche gepackt. Sie erinnert sich noch so genau daran, weil sie überlegt hat, ob sie das Ladekabel einstecken soll. Doch dann ist ihr eingefallen, dass Leonard und Marlene im Notfall auch eines hätten, und sie hat ihres zu Hause gelassen.

In dieser Sekunde blitzt zum ersten Mal die Frage in Julias Verstand auf, ob es Marlene gewesen sein könnte. Sie will den Gedanken wegschieben, aber so abwegig er auch scheinen mag, so naheliegend ist er. Marlene hätte Zugang zu dem Laptop gehabt. In der Schule oder bei Leonard und sich zu Hause. Julia hatte ihn immer dabei. In den meisten Kursen sitzen sie nebeneinander, ihr Stundenplan ist nahezu identisch. Es wäre durchaus möglich, dass Marlene sie beim Schreiben beobachtet hat. Schließlich waren sie oft zusammen. Eigentlich jeden Tag. Was noch dafür spricht, ist, wie sehr sich ihre Freundschaft in den vergangenen Monaten verändert hat. Früher waren sie unzertrennlich, als wären sie die Zwillinge und nicht Marlene und Leonard. Aber das ist jetzt anders. Es waren viele kleine Schritte voneinander weg. Und dann ein größerer. Sie haben oft Scheiße zusammen gebaut in ihrer Clique. Und die meisten Sachen waren knapp an der Grenze zu *nicht mehr okay*. Aber bei Jessica ist Marlene zu weit gegangen. Ja, Jessica ist eine Speichelleckerin. Eine, die alles getan hätte, um Teil ihrer Clique zu werden. Und am Anfang war es auch noch lustig. Da hat Marlene sich total absurde Aufgaben für sie ausgedacht, und Jessica war blöd genug, sie alle auszuführen. Doch irgendwann war es dann kein Spaß mehr. Und Julia hat Marlene darauf angesprochen, sie sagte ihr, dass sie das nicht richtig findet. Danach hat Marlene sie geschnitten. Julia erinnert sich noch genau an den Blick, ein Blick wie tausend Worte. Aber gesagt hat sie kein einziges davon. Marlene hat nicht mehr angerufen. Und wenn Julia angerufen hat, ist sie meistens nicht drangegangen.

Das war auch die Zeit, in der Leonard und sie sich näher gekommen sind. Davor waren sie nur befreundet, und dann war es mehr. Schleichend, so wie Wasser, das immer heißer wird und dann plötzlich kocht. Leonard hat Julia ins Kino eingeladen, und sie sind zusammen schwimmen gegangen. Erst kam es Julia falsch vor, dass sie Marlene nicht gefragt haben, aber dann hat sie sich gesagt, dass Marlene das selbst entschieden hat. Und ein Stück weit war es auch Rache – etwas, das Julia nie zugegeben hätte, nicht mal vor sich selbst. Und als Leonard sie dann eines Abends auf der Gerner Brücke plötzlich geküsst hat, war es zu spät. Da gab es kein Zurück mehr. Dieser Kuss hatte sich bereits tagelang angedeutet, er war in der Luft gelegen wie ein Gewitter. Und Julia hat erstaunt getan und mitgemacht.

Im Nachhinein hat sie sich öfter gefragt, ob sie genau da hätte Nein sagen sollen. Weil es von ihrer Seite nicht mehr war und wenn doch, dann nicht genug. Aber in dem Moment hat es sich nicht falsch angefühlt. Der beliebteste Junge der Stufe hat sie geküsst. Sie, Julia. Auf einmal war sie seine Freundin. Und dann hat sich auch Marlene wieder beruhigt. Sie war wieder öfter dabei und sie wieder zu dritt. Fast so wie früher. Aber eben nur fast.

Julia weiß, dass es Marlene gestört hat, dass Leonard und sie zusammengekommen sind. Davor war immer sie der Mittelpunkt. Nicht nur in der Schule, auch bei ihr und Leonard. Und genau so wollte sie es haben. Sie die Sonne und alle anderen kleine Planeten, die um sie kreisen. Das ist bei ihr fast zwanghaft. Marlene braucht das. Andererseits würde sie niemals etwas tun, das ihrem Bruder schadet. Wenn eines wahr ist, dann, dass Marlene Leonard liebt.

In exakt dem Moment, als Julia das denkt, summt ihr Handy auf der Fensterbank, und auf dem Display erscheint der Name *Marlene Meller*.

Julia schiebt es mit dem Fuß ein Stückchen weg, so als wäre damit das Problem gelöst. Aber damit ist das Handy nur weiter weg und das Problem noch da.

Also greift sie danach und geht dran.

PROTOKOLL

München, Donnerstag, 21. Mai, 15:30 Uhr
Direktorat, Städt. Käthe-Kollwitz-Gymnasium
<u>Betreff:</u> Mobbingvorfall Julia Nolde
<u>Anwesende:</u>
- Frau Dr. Ferchländer, Rektorin
- Linda Overbeck,
  Schülerin der 12. Jahrgangsstufe
- Dr. Jens Overbeck und Eva Overbeck,
  Eltern der Schülerin,
  Erziehungsberechtigte

<u>Herr Dr. Overbeck:</u>
Eigentlich sollten Sie inzwischen wissen, dass unsere Tochter nicht so ist.

<u>Frau Dr. Ferchländer:</u>
Dass Ihre Tochter nicht wie ist, Herr Dr. Overbeck?

<u>Herr Dr. Overbeck:</u>
Wir waren ja in den letzten Jahren nicht nur ein Mal bei Ihnen. Und jedes Mal ging es um Lindas Betragen. Darum, dass sie dazu neigt – wie nennen Sie es immer so gern? Ach ja, richtig – ausfallend zu werden.

<u>Frau Dr. Ferchländer:</u>
Wie würden Sie es denn nennen?

Herr Dr. Overbeck:

Ich würde sagen, sie sagt einfach ihre Meinung.

Frau Dr. Ferchländer:

Ich denke, es ist schon ein bisschen mehr als
das.

Frau Overbeck:

Gut, darüber kann man streiten. Aber das, was
jetzt gerade passiert, entspricht doch überhaupt nicht Lindas Art. Sie sagt sehr offen, was
sie denkt. Wer auch immer diese Beiträge online
gestellt hat, scheint doch eher passiv-aggressiv zu sein. Oder sehen Sie das anders?

Frau Dr. Ferchländer:

Nein, da gebe ich Ihnen recht.

Herr Dr. Overbeck *amüsiert*:

Dann verstehe ich nicht ganz, warum Sie uns zum
Gespräch gebeten haben. Unsere Tochter ist, wenn
überhaupt, aggressiv, nicht passiv-aggressiv.
Zu seiner Tochter: Nicht böse gemeint, Kleines.

Frau Dr. Ferchländer:

Soweit ich weiß, war Linda in der Nacht, bevor
die ersten Einträge veröffentlicht wurden, bei
Edgar Rothschild zu Hause. *An Linda gerichtet:*
Ist das so korrekt?

Linda:

Ja, ist es.

Frau Overbeck:

Was hat denn das eine mit dem anderen zu tun?

Darauf komme ich gleich. *Kurze Pause.* Julia Nolde
hat ein paar Tage zuvor ihren Jutebeutel im Bus
vergessen, in dem, laut ihr, neben ein paar anderen Dingen auch ihr Laptop gewesen sein soll.
Edgar und sie haben denselben Schulweg. Beim
Verlassen des Busses hat er die Tasche bemerkt
und sie mitgenommen. Am darauffolgenden Tag hat
er sie Julia zurückgebracht, das bestätigen
beide. Doch anstelle eines Laptops war nur ein
Buch in dem Beutel, das in Form und Gewicht
Ähnlichkeit mit einem Laptop aufweist. *Frau
Dr. Ferchländer atmet tief ein.* Edgar Rothschild bestreitet, dass ein Laptop in dem
Beutel war. Er sagt, er habe Julias Sachen
nicht angerührt.

Frau Overbeck:
Wenn Edgar sagt, er hat ihre Sachen nicht angerührt, dann hat er ihre Sachen nicht angerührt.

Frau Dr. Ferchländer:
Ja, genau das hat sein Vater auch gesagt.

Frau Overbeck:
Das wundert mich nicht. Er hat Edgar gut erzo-
gen. Und dann auch noch ganz allein, nach dem
plötzlichen Tod seiner Frau damals. Das muss so
schrecklich gewesen sein.

Frau Dr. Ferchländer:
Das kann ich mir vorstellen. *Sie hält einen An-
standsmoment lang inne.* Aber rein theoretisch

hätte Edgar den Laptop durch das Buch austauschen können. In diesem Fall hätte Linda in der
Nacht, als sie bei ihm war, Zugriff darauf gehabt.

<u>Herr Dr. Overbeck:</u>
Das sind aber ganz schön viele Konjunktive in
nur einer Geschichte, finden Sie nicht?

<u>Frau Dr. Ferchländer:</u>
Ich sage nicht, dass Linda etwas mit der Sache
zu tun hat, ich stelle nur Fragen.

<u>Herr Dr. Overbeck:</u>
Ja, aber vielleicht stellen Sie die den falschen
Leuten.

<u>Frau Dr. Ferchländer:</u>
Wen sollte ich denn fragen?

<u>Linda:</u>
Marlene Meller zum Beispiel.

<u>Frau Dr. Ferchländer *erstaunt*:</u>
Marlene Meller? Ihre beste Freundin?

<u>Linda:</u>
Ja. Sie ist eine der wenigen ihr nahestehenden
Personen, die in keinem der Einträge erwähnt
wurde.

<u>Frau Dr. Ferchländer:</u>
Nun ja, vermutlich, weil es keine derartigen
Einträge über sie gibt. Sie sind eng befreundet.

<u>Linda:</u>
Kann sein. Oder weil es zu ihrem Plan gehört.

Frau Dr. Ferchländer:

Denkst du nicht, dass da ein bisschen die Fantasie mit dir durchgeht?

Linda:

Die Tatsache, dass ihre beste Freundin und ihr Zwillingsbruder zusammengekommen sind, dürfte Marlene nicht besonders gefallen haben. Sie ist eine, die im Mittelpunkt stehen muss. Immer. Abgesehen davon hätte sie jederzeit an Julias Laptop kommen können.

Frau Dr. Ferchländer:

Das ist ein bisschen weit hergeholt, findest du nicht?

Frau Overbeck:

Na ja, auch nicht weiter, als ihre seltsame Geschichte mit dem Jutebeutel und dem Bus.

Linda:

Ich glaube, es war Marlene. Und ich würde nicht schlecht lachen, wenn bei dem nächsten Schwung Einträge, der online geht, auch ein Post über sie dabei wäre. Auf die Art hätte sie genug Zeit gehabt, allen zu zeigen, was für eine loyale Freundin sie ist. Und dann, wenn der Eintrag über sie kommt, ist sie das perfekte Opfer. *Kurze Pause.* So würde ich es machen.

Frau Dr. Ferchländer:

Würdest?

Linda:

Sie denken wirklich, dass ich es war?

Frau Dr. Ferchländer:

Einige Kollegen tun das, ja.

Linda:

Und was denken Sie?

Ein langer Blickkontakt.

Frau Dr. Ferchländer:

Ich könnte es gut verstehen, wenn du Rachege-
lüste gegenüber Julia Nolde hättest. Und auch
gegen Marlene Meller. Nach allem, was sie damals
mit dir gemacht haben.

Linda:

Das ist lange her.

Frau Dr. Ferchländer:

Dann findest du also nicht, dass Julia Nolde
verdient hat, was ihr passiert?

Herr Dr. Overbeck:

Das reicht jetzt. *Er steht auf.* Linda wurde an
dieser Schule jahrelang gemobbt, und niemand hat
etwas dagegen unternommen. Sie hat sich anderen
gegenüber nie so verhalten. Wenn Sie also nichts
Konkretes gegen sie in der Hand haben, würden
wir jetzt gerne gehen.

Frau Dr. Ferchländer *erhebt sich*:

Selbstverständlich. Danke, dass Sie so kurz-
fristig Zeit gefunden haben.

Frau Overbeck:

Hoffentlich löst sich das schnell auf. *Auch sie
erhebt sich.* Sie werden sehen, unsere Tochter

hat mit der ganzen Sache nichts zu tun. Linda würde das ganz anders machen.

Frau Dr. Ferchländer bezweifelt das. Sie kennt Lindas Akte. Sie weiß, was damals vorgefallen ist. Und daher glaubt sie kein Wort.

17:02 Uhr

Linda liegt auf Momos Schoß. Sie ist da und doch auch wieder nicht. Versunken in Gedanken, die sie vollkommen einzuweben scheinen. Aber es ist okay. Momo streicht ihr monoton durchs Haar, so als könnte sie mit ihren gespreizten Fingern die schlechten Gedanken wie gefallenes Laub aus Lindas Kopf rechen.

Momo hat die Einträge gelesen und währenddessen eine seltsame Form von Gerechtigkeit empfunden. So, wie wenn ein Richter ein lang erwartetes Urteil spricht, von dem niemand wirklich glaubt, dass es hart ausfällt, und dann die Höchststrafe verhängt. Genugtuung hat sich warm in ihr ausgebreitet. Vielleicht auch ein Stück weit stellvertretend für Linda, die sich, wenn es nach Momo geht, viel zu sehr mit dem Inhalt der Posts aufhält. Weil sie von Edgar handeln. Und von ihr und Edgar. Ein heikles Thema.

Das, was Julia über Edgars Kleidungsstil geschrieben hat, ist nicht gerade nett, aber auch nicht von der Hand zu weisen. Er trägt seltsame Klamotten. Edgar sieht aus wie jemand, der sich aus den frühen Fünfzigerjahren zu ihnen an die Schule verirrt hat. Ein Zeitreisender. Momo findet das gar nicht schlimm, weil es zu ihm passt. Er wirkt nicht verkleidet, sondern angezogen. Und was Lindas und Edgars Beziehung angeht, würde Momo sowieso nichts auf das geben, was andere sagen. Nur die beiden wissen, was zwischen ihnen war. Alles andere ist Spekulation.

Momo küsst Linda auf die Schläfe, sie kommt gerade so hin. Dann flüstert sie: »Bist du okay?« Und Linda nickt. Doch die Träne, die sich dabei löst und ihr über den Nasenrücken läuft, widerspricht diesem Nicken. »Warum weinst du, wenn alles okay ist?«, fragt Momo.

»Ich weiß nicht«, sagt Linda. Sie sagt es so leise, dass Momo es kaum versteht. Es ist mehr Hauchen als Worte.

Momo betrachtet Lindas Profil, ihre kleine Nase und die vollen Lippen und die Traurigkeit, die auf ihrem Gesicht liegt wie eine Decke. Trotzdem findet Momo sie schön. Sie findet Linda immer schön.

»Ist es wegen Edgar?«, fragt Momo vorsichtig, und bei dieser Frage spannen sich Lindas Muskeln für einen Moment kaum merklich an – was Momo als Ja deutet, also fragt sie weiter: »Wegen der Einträge?«

»Ja, auch«, sagt Linda nach einem kurzen Zögern.

»Warum noch?«, fragt Momo, aber Linda antwortet nicht.

Eigentlich müsste Linda gut gelaunt sein. Sie hat sich gestern mit Edgar ausgesprochen, und offensichtlich haben sie sich vertragen. Und Julia Nolde bekommt nach so vielen Jahren endlich das, was sie verdient hat.

Momo war nicht dabei, als Linda gemobbt wurde. Sie kannte sie damals noch nicht. Manchmal fühlt sie sich irgendwie um diese Zeit betrogen, seltsam ausgeschlossen, als könnte sie Linda niemals so gut kennen, wie Edgar sie kennt. Aber sie weiß, wie es ist, am Rand zu stehen, nur weil man anders ist. Sie weiß, wie man dafür bezahlt. Immer und immer wieder. Und dass jedes hämische Lachen und jeder gemeine Satz und jede fiese Handlung Risse und Wunden hinterlassen. Bei Momo waren ihre Gene der Grund gewesen. Und die Tatsache, dass sie sich getraut hat, Nein zu sagen, als ein Junge ihr unters T-Shirt gefasst hat. Ein Nein und die falsche Augenform. Das war alles.

Nein, Momo hat kein Mitleid mit Julia Nolde. Sie war jahrelang emotional gewalttätig. Mädchen wie sie teilen immer nur aus, und Mädchen wie Momo stecken immer nur ein. Es geschieht Julia recht. Kann sein, dass es moralisch verwerflich ist, so zu denken. *Aug' um Aug', Zahn um Zahn.* Und wenn schon. Es gibt nicht oft Fairness im Leben. Und das gerade ist fair. Die Vorstellung, wie Julia Nolde auf dem Boden liegt und verbal getreten wird. Noch ist nicht viel passiert, weil Julia abgehauen ist, bevor es dazu kam. Aber sie kann sich nicht ewig verstecken. Es ist also nur eine Frage der Zeit, bis sie Schläge kassiert – wenn auch nur im übertragenen Sinn. Insgeheim freut Momo sich darauf. So wie auf einen Kinofilm oder eine Party.

Es wird passieren, da ist Momo sich sicher. Einem Großteil von ihr würde es vollkommen reichen, dabei zuzusehen. Doch ein ganz kleiner Rest würde am liebsten mitmachen.

00:46 Uhr

Es ist schon wieder spät geworden. Kristin Ferchländer steht im Badezimmer und putzt sich die Zähne. Und das grelle Licht über dem Spiegel zeigt unbarmherzig, was die Schminke sonst so gut kaschiert. Die winzigen blauen Äderchen und die Pigmentflecken. Die großen Poren auf ihrer Nase und die dunklen Schatten unter den Augen. Sie fragt sich, wann sie aufgehört hat, jung auszusehen, und weiß es nicht.

Kristin spuckt den scharfen Schaum ins Waschbecken und spült sich den Mund aus, dann stellt sie ihre Zahnbürste zu Ferdinands in den angekalkten Becher, von dem sie sich seit Wochen vornimmt, ihn auszutauschen, und löscht das Licht. Sie macht es einfach morgen. Oder irgendwann anders.

Kristin geht vom Bad ins Schlafzimmer. Der Holzboden ist angenehm kühl, als würde er sanft gegen ihre erhitzten Fußsohlen atmen. Sie gibt sich Mühe, leise zu sein. Das kleine Licht auf ihrem Nachttisch brennt zwar noch, doch der Rest des Raums liegt bereits in Dunkelheit. Kristin setzt sich vorsichtig auf die Bettkante, für den Fall, dass Ferdinand schon eingeschlafen ist. Sie beneidet ihn um seinen Schlaf. Darum, dass sein Kopf nur das Kissen berühren muss und er dann einfach hineinfällt in diese Welt aus Erholung und Träumen, in die sie selbst so schwer hineinfindet. Kristin irrt an ihrem Eingang herum, bis die Erschöpfung sie schließlich mit sich nimmt. Aber es ist kein guter Schlaf. Er ist kurz und unruhig, und am nächsten Tag ist sie nur unwesentlich wacher als am Abend zuvor. Als hätte sie sich die ganze Nacht beeilt.

Kristin stellt den Wecker auf 6:00 Uhr. Sie hat noch fünf Stunden, von denen sie vermutlich weitere zwei wach sein wird. Weil ihr Verstand einfach keine Ruhe findet, weil er nicht aufhören kann zu denken. Kristin hat sich an die langen Tage gewöhnt. Sie sind wie kleine Kinder, die nicht schlafen gehen wollen, die in Wahrheit aber vor Müdigkeit fast zusammenbrechen. Kristin würde gerne schlafen. Doch irgendetwas lässt sie nicht.

Als die Matratze unter ihr federt, dreht Kristin sich um und sieht Ferdinands lächelndes Gesicht.

»Ich wollte dich nicht wecken«, sagt sie leise.

»Hast du nicht«, entgegnet er mit diesem kleinen Kratzen in der Stimme, das verrät, dass er lügt. Er stützt seinen Kopf in der Handfläche ab und schaut sie an. »Bist du okay?«, fragt er.

Als sie vor Jahren Lehrerin wurde, hat sie sich fest vorgenommen, die Probleme ihrer Schüler nicht mit nach Hause zu nehmen. Nur die Schulaufgaben und die Exen. Sie wollte nahbar sein, aber gleichzeitig distanziert genug bleiben, um als Autoritätsperson zu gelten. Aus heutiger Sicht waren das viele Ideale und wenig Ahnung. Doch sie hat es nicht besser gewusst. Das Studium hat sie nicht auf das vorbereitet, was es bedeutet, Lehrerin zu sein. Nicht auf die Kollegen, die Konkurrenz, die Feindseligkeiten hinter freundlichen Gesichtern, nicht auf die riesigen Klassen oder die Schüler, ihre Probleme und

Hintergründe. Und auch nicht auf das Mobbing, diese seltsame Hackordnung, in der sie selbst so lange gefangen war. Kristin wurde einfach hineingestoßen in diese Welt. Mit fachlicher Kompetenz und einem Haufen Ideale.

»Kris?«, fragt Ferdinand und berührt sie am Arm. »Bist du okay?«

Ihr Hals wird eng, und sie schüttelt den Kopf. Sie hat so sehr versucht, ihre Arbeit aus ihrem Privatleben herauszuhalten. Sie wollte einen sauberen Schnitt. Eine Kristin für die Schule und eine für zu Hause.

»Was ist passiert?«, fragt Ferdinand liebevoll und streicht mit dem Daumen über ihren Handrücken.

»Ein schwerer Fall von Mobbing«, sagt sie schließlich und schiebt schnell hinterher: »Ich weiß, ich weiß, ich sollte das nicht so an mich rankommen lassen.«

»Das habe ich nicht gedacht«, erwidert er.

»Aber es stimmt. Ich sollte es nicht so nah an mich rankommen lassen.«

»Warum nicht?«

»Weil es bei der Sache nicht um mich geht. Ich muss lernen, mich abzugrenzen.«

»Hm«, macht Ferdinand. »Du bist eben ein mitfühlender Mensch.«

»Nein«, sagt Kristin, »ich bin ein mitleidender Mensch, das ist etwas anderes.«

Ferdinand setzt sich auf, rückt an die Wand und lehnt sich daran an.

»Erzähl mir davon«, sagt er.

»Es ist schon spät«, entgegnet Kristin. »Zehn vor eins. Wir sollten schlafen.«

»Du kannst doch sowieso nicht schlafen.«

Er lächelt, und sie seufzt, und dann schaltet Ferdinand das große Licht ein. Als wäre es damit beschlossene Sache, dass sie darüber reden. Kristin mustert ihn. Er sieht gut aus, so oben ohne in den weißen Bettlaken. Sein dunkles Haar ist oben verwuschelt und auf der linken Seite platt vom Kissen. Sie fragt sich, wann sie das letzte Mal Sex hatten. Kristin vermisst es, mit ihm zu schlafen, aber Ferdinand kommt oft erst spät nach Hause, und da ist sie körperlich schon so müde.

»Sag mir, was passiert ist«, sagt Ferdinand und klopft neben sich auf die Matratze. »Komm schon, erzähl mir davon.«

Kristin krabbelt zu ihm ans Kopfende und setzt sich so hin, dass sie einander ansehen können. Er mit ausgestreckten Beinen, sie im Schneidersitz. Und dann erzählt sie ihm alles. Von den Posts, die veröffentlicht wurden, und von Julia Nolde, diesem scheinbar so netten Mädchen mit diesem unglaublich unschuldigen Gesicht. Sie erzählt ihm von der Heftigkeit mancher Passagen – von der Wortwahl und vom Inhalt. Und zuletzt von der seltsamen Sogwirkung, die sie auf sie haben.

»Dann hast du sie gelesen?«, fragt Ferdinand.

»Nicht alle«, sagt Kristin. Und dann: »Aber ich musste mich richtig dazu zwingen aufzuhören.«

»Warum?«, fragt er amüsiert.

»Ich weiß auch nicht«, antwortet sie, »weil sie auf eine so verstörende Art ehrlich sind. Es sind Dinge, die man sonst nur denkt. Sie hat alles genau so aufgeschrieben, wie es ihr gekommen ist. Vollkommen unzensiert.«

»Und worüber hat sie geschrieben?«

»Über ihren Freund, über Mitschüler, über Selbstbefriedigung, über Sex.«

Ferdinand hebt die Augenbrauen. »Selbstbefriedigung, Sex? Wie alt ist dieses Mädchen denn?«

»Siebzehn.«

»Okay?« Er sagt es fragend und irgendwie erstaunt. »Ich hätte nicht gedacht, dass die Gedanken einer Siebzehnjährigen so spannend sind.« Ferdinand lacht kurz auf. »Also, ich war mit siebzehn ziemlich langweilig.«

»Ich auch«, sagt Kristin.

Und er erwidert leise: »Das kann ich mir kaum vorstellen.« Kurz knistert es zwischen ihnen, ein paar Sekunden lang, so als stünden sie an einer T-Kreuzung. Links: das Gespräch weiterführen, rechts: endlich wieder miteinander schlafen. Sie will mit ihm schlafen, aber sie weiß, dass Ferdinand das Gespräch weiterführen wird. Weil es sonst den Anschein haben könnte, dass ihn ihre Sorgen nicht wirklich interessieren. In dem Augenblick, als sie das denkt, fragt er: »Ist die Seite noch online?« Und etwas in ihr ist enttäuscht und etwas anderes glücklich.

»Ja«, sagt Kristin. »Ohne Rücksprache mit Julias Mutter können wir sowieso nicht viel machen. Unabhängig davon ist es ziemlich schwer, eine Internetseite offline zu nehmen. Ein Großteil der Server ist laut der Informatik-Fachschaft heutzutage im Ausland.« Kristin massiert sich die Schläfen. »Außerdem ist es ohnehin zu spät. Die Texte sind draußen. Sie wurden so oft kopiert und geteilt ... Das lässt sich nicht mehr eindämmen.« Kristin schüttelt den Kopf. »Gott, ich will mir gar nicht ausmalen, was das noch für Wellen schlagen wird.«

Ferdinand runzelt die Stirn. »Wieso? Was denkst du denn, was passiert?«

»Keine Ahnung«, sagt Kristin. »Aber ich habe ein ungutes Gefühl. Weißt du, normalerweise funktioniert Mobbing wie ein Schwelbrand. Es ist etwas, wovon man an der Oberfläche nur wenig mitbekommt, manchmal sogar gar nichts.« Sie macht eine Pause und sieht ihn an. »Aber diese Einträge sind wie ein Brandbeschleuniger.« Kristin dehnt ihr Genick, doch es will einfach nicht knacken. »Ich meine, ich wusste, dass Mobbing ein Thema ist, natürlich wusste ich das, aber die Ausmaße sind heutzutage noch mal was ganz anderes als früher.«

»Du meinst, durchs Internet?«

Kristin nickt. »Alles ist anonym und viel zu schnell. Als wäre es ein rechtsfreier Raum. Zu meiner Zeit hätte man sich wenigstens noch die Arbeit machen müssen, Tagebucheinträge zu kopieren und sie dann heimlich mit Tesa überall in der Schule hinzukleben. Man hätte tatsächlich etwas *tun* müssen. Rausgehen und sich der Gefahr aussetzen, erwischt zu werden.«

»Nicht böse gemeint, Kris, aber das klingt fast wie ein Plädoyer für analoges Mobbing.«

»Natürlich nicht. Aber es ist viel einfacher geworden. Ein paar Klicks. Und niemand weiß, wer es war.«

»Aber das wusste man doch früher oft auch nicht«, wendet Ferdinand ein.

»Kann sein«, gibt Kristin zu, »aber früher hätte man solche Zettel einfach runterreißen und wegwerfen können. Heute kann man sie teilen.«

Ferdinand nickt langsam, dann sagt er: »Schon, aber niemand hat dieses Mädchen dazu gezwungen, ihre Einträge ins Netz zu stellen. Das hat sie freiwillig getan.«

»Aber sie hat sie nicht ins Netz gestellt«, protestiert Kristin.

»Klar hat sie das«, erwidert Ferdinand. »Sie waren nur nicht sichtbar.« Kristin öffnet den Mund und schließt ihn wieder. »Mir ist schon klar, was du meinst, aber man stellt seine Geheimnisse nicht ins Internet. Man tut es einfach nicht.«

»Ich glaube, sie war sich dessen gar nicht wirklich bewusst.«

»Was denn? Dass sie ihre geheimsten Gedanken ins Internet stellt?«

Kristin zuckt mit den Schultern. »Sie ist gerade mal siebzehn.«

»Und weiter? Bedeutet siebzehn gleich dumm?«

»Das meine ich nicht.«

»Sondern?«

»Wir lassen sie nicht alleine Auto fahren, wir lassen sie nicht wählen, aber das sollen sie entscheiden? *Das* trauen wir ihnen zu?«

Ferdinand schweigt.

»Julia Nolde hat garantiert nicht daran gedacht, dass so etwas passieren könnte.«

»Na, dann hat sie eben nicht weit genug gedacht«, entgegnet Ferdinand. Er klingt entsetzlich erwachsen.

Und natürlich hat er recht damit. Kristin weiß, dass er recht hat. Trotzdem sieht sie es anders.

»Wir haben alle in dem Alter Fehler gemacht«, sagt sie, »nur dass unsere nicht so weitreichend waren.«

Ein paar Sekunden schweigen sie, sie sehen einander nur an, und jeder denkt etwas.

Dann fragt Kristin: »Weißt du, was das Schlimmste ist?«

Und Ferdinand antwortet: »Nein, was denn?«

»Dass ich es irgendwie sogar verstehen kann.«

»Dass du was verstehen kannst?«

»Dass jemand diese Einträge veröffentlicht hat«, sagt Kristin. »Ich meine, sich auf diese Art rächen zu wollen.«

»Natürlich verstehst du das«, antwortet er. »Ich verstehe es auch. Der Unterschied ist: Wir würden so etwas niemals tun.«

Kristin ist sich da gar nicht so sicher, doch das behält sie für sich, weil allein den Gedanken zu denken schon zu viel ist.

»Was sagt sie denn eigentlich dazu?«, fragt Ferdinand nach einer Weile. »Diese Julia Nolde?«

»Ich konnte noch nicht mit ihr sprechen. Sie hat vor der ersten Pause unerlaubt die Schule verlassen.«

»Verständlich«, sagt Ferdinand.

»Ja«, sagt Kristin, »aber als Schulleitung kann ich das unmöglich akzeptieren.«

»Hat sie denn Freunde? Ich meine, *echte* Freunde?«

»Julia ist eine von den beliebten Schülerinnen. Einer von den Stars«, sagt Kristin.

»Und so eine schreibt solche Einträge?«, murmelt Ferdinand nachdenklich. »Das wundert mich jetzt irgendwie.«

»Ja, mich auch«, sagt Kristin. »Daher weiß ich auch nicht, ob es echte Freunde sind. Ich selbst habe Julia Nolde nie unterrichtet. Weder sie noch die anderen. Aber laut allen Kollegen, die ich gefragt habe, ist sie sehr beliebt. Und sie war es wohl auch immer.«

Und dann denkt Kristin an das, was Linda heute gesagt hat. »Ich glaube, es war Marlene. Und ich würde nicht schlecht lachen, wenn bei dem nächsten Schwung Einträge, der online geht, auch ein Post über sie dabei wäre. Auf die Art hätte sie genug Zeit gehabt, allen zu zeigen, was für eine loyale Freundin sie ist. Und dann, wenn der Eintrag über sie kommt, ist sie das perfekte Opfer. So würde ich es machen.«

So würde ich es machen. Das ist der Satz, der Kristin einfach nicht aus dem Kopf gehen will. Er hallt seit dem Gespräch mit den Overbecks nach wie ein Echo. So würde sie es machen. Kristin würde Linda diese Art der Intelligenz sogar zutrauen. Ganz im Gegensatz zu den meisten anderen ihrer Schüler. Und nicht nur das, Linda wäre auch die Einzige, bei der Kristin so eine Nummer verstehen könnte. Sie selbst war noch nicht an der Schule, als Linda gemobbt wurde, doch das, was sie in ihrer Schulakte gelesen hat, hat gereicht. Ist das der Plan? Hat Linda ihn ihr dadurch verraten? Nein. Das ist zu weit hergeholt. Aber was, wenn nicht? Was, wenn sie es doch war? Es wäre sogar noch eine Stufe klüger. Noch durchdachter. Noch raffinierter. Kristin traut sich kaum, es zu denken, aber es wäre genial. Ein perfekter Weg, sich an ihnen allen zu rächen, sie alle bloßzustellen. Nicht nur Julia und Marlene, sondern alle, die damals mitgemacht haben. Und Linda hat es ja nicht mal selbst geschrieben, sie hätte es nur verbreiten müssen.

Kristin hält den Atem an.

Der einzige Aspekt, der so gar nicht passt, ist Edgar. Oder ist er ihr Alibi? Derjenige, den sie opfert, weil auf diese Art niemand glauben würde, dass es sie war. Schließlich gibt es immer irgendeinen Kollateralschaden, oder etwa nicht? Kristin muss sich irren. Sie ist müde und überfordert. Aber vielleicht ist er ja eingeweiht? Würde er das für sie tun? Würde er sich ihretwegen öffentlich so demütigen lassen? Kristin kann es sich nicht vorstellen. Kein Mensch würde bei so etwas freiwillig mitmachen. Sie verrennt sich da in etwas. Als Ferdinand sie in dem Moment sanft am Oberschenkel berührt, zuckt Kristin innerlich zusammen.

»Denkst du an damals?«, fragt er vorsichtig.

Es wäre naheliegend, aber sie schüttelt den Kopf. »Nein, tue ich nicht.«

»Ich weiß, du redest nicht gern darüber«, sagt Ferdinand. »Aber wie geht es dir mit der ganzen Sache? Ich meine, das bringt doch sicher viel in dir wieder hoch.«

Kristin macht eine wegwerfende Handbewegung. »Ach«, sagt sie, »alles gut.«

»Kris«, erwidert Ferdinand. »Wir sitzen allein in unserem Bett. Du musst hier nicht tapfer sein.«

Vielleicht ist es dieser eine Satz, die Erlaubnis loszulassen, oder die Art, wie er sie in diesem Moment ansieht, aber als die Tränen kommen, sind es so viele, dass sie ihr Gesicht benetzen wie Regen. Kristin sitzt mit angezogenen Beinen da und weint. Wegen damals. Wegen allem.

Wegen Julia Nolde. Wegen dem, was sie getan hat, und wegen dem, was ihr angetan wird. Es ist von allem zu viel. Zu viel Sex – und zu früh –, zu viele Lügen, zu viele Fremde, die jetzt alles von ihr wissen. Und wenn es stimmt, zu wenig echte Freunde. Kristin erinnert sich gut daran, wie sich zu wenig Freunde anfühlen. Und wie es ist, wenn mehrere Individuen zu einem Mob werden und im Kollektiv vergessen, wer sie sind. Keiner von ihnen ist im Einzelnen schlecht. Nur in der Kombination. So, als würden sie chemisch miteinander reagieren.

Kristin spürt, wie Ferdinand sie an sich zieht, wie fest er sie hält. Seine Arme liegen eng um ihren Körper, sie hört sein Herz schlagen und spürt seine nackte Wärme durch ihr Schlaf-T-Shirt. Und während sie an seiner Schulter weint, fragt sich Kristin, ob sie eine solche Chance damals genutzt hätte, um sich an Verena zu rächen. Die Antwort darauf fällt so eindeutig aus, dass es Kristin tatsächlich kurz erschreckt. Sie hatte sich anders eingeschätzt. Falsch. Oder einfach erwachsener.

Ferdinand streicht ihr über den Kopf. Er flüstert: »Es ist okay.« Er flüstert es in ihr Haar und wiegt sie sanft hin und her. Er sagt es immer wieder: »Es ist okay, Süße. Es ist okay.«

Und irgendwann ist es das. Irgendwann ist Kristin so leer, dass sie schlafen kann.

1:22 Uhr

Es ist mitten in der Nacht, und Julia ist wach. In ein paar Stunden hat sie den Termin. Diesen Termin, vor dem sie sich fürchtet, seit sie ihn vereinbart hat. Julia wusste nicht, wie sehr man sich vor etwas fürchten kann. Bis jetzt. Jetzt weiß sie es. Die Angst vor morgen Nachmittag überdeckt sogar fast die Sache mit den Einträgen. Wenn man es genau nimmt, ist es schon *heute* Nachmittag, aber Julia tut so, als wäre es erst morgen, weil sie noch nicht geschlafen hat. Und weil morgen weiter weg klingt als heute.

Sie liegt auf dem Rücken und betrachtet die Schatten an der rechteckigen Zimmerdecke. Schwarze Zweige, die sich geisterhaft hin und her bewegen. Julia stellt sich vor, in einer ausgehobenen Grube zu liegen. Wie in einem Sarg, der bereits heruntergelassen wurde. Sie liegt da und schaut hoch. In das Leben, das sie zurückgelassen hat. Bei dem Gedanken wird ihr mulmig zumute. Ein Gefühl, als könnte sie nicht richtig atmen.

Am liebsten würde Julia morgen einfach blaumachen. Sie will vor dem Termin nicht in die Schule. Genau genommen will sie nie wieder in die Schule. Aber nachdem ihre Mutter sie vorhin höchst beunruhigt damit konfrontiert hat, dass sie fünf verpasste Anrufe des Sekretariats auf ihrem Display hatte, weiß Julia, dass sie hingehen muss. Sie hat noch versucht, ihre Mutter mit einem *Es war nichts* abzuspeisen, aber das hat der natürlich nicht gereicht.

»Irgendwas muss doch gewesen sein, sonst hätten die ja wohl kaum fünf Mal bei mir angerufen? Fünf Mal, Juli!«

Sie standen in ihren Nachthemden neben dem Küchentisch, und ihre Unterhaltung war ein lautes Flüstern, weil sie Neli und Marie nicht wecken wollten.

Julia hat sich dumm gestellt und gefragt: »Haben sie dir denn nicht auf die Mailbox gesprochen?«

Und ihre Mutter hat geantwortet: »Du weißt genau, dass ich keine Mailbox habe. Also, raus mit der Sprache. Was ist passiert?«

Aber Julia hat ihrer Mutter nichts erzählt. Nur, dass es ihr nicht gut ging und dass sie früher gegangen ist – ohne sich befreien zu lassen.

»Wegen so einer Lappalie würden die keine fünf Mal bei mir anrufen«, hat ihre Mutter gereizt gesagt und dann hinzugefügt: »Schon gar nicht bis in den Abend.«

Julia schaut an die Zimmerdecke, und da sieht sie das Gesicht ihrer Mutter. In riesengroß und ernst. Mit diesem Blick, vor dem Julia sich schon als Kind gefürchtet hat, weil der stets Ärger bedeutete.

»Was sagst du mir nicht?«, wollte ihre Mutter dringlich und verzweifelt wissen. Julia hatte keine Ahnung, wo sie anfangen soll. Sie hätte ihr gern alles erzählt. Von dem Termin und den Einträgen und der Angst, die seit Tagen an ihr nagt. Aber sie konnte es ihr nicht sagen. Sie wusste nicht wie. Als gäbe es keine geeigneten Worte für so ein Gespräch. Und außerdem war ihre Mutter sauer. Nicht die beste Voraussetzung, ihr alles zu sagen. Also hat Julia gelogen. Und das Lügen ging ganz leicht. Sogar den gelangweilten Tonfall hat sie hinbekommen.

»Ich weiß nicht, was die wollten, okay? Vielleicht solltest du dir endlich deine Mailbox einrichten. Oder zur Abwechslung mal ans Telefon gehen, wenn dich jemand anruft. Ist nur so eine Idee.«

Danach haben sie und ihre Mutter sich einen aufgeladenen Moment lang angesehen. Und die Stille wurde so laut, dass Julia sie kaum ertragen hat. Wie einen körperlichen Schmerz. Als hätte alles, was ihre Mutter nicht gesagt hat, zugeschlagen.

Dann die Frage: »Hast du Scheiße gebaut, Juli?«

Ja, das habe ich, hat Julia gedacht und trotzig geantwortet: »Nein. Ich bin einfach nur früher gegangen, das ist alles. Keine Ahnung, warum die da so ein Scheißtheater machen.«

»Warum hast du dich nicht einfach befreien lassen?«

»Ich weiß auch nicht«, hat Julia entgegnet. »Ich hab nicht dran gedacht.«

Julia sieht noch den Blick ihrer Mutter, diese Mischung aus müde und überfordert und nicht in der Verfassung, sich auch noch mit ihrer Tochter herumzuschlagen.

Also hat sie gesagt: »Okay. Für den Fall, dass sie sich noch mal melden, sage ich ihnen, dass du eine Entschuldigung von mir hattest und dass du nur vergessen hast, sie abzugeben. Ich lege sie dir später auf den Küchentisch.«

Julia sieht noch immer das Gesicht ihrer Mutter an der Zimmerdecke. Dann dreht sie sich auf die Seite. Ihr ist schlecht. Vom vielen Lügen und Warten. Und vom Allein-sein. Von dieser Einsamkeit, die sie sogar dann spürt, wenn jemand da ist.

Julia hört nebenan das Schrammen von Stuhlbeinen auf Holz, und kaum später, wie der Vorhang aufgezogen wird, unmittelbar gefolgt vom Knarren des Fensterrah-mens. Es ist neu, dass ihre Mutter auch nachts raucht. Ju-lia wartet auf den Zigarettenqualm. Schließlich riecht sie ihn. Und dann stellt Julia sich vor, dass er genau so in die Lungenbläschen ihrer Mutter dringt wie durch diese Wand. In Lungenbläschen, die alle auf Sauerstoff warten und stattdessen nur Gift bekommen.

Früher hat ihre Mutter nicht geraucht. Da ist sie am Ka-nal laufen gegangen. Jetzt geht sie gar nicht mehr laufen. Weil das Leben sie geschafft hat. Eine endlose Aneinan-derreihung von Pflichten und Aufgaben, die jeden Tag wiederkehren und niemals weniger werden. *Kein Wun-der, dass viele den Tod als Erlösung sehen*, denkt Julia. Sie setzt sich auf und kippt das Fenster. Doch auf die Art kommt der Gestank von zwei Seiten, also schließt sie es wieder. Sie sitzt auf ihrem Bett, genau da, wo sie auch saß, als sie nur wenige Stunden zuvor mit Marlene telefoniert hat. Es waren nur ein paar Sätze gewesen.

Sie: Mit deinem Anruf habe ich nicht gerechnet.

Marlene: Ich war mir nicht sicher, ob ich anrufen soll.

Ein Moment Stille.

Marlene: Weißt du, was ich nicht kapiere?

Sie: Was denn?

Marlene: Warum du nicht einfach mit ihm Schluss ge-macht hast?

Sie: Ich weiß auch nicht, irgendwie konnte ich das nicht.

Marlene: Du verstehst aber, dass ich jetzt in einer echt blöden Situation bin. Ich meine, immerhin ist Leo mein Bruder.

Sie: Ja, das verstehe ich.

Marlene: Genau deswegen wollte ich nicht, dass ihr zusammenkommt! Ich wusste, dass du nicht verliebt in ihn bist.

Sie: Ich weiß.

Marlene: Ich will mich nicht auf irgendeine Seite schlagen, aber –

Sie: Wie gesagt. Ich verstehe das.

Kurze Pause.

Marlene: Okay. Ich schätze mal, wir sehen uns morgen.

Sie: Ja, bis morgen. *Und nach einem kurzen Zögern:* Danke, dass du angerufen hast.

Jetzt sitzt Julia da und weint. Es fühlt sich an, als läge die Last einer ganzen Welt auf ihren Schultern. Und dann steht sie auf und geht in die Küche. Und weiter zum Wohnzimmer. Als würde ihr gerade klar, dass sie noch ein Kind ist und dass sie ihrer Mutter alles sagen kann. Wirklich alles. Weil ihre Mutter der eine Mensch ist, der sie immer lieben wird. Ganz egal, was sie tut. *Du kannst jederzeit zu mir kommen, wenn du Sorgen hast, hörst du?*, hallt die Stimme ihrer Mutter in Julias Erinnerung. Das hat sie so oft zu ihr gesagt. Schon als Julia ganz klein war.

Sie wird sich besser fühlen, wenn sie es ihrer Mutter gesagt hat. Wenn sie die Geheimnisse nicht mehr alleine trägt. Allein sind sie zu schwer. Julia ist kurz davor zusammenzubrechen. Bis vor ein paar Tagen hat sie ihre Gedanken noch in die Tastatur gehackt und Textfelder damit gefüllt. Jetzt wünschte sie, sie hätte es nicht getan. Aber alles in sich zu behalten, ist, als würde man sich langsam vergiften. Mit all den Worten, die man nicht ausspricht, weil keiner sie hören will. Weil niemand sich dafür interessiert.

Julia steht vor der Wohnzimmertür. Sie hebt die Hand, um zu klopfen. Und dann hört sie das unterdrückte Schluchzen ihrer Mutter. Ein Laut, der Julia im Mark erschüttert. Sie bewegt sich nicht, sie hat noch immer die Hand neben ihrem Kopf, bereit zu klopfen. Dann noch ein Schluchzen. Es klingt, als würde ihre Mutter in ein Kissen oder in ihre Hände weinen, damit sie und ihre Geschwister sie nicht hören. Julia lässt die Hand sinken. Einen Moment bleibt sie noch auf der Schwelle stehen, ihre nackten Füße in das zarte Licht getaucht, das unter der Tür in die Küche kriecht.

Dann schleicht sie wieder zurück in ihr Zimmer. Und schließt lautlos die Tür.

FREITAG, 22. MAI

13:06 Uhr

Der Schlag ist stumpf in ihrem Gesicht. Ein heißer Blitz aus Schmerz, der von Julias Nase in ihren Schädel schießt. Sie verliert das Gleichgewicht und fällt auf die Knie. In eine seltsam gebeugte Haltung, so als würde sie beten, die Hände auf dem kalten Linoleum. Er verschwimmt hinter einem salzigen Schleier aus Tränen. Julia bewegt sich nicht. Sie schmeckt Blut, das über ihre Oberlippe metallisch dick in ihren Mund läuft. Und die vielen Stimmen um sie herum sind auf einmal alle weg, so als hätte sie ihr Verstand mit Watte weggedämmt. Julia ist am Boden. Und die Situation scheint aus einem anderen Leben gegriffen, so als hätte sich jemand in der Handlung geirrt. Eben ist sie noch den Flur hinuntergegangen. Von den Biologiesälen in Richtung Bushaltestelle. Sie hatte den Tag fast geschafft. Verdammt viele Blicke und Getuschel und blöde Kommentare, die sie alle ignoriert hat. Und dann, als hätte jemand umgeschaltet, war sie plötzlich umringt von einer Gruppe Mädchen. Ein Kreis, der immer enger wurde, und sie in der Mitte.

Als Julia sich aufrichten will, schwillt der Schmerz hinter ihrer Stirn ganz plötzlich an, wird kurz riesengroß, wie ein Feuerwerkskörper, der explodiert und dann in sich zusammenfällt. Julia hält still und ihr Kopf beruhigt sich. Ihr Gesicht schwebt über dem steingrau melierten Linoleum. Ein paar Sekunden zuvor hätte sie nicht sagen können, welche Farbe es hat, obwohl sie diesen Weg schon so oft gegangen ist.

Julia zittert. Ihre Knie, ihre Atmung, ihre Hände. Das Blut fließt über ihr Kinn, dann sammelt es sich in einer kleinen Pfütze auf dem Boden. Und das Rot wird auf dem Grau zu schwarz. Aber es sieht nicht aus wie Wasser, dafür ist es zu dick. Eher wie Farbe, die zäh von einem Pinsel tropft. Dann greift jemand nach Julias Arm, und sie zuckt zusammen. Als wäre es ein weiterer Angriff. Doch die Berührung ist vorsichtig, da sind Hände, die sie festhalten und ihr auf die Füße helfen. Der Schmerz pocht in ihrem Gesicht. Julia blinzelt, sie hält sich schützend eine Hand vor Nase und Mund. Das Blut läuft über ihren Hals, und ihre Tränen hinterlassen heiße Spuren auf ihren Wangen. Sie sieht in unscharfe Gesichter. Sie pulsieren in ihrem Blickfeld. So als würden sie sich rasend schnell zusammenziehen und dann wieder weiten. Und ihr Puls ist ein weißes Rauschen in ihren Ohren. Wie schäumende Wellen, die gegen ihren Schädel branden.

Die erste Stimme, die es durch die Watte schafft, ist klar und herrisch. Sie sagt etwas, aber Julia hört nur Bruchstücke. *Verrückt geworden. In Ruhe lassen. Zu weit gegangen. Verpissen.*

Die Gesichter gewinnen an Kontur. Schwarze Flecken werden zu Augen und die roten zu Mündern. Julia spürt eine feste Hand um ihren Oberarm. Es kommt ihr so vor, als würde diese eine Hand sie aufrecht halten. Als wäre sie stärker als Julias gesamter Körper. Und dann denkt sie, wie gut der Klang der Stimme zu dieser Hand passt. Leute schauen zu Boden, andere wenden sich ab und gehen. Und Julias Blick wandert von der Hand, die sie hält, über den Arm, weiter bis zum Schulterblatt. Sie sieht einen aschgrauen Fleck auf heller Haut. Eine Tätowierung. Dann erkennt sie die grünen Haare, glatt und schulterlang. Linda steht neben ihr wie ein Fels. Wie eine Wahrheit, die man nicht ignorieren kann. Julia versucht, das Bild in ihre Realität zu integrieren. Es einzusetzen wie ein Puzzlestück. Aber es geht nicht. Als wäre das nur ein Traum, und sie wartet darauf aufzuwachen. Doch dafür ist der Schmerz zu echt. Zu sehr da.

Dann schaut Linda sie direkt an, und ihr Gesicht ist scharf und deutlich. Die gemusterte Iris, der tiefschwarze Lidstrich, die getuschten Wimpern, die geschwungenen Brauen. Lindas Haut ist hell und gleichmäßig, als wäre sie aus Porzellan. Eine Puppe mit grünen Haaren. In diesem Moment kommt es Julia so vor, als hätte sie noch nie zuvor so scharf gesehen. Die stark geschminkten Augen, das Septum- und das Lippenpiercing.

»Bist du okay?«, fragt Linda.

Julia hört die Frage, reagiert aber nicht. Sie steht wackelig da, spürt Lindas festen Griff um ihren Arm und den fragenden Ausdruck in ihrem eigenen Blick. Alles schmeckt nach Blut. Wie warmes Metall.

»Kannst du laufen?«, fragt Linda ruhig.

Ja, laufen kann sie. Also nickt Julia.

»Na gut. Ich bringe dich jetzt erst mal ins Sekretariat.«

Sie gehen nebeneinander her. Die Wände und die Bäume hinter den Fensterscheiben bewegen sich, also weiß Julia, dass sie geht. Aber es fühlt sich nicht an, als würden ihre Füße den Boden berühren. Eher so, als würde sie darüber hinweggleiten. Wie auf Schlittschuhen. Linda öffnet eine Tür, und sie gehen zusammen durch. An den Treppen vorbei. Das Rauschen in Julias Ohren wird leiser und der Schmerz dazwischen lauter. Ein Dröhnen und Pochen und Trommeln. Wie schreckliche Musik, die direkt hinter ihrer Stirn gespielt wird.

Dann ist Julia im Direktorat. An die letzten Meter dorthin erinnert sie sich nicht. Auch nicht ans Sekretariat. Linda bringt sie zu einem Stuhl, jemand reicht ihr mehrere Taschentücher, und Linda lässt ihren Arm los. Das Fehlen ihrer Hand hinterlässt ein nacktes Gefühl. Julia presst sich die Taschentücher auf Mund und Nase. Sie müssten nach Papier riechen, aber Julia riecht gar nichts. Alles ist geschwollen.

Dann hört sie, wie jemand schneidend fragt: »Was ist passiert?«

Und wie Linda antwortet: »Ein Mädchen ist auf sie losgegangen.«

Julia nimmt eine zunehmende Aufregung um sich wahr, eine Hektik und Anspannung, die sie körperlich bemerkt, die sie aber seltsam kalt lässt. Als würde es jemand anderen betreffen. Als wäre sie nur zufällig zur selben Zeit dort. Julias Nase tut weh. Das Pochen konzentriert sich in der Wurzel, genau zwischen ihren Augen. Und von dort aus strahlt es in alle Richtungen. Wie eine Sonne aus Schmerz.

»Weißt du, wer es war?«

Julia schaut auf. Und da erkennt sie Frau Dr. Ferchländer.

»Ich habe keine Ahnung, wie sie heißt«, antwortet Linda. »Nur wie sie aussieht.«

»Und du sagst, es war nur ein Mädchen.«

»Na ja, es war eine Gruppe von Leuten«, sagt Linda, »aber soweit ich das beurteilen kann, haben die anderen nur zugeschaut.«

Einen Moment ist es still.

»Ich glaube, es war eine von denen, um die es in den neuen Beiträgen ging«, sagt Linda. »In denen von heute.«

Noch eine Pause. Gefolgt von der Frage: »Dann warst du also nur rein zufällig dort?«

Linda lacht kurz auf. Es ist ein humorloser, bitterer Laut.

Und als wäre das ihr heimliches Kommando, nimmt Julia das vollgeblutete Taschentuch von ihrer Nase und sagt: »Linda hat mir geholfen.« Ihre Stimme klingt klein und fremd wie die eines Kindes.

»Linda hat dir geholfen?«, fragt Frau Dr. Ferchländer ungläubig.

»Ja«, sagt Julia, »sie ist dazwischengegangen.«

13:43 Uhr

»Ja«, sagt Julia Nolde, »sie ist dazwischengegangen.«
Dabei klingt ihre Stimme so staubig und trocken, dass
Kristin Ferchländer Durst bekommt. Sie greift nach dem
Telefonhörer und wählt die Eins für das Sekretariat. Keine
Sekunde später antwortet Frau Breuninger, und Kristin
Ferchländer bittet um ein Glas Wasser.

Als sie auflegt, bemerkt sie, dass die beiden Mädchen
einander ansehen. Dass ihre Blicke sich auf halbem Weg
an einem unbestimmten Punkt über dem Boden treffen.
So, als hätten sie sich dort verabredet. Linda steht aufrecht neben der Tür, das Kinn erhoben. Sie trägt ein eng
anliegendes Oberteil und über der Schulter einen Jutebeutel mit rosa Aufschrift: *May orgasms be with you.* Ihre
Arme sind muskulös und trainiert. Kein BH. Kristin denkt,
wie schön sie ist. Wie eine Kriegerin mit ihren Piercings
und Tätowierungen und diesem starken Körper. Ein paar
Meter daneben kauert Julia klein auf ihrem Stuhl. Ein
Mädchen wie ein Kissen. Ganz weich und eingefallen. Es
fällt Kristin schwer, sich vorzustellen, dass dieses Mädchen jemanden mobben könnte. Dieser halbe Mensch
dort. Linda ist wie eine Löwin im Vergleich zu ihr. Und
Julia ein Lamm. Mit blutverschmiertem Gesicht und zitternden Händen.

Verena hat auch so unschuldig ausgesehen, denkt
Kristin. *Augen wie ein Engel.* Sie schiebt den Gedanken

weg, weil sie keine Zeit dafür hat. Sie ist nicht mehr das Mädchen von damals. Kein Opfer. Jetzt ist sie die Erwachsene. Die, die Ordnung schaffen muss.

Kristin hat noch nicht alle neuen Beiträge gelesen. Zwei gleich nach dem Aufstehen bei einer Tasse Kaffee. Zu den anderen ist sie noch nicht gekommen. Aber sie hat während der Fahrt zur Schule immer wieder an sie gedacht. Und sogar überlegt, an den roten Ampeln weiterzulesen. Doch das kam ihr vor, als wäre sie eine Süchtige, also hat sie sich gesagt, dass sie sie später lesen wird – wenn überhaupt. Kristin hätte nie für möglich gehalten, dass es zu Handgreiflichkeiten kommen würde. Nicht unter Mädchen. Die sind normalerweise nur psychisch grausam. Jungs schlagen sich, Mädchen vernichten sich im Stillen. Kristin versucht, sich an die Namen zu erinnern, die in den beiden Posts genannt wurden. Irgendwas mit »J« war dabei, da ist sie sich sicher. Jana? Janina? Jessica? Es fällt Kristin nicht mehr ein. Nur das »J« ist hängen geblieben. Und etwas mit »F«.

Dann endlich geht die Tür zu ihrem Büro auf, und Frau Breuninger bringt das Wasser. Kristin deutet auf Julia, und sie reicht es ihr. Als Julia trinkt, löst sich getrocknetes Blut von ihren Lippen und färbt das Wasser rosa. Mit jedem Schluck ein bisschen mehr.

Kaum ist Frau Breuninger draußen, steht Herr Dr. Rakers in der Tür. *Endlich*, denkt Kristin. *Der hat lang genug gebraucht.* Bis zu diesem Tag hat sie nicht gewusst, dass Herr Rakers einen Doktor hat. Und dann auch noch in Sportmedizin. Für Kristin war er immer nur ein Sportlehrer. Charismatisch, mit gebräunter Haut und den richtigen

Falten an den richtigen Stellen. Er ist auf eine Art attraktiv, dass Kristin sich des Öfteren gefragt hat, ob er wohl ab und zu etwas mit den Schülerinnen der Oberstufe anfängt. Derselbe Gedanke schießt ihr auch jetzt wieder durch den Kopf. Naheliegend, so wie er Julia Nolde in diesem Moment mustert.

»Dann wollen wir uns das mal ansehen«, sagt er, nachdem Kristin ihm den Vorfall kurz geschildert hat. Er reinigt Julias Gesicht mit einem feuchten Tuch. Als er dabei ihre Nase streift, zuckt sie zur Seite, als hätten seine Finger ihr einen Schlag versetzt. »Ja, ich würde sagen, die ist gebrochen«, sagt er dann. Und als er Julias erschrockenen Gesichtsausdruck bemerkt, fügt er hinzu: »Keine Angst. Es muss nicht operiert werden.«

Eine gebrochene Nase. Na, wunderbar. Frau Dr. Ferchländer bittet im Sekretariat ein weiteres Mal darum, bei Julia Noldes Mutter anzurufen, doch auch dieser Anruf bleibt unbeantwortet.

»Meine Mutter kann während der Arbeit nicht ans Handy gehen«, sagt Julia matt. »Ihr Handy ist in einem Spind. Sie hört es nicht.«

»Okay«, sagt Frau Dr. Ferchländer, etwas genervt darüber, das erst jetzt zu erfahren. »Wo arbeitet sie denn? Vielleicht können wir sie ja übers Büro erreichen.«

»Mittwochs, donnerstags und freitags bearbeitet sie Bestellungen für Apotheken bei einem Pharma-Zulieferer.«

»Und wie heißt der?«

»Keine Ahnung«, murmelt Julia in ihr Taschentuch.

»Du willst mir erzählen, dass du den Namen des Unternehmens nicht weißt, für das deine Mutter arbeitet?«

»Meine Mutter hat drei Jobs«, sagt Julia abgeklärt. »Ich bin froh, wenn ich mir merken kann, wann sie wo ist und wann sie wieder nach Hause kommt.«

Drei Jobs, denkt Kristin. Sie ist schon mit dem einen überlastet.

»Ich muss jetzt los«, sagt Julia dann plötzlich. »Ich habe um 14 Uhr einen Arzttermin.«

»Tut mir leid, ich kann dich nicht gehen lassen, jedenfalls nicht allein«, sagt Frau Dr. Ferchländer und klingt dabei so schrecklich spießig und erwachsen, dass sie es kaum ertragen kann. So wie jemand, der *junge Leute* sagt und sich damit als alt outet.

»Ich muss wirklich dringend zu diesem Termin«, sagt Julia und steht auf.

»Ich schätze, den wirst du wohl verschieben müssen.«

»Nein«, sagt sie und starrt Kristin aus ihren kindlichen, großen Augen an.

»Na ja, vielleicht erreichen wir deine Mutter ja noch. Dann kann sie dich abholen und mit dir zusammen zu dem Termin gehen.«

»Meine Mutter arbeitet bis sechs. Da hat die Praxis längst geschlossen.« Julias Stimme vibriert. Ob vor Wut oder vor Verzweiflung, kann Kristin nicht einschätzen. »Es ist Freitag«, sagt Julia. »Die machen um 15 Uhr zu.«

»Es tut mir sehr leid«, sagt Frau Dr. Ferchländer. »Ich kann dich nicht alleine gehen lassen. So sind nun mal die Vorschriften.«

Dann beginnt Julia zu weinen. *Auch das noch*, denkt Kristin. Ihr Blick fällt auf die Uhr. 13:54 Uhr. Julia steht starr zwischen dem Stuhl, auf dem sie eben noch saß, und der Tür, die zum Flur führt. Als würde sie mit dem Gedanken spielen, sie einfach aufzureißen und loszurennen.

»Was ist es denn für ein Termin?«, fragt Frau Dr. Ferchländer.

Julia antwortet nicht, ihr Körper bebt unter Tränen, sie schluchzt laut und herzzerreißend. Und weil Kristin nicht weiß, was sie sonst tun soll, ruft sie selbst noch einmal bei Julias Mutter an – jedoch wie zu erwarten ohne Erfolg.

»Was ist mit deinem Vater?«, fragt sie dann. »Können wir den irgendwie erreichen?«

Julia schüttelt den Kopf. Zwischen mehreren Schluchzern presst sie hervor, dass der unter der Woche in Frankfurt arbeitet.

»Ich könnte sie begleiten«, sagt Linda.

Frau Dr. Ferchländer hat vollkommen vergessen, dass Linda überhaupt da ist. Sie stand so lange so still neben der Tür, dass sie sie ausgeblendet hat. Wie ein Bild an einer Wand. Oder eine Vase.

Entsprechend überrascht klingt dann ihr: »Wie bitte?«

»Sie haben gesagt, Sie können sie nicht allein gehen lassen«, sagt Linda ruhig. »Wenn ich sie begleite, ist sie nicht allein.«

Einen Moment verschlägt es Frau Dr. Ferchländer die Sprache. Entweder ist Linda die abgebrühteste Person, der sie je begegnet ist, oder sie hat sie zu Unrecht verdächtigt.

»Wenn wir ein Taxi nehmen, kann eigentlich nichts passieren«, sagt Linda. »Und danach bringe ich sie nach Hause.«

14:31 Uhr

Edgar hat bei den Fahrradständern auf Linda gewartet, aber sie ist nicht gekommen. Und das, obwohl sie ihn gebeten hat, sie dort zu treffen. Irgendwann hat er dann angefangen, die neuen Beiträge auf Julias Internetseite zu lesen und dabei die Zeit vergessen. Den ganzen Vormittag haben alle darüber gesprochen, aber Edgar ist standhaft geblieben. Nur um dann später beim Warten doch noch einzuknicken. Edgar hat gelesen, bis Momo auf einmal neben ihm stand. Sie haben einander angesehen und beide nicht recht gewusst, was sie sagen sollen. Er, weil er mit ihrer Freundin geschlafen hat, sie schätzungsweise wegen der Einträge über ihn. Auf der einen Seite zu viel Geschlecht, auf der anderen geschlechtslos. Also standen sie peinlich berührt neben Lindas Fahrrad. Das war da. Nur Linda nicht. Momo hat Linda mehrere Nachrichten geschrieben und sie auch angerufen, aber Linda hat nicht reagiert – etwas, das so gar nicht zu ihr passt, wie Momo mehrfach versicherte. Edgar war kurz davor, sie darauf hinzuweisen, dass er Linda viel länger kennt als sie und dass er daher auf ihre Einschätzung sehr gut verzichten kann, doch er hat es nicht getan, vermutlich aus schlechtem Gewissen.

Letzten Endes sind sie dann beide gegangen. Edgar hat sich als Erster verabschiedet. Zum einen, weil Momo irgendwann angefangen hat, ihm seltsame Fragen zu stellen – bis wann Linda denn neulich eigentlich bei ihm war, ob sie alles klären konnten, und ob er nicht auch finden würde, dass sie seitdem irgendwie komisch wäre –, und zum anderen, weil Edgars Anflug von Hunger sich nach und nach zu deutlich hörbarem Magenknurren entwickelte. Das wiederum lieferte ihm letztlich den perfekten Vorwand abzuhauen.

Jetzt sitzt er an der Bushaltestelle in der Sonne und liest weitere Blogbeiträge, von denen er weiß, dass sie ihn nichts angehen. Und – was noch viel schwerer wiegt – dass Julia nicht wollen würde, dass er sie liest. Aber es ist ihm egal, was sie will. Immerhin wollte er auch nicht, dass sie solche Beiträge über ihn schreibt, und sie hat es trotzdem getan. Und ganz nebenbei hätte er auch gut darauf verzichten können, dass die gesamte Schule liest, für wie geschlechtslos Julia ihn hält.

Edgar wüsste zu gern, wer dahintersteckt. Linda tippt auf Marlene Meller. Aber irgendwie glaubt Edgar das nicht. Andererseits hat er keine Ahnung, wer es sonst gewesen sein könnte. Dass gerade *er* auf der Liste der Verdächtigen steht, ist völlig absurd. Er. Welcher Mensch mit Selbstachtung würde bitte so etwas über sich selbst veröffentlichen?

Edgar kennt die Theorie, sie ist inzwischen auch bis zu ihm durchgedrungen. Er hat die Beiträge online gestellt, weil er Leonard und Julia auseinanderbringen wollte. Aus Rache. Und blinder Eifersucht. Aber in dem Fall hätte er den Link auch einfach an Leonard schicken können. So hätte er sie auseinandergebracht, ganz ohne sich dabei zu kastrieren. Nein, der ganzen Sache muss etwas anderes zugrunde liegen. Etwas, das Edgar einfach nicht erfasst. Vielleicht war es ja doch Marlene Meller.

Oder es war Linda.

Ein Gedanke, den Edgar nicht denken will, der ihm aber doch immer wieder durch den Kopf geht. Vor allem nach dem Gespräch mit Frau Dr. Ferchländer. Wie hat sie es so treffend ausgedrückt? *Weil man manche Dinge einfach nicht vergisst.*

Aber Linda hätte das nicht getan. Vielleicht, wenn er und sie sich nicht versöhnt hätten. Edgar schüttelt den Gedanken ab. Nein, selbst dann nicht. Abgesehen davon, wie hätte Linda überhaupt an den Laptop kommen sollen? Er war schließlich nicht in dem blöden Jutebeutel und dementsprechend auch nicht bei ihm zu Hause. Edgar sieht Gespenster.

Sie waren es beide nicht. Linda nicht und er nicht. Und auch Leonard scheidet als Täter aus. Wenn es einer garantiert nicht war, dann er. Denn Leonard hatte wirklich gar nichts davon. Ganz im Gegensatz zu Marlene. Aber irgendwie kann Edgar sich nicht vorstellen, dass sie ihrem eigenen Bruder etwas Derartiges antun würde.

Wahrscheinlich war es jemand ganz anders. Irgendjemand, der irgendwann von Julia und ihrer Clique verlacht, gemobbt oder ignoriert wurde. Da käme dann tatsächlich so ungefähr jeder infrage. Ein paar noch ein bisschen mehr als andere. Linda, er, Jessica, Moritz, Melanie, Bianca. Doch bis auf Linda traut er keinem von denen das nötige Rückgrat für so eine Aktion zu. Das alles so genau zu planen und es dann wirklich durchzuziehen. Ersteres könnte er auch, Letzteres nicht.

Edgars Blick fällt wieder auf den Blogbeitrag auf seinem Handydisplay. Er überfliegt die ersten Absätze, sucht die Stelle, bis zu der er gelesen hat. Die Wahrheit ist, dass er Julias Gedanken mag – jedenfalls die, die nichts mit ihm zu tun haben. Manche davon findet er so gut, dass er sie bei seinen Notizen auf dem Handy gespeichert hat. Das macht er sonst nur bei Romanen. Und selbst da nur wirklich selten. Er mag ihre Direktheit. Dieses Herbe, das er ihr so nicht zugetraut hätte. Wären die Umstände andere, wäre er nach diesen Einträgen vermutlich nur noch faszinierter von ihr gewesen. Aber die Umstände sind keine anderen. Sie sind wie sie sind.

Nach dem gestrigen Gespräch im Direktorat hat sein Vater ihn über Julia ausgefragt. *Wer ist dieses Mädchen überhaupt?* Und *Warum gibst du dich mit ihr ab?* Und *Solche Kleingeister hast du doch gar nicht nötig.* Edgar hat es nicht über sich gebracht zu sagen: Sie ist kein Kleingeist. Und noch weniger: Ich bin in sie verliebt. Jemand mit Charakter hätte sie in Schutz genommen. Aber wie könnte er das, nach dem, was sie über ihn geschrieben hat? Wie könnte er zugeben, dass sie ihm, trotz allem, nicht egal ist – dass das zwar schön wäre, aber leider nicht wahr. Das war der Moment, in dem ihm klar wurde, dass er genauso lügt wie sie. Dass er seine Gedanken ebenso verschweigt, weil sie seinem Gegenüber nicht gefallen könnten. Dass er sich zensiert, so wie sie es getan hat – nur anders.

Letztlich hat Edgar seinem Vater einfach irgendwas erzählt, ein paar Ausreden, die ihn besser dastehen lassen. Dass er ohnehin nicht viel mit ihr zu tun gehabt hat.

Und dass er bis zu jenen Einträgen ja nicht wissen konnte, wie sie über ihn denkt.

Edgars Blick wandert über die Sätze, die nie für seine Augen bestimmt waren und mit jedem, den er liest, verstößt er noch ein bisschen mehr gegen seinen eigenen Wertekodex. Trotzdem hört er nicht auf. So als würde das Wort *geschlechtslos* jede seiner weiteren Handlungen rechtfertigen. Als wäre nicht er verantwortlich, sondern Julia. *Selbst schuld.*

Ein plötzliches Hupen lässt Edgar aufschauen. Keine Sekunde später schießt ein schwarzer Porsche über die Kreuzung. Aus seinen offenen Fenstern wummert laute Musik. Die gesamte Stimmung ist seltsam aufgeladen. Stehende Hitze zwischen Beton und Asphalt. Für Edgar der Inbegriff der Stadt, ein Gefühl, das er auf eine irrationale Art schätzt wie einen grummeligen alten Verwandten.

Edgar lächelt.

Doch schon im nächsten Moment erstirbt sein Lächeln, als er in einem vorbeifahrenden Taxi die Gesichter der beiden Fahrgäste erkennt.

14:41 Uhr

Julia sitzt neben Linda im Taxi und schweigt. Es gäbe viele Fragen, aber sie stellt keine davon. Weder, warum Linda vorhin dazwischengegangen ist, noch, warum sie sie begleitet. Es spielt ohnehin keine Rolle.

Als ihr Magen sich krampfartig zusammenzieht, presst Julia fest die Lippen aufeinander. *Bitte nicht*, denkt sie und konzentriert sich auf das Geräusch von Reifen auf Asphalt, damit sie sich nicht übergibt. Dann schließt sie die Augen, nur ein, vielleicht zwei Sekunden lang, doch das macht es nur schlimmer, also öffnet sie sie wieder.

Julia schaut stur ins Nichts. Ihr Verstand ist ruhelos und laut, und ihre Eingeweide auf eine Art nervös, als bekäme sie Durchfall. Seltsam laut grummelnd, als führten sie ein Eigenleben.

Julia schaut auf die Uhr. 14:43 Uhr. Noch siebzehn Minuten. Sie könnten es tatsächlich schaffen. Gerade noch. Doch dann steckt das Taxi im Berufsverkehr. Drei Ampelphasen und keine Bewegung. 14:47 Uhr. An anderen Wochentagen wäre jetzt so gut wie nichts los, doch am Freitag ist alles los. Da wollen sie alle nach Hause – alle über diesen Weg.

»Willst du noch mal anrufen?«, fragt Linda. »Vielleicht geht ja jetzt jemand dran?«

Als Julia nicht reagiert, nimmt Linda ihr das Telefon aus der Hand.

»Pin«, sagt sie und hält es ihr entgegen.

Julia tippt sie ein. Dann fühlen sich ihre Finger plötzlich nutzlos an. Sie knetet sie, ohne es bewusst zu bemerken.

»Geht keiner hin«, sagt Linda wenig später und reicht ihr das Handy. Julia sieht wortlos zu ihr hinüber. Sie will *Danke* sagen, doch es kommt ihr einfach nicht über die Lippen, steckt irgendwo im Hals.

Dann fahren sie endlich weiter. Als das Taxi ein Schlagloch erwischt, schießt der Stoß durch Julias Wirbelsäule und endet in ihrer Nase. Der Kühlbeutel, der schon lange nicht mehr kühlt, rutscht herunter und fällt ihr in den Schoß. Und der Schmerz breitet sich aus, in ihre Stirn, in die Augen, hin zu den Lippen. Julia hat tatsächlich kurzzeitig vergessen, dass ihre Nase gebrochen ist.

Sie steckt den blauen Kühlbeutel in ihren Rucksack. Er hat die Farbe von einem Swimmingpool. Dann starrt sie wieder aus dem Fenster, und ihr Blick verliert sich an einem unbestimmten Punkt knapp über den Baumkronen. Sie versucht, an nichts zu denken, aber sie wusste noch nie, wie das geht. Da könnte jemand sie genauso gut darum bitten, mit dem Atmen aufzuhören.

Wieder eine Ampel. Die ganze Stadt ist voller Ampeln. Julia macht die Augen zu. Die Hitze steht stickig im Wagen, Schweiß läuft ihr über die Stirn. Sie kann sich nicht daran erinnern, sich je so elend gefühlt zu haben. Der Fahrer dreht das Radio lauter. Und da weiß Julia, dass sie von nun an für immer, wenn sie diesen Song hört, an diesen Moment denken wird. Eine Zeitreise, angestoßen durch eine Melodie. »Sunset Lover« von Petit Biscuit. Sie wird das Lied nie wieder auf die gleiche Art hören können wie vorher.

Das Taxi fährt an, und Julia öffnet automatisch die Augen. So als wäre die Bewegung des Wagens mit ihren Lidern verbunden. Sie schaut neben sich – zu Linda, die sich gerade die Haare zu einem Pferdeschwanz zusammenbindet.

Julia ist froh, dass sie bei ihr ist. Nicht unbedingt, dass *Linda* bei ihr ist, nur dass *jemand* bei ihr ist. Denn allein zu sein wäre gerade schrecklich. Genauso schrecklich wie reden zu müssen. Und dann denkt Julia, dass die meisten Leute in dieser Situation vermutlich mit ihr reden würden. Hauptsächlich auf sie ein. Sie würden fragen, wie es ihr geht oder ob sie etwas braucht. Linda ist einfach nur da und schaut ab und zu in ihre Richtung. Julia spürt ihre Blicke kommen und gehen, während die innere Anspannung sie immer weiter auffrisst. Die letzten Tage hat sie stetig an ihr genagt, jetzt verschlingt sie den Rest von ihr. Als wäre sie ein offenes Buffet aus Angst und Unbehagen.

Vorhin im Direktorat hat Julia noch gehofft, sie könnte ohne Linda zu dem Termin. Dass sie nur *sagen*, sie fahren zusammen, sie aber dann alleine ins Taxi steigt. Aber Frau Dr. Ferchländer hat jeden ihrer Schritte überwacht. Sie hat sie nach draußen begleitet und sogar darauf gewartet, bis der Fahrer tatsächlich losgefahren ist. Als wäre Julia eine wertvolle Lieferung, die sie aus versicherungstechnischen Gründen keine Sekunde aus den Augen lassen darf.

»Näher kann ich euch leider nicht hinbringen«, sagt der Taxifahrer und hält an.

Da ist es genau 14:57 Uhr. *Zu spät*, denkt Julia.

»Los, geh schon«, sagt Linda knapp, »ich zahle.«

Und so als wäre Lindas drängender Tonfall eine Fernbedienung für ihre Gliedmaßen, setzt Julia sich in Bewegung. Sie öffnet die Tür, und ihr Körper fühlt sich seltsam rostig an. Als hätte sie ihn seit Ewigkeiten nicht mehr benutzt. Sie steigt aus, die pralle Hitze trifft auf ihren Scheitel, das Sonnenlicht blendet sie, während sie sich umsieht. Sie muss sich orientieren, dann weiß sie endlich, wo sie ist. Julia wirft die Tür zu und läuft los. Zu den Stufen, die zur Frauenkirche führen, an den Restaurants und Touristen vorbei, dann die zweite Straße links. Alles pulsiert, das schöne Wetter, die Menschen, die Hunde an ihren Leinen, die Kinder in den Kinderwägen.

Julia rennt in den Hinterhof, an den runden Tischchen des Cafés vorbei, in Richtung der Glastür mit der golden glänzenden Platte, auf der man die Handabdrücke seiner Vorgänger sieht. Julia stemmt sich dagegen und schiebt die Tür auf. Kurz fragt sie sich, wie man solche Platten korrekt bezeichnet, doch der Gedanke verschwindet sofort wieder in den Tiefen ihres Verstandes.

Julia spürt das Zittern ihrer Beine, ihr Atem hallt verzweifelt durch den Eingangsbereich. Sie läuft die Treppen hinauf bis in die dritte Etage. Die Stockwerke sind hoch, und Julia ist atemlos. Ihre Schuhsohlen quietschen auf dem dunklen Steinboden, ihre schwitzigen Handflächen rutschen feucht über das Metallgeländer. Als sie oben ist, kommt ihr eine hochschwangere Frau entgegen.

Julia weicht ihr nicht aus, sie rennt einfach weiter, schiebt sich an ihr vorbei. Die Frau entgegnet irgendwas, es klingt ungehalten, doch es geht in Julias rauschenden Ohren unter.

Der Flur scheint endlos, glatter Boden und weiße Wände, Türen, die links und rechts abzweigen, dazwischen das Hallen ihrer Schritte und Bilder, die vermutlich die Kargheit des Korridors durchbrechen sollen.

Dann endlich der Eingang der Arztpraxis.

Julia hat Seitenstechen. Ihre Nase pocht in ihrem Gesicht, als würde jemand im Rhythmus ihres Pulses dagegen klopfen.

Dann klingelt sie.

15:07 Uhr

Linda findet Julia in einem langen Flur vor einer verschlossenen Tür im dritten Stockwerk. Sie sitzt mit angezogenen Beinen auf dem Fußabtreter und weint. Linda ist dem Schluchzen bis in die richtige Etage gefolgt. Der Klang war aus der Entfernung schon elend, doch jetzt, wo sie Julia sieht, geht ihr der Anblick seltsam nah. Viel näher, als sie es für möglich gehalten hätte.

Es vergehen ein paar Sekunden, in denen Linda nichts sagt oder tut. In denen sie einfach neben Julia und dem Abstreifer stehen bleibt. Dann fällt ihr Blick auf das Schild über der Klingel. *Gynäkologische Gemeinschaftspraxis Dr. Lindner & Kollegen.* Und darunter die Öffnungszeiten. In der letzten Zeile steht: *Freitag 9:30 Uhr bis 15:00 Uhr.*

Alles ist still, man hört nur, wie Julia weint. Die Laute hallen gespenstisch von den Steinfliesen und den Wänden wider. Wie das entfernte Heulen eines klagenden Wolfes.

Wären Julia und sie Freundinnen, würde sie ihr jetzt mitfühlend eine Hand auf die Schulter legen. Sie weiß nicht, wie man sich in derselben Situation bei Feindinnen verhält. Vermutlich sollte sie gar nicht hier sein. Oder sie sollte Julias tiefen Fall genießen. Wie sie gekrümmt, ja fast schon gebrochen zu ihren Füßen kauert. Irgendwie hätte Linda gedacht, dass sie genau das tun würde, es genießen. Doch jetzt, da es keine Vorstellung mehr ist, sondern Realität, ist es irgendwie anders. Keine Genugtuung – und wenn doch, dann nicht einmal ansatzweise in dem Maß, von dem Linda erwartet hätte, sie zu empfinden. Vielleicht ist es mittlerweile lang genug her. Vielleicht sind ihre Wunden inzwischen verheilt. So oder so, steht sie da und fühlt mit – mit Julia Nolde.

Linda holt eine Packung Tempos aus ihrem Rucksack und hält sie ihr entgegen.

»Hier«, sagt sie. Mehr nicht.

Julia schaut auf. Ein aufgequollenes rotfleckiges Gesicht mit verheulten Augen. Getrocknetes Blut um die Nasenlöcher, ein paar verkrustete Sprenkel um den Mund, so dunkel, dass sie beinahe schwarz aussehen. Wie kleine Sommersprossen, die über Nacht gekommen sind. Aber am schlimmsten sind die Hämatome unter ihren Augen. Sie haben sich ausgebreitet und färben sich langsam violett. Julia blinzelt. Eine Mischung aus Blut und Rotz quillt ihr aus der Nase, ihre Lippen sind aufgesprungen.

Julia streckt eine Hand aus und nimmt die Taschentuchpackung. Ihr hartes Schlucken hat etwas von einem *Danke*. Sie zieht ein Tempo heraus und putzt sich ganz vorsichtig die Nase.

Linda sieht sie an und wägt ab. Viele Dinge auf einmal. Sie weiß, warum Julia hier ist, zumindest kann sie es sich denken. Warum sonst sollte ein siebzehnjähriges Mädchen an einem Freitagnachmittag vor einer Frauenarztpraxis auf dem Fußabtreter sitzen und weinen? Wohl kaum, weil sie ein neues Pillenrezept braucht – zumal ihre Beziehung sowieso vorbei ist.

Linda atmet tief ein. Dann sagt sie: »Okay, lass uns gehen.«

Aber Julia bleibt sitzen. Sie lehnt wie ein Müllsack an der Tür.

»Los, beweg dich«, sagt Linda an der Grenze zu unfreundlich und tritt leicht gegen Julias Schuh.

Die sieht sie nur giftig von unten an. Und ihr Blick sagt das, was sie nicht ausspricht. *Verpiss dich. Lass mich in Ruhe. Geh weg.*

»Komm schon«, sagt Linda und hält ihr eine Hand entgegen. »Wir müssen los.«

»Wohin denn?«, fragt Julia fast schon verzweifelt. Ihr Gesicht hat etwas von einer französischen Bulldogge.

»Zu meinem Vater«, sagt Linda nach kurzem Zögern. »Der ist Frauenarzt.«

15:33 Uhr

Edgar sitzt in Gedanken versunken da und schiebt mit der Gabel ein Stück Zucchini in einem Rest Tomatensoße herum.

»Okay, das reicht jetzt«, sagt sein Vater und legt sein Besteck zur Seite. Edgar zuckt zusammen. So, als wäre sein Vater gerade ins Zimmer gestürzt und nicht schon die ganze Zeit mit ihm am Tisch gesessen. »Was ist los mit dir? Dich bedrückt doch etwas.«

»Mich bedrückt gar nichts«, sagt Edgar abwesend.

»Ist es wegen diesem Mädchen? Dieser Julia?«, ignoriert sein Vater seine Lüge. Aber Edgar antwortet nicht. »Was hat sie noch gleich geschrieben?«, fragt er. »Geschlechtslos?«

Edgar schaut ihn direkt an. Und am liebsten würde er sagen: *Danke fürs dran Erinnern*, doch er sagt nichts, schiebt nur weiter das Zucchinistück über den Teller.

»Komm schon, nimm dir das nicht zu Herzen«, fährt sein Vater aufmunternd fort. »Sie ist einfach nur ein dummes Mädchen.«

Edgar hält in der Bewegung inne. »Sie ist kein dummes Mädchen«, entgegnet er ungewohnt scharf.

»Ist sie nicht?«, fragt sein Vater verblüfft.

»Nein«, sagt Edgar, »ist sie nicht.«

Ein paar Sekunden lang sehen sie einander an, Vater und Sohn, so vertraut in einer so fremden Situation.

»Hast du nicht gesagt, du kennst sie kaum?«, fragt sein Vater vorsichtig.

»Ja.« Pause. »Da habe ich gelogen.«

»Du hast Gefühle für sie.« Es ist keine Frage, es ist eine Feststellung.

Trotzdem sagt Edgar: »Kann sein.«

»Okay«, sagt sein Vater nach einer Weile. »Da ist dann nur eine kleine Sache, die mir nicht ganz einleuchtet.«

Edgar legt die Gabel weg. »Und die wäre?«

»Wenn du wirklich etwas für diese Julia empfindest«, sagt sein Vater mit einem Blick, als würde er nach den richtigen Worten für den restlichen Satz suchen und entscheidet sich schließlich für: »Warum hast du dann neulich Nacht mit Linda geschlafen?«

Edgar schaut peinlich berührt auf die Tischplatte. »Du hast uns gehört?«, fragt er leise.

»Ähm, na ja, du weißt doch, wie hellhörig hier alles ist«, erwidert sein Vater.

Ja, das weiß Edgar. Aber er hat es vergessen. Als er mit Linda im Bett war, hat er ohnehin nicht viel gedacht. Eigentlich gar nichts. Nicht an die Folgen, nicht an Momo und erst recht nicht an die alten, geschwätzigen Wände.

»Edgar«, sagt sein Vater ruhig, und Edgar schaut auf. »Ich habe Linda sehr gern, das ist kein Geheimnis. Und es stört mich auch nicht, wenn ihr in dieser Wohnung Sex habt.« Kurze Pause. »Ich meine, solange ihr verantwortungsvoll seid.« Edgar greift wieder nach seiner Gabel, so als bräuchte er bei diesem Gespräch etwas, woran er sich festhalten kann. »Aber mit einem Mädchen zu schlafen, wenn man Gefühle für ein anderes hat, ist nicht richtig.«

»So war es nicht«, sagt Edgar knapp.

»Wie war es dann?«

»Kompliziert«, entgegnet Edgar.

Sein Vater faltet wartend die Hände auf der Tischplatte, eine geduldige Geste, die verrät, dass er sich mit einem schlichten *Kompliziert* nicht abspeisen lassen wird.

Also räuspert sich Edgar und sagt: »Das zwischen Linda und mir war das letzte Mal.«

Sein Vater hebt ungläubig die Augenbrauen. »Es klang gar nicht wie ein letztes Mal.«

»Ach nein?«, fragt Edgar. »Wie klingt denn ein letztes Mal?«

Sein Vater lächelt anerkennend. »Touché«, sagt er dann. »Es war also ein« – er macht eine kurze Pause – »ein Schlussstrich?«

»Es war unser Ende, ja«, sagt Edgar.

»Ein poetisches Ende«, sagt sein Vater. Und er meint es vollkommen ernst. Da ist nichts Herablassendes in seiner Stimme, nichts, das die Situation ins Lächerliche ziehen würde.

Es war Edgar schon immer unangenehm, mit seinem Vater über derartige Dinge zu sprechen, und gleichzeitig ist es jedes Mal eine seltsame Erleichterung. Wie ein ausgesprochener Vertrauensbeweis. Ein Überwinden seiner Scham und damit auch der typischen Vater-Sohn-Beziehung. Edgar schätzt es, seinem Vater nahezustehen. Das merkt er ganz besonders in solchen Momenten.

»Und diese Julia und du«, sagt sein Vater, bricht dann aber mitten im Satz ab und lässt den Rest der Frage im Raum schweben. Er hängt in der Luft wie Zigarettenqualm.

»Nichts diese Julia und ich«, sagt Edgar. »Du hast ihre Einträge doch gelesen.«

»Was ich gelesen habe, ist eine willkürliche Auswahl an Texten, von denen ich nicht weiß, wann sie geschrieben wurden oder ob es noch andere gibt.«

Edgar sticht in die Zucchini.

»Also mir reicht das, was ich gelesen habe«, murmelt er so leise, dass das Geräusch der Gabel auf dem Porzellan ihn fast übertönt.

Sein Vater legt seine Hand auf Edgars. Sie ist warm und auf eine weise Art alt. »Für irgendetwas ist das alles gut, du wirst sehen.«

»Bestimmt«, sagt Edgar sarkastisch. »Genau genommen sollte ich mich freuen, immerhin brauche ich mir jetzt keine Hoffnungen mehr zu machen.«

»Du könntest mit ihr reden, weißt du?«

»Mit ihr reden?« Edgar macht ein abschätziges Geräusch. »Soll das ein Witz sein?«

»Nein, keineswegs«, sagt sein Vater. »Die meisten Missverständnisse beruhen darauf, dass man nicht miteinander spricht.«

»Ich würde das hier wohl kaum als ein Missverständnis bezeichnen«, antwortet Edgar. »Und hast du nicht eben noch gesagt, dass sie nur ein dummes Mädchen ist?«

»Es spielt keine Rolle, was ich von ihr halte. Letztlich geht es nur darum, was du von ihr hältst«, sagt sein Vater.

»Und was sie von mir hält«, ergänzt Edgar.

»Also, ich an deiner Stelle würde mit ihr reden.«

»Du bist aber nicht an meiner Stelle«, sagt Edgar kühl.

»Da hast du natürlich recht«, sagt sein Vater. »Was sagt denn Linda dazu?«

»Ach, Linda«, sagt Edgar gereizt.

»Auf Linda bist du also auch sauer?«

»Was heißt sauer«, erwidert Edgar und schüttelt den Kopf. »Ich werde einfach nicht schlau aus ihr. Sie sagt, sie will mich nach der Schule treffen, taucht aber nicht auf. Und dann, als ich an der Bushaltestelle sitze, fahren sie und Julia mit dem Taxi an mir vorbei. Sie und Julia! Es war wie ein schlechter Witz. Ich meine, ausgerechnet sie und Julia ... Ich kapiere es einfach nicht«, sagt Edgar. »Aber langsam glaube ich, das gilt für alle Mädchen.«

»Ja«, sagt sein Vater halb lachend. »Das kommt mir bekannt vor. Ich habe deine Mutter oft auch nicht verstanden.«

Edgar schaut auf, so erstaunt, dass sein Vater seine Mutter anspricht, dass er sogar seinen Zorn für einen Moment vergisst.

»Ehrlich?«, fragt er.

»Ehrlich«, sagt sein Vater.

»Wie was zum Beispiel?«

Er klingt wie ein Junge, als er das fragt, klein und neugierig.

»Puh«, seufzt sein Vater langgezogen. »Tausend Dinge. Sie war unberechenbar und völlig unlogisch. Ab und zu kam es mir wirklich so vor, als würden wir verschiedenen Spezies angehören.« Er schüttelt den Kopf. »Weißt du, manchmal hat sie sich über Dinge furchtbar aufgeregt und nur einen Tag später waren ihr dieselben Dinge dann völlig egal. Es war nicht zu verstehen. *Sie* war nicht zu verstehen.«

»Aber du hast sie geliebt ...«

Sein Vater nickt. »O ja«, sagt er. »Und wie.« Es ist ein verzehrender Tonfall, getränkt in Trauer und Nostalgie. Dann schaut sein Vater in Richtung Wand über dem Esstisch, und Edgar tut es ihm gleich. Zwischen den Schwarzweißfotografien von Großeltern und Urgroßeltern, von Tante Rachel und von ihm und seinem Vater lächelt seine Mutter auf sie beide herab. Ein fremdvertrautes Gesicht, festgehalten in einem antiken, dünnen Holzrahmen.

»Du siehst ihr so ähnlich«, sagt sein Vater abwesend.

»Das muss schlimm für dich sein«, sagt Edgar.

Sein Blick und der seines Vaters treffen sich.

»Wie kommst du darauf?«, fragt der mit großen Augen.

»Ich weiß nicht«, sagt Edgar, »ich stelle es mir hart vor, jemanden um mich zu haben, der mich an jemanden erinnert, den ich geliebt habe und der jetzt tot ist.«

»Ist es nicht«, erwidert sein Vater. »Es ist tröstlich.«

16:32 Uhr

Anita Nolde steht neben ihrem Spind. Sie hält sich das Handy ans Ohr und schaut auf den Evakuierungsplan, der innen neben der Tür der Umkleiden hängt.

»Ja«, sagt sie gedämpft, so als wäre sie weit weg. »Ja, ich verstehe.«

Es war nur eine seltsame Vorahnung, der sie gefolgt ist. Eine Intuition, der nichts zugrunde lag als ein ungutes Gefühl. Sie *wusste* einfach, dass etwas passiert war. Dass sie auf ihr Handy schauen sollte. Und da warteten dann elf Anrufe in Abwesenheit. Eine lange Liste bestehend aus drei Telefonnummern, die sich regelmäßig wiederholt haben. Bei dem Anblick hat Anita an einen Zopf denken müssen. An einen digitalen Zopf, der Ärger bedeutet. Es war wieder die Schule. Julia hat sie angelogen.

»Okay. Und wo ist sie jetzt?«

Anita ist selbst erstaunt, wie gefasst sie klingt, nach allem, was ihr gerade mitgeteilt worden ist. Sehr sensible Blogbeiträge, ein schlimmer Fall von Mobbing, jemand hat ihrer Tochter die Nase gebrochen.

Vielleicht haben Nelis unzählige Unfälle und Blessuren in den vergangenen Jahren sie dahingehend abgehärtet. Die vielen Anrufe von halb panischen Erzieherinnen, in denen sie gebeten wurde, ihn so schnell wie möglich abzuholen. Oder aber der Inhalt dessen, was sie eben gehört hat, ist noch nicht wirklich zu ihr durchgedrungen.

Womöglich trifft sie die Wahrheit erst irgendwann später. In ein paar Minuten oder auch Stunden. Doch was sie einfach nicht begreift, ist, wie Julia ihr das alles hat verheimlichen können. Das mit den Einträgen. Und dem Laptop. Warum ist sie damit nicht einfach zu ihr gekommen? Ist sie etwa eine von den Müttern, mit denen man nicht reden kann? Die nie Zeit haben? Eine von denen, die so sehr damit beschäftigt sind, Geld ranzuschaffen, dass sie ihre Kinder aus den Augen verlieren?

»In welcher Notaufnahme ist sie?«, fragt Anita und spürt, wie sich bei Frau Dr. Ferchländers Antwort tiefe Falten in ihre Stirn fressen. »Moment, dann hat der Arzttermin heute gar nichts mit Julias gebrochener Nase zu tun?« Die Rektorin redet und redet, doch es ergibt alles keinen Sinn. »Ich verstehe nicht ganz«, sagt Anita. »Was ist das denn für ein Arzttermin?« Dann schüttelt Anita den Kopf. »Nein, das hat sie mir nicht gesagt.«

Julias Direktorin muss denken, dass sie keine Ahnung von ihrer Tochter hat. Dass sie sich nicht um sie kümmert. Dass sie ihr egal ist. Das würde sie vermutlich an ihrer Stelle tun.

»Und wer hat sie begleitet?«, fragt Anita. »Der Name sagt mir nichts.« Sorgen quellen in Anitas Magen, sie rumoren in ihren Eingeweiden. »Wissen Sie denn wenigstens, wo der Taxifahrer die beiden hingebracht hat?« Anitas Stimme klingt fremd. So fremd, wie der Augenblick sich anfühlt. Ein Klumpen aus Wut und Angst, verklebt in ihrem Inneren. »Das heißt dann also, Sie wissen nicht, wo sie ist.«

Anita würde gern etwas anderes sagen. Beispielsweise, dass es ihre Aufgabe als Rektorin wäre, solche Dinge zu wissen. Dass ein derartiges Verhalten gegen ihre Aufsichtspflicht verstößt. Und dass sie im höchsten Maß verantwortungslos gehandelt hat, als sie ihre Tochter einfach hat wegfahren lassen. Aber Anita weiß, dass sie nicht in der Position ist, so zu reden. Immerhin ist sie diejenige, die elf Mal nicht ans Handy gegangen ist. Sie ist diejenige, die nicht weiß, was für Arzttermine ihre eigene Tochter hat. Sie ist diejenige, die ohne Frau Dr. Ferchländers Anruf nichts von der Veröffentlichung irgendwelcher Blogeinträge oder von deren Folgen wüsste. Deswegen sagt sie nichts.

Stattdessen betrachtet sie weiter den Evakuierungsplan mit seinen kleinen Linien und Türen und Pfeilen. So, als lieferte der einen Ausweg aus ihrer Situation und nicht nur aus dem Gebäude.

»Selbstverständlich«, sagt Anita dann. »Ja, ich mache mich sofort auf den Weg zu Ihnen.«

Sie beendet das Gespräch, stolz darauf, sachlich und höflich geblieben zu sein, obwohl sie eigentlich hatte schreien wollen. Dann lässt sie das Handy sinken und geht die nächsten Schritte im Kopf durch. Umziehen, dann zum Auto. Wo hat sie noch mal geparkt? Im Parkhaus oder draußen? Dann fällt es ihr ein. Draußen, in dieser winzigen Lücke zwischen den zwei BMWs. Davor noch kurz ihrem Teamleiter Bescheid geben. Aber Carlos wird nichts sagen, er ist ein netter Kerl, Vater von drei Kindern, er versteht das.

Julia hat eine gebrochene Nase. Ihre Julia. Sowas passiert doch sonst nur in Filmen. Anita stellt sich das Gesicht ihrer Tochter vor, dieses liebe, weiche Gesicht mit der kleinen Nase, die sie von ihrem Vater hat. Sie sieht genau aus wie die von Patrick, nur in kleiner.

Dann ruft Anita bei Julia an. Drei Mal, vier Mal, fünf Mal. Immer wieder. Aber Julia geht nicht dran. Nur ihre Mailbox. *Hier ist Julia. Hinterlasst was, dann ruf ich zurück.* Anita legt auf und versucht es wieder. Wieder die Mailbox. Diesmal spricht sie eine Nachricht auf. Dabei klingt ihre Stimme so dünn und kühl, dass Anita am Ende wünschte, sie hätte es nicht getan.

Dann sitzt sie plötzlich in ihrem Auto. Sie kann sich kaum an den Weg dorthin erinnern und erst recht nicht daran, sich umgezogen zu haben. Sie schaut an sich hinunter. Auf die Jeans und die weißen Schnürschuhe. Seltsam, wie der Verstand funktioniert. Wie er seine Befehle erteilen kann, ohne dass man etwas davon mitbekommt. Sich anziehen, den Spind abschließen, die Autoschlüssel in der viel zu großen Handtasche suchen, während man die Stufen hochgeht, noch mal bei Julia anrufen, mit Carlos sprechen. Wenigstens daran erinnert sie sich. Wie Carlos geschaut hat, als sie *gebrochene Nase* sagte. An sein schmerzverzerrtes Gesicht.

Anita verlässt das Gelände und fährt wie betäubt durch die Stadt. Im Autopilot. Zu viele Gedanken im Kopf und Wut im Bauch. Auf sich. Auf Julia. Auf die Lügen. Tausend Gefühle steigen giftig in ihr auf. Hat sie nicht alles versucht? Für ihre Kinder? Schuftet sie sich nicht halb tot? Sie dachte, sie kennt ihre Tochter. Sie dachte, sie weiß, wer sie ist. Aber sie weiß gar nichts. Nichts, weiß sie. Frau Dr. Ferchländers Stimme hallt in Anitas Kopf.

Julia war ganz aufgeregt wegen des Termins. Ich bin davon ausgegangen, Sie wären im Bilde. Im Bilde. Aber Anita ist nicht im Bilde. Sie ist überfordert. Und sie fragt sich, was das für Texte sind, die ihre Tochter da geschrieben hat. Texte, für die sie Schläge kassiert. Und was ist das bitte für ein Arzttermin, von dem Anita nichts weiß. Ein Arzttermin, den Julia ihr offensichtlich verschwiegen hat. Allein beim Gedanken daran, um was für einen Termin es sich dabei handeln könnte, wird Anita ganz schlecht.

In eben jener Sekunde, bei eben jenem Gedanken, bemerkt Anita die stehenden Autos vor sich. Es dauert einen Wimpernschlag, bis sie den Anblick begreift, bis ihr Verstand ihn übersetzt. Dann tritt sie mit beiden Füßen auf die Bremse, das ABS springt an, die Reifen quietschen, der Kofferraum des Kombis vor ihr kommt näher und näher.

Dann steht sie.

Anitas Herz rast, ihre Muskeln sind angespannt, alle auf einmal, von der Stirn bis zu den Zehen. Das Zittern erfasst sie wie ein Kälteschock. Es war so knapp. So unfassbar knapp. Sie und der Fahrer des Kombis sehen sich über seinen Rückspiegel hinweg an. Ein ausgedehnter, zeitloser Moment. Erleichterung. Schock.

Dann wird die Ampel grün, und Anita legt mit einigen Schwierigkeiten den ersten Gang ein. Aber sie kann nicht losfahren. Ihre Knie sind zu weich und ihr Kopf zu leer. Ein Gefühl wie nasse Watte. Als der Fahrer hinter ihr hupt, reagiert sie nicht, sie zuckt nicht mal zusammen, der Schreck von vorhin sitzt noch zu tief. Ein zweites Hupen, diesmal länger und männlicher, dann schert der

Wagen hinter ihr aus und fährt an ihr vorbei. Anita ignoriert das Gefuchtel von Armen, das sie im Augenwinkel
wahrnimmt. Und auch das, was der Fahrer ihr durch die
offenen Fenster entgegenruft. Stattdessen starrt sie auf
ihre Hände, die das Lenkrad fest umschließen. Auf ihre
Knöchel, die weiß hervortreten.

Sie steht allein an der Kreuzung. Die Ampel schaltet
wieder auf Grün. Und im Rückspiegel sieht Anita eine
Schar Autos näher kommen. Wie eine Herde in vollem
Lauf. Dann fährt sie los. Sie sagt sich, dass sie sich kon-
zentrieren muss. Sonst baut sie einen Unfall und stirbt,
und ihre drei Kinder haben keine Mutter mehr. Sie stellt
sich ihre eigene Beerdigung vor, sie in einem geschlossenen Sarg, weil ein offener nach einem so schweren Auto-
unfall nicht zumutbar wäre. Ihre Kehle schnürt sich zu
bei dem Gedanken. Nicht, weil sie dann tot ist, sondern
weil sie ihre Kinder zurücklassen müsste. Ihre drei wunderbaren Kinder, von denen sie weiß, dass sie gut sind,
vollkommen egal, was andere Leute sagen. Ihr darf nichts
passieren. Denn wenn ihr jetzt etwas passieren würde,
jetzt auf dem Weg zu dem Termin in der Schule, würde
Julia für immer denken, dass es ihre Schuld war. Dass sie
ihre Mutter auf dem Gewissen hat, weil die sonst in der
Arbeit gewesen wäre und nicht abgelenkt irgendwo im
Stadtverkehr.

Und ganz gleich, was ihre Tochter auch getan haben
mag, ganz gleich, bei was für einem Termin sie gerade
ist, diese Art der Schuld soll sie nicht tragen müssen.

16:40 Uhr

»Hast du schon einen Test gemacht?«

Julia ignoriert die Frage. Es geht Linda überhaupt nichts an. Genau genommen geht es niemanden etwas an – und Linda schon gleich gar nicht. Andererseits weiß sie es sowieso. Es ist längst kein Geheimnis mehr, sondern ein lautes Schweigen, das neben ihnen hergeht.

»Ich habe auch mal so einen Test gemacht«, sagt Linda. Und Julia schaut zu ihr rüber. »Edgar benutzt seinen Penis nämlich nicht nur zum Pinkeln.«

Julia weicht Lindas Grinsen aus. Ihr ist nicht nach Grinsen. Und auch nicht nach Reden. Aber Linda redet weiter. »Edgar ist gut im Bett«, sagt sie. »Richtig gut sogar.« Julia will das nicht hören. Sie will generell nichts von Sex wissen. Aber noch weniger, wie gut er mit Edgar ist. »Dein komischer Leonard könnte echt noch was von ihm lernen.«

»Er ist nicht mein Leonard«, sagt Julia knapp.

»Jetzt nicht mehr, das stimmt«, sagt Linda und dann: »War er eigentlich wirklich so schlecht?«

»Muss ich darauf antworten?«, fragt Julia gereizt.

»Nein«, sagt Linda, »wobei es dir vielleicht ganz guttun würde, mit jemandem zu sprechen, dann müsstest du nicht so viel aufschreiben, das später veröffentlicht wird.«

Julia bleibt unvermittelt stehen und packt Linda am Arm. Als es ihr bewusst wird, lässt sie sie sofort wieder los. Sie sehen einander an. Über ihnen brennt die Sonne von einem fast unwirklich blauen Himmel, der Gehweg ist sandig hell, und außer ihnen ist niemand da. Eine leere Straße mit Trambahnschienen in der Mitte, gesäumt von reichen Häusern und Laubbäumen. Wie eine Kulisse für eine Szene.

Linda verschränkt die Arme vor der Brust und legt den Kopf schräg. Irgendwie amüsiert und irgendwie herausfordernd. Als würde sie sagen: *Los komm schon, trau dich.*

Aber Julia schweigt. Weil ihr Gesicht schmerzt und weil sie Durst hat und wenig Kraft. Als wäre ein Teil von ihr ausgelaufen und sie nur das, was übrig ist. Ein Bruchteil von sich selbst. Sie fühlt sich wie ein Schatten, als wäre sie bloß halb da. Und Linda steht vor ihr wie ein Baum.

Irgendwann sagt Julia: »Du hast keine Ahnung von mir oder meinem Leben.«

Linda lächelt. »Also, ich finde ja, ich habe einen recht guten Einblick bekommen.«

Schweigen.

Julia und Linda sehen einander weiterhin an. Ein direkter, langer Blick. Wie ein Armdrücken mit den Augen. Dunkelbraun gegen grün. Blutunterlaufen gegen getuscht. Julia verliert und schaut weg. Weil Linda recht hat. Und weil sie ihr hilft. Auch wenn Julia keine Ahnung hat, warum.

Nach ein paar Sekunden schaut sie wieder zu ihr zurück und fragt: »Warum hilfst du mir überhaupt?«

»Das hat mehrere Gründe«, antwortet Linda vage.

»Nenn mir einen«, erwidert Julia.

Ein paar Herzschläge lang mustern sie sich. »Wegen Edgar«, sagt Linda dann.

»Warum wegen Edgar?«

»Weil er dich mag«, sagt sie. »Und er würde dich nicht mögen, wenn du so scheiße wärst, wie ich immer dachte, dass du es bist.«

Julia schluckt und schaut weg. »Ich glaube nicht, dass er mich noch mag«, sagt sie leise.

»Klar tut er das«, erwidert Linda. »Er will dich nicht mögen, aber er tut es.«

Julia befeuchtet sich die Lippen und spürt trockene, abstehende Hautfetzen. Der helle Gehweg blendet sie.

»Da vorne ist die Praxis meines Vaters«, sagt Linda dann und zeigt auf ein gelbes Haus ein Stück die Straße runter. Julia folgt mit dem Blick ihrem ausgestreckten Arm. »Wenn wir Glück haben, ist er noch da.«

»Und was, wenn nicht?«, fragt Julia angespannt.

»Na, dann rufe ich ihn an, und er kommt wieder her.«

Zeitgleich

Momo liegt auf ihrem Bett, das Buch über Ruth Bader Ginsberg offen auf dem Bauch, und schaut an die Zimmerdecke. Im Hintergrund läuft das Album »Exquisite Corpse« von Warpaint auf Repeat – gerade »Billie Holiday«, der Song, den Linda auf diesem Album am liebsten mag. Momo wandert mit den Augen die Stuckleiste entlang, immer dieselbe Route, von einer Ecke zur anderen und dann wieder zurück. Ein Rechteck nach links, ein Rechteck nach rechts. Und währenddessen fragt sie sich, ob neulich Nacht etwas zwischen Edgar und Linda gelaufen ist. Ihr Verstand sagt Nein, doch ihr Bauch ist skeptisch. Es ergibt keinen Sinn. Aber die Anzeichen sind da, Momo bildet sich das nicht ein. Auch wenn sie zugegebenermaßen dazu neigt, zu viel in Dinge hineinzuinterpretieren, dieses flaue Gefühl aus Wut und Unsicherheit ist nicht unbegründet. Sie weiß, wie nah Edgar und Linda sich standen, wie nahe sie sich noch stehen. Und sie weiß, dass das Fundament ihrer Beziehung ein ganzes Leben umfasst. Mehr als Anziehung, mehr als Verliebtheit, mehr als Freundschaft.

Vor ein paar Tagen war alles noch gut zwischen Linda und ihr. Sie waren sie, und sie haben sich richtig zusammen angefühlt.

Bis zu Edgars Geburtstag.

Bis zu dem Streit zwischen Linda und ihm. Und der

anschließenden Versöhnung spätabends in der vertrauten Dunkelheit seines Zimmers. In Momos Vorstellung wurde wenig bis gar nicht geredet, dafür umso mehr Körpersprache. Allein beim *Gedanken* daran, was zwischen Linda und Edgar passiert sein könnte, ziehen sich Momos Eingeweide zusammen. Mit deren Vergangenheit kann sie es nicht aufnehmen. Und auch körperlich kann sie nicht mithalten. Sie selbst steht nicht auf Jungs, Linda steht auf beides. Momo wird ihr nie alles geben können, sie wird nie genug sein, nie auf die Art, wie Linda ihr genügt.

Momo legt das Buch weg und setzt sich auf. Sie greift nach ihrem Handy. Noch immer keine Nachricht von Linda. Was, wenn sie bei Edgar ist? Was, wenn sie wieder zusammenkommen? Was, wenn sie gerade mit ihm schläft? Ein eisiger Schauer läuft Momos Wirbelsäule hinunter und entlädt sich bis in die Beine. Sie scheint das bittere Gefühl der Eifersucht fast zu schmecken, wie einen Film, der ihre Schleimhäute überzieht.

Momo ruft ein weiteres Mal bei Linda an. Wieder nur die Mailbox. *Du hast meine Nummer gewählt. Wenn du mir verraten willst, warum, hinterlass mir eine Nachricht, sonst leg auf.* Es piept, und Momo legt auf. So muss es sich anfühlen, wenn Linda sie verlässt, genau so. Keine Anrufe mehr von Linda, und ihre, die ins Leere laufen. Und ganz plötzlich, ohne jede Vorwarnung, bricht sie in Tränen aus. Als wäre das, was sie denkt, die Wahrheit und nicht nur eine Vermutung. Als hätte Linda ihr längst gestanden, dass sie mit Edgar geschlafen hat.

Momo wischt sich die Tränen aus dem Gesicht, dann tippt sie auf den letzten Eintrag ihrer Anrufliste. *Meine*

schöne Linda. Sie hat *Meine schöne* als Vorname einge-
speichert und *Linda* als Nachname, etwas, worüber Linda
damals gelacht hat. Momo war sich nie ganz sicher gewesen, ob sie über sie oder aus Verlegenheit gelacht hatte. Sie
will gerade noch mal bei Linda anrufen, als es an ihrer Zimmertür klopft. Und für einen irrationalen Moment hofft sie,
dass es Linda ist. Dass sie keinen Akku mehr hatte und
dass sie einfach zu ihr gefahren ist, weil sie sie sehen wollte.

Aber es ist nicht Linda. Es ist nur ihre Mutter.

»Könntest du Frida in einer halben Stunde bei der Kita
abholen?«, fragt sie. »Ich habe völlig vergessen, dass ich
heute einen Termin bei der Fußpflege habe. Normalerweise habe ich den immer montags, aber kommende Woche ist Vivienne im Urlaub. Ich kann natürlich auch deinen Vater fragen, wann er früher nach Hause kommen
kann, aber ich dachte, erst frage ich dich, bevor –«

»Ist gut, Mama«, fällt Momo ihrer Mutter ins Wort.
»Ich hole sie ab.«

»Vielen Dank, meine Süße.« Sie schaut auf die Uhr.
»Du musst pünktlich um 17:30 Uhr dort sein, ja?«

Als hätte Momo ihre kleine Schwester noch nie abge-
holt. Sie schluckt und nickt.

»Was hältst du davon, wenn ich uns was vom Vietna-
mesen mitbringe. Hast du Lust?«

»Klar«, sagt Momo lustlos.

»Für dich wieder die vegetarischen Frühlingsrollen
und die Nummer 47?«

Momo lächelt. »Ja, gerne«, sagt sie.

»Kommt Linda später noch? Ich könnte ihr was mit-
bringen?«

»Keine Ahnung, ich erreiche sie nicht«, antwortet Momo.

»Ich bringe ihr einfach mal was mit, was meinst du? Sie mochte doch diese gebratenen Nudeln so gern, richtig?«

Linda liebt gebratene Nudeln. »Ja, richtig«, sagt Momo.

»Gut, dann bis später«, sagt ihre Mutter. »Ich bin so um sieben zurück.«

Mit diesem Satz schließt sie die Tür.

Und Momo greift nach ihrem Handy, um Linda anzurufen.

Am liebsten würde Jens Overbeck aufstehen und dieses Mädchen bitten zu gehen. Aber es ist sein Beruf. Und Linda seine Tochter. Er mag ihre Beweggründe nicht begreifen, doch er darf nicht weniger reif sein als sein eigenes Kind. Soweit kommt es noch.

Also sagt er kühl: »Linda meinte, es handelt sich um einen Notfall?«

Julia Nolde weicht seinem Blick aus und nickt minimal. Eine Bewegung, die so klein ist, dass man sie übersehen könnte. Sie sitzt ihm gegenüber, ein kreidebleiches Gesicht auf einem eingesunkenen Körper, hängende schmale Schultern, ihre Haut fast gräulich, noch farbloser als weiß. Als wäre sie schwerkrank oder nie draußen. Und dann noch diese Blutergüsse unter den Augen. Nein, sie sieht grauenhaft aus. Ganz anders als seine Tochter.

Dr. Overbeck wartet noch einen Augenblick, dann, als sie weiterhin nicht spricht, hebt er fragend die Hände.

»Und um was für einen Notfall handelt es sich?«

Julia kaut auf der Innenseite ihrer Lippe herum, ein Zeichen von Nervosität, das sich in ihren knetenden Fingern fortsetzt. Und plötzlich sieht sie aus wie ein Kind. Wie ein kleines Mädchen mit weiblichen Formen. Große rote Augen und ein Blick, der ihn irgendwie berührt, so vollkommen verloren und ängstlich. Wie ein Welpe oder ein winziges Hasenjunges. Es ist dieser Anblick, der seinen

Widerwillen weich werden lässt, als würde seine Menschlichkeit zu ihm zurückfinden.

Er legt seine Unterarme auf dem Tisch ab, weil er von seiner Frau weiß, dass das vertrauenserweckend wirkt, dann sagt er: »Was es auch ist, wir finden eine Lösung.«

Bei diesen Worten schaut Julia tränenverschleiert auf. *Eindeutig ein kleiner Hase*, denkt Dr. Overbeck.

Sie schluckt angestrengt, es ist ein hartes Geräusch in dem ansonsten so stillen Behandlungszimmer. Sie beginnt zu sprechen, hat aber keine Stimme, dann räuspert sie sich und versucht es ein zweites Mal.

»Meine Periode ist überfällig«, sagt sie kaum hörbar.

Jens Overbeck nickt. Er hatte etwas in der Art bereits befürchtet. »Verstehe«, sagt er bemüht darum, freundlich zu klingen. Kein väterlich scharfer Unterton, keine Verhütungspredigt, wie er sie seiner Tochter so oft gehalten hat. Und mit was? Mit Recht. Er erlebt solche Dinge immer wieder. Frauen, die unbedingt schwanger werden wollen und es einfach nicht werden und auf der anderen Seite blutjunge Mädchen, die es gleich beim ersten Mal unfreiwillig schaffen. Es ist eine seltsame Welt.

»Darf ich dir ein paar Fragen dazu stellen?«

»Ja«, sagt Julia.

»Hast du einen regelmäßigen Zyklus?«

Julia zuckt mit den Schultern. »Ich schätze schon.«

»Wie viele Tage liegen denn circa zwischen einer Monatsblutung und der nächsten?«

»Vielleicht sechsundzwanzig, siebenundzwanzig?«

Sie geht am Ende mit der Stimme hoch. Da weiß er,

dass sie keine Ahnung hat. Es bringt nichts, weiter nach-
zufragen.

»Du notierst dir nicht, wann du deine Regel hast?«

»Nein.« Sie klingt verlegen, als hätte sie etwas falsch
gemacht.

»Das ist kein Problem«, sagt er freundlich. »Wir werden
ohnehin gleich nachsehen.« Pause. »Weißt du denn, wann
deine letzte Blutung war?«

»Ja«, sagt sie. »Am 7. April.«

Herr Dr. Overbeck nickt. »Und das ist sicher?«, fragt er.

»Es war in den Osterferien«, sagt Julia verlegen, »wir
waren im Kino, und ich hatte Angst, dass man den Fleck
in meiner Jeans sieht.« Sie hält inne. »Oder auf dem
Polster.«

»Verstehe. Weißt du auch noch, wie lange sie gedauert
hat?«, fragt Herr Dr. Overbeck. »Nur ungefähr?«

»Vier Tage, vielleicht fünf.«

Er notiert alle Angaben in Julias Akte.

»Sehr gut«, sagt er, dann schaut er auf. »Und wie lange
bist du schon sexuell aktiv?«

Bei dieser Frage weicht Julia seinem Blick aus. Sie
führt die Hand zum Mund, so als wollte sie an ihren Nä-
geln kauen.

»Noch nicht so lang«, nuschelt sie, und es klingt wie
eine Frage.

»Geht das vielleicht etwas genauer?«, entgegnet Dr.
Overbeck, und Julia schluckt. »Der Grund, weshalb ich
das frage«, fährt er fort, »ist, dass der erste Geschlechtsverkehr einen erheblichen Einfluss auf den Hormonhaushalt haben kann. Es kommt also durchaus vor, dass sich

in den Folgewochen, manchmal sind es sogar Monate, der Zyklus verschiebt. Verstehst du?«, fragt er.

Julia sieht ihn an und nickt.

»Also? Wann kam es das erste Mal zu Geschlechtsverkehr?«

»Vor ziemlich genau zehn Wochen.«

In dem Moment, als sie das sagt, wird Jens Overbeck schlagartig klar, dass er weiß, mit wem sie geschlafen hat. Dass er sogar den Namen des Jungen kennt – er und alle anderen, die Julias Posts gelesen haben.

Er hätte das nicht tun dürfen, das wird ihm in diesem Moment klar. Andererseits war er deswegen ins Direktorat einbestellt worden. Weil seine Tochter angeblich etwas damit zu tun hatte. Doch hätte es in dem Zusammenhang nicht auch gereicht, stellvertretend nur einen der Einträge zu lesen? Er hat sie alle gelesen. So viele Worte, die ihn nichts angingen. Die Geheimnisse eines Mädchens, das nicht wusste, wem sie sich sonst anvertrauen sollte.

Herr Dr. Overbeck sieht Julia an. Und je länger er schweigt, desto unruhiger wird sie. Schnelleres Blinzeln, Lippen befeuchten, lautes Schlucken. Er sagt sich, dass er sich zusammenreißen muss, und faltet die Hände auf der Tischplatte.

»Ich habe noch ein paar abschließende Fragen, bevor ich dich gleich untersuche.« Julia atmet erleichtert aus. Sie muss die Luft angehalten haben. »Hast du bereits einen Schwangerschaftstest gemacht?«

Sie nickt. »Zwei«, sagt sie. »Aber die Ergebnisse waren nicht eindeutig.«

Julia ist völlig verkrampft. Ihre Hände sind kalt und ihr Nacken hart wie ein Brett. Sie sieht dabei zu, wie Lindas Vater etwas in ihrer Akte vermerkt.

Dann sagt er: »Sehr gut. Und wie lange bist du schon sexuell aktiv?«

Julia kann seinem Blick nicht standhalten, er fällt wie ein Stein in ihren Schoß. Bei *sexuell aktiv* muss sie an radioaktiv denken. Und dann an das Reaktorunglück vor ein paar Jahren in Japan. Diese Bilder vermischen sich mit denen von Leonard, wie er auf ihr liegt. Wann war das genau? Julia rechnet rückwärts. Sie sollte es wissen. Weiß man nicht das Datum von seinem ersten Mal? An dem Tag ist Julia zu Leonard gefahren, weil der versprochen hatte, ihr in Latein zu helfen. Sie hat genau gewusst, dass sie nicht Latein lernen würden. Sie hat nicht mal das Buch eingepackt. Aber sie hat daran gedacht, die schwarze Unterwäsche anzuziehen. Die mit der Spitze. Wann war das? Nach dem Umzug und kurz vor der Lateinschulaufgabe. Julia spürt Dr. Overbecks Blick. Eine Mischung aus wartend und ungeduldig. *Wie lange bist du schon sexuell aktiv?*

Julia schluckt, dann sagt sie endlich: »Noch nicht so lang.«

Ihr Herz schlägt schnell, sie spürt, wie ihre Wangen heiß werden.

»Geht das vielleicht etwas genauer?«, fragt Herr Dr.

Overbeck, und Julia schluckt. »Der Grund, weshalb ich das frage, ist, dass der erste Geschlechtsverkehr einen erheblichen Einfluss auf den Hormonhaushalt haben kann. Es kommt also durchaus vor, dass sich in den Folgewochen, manchmal sind es sogar Monate, der Zyklus verschiebt. Verstehst du?«, fragt er.

Julia nickt. Sie spürt etwas Leichtes in sich aufsteigen. Wie Luftbläschen.

»Also? Wann kam es das erste Mal zu Geschlechtsverkehr?«

»Vor ziemlich genau zehn Wochen.«

Darauf folgt Schweigen. Dr. Overbeck sieht sie an, aber irgendwie auch durch sie hindurch. Als wären sie von einer Glasscheibe getrennt, die auf einer Seite verspiegelt ist. Wie in einem Verhörzimmer. Er runzelt die Stirn, ein ernster Blick, fast vorwurfsvoll, der knapp an ihr vorbeigeht.

Julia weiß nicht, was sie sagen soll. Das leichte Gefühl in ihrem Brustkorb schwenkt um, so als wären die Luftblasen geplatzt. Ihr Mund ist trocken, sie schluckt laut, und das Geräusch ist ihr unangenehm.

Lindas Vater sieht sie an. »Ich habe noch ein paar abschließende Fragen, bevor ich dich gleich untersuche.« Julia atmet erleichtert aus. »Hast du bereits einen Schwangerschaftstest gemacht?«

»Zwei«, sagt sie dann. »Aber die Ergebnisse waren nicht eindeutig.«

»Okay.« Pause. »Wie haben du und dein«, Dr. Overbeck zögert, spricht dann aber weiter, »Freund denn verhütet?«

»Mit Kondomen«, sagt Julia.

»Da heißt, du nimmst nicht die Pille.«

»Nein.«

»Warst du denn schon mal beim Frauenarzt?«

»Ein Mal«, antwortet Julia.

»In Ordnung«, sagt Dr. Overbeck. »Da du mir keine Urinprobe geben konntest, werde ich gleich den Ultraschall machen. Oder kannst du inzwischen auf die Toilette?«

Julia schüttelt den Kopf. Sie hat fast nichts getrunken und so viel geschwitzt.

»Das macht nichts«, sagt Dr. Overbeck. »Ich hätte so oder so einen Ultraschall gemacht. Sollte das Ergebnis nicht eindeutig sein, können wir den Urintest immer noch nachholen.« Er lächelt. »Ich gehe aber nicht davon aus, dass das nötig sein wird.« Julia betrachtet sein Gesicht. Die Brille, die Lachfältchen um die Augen, den einfühlsamen Blick. Man merkt, dass er ein netter Mensch ist, ein guter Vater. Anders als ihrer. »Hast du denn noch irgendwelche Fragen?«

»Nein«, murmelt Julia. Sie fühlt sich seltsam leer, als sie das sagt. Als wäre sie nur eine Hülle auf einem Stuhl.

Dr. Overbeck erhebt sich von seinem und deutet auf den Vorhang neben sich. »Dann mach dich bitte untenrum frei.«

17:40 Uhr

Linda steht im Eingangsbereich der Praxis vor dem manns-hohen Aquarium, das das Wartezimmer vom Empfang ab-grenzt. Sie hat es schon immer geliebt, die Fische zu be-obachten. Manchmal saß sie als Kind stundenlang vor der blauen Weite, die aus ihrer damaligen Perspektive un-endlich schien. Sie sah dann schwangere Frauen kom-men und gehen, kleine Bäuche, große Bäuche, immense Bäuche – so prall wie Ballons, kurz bevor sie platzen.

Sie hat oft dort gesessen. Manchmal in der Kinderecke mit Buntstiften und Papier, manchmal mit Puzzles, aber meistens hat sie einfach nur den Fischen beim Schwim-men zugesehen und gedacht, dass es aussieht, als wür-den sie fliegen, ein schwebender Zustand der Zufrieden-heit, der sich irgendwann auf sie übertrug. Wenn ihr Vater sie dann bei der Hand nahm und sie nach Hause gingen, war sie glücklich. Als hätten sich ihre Sorgen im Wasser so lange verdünnt, bis sie irgendwann nur noch homöopathisch dosiert waren.

Linda holt die Klappleiter und das Fischfutter hinter dem Tresen hervor. Sie hat während des Wartens ein paar Zeitschriften durchgeblättert, den neuesten Klatsch aus dem britischen Königshaus überflogen – Herzogin Meghan hat sich mal wieder mit irgendetwas wahnsinnig Banalem un-beliebt gemacht –, und ein paar uninteressante Dinge über Hollywood-Stars gelesen – Blake Lively ist zum gefühlt zehnten Mal schwanger, und Timothée Chalamet, der einzige Schauspieler, für den Linda tatsächlich eine heimliche Schwäche hat – dieses Gesicht! –, wurde mit einer jungen Kollegin turtelnd in New York City gesichtet.

Aber gedanklich war Linda woanders. Nebenan. Bei Julia. Linda hat sich gesagt, dass es nicht ihr Problem ist. Dass es sie nichts mehr angeht. Dass sie ohnehin viel netter zu Julia gewesen ist, als die es verdient hat. Dass sie ihr nichts schuldet – ganz im Gegenteil. Wenn hier jemand jemandem etwas schuldet, dann Julia ihr.

Und bei diesem Gedanken wurde Linda schlagartig klar, dass es vorbei war. Sie hat das Magazin zur Seite gelegt und ins Leere geschaut, als würde dort geschrieben stehen, dass sie nicht mehr sauer ist. Nicht mehr verletzt. Dass dieser verkümmerte Teil in ihr endlich verheilt ist. Oder abgestorben. Allenfalls eine Narbe, die sich bei direkter Berührung seltsam und fremd anfühlt, aber nicht mehr wehtut.

Danach stand Linda eine Weile vor dem Aquarium. Sie hat ins Blau geblickt und sich von der Erkenntnis durchdringen lassen. Mehrere reglose Minuten lang, in denen sie gedämpft die Stimme ihres Vaters im Wechsel mit Julias hörte, jedoch ohne den Inhalt des Gesprächs mitverfolgen zu können.

Jetzt steht Linda auf der kleinen Trittleiter und füttert die Fische. Alle schwimmen an der Oberfläche, und ihre kleinen Mäuler schnappen gierig nach den halb durchsichtigen Flocken. Sie erinnern Linda an zerrissenes Löschpapier oder Konfetti in verblassten Farben.

Dann geht die Tür des Behandlungszimmers einen Spalt weit auf, und ihr Vater schaut heraus.

»Kleines, das hier dauert noch ein bisschen«, sagt er in einem tragenden Flüstern. »Könntest du kurz nach Hause gehen und für Julia irgendwas zum Anziehen holen? Du weißt schon, wegen dem Blut und allem?«

Linda steigt von der Leiter und klappt sie mit einer Hand zusammen, in der anderen hält sie das Fischfutter.

»Klar«, sagt sie.

»Und vielleicht bringst du auch noch ein paar belegte Brote mit.« Er runzelt die Stirn. »Du musst doch auch völlig ausgehungert sein ... wann hast du zuletzt was gegessen?«

Linda zuckt mit den Schultern. Eine Weile her. *Zweite Pause?*, denkt sie.

»Bring euch beiden was mit. Und bitte erklär deiner Mutter, was vorgefallen ist, ja?«

»Mach ich«, sagt Linda.

Ihr Vater lächelt sie an und schließt die Tür. Und dann geht Linda hinaus wie in eine andere Welt. Die Sonne ist goldener als zuvor und die Schatten länger. Lindas ist wie der eines Riesen zu ihren Füßen. Ihr Handy vibriert. Sie sollte Momo endlich zurückrufen. Was Linda macht, ist nicht okay. Es liegt an ihrem schlechten Gewissen. Daran, dass das, was sie getan hat, Momo verletzen würde, wenn sie es wüsste. Linda würde nie etwas tun, das Momo verletzt. Aber sie hat es getan. Und sie bereut es nicht. Zwei Wahrheiten, die einander in der Theorie unumstößlich ausschließen, es in der Realität aber nicht tun.

Linda zieht ihr Handy aus der Tasche. Neben Momos zahllosen unbeantworteten Anrufen und Nachrichten leuchtet ihr eine von Edgar entgegen. Angekommen vor einer Minute. Linda öffnet sie.

EDGAR ROTHSCHILD:
Einmal abgesehen davon, dass du mich heute
versetzt hast – ich saß eine geschlagene Stunde
bei deinem Scheißfahrrad –, wollte ich nur mal
fragen, ob Julia und du einen schönen Nachmittag hattet. Und komm mir bloß nicht mit irgendwelchen beschissenen Ausreden. Ich habe euch
in dem Taxi gesehen.

Verdammt. Linda schließt einen Moment lang die Augen.
Dann ruft sie Edgar an.

Es klingelt ein Mal, dann ein Klicken, dann Edgars
Atem.

»Es tut mir leid«, sagt Linda, bevor Edgar etwas entgeg-
nen kann, »ich war bereits auf dem Weg zu dir, aber dann
habe ich gesehen, wie eine Gruppe Mädchen auf Julia losgegangen ist. Und damit meine ich, *so richtig* losgegangen.« Linda sieht Julia auf dem Boden knien. »Scheiße
Edgar, eine von denen hat ihr die Nase gebrochen.«

»Was?«, fragt Edgar geschockt. »Julia? Jemand hat
Julia die Nase gebrochen?«

»Ja«, sagt Linda.

»Wer?«

»Ich weiß nicht, wie sie heißt. Irgendein Mädchen. Ich
glaube, sie ist eine von denen aus den Beiträgen von
heute.«

Kurz ist es still. Nur Lindas Schritte als kleines Geräusch auf dem Gehweg.

»Das glaub ich ja nicht«, sagt Edgar leise, während

Linda überlegt, wie sie das Thema wechseln könnte. Sie sucht nach einer Möglichkeit, nicht auch noch die Taxifahrt erklären zu müssen. Sie will Edgar nicht anlügen, aber sie kann ihm auch nicht davon erzählen. »Wie geht es ihr jetzt?«, fragt Edgar zögernd, so als sollte ihn das nicht interessieren.

»Na ja, ich würde sagen, den Umständen entsprechend«, antwortet Linda vage. »Aber sie muss wohl nicht operiert werden.«

»Das ist gut«, sagt Edgar, und Linda hört, dass er gern mehr sagen würde. Dass es ihn belastet, Julia nicht mehr mögen zu dürfen. Und dass er es trotz allem noch tut. Weil man nicht einfach mit etwas aufhört, nur weil es sinnvoll wäre. Ein paar Sekunden lang ist es still zwischen ihnen, ein lautloses Verständnis, das keine Worte braucht. Dann sagt Edgar: »Wenn du bis eben unterwegs warst, dann hast du den neuesten Beitrag noch gar nicht gesehen, oder?«

»Es gibt einen neueren als den von heute Morgen?«, fragt Linda und biegt in ihre Straße ab. Sie sieht das Spitzdach ihres Hauses zwischen den Bäumen wie eine Hand, die ihr zuwinkt.

»Ja«, sagt Edgar. »Ist vorhin online gegangen. Vor einer Stunde oder so.«

Linda atmet hörbar ein. »Ich glaube, ich will nicht wissen, um wen es geht.«

»Du weißt, um wen es geht«, erwidert Edgar.

Linda bleibt abrupt stehen, dann sagt sie: »Nein.«

Und Edgar sagt: »Doch.«

17:44 Uhr

Julia wünschte, sie hätte heute Morgen ein längeres T-Shirt angezogen. Eines, das sie wenigstens ein bisschen bedeckt. Aber ihr Kopf war die letzten Tage woanders. Zu voll mit ausgefransten Gedanken und Ängsten. Sie hat nicht daran gedacht, wie es sich anfühlen würde, barfuß und halb nackt den Behandlungsraum des Frauenarztes zu durchqueren. Jetzt spürt sie den Holzboden ungewohnt deutlich unter ihren Füßen, ihn und die kühle Luft, die ihre Waden umgibt, die Nacktheit ihres Pos und ihrer Scham. Zum ersten Mal versteht Julia, warum man sie so nennt: Scham. Der Moment hat etwas Unwirkliches. So wie der gesamte Tag. Wie wahllos zusammengeworfene Schnipsel, die nicht zu ihrem Leben passen.

Julia setzt einen Fuß vor den anderen. Und ihr Körper scheint irgendwie weiter weg zu sein. Als würde sie sich aus ein paar Metern Entfernung selbst dabei beobachten, wie sie durchs Zimmer geht, beide Hände am Saum des vollgebluteten T-Shirts, die versuchen, es herunterzuziehen, der Stoff, der sich zwar dehnt, aber nichts verdeckt. Niemals zuvor hat sie sich so nackt gefühlt wie jetzt. So entblößt. Es fühlt sich an, als wären ihre Sinne aufgedreht. Als hätte jemand sie lauter gemacht. Der Geruch intensiver, eine Mischung aus desinfiziert und warm mit einer Spur Leder, die Temperatur kühl, trotz der Hitze draußen, die Farben satter, das Grün der Topfpflanzen vor den mit Folie überzogenen Fenstern, damit niemand hereinsehen kann, das glänzende Untersuchungsbesteck aus Chirurgenstahl, das auf einem hohen Tisch neben dem Gynäkologenstuhl steht, dem Julia sich mit wild klopfendem Herzen nähert. Sekunden, die ihr wie Minuten erscheinen, Meter, die sich endlos ausdehnen. Füße, die wie in Morast versinken, schwere Anker, die sie davon abhalten wollen, weiterzugehen.

Dr. Overbeck dreht sich zu ihr um. Er lächelt sie an. Und Julia fällt auf, dass er ihr nur in die Augen sieht. Ein fester, freundlicher Blick, auf eine Art väterlich, die ihr seltsam nahegeht. Ihr eigener Vater wird niemals wissen, was hier passiert. Sie wird es ihm nie erzählen. Aber Lindas Vater weiß alles.

Er zieht Gummihandschuhe an und deutet auf den Untersuchungsstuhl, die Liegefläche ist von weißem Papier bedeckt. Wie von einer riesigen Küchenrolle.

»Setz dich«, sagt Dr. Overbeck.

Julia tut, was er sagt. Sie hat eiskalte Finger.

»Noch ein bisschen weiter vor.«

Sie rutscht mit dem Becken bis zur Kante.

»Ganz genau so«, sagt Herr Dr. Overbeck und nimmt auf einem kleinen Rollhocker Platz. »Und jetzt nur noch die Fersen in diese beiden Vorrichtungen.«

Er zeigt darauf. Zwei graue Plastikbügel, die Julia zwingen, ihre Beine weit zu öffnen. Sie schluckt und lehnt sich zitternd zurück. Ihre Beine zittern, ihre Knie, ihre Hände. Sie versucht, sich zu entspannen, doch es gelingt ihr nicht. Was, wenn sie wirklich schwanger ist? Was, wenn Dr. Overbeck ihr das gleich bestätigt? Wenn er sagt: *Es tut mir leid, dir das sagen zu müssen, aber …* Julia bricht der Schweiß aus. Tausend Bilder und Sätze schießen ihr durch den Kopf. Sie ist nicht schwanger. Sie kann nicht schwanger ein. Sie haben verhütet. Jedes Mal. Julia schließt kurz die Augen. Sie will einfach nur nach Hause. Ein *Alles-ist-gut* und dann runter von diesem Stuhl, auf dem sie sich ausgeliefert fühlt, gefangen in einem Moment, der endlos scheint. Als würde sie fallen und fallen und fallen.

Heiße Tränen rollen über ihr Gesicht. Und auf einmal fühlt sie sich entsetzlich klein. Verletzlich wie ein Kind. Als sollte sie nicht hier sein. Weder in dieser Situation noch auf diesem Stuhl. Als wäre sie zu jung für das alles. Zu jung und viel zu nackt.

Julia atmet einmal abrupt ein, kein ganzes Schluchzen, aber fast. Dann wischt sie sich möglichst unauffällig mit dem Handrücken über die Wangen. Dr. Overbeck soll nicht sehen, dass sie weint. Seltsam, dass es ihr selbst in diesem Augenblick nicht egal ist, was andere von ihr denken.

»So«, sagt Dr. Overbeck, »dann schauen wir mal nach.« Es sind routinierte Abläufe, Bewegungen, die er schon viele Hundert Male gemacht hat, vielleicht noch öfter. Er greift nach einem Gerät, das aussieht wie ein sehr dünner, starrer Vibrator, der über ein Kabel mit einem schwenkbaren Bildschirm verbunden ist. Dann stülpt er ein Kondom darüber.

»Ist bei deinem ersten Frauenarztbesuch ein vaginaler Ultraschall gemacht worden?«

Als Julia nicht antwortet, schaut Dr. Overbeck auf, und sie schüttelt den Kopf.

»Okay«, sagt er ruhig. »Ich werde ganz behutsam vorgehen, es wird nicht wehtun, das verspreche ich.«

Julia mustert den langen Stab und kann sich nicht vorstellen, dass das stimmt. Sie will das nicht. Nichts davon.

»Gibt es denn nicht auch einen Ultraschall auf dem Bauch?«, fragt sie mit brüchiger Stimme.

»Doch, den gibt es«, antwortet Dr. Overbeck, während er nach einer Tube greift und Gleitgel auf dem Stab verteilt. »Aber der würde uns in diesem Stadium nicht weiterhelfen. Diese Art des Ultraschalls macht man erst im späteren Verlauf einer Schwangerschaft.« Er rollt mit dem Hocker zwischen Julias Beine, ein Mundschutz bedeckt jetzt die Hälfte seines Gesichts. Nur seine Augen sind zu sehen. Dann sagt er: »Versuch, dich zu entspannen und ruhig zu atmen.« Julias Magen rumort laut in die angespannte Stille, ihre Muskeln ziehen sich alle gleichzeitig zusammen. Dann spürt sie das kühle Gel zwischen ihren Beinen und hält unwillkürlich den Atem an. »Zwei Minuten«, sagt Dr. Overbeck. »Dann hast du es geschafft.«

1366-3 // veröffentlicht von Julia Nolde

Sie hat mich dick genannt. Natürlich nicht direkt, weil Marlene nie etwas direkt macht, immer nur zwischen den Zeilen, immer nur angedeutet, genau so, dass sie am Ende sagen kann, dass sie das nicht gesagt hat. Ich hasse es, wenn jemand so ist. Wenn jemand so gar nicht zu dem stehen kann, was er denkt. Andererseits – tue ich das nicht auch? Ist das gerade nicht exakt, was ich mache? Meine Gedanken aufschreiben, weil ich sie nicht aussprechen kann? Nicht mal vor meiner angeblich besten Freundin? Weil ich gelernt habe, meine Meinung außerhalb des Internets nur zu denken und lieber nicht zu vertreten? Nein, niemand wird gern kritisiert. Wir wären gern alle perfekt. Und Marlene noch perfekter. Ich sollte ihr das alles ins Gesicht sagen. In ihr verlogenes Gesicht. Direkt zwischen die Augen.

Solange ich denken kann, war es immer das Gleiche. Ganz egal, was vorgefallen ist, es hatte nichts mit ihr zu tun. Dann war jemand eben zu empfindlich oder jemand hat etwas falsch verstanden, so hat sie es jedenfalls nicht gemeint. Natürlich nicht. Weil Marlene keine Fehler macht. Sie trägt keine Schuld. Was völlig absurd ist, denn ich kenne niemanden, der schuldiger ist als sie. Einmal abgesehen von mir vielleicht.

Eigentlich ist es albern, ich weiß sogar, dass es albern ist, aber nach diesem Blick von vorhin werde ich meinen neuen Pullover vermutlich nie wieder anziehen. Vor einer halben Stunde fand ich ihn noch richtig gut. Eng, aber nicht zu eng. Und auf die Art tailliert, dass man sieht, dass ich eine Taille habe. Endlich mal etwas, das nicht geschnitten ist wie ein Sack. Ich fand nicht nur den Pullover schön, ich fand *mich* in dem Pullover schön. Bis Marlene den Kopf schräg gelegt und mich mit diesem seltsam prüfenden Blick gemustert hat. Es war ein *Und-du-denkst-wirklich-du-kannst-so-was-tragen?-Blick.* Sie hat kein Wort gesagt. Ihre Lippen waren versiegelt, aber ihre Augen haben Bände gesprochen. Ein perfekt platzierter Schlag, ohne sich die Hände schmutzig zu machen.

Ich weiß, dass Marlene sich so verhält, weil sie Komplexe hat. Im Grunde absurd bei einem Mädchen, das, wie sie, von außen betrachtet nahezu perfekt ist. Sie könnte ein Model sein. Und dann auch noch klug und witzig. Mit einem androgynen Körper, an dem alles genau so fällt wie an einer verdammten Schaufensterpuppe. Mit Beinen, die mir fast bis zum Hals reichen und diesem markanten Gesicht, knabenhaft schön mit vollen Lippen. Eines von den Gesichtern, die man nicht vergisst. Aber sie hat für jeden ein anderes. Genau das, das von ihr erwartet wird, im Guten wie im Schlechten. Ihr echtes ist eine Fratze, das kaum einer kennt. Manchmal glaube ich, sie hat sich so sehr an die Lüge gewöhnt, dass sie sie mittlerweile selbst glaubt. Als wäre das, was man nicht sieht, auch nicht wahr. So wie die Furchen und Narben, die sie jeden Morgen so akribisch abdeckt. Es ist die Arbeit einer Maskenbildnerin. Und der eigentliche

Grund, warum sie noch nie einen Freund hatte. Nicht mal das gibt sie zu. Die Gründe, die sie nennt, sind vielfältig und gelogen: »Ich habe keine Zeit für einen Freund.« »Ich mag keinen von diesen Idioten.« »Ich stehe einfach mehr auf ältere Jungs.« Alles Ausreden. Ich kenne niemanden, der so einsam ist wie Marlene. So verloren in so viel Nichts.

Ich hatte lange Verständnis dafür. Für sie in ihrer verlogenen Welt. Wie könnte sie auch anders sein? Bei einer Familie, die nach außen hin so vollkommen ist, und im Inneren so verfault. Eltern, die nur deswegen zusammen bleiben, weil sie das Aushängeschild eines Familienunternehmens sind. Ein eingespieltes Team. Eine Erwartung, die erfüllt werden muss. Während sie seit mehreren Jahren heimlich eine Beziehung mit dem Finanzberater der Firma hat und er in ständig wechselnden Affären mit irgendwelchen Mädchen ist, die nicht viel älter sind als seine eigene Tochter. Es ist abartig.

Manchmal glaube ich, Marlene dachte, wenn sie nur alles richtig macht, wenn sie nur perfekt genug ist, wenn sie für sie alle lächelt, kann sie ihre Familie zusammenhalten. Bei den Abendessen sorgt sie für Heiterkeit. Und Leonard ist ihr Wingman. Der, der bei den passenden Stellen lacht und ihr den Rücken stärkt. Oft saß ich mit am Tisch, und es war einfach grotesk. Ich meine, meine Familie ist auf ihre Art genauso kaputt, wie ein Bild, das in der Mitte durchgerissen wurde. Und manchmal bricht die Kruste unvermittelt auf, und dann blutet es. Aber immerhin ist das ehrlich. Es hat etwas Säuberndes. Wie Gift, das aus der Wunde gespült wird.

Bei den Mellers bleibt es unter Verschluss. Versteckt hinter gutem Geschmack und geschminkten Gesichtern, kaschiert von Geld und teuren Möbeln und einem Haus, das jedem, der es das erste Mal sieht, den Atem verschlägt. Und das i-Tüpfelchen sind die Zwillinge, ein Junge und ein Mädchen, so hübsch, dass die beiden nicht selten bei ihrem Gegenüber eine seltsame Form der Rührung auslösen. So blond und groß und richtig. Alles so richtig. Ein Vater, der golft, und eine Mutter, die sich für wohltätige Zwecke einsetzt. Die ihre Schlafzimmer und Konten vor langer Zeit getrennt haben, weil sie sich eigentlich schon seit Jahren nicht mehr über den Weg trauen.

Ich habe nie ganz verstanden, wie das Spiel funktioniert, diese Inszenierung, die vom Außen lebt. Vom guten Eindruck. Von dem, was andere denken. Oder davon, was wir denken, dass sie denken. Diese Gruppe von Fremden, denen sich jeder so bereitwillig unterwirft. Marlene beherrscht dieses Spiel bis zur Perfektion. Sie kennt die Regeln. Sie weiß, was zu tun ist. Und so versteckt sie seit Jahren ihre Akne-Narben hinter Make-up-Schichten, deren Schein jeden trügt. Und dazwischen lässt sie sich von ihrer Mutter zwei Mal die Woche klammheimlich zur Kosmetikerin bringen. Jedes Mal begleitet von Sätzen wie: »Es muss ja nicht jeder wissen, wie du wirklich aussiehst.«, oder: »Also, als ich in deinem Alter war, hatte ich eine ganz wunderbare Haut.«, oder: »Ich weiß ja nicht, woher du das hast. Von mir sicher nicht.«, oder: »Ach, meine Süße, du könntest so hübsch sein. Es ist so schade.«

Ich weiß, dass Marlene hinter ihrer Maske und ihrem Lächeln ein anderer Mensch ist. Ein Wesen, das ich liebe wie eine Schwester. Unsicher und echt und verletzlich. Und auf eine berührende Art klein, jemand, den man umarmen will. Wenn mir diese Marlene ungeschminkt und lachend gegenübersitzt, ist sie unbeschwert und frei. Bis dann die Tür zu ihrem Zimmer aufgeht und ihre Mutter sie mit diesem Blick ansieht. Diesem *Du-hast-dich-nicht-geschminkt*-Blick. Als wäre das Gesicht ihrer Tochter unerträglich für sie. Jedes Mal steht Marlene dann sofort auf und verschwindet im Bad. Anstatt ihr einfach mal zu sagen, dass sie sich ins Knie ficken soll. Dass es reicht. Ich wollte schon so oft etwas sagen. Aber nie tue ich es. Stattdessen sehe ich seit Jahren dabei zu, wie Marlene ihr Gift in kleinen Dosen schluckt. Wie sie versucht, den Ansprüchen ihrer Mutter zu genügen, und dauernd daran scheitert. Und all die Wut, die sie in sich trägt, nimmt sie Tag für Tag mit in die Schule und lässt sie dort an allen aus, die anders sind. Ganz die Tochter ihrer Mutter.

Solange ich ihr gehört habe – und ich habe lange ihr gehört –, war es zwischen uns meistens gut. Es war okay, dass ich reine Haut habe und einen größeren Busen, weil ich in allem anderen schlechter war als sie. Und weil ich jahrelang bereitwillig in ihrem Schatten stand. Erst die Sache zwischen Leonard und mir hat uns entzweit. Und vielleicht auch ein Stück weit, dass ich sie wegen Jessica kritisiert habe. An dem Tag ist mir klar geworden, dass ich keine eigene Meinung haben darf, jedenfalls keine, die zu sehr von ihrer abweicht. Aber der eigentliche Todesstoß für unsere Freundschaft war ihr Bruder. Als wäre ich ihr Lieblingsspielzeug, und er hat es ihr weggenommen. Das ist das Seltsame an den beiden. Sie würden sich gegenseitig ohne mit der Wimper zu zucken eine Niere spenden, brauchen aber zwei Ladekabel, weil sie sich das einfach nicht teilen können. Ich war wie dieses Ladekabel.

Jahrelang habe ich bei Marlene im Bett geschlafen, wir haben uns alles erzählt und irgendwann damit aufgehört. Davor waren es immer sie und ich. Und auf der anderen Seite sie und Leonard. Marlene stets in der Mitte, der Dreh- und Angelpunkt. Ein Mädchen, das im Kern gut ist und mit jeder Schicht schlechter wird. Leonard und ich standen auf Platz zwei und drei neben ihrem Siegertreppchen. Marlene war die mit den besten Noten, die, die Geige und Cello spielt, die, die sich außerschulisch engagiert, die, die freiwillig im Unternehmen der Eltern mithilft, die, die klammheimlich ab und zu raucht, weil es ihre Mutter stören würde, wenn sie davon wüsste, die, die niemals schwimmen geht oder einem Jungen näher kommt, weil ihre rot-vernarbten Wangen auf keinen Fall das Haus verlassen dürfen, und die, die auf Uni-Partys geht und sich dann angetrunken von irgendwelchen Studenten abschleppen lässt, weil die fremd genug sind, um ihr egal genug zu sein.

Marlene war zwei Mal verliebt und hat beide Male so getan, als wäre es nicht so. Bei Jan hat sie mir noch davon erzählt, bei Tom nicht mehr. Da vermute ich es nur, wegen der Art wie sie ihn anschaut. Ich glaube, ihre Mutter würde der Schlag treffen, wenn Marlene mit einem Schwarzen nach Hause käme.

Eigentlich kann Marlene einem leid tun. Und lange hat sie mir leid getan, weil ich weiß, wie es in ihr aussieht. Weil ich weiß, wer sie wirklich ist. Das ist der Grund, warum ich immer geblieben bin. Doch mittlerweile glaube ich, dass die Marlene, die ich mal so sehr mochte, längst unter den vielen Schichten ihrer Lügen erstickt ist.

18:12 Uhr

Leonard erwartet, seine Schwester weinend in ihrem Zimmer vorzufinden, als er an ihre Tür klopft. Er kann sich gar nichts anderes vorstellen – nicht nach dem, was er eben gelesen hat. Ursprünglich hatte Leonard sich vorgenommen, Julis blöde Posts zu ignorieren und so zu tun, als hätten sie keine Bewandtnis für ihn oder sein Leben. Aber nachdem Gustav geschrieben hat: *Also den solltest du dir unbedingt anschauen*, hat er es doch getan. Eine Entscheidung, von der er noch immer nicht recht weiß, ob sie richtig war oder falsch. Er hasst seine Neugierde. Wieso auch etwas Beachtung schenken, von dem man genau weiß, dass es einem nicht guttut? Trotzdem hat Leonard den Beitrag über seine Schwester gelesen. Über sie und seine Familie. Und es stimmt, einige von Julis Beobachtungen sind nicht von der Hand zu weisen, so ungern er das auch zugibt. Mehr noch, sie sind schmerzhaft akkurat. Eine genaue Beschreibung eben jener Fassade, die er selbst seit so vielen Jahren verachtet. Leonard saß an seinem Schreibtisch und hat Satz für Satz gelesen. Wahrheit für Wahrheit. Und als er fertig war, ist er aufgestanden, um nach Lene zu sehen. Weil er sie trösten wollte. Weil in seiner Vorstellung die einzig mögliche Reaktion auf so einen Text ein Zusammenbruch wäre.

Aber Lene weint nicht. Sie sitzt auf ihrem Bett mit dem Rücken zur Wand, und der Ausdruck in ihrem Gesicht ist seltsam ungerührt, so als hätte sie keine Ahnung, was passiert ist. Sie hört ein bedrückend schönes Lied, das Leonard mit Juli verbindet. »All of them Dreams« von Tom Rosenthal. Juli hat es ihm neulich vorgespielt, kurz nachdem sie miteinander geschlafen hatten. Ein Moment, in dem er sich vollkommen gefühlt hat. Als er das denkt, sieht Lene plötzlich auf und ihn an. Mit einem abgeklärten Blick, der sie irgendwie fremd erscheinen lässt. Wie ihr Gesicht, nur mit anderen Augen.

»Weißt du davon?«, fragt er vorsichtig.

»Du meinst von dem Eintrag?«, sagt sie tonlos. »Ja, davon weiß ich.«

Leonard stutzt. »Und du bist okay?« Die Frage erscheint ihm seltsam, denn sie ist offensichtlich okay. Viel zu okay.

Lene nickt.

»Wie kannst du okay sein?«, fragt er und schüttelt den Kopf.

»Sie hat doch recht oder etwa nicht?«

Leonard steht da und weiß nicht, was er darauf sagen soll. Ja, vielleicht hat sie recht. Bestimmt sogar. Vermutlich hatte Juli auch bei ihm recht. Er hat sie nie gefragt, ob es ihr im Bett gefällt. Weil es ihm peinlich gewesen wäre, es anzusprechen. Und unangenehm.

»Siehst du«, sagt Lene, »du findest auch, dass sie recht hat.«

»Nein, finde ich nicht«, antwortet er.

»Doch, das tust du«, sagt sie.

Leonard lässt die Klinke los, betritt das Zimmer und schließt dann die Tür hinter sich.

»In Bezug auf unsere Eltern, ja«, sagt er. »Da hat sie recht.«

»Nicht nur in Bezug auf unsere Eltern«, sagt Lene.

Leonard setzt sich unbequem auf die Bettkante.

»Ich verstehe einfach nicht, wie du so ruhig sein kannst«, sagt Leonard, und Lene sagt nichts. Sie sitzt einfach nur da und schaut ihn aus leeren Augen an. »Das muss dich doch treffen.«

»Es tut es auch«, sagt sie. »Mehr, als du dir vorstellen kannst.«

Die anderen

Jessica: Als ich den Eintrag über mich gelesen habe, bin ich einfach ausgeflippt. Ganz ehrlich, ich habe noch nie jemanden körperlich angegriffen. So bin ich nicht. Aggressiv, meine ich. Und ich weiß, dass es nicht okay war. Natürlich war es nicht okay. Ganz egal, was sie geschrieben hat, ich hätte das nicht tun dürfen. Aber ich habe nicht nachgedacht. Plötzlich stand sie da in diesem Flur, sie ist einfach an mir vorbeigegangen, so als wäre nichts gewesen. Und da bin ich ausgetickt. Mir ist klar, dass das nach einer Ausrede klingt, aber das war nicht *ich*. Also, natürlich war es ich. Aber eben nicht ich, wie ich wirklich bin. Ich würde *nie* jemanden schlagen. Und dass ich ihr die Nase gebrochen habe, tut mir leid. Ich meine, keine Ahnung, ich weiß doch noch nicht mal, wie man jemanden schlägt.

Moritz: Irgendwie ist es doch verrückt, dass das alles solche Ausmaße annimmt. Klar, der Eintrag über Jessi und die anderen war krass. Ich meine, Scheiße, wer will sich schon als Speichellecker oder als armselige Kreatur bezeichnen lassen. Ich verstehe das, ehrlich. Aber Julia deswegen gleich die Nase zu brechen ist schon ein bisschen viel. Klar, es war keine Absicht, ich weiß, aber so eine Nase bricht ja nicht von allein. Jessi meinte, sie wollte es nicht. Dass sie völlig neben sich stand. Und das glaube ich ihr. Sie war total fertig, als sie mich angerufen hat. Trotzdem ist es irgendwie seltsam oder nicht? Ich meine, da schreibt irgendein Mädchen ein paar Gedanken auf, und alle verlieren den Verstand. Da stimmt doch was nicht.

Jetzt mal ehrlich, es ist mir total egal, was Julia Nolde denkt. Warum interessiert das alle so? Haben die kein eigenes Leben?

Elisabeth: Ob Julia es verdient hat, was gerade passiert? Ich weiß nicht, kann schon sein. Also, unschuldig ist sie ganz sicher nicht. Die anderen haben es auf jeden Fall verdient. Allen voran Leonard, dieses Arschloch.

Gustav: Also, ich habe mich ja ziemlich lang mit meiner Freundin über die ganze Sache unterhalten. Und es stimmt ja irgendwie auch, was Julia über Jessica und die anderen Idioten geschrieben hat. Klar war es nicht okay, was Marlene mit Jessica abgezogen hat, genau genommen, war es total daneben, aber sie hätte ja auch Nein sagen können. Ich meine, verdammt, was hätte Marlene schon machen sollen? Etwa ihr die Nase brechen? *Ein hämisches Grinsen.* Tut mir leid, das war unpassend. Na ja, wie auch immer. Als dann der Eintrag über Marlene online ging, meinte meine Freundin: »Also ich glaube ja, sie hat ihn selbst veröffentlicht.« Und mein erster Impuls war, warum zur Hölle sollte ein Mädchen wie Marlene Meller so etwas über sich selbst posten? Verdammt, sie ist eine Göttin. Aber dann habe ich darüber nachgedacht, und auf eine ziemlich abgefuckte Art und Weise macht es Sinn. Ich meine, Marlene ist ein total besitzergreifender Typ. Vor allem, was ihren Bruder angeht. Gott, der ist mehr oder weniger ihr Eigentum. Ich hab es nur zwei oder drei Mal am Rande mitbekommen, aber wenn es um ihn geht, kann sie echt zur Furie werden. Es scheint erst mal nicht wirklich logisch, dass Marlene Leo so etwas antun würde, das gebe ich zu. Aber dann hat meine Freundin gesagt, dass Marlene ihrem Bruder genau genommen ja gar nichts angetan hat. Ganz im Gegenteil. Im Grunde hat sie nur dafür gesorgt, dass er die Wahrheit erfährt, nämlich, dass sein Mädchen ihn verarscht. So gesehen, hat sie ihm fast einen Gefallen getan. Ja, gut, ein bisschen weit hergeholt die Theorie, aber irgendwie auch wieder nicht. Jedenfalls nicht, wenn man so tickt wie Marlene. Und ich glaube, man muss so ticken wie sie, um so was durchzuziehen. Man muss klug sein. Und gerissen – Marlene ist beides. Und zielstrebig. Unglaublich zielstrebig. Wenn die Frau was will, dann kriegt sie es auch. Das war immer so. Und Gott, den Eintrag über sich selbst zu posten wäre ein Geniestreich. Mal ehrlich, wer glaubt jetzt noch, dass sie es war? Sie ist das perfekte Opfer. Und das nicht nur wegen dem, was Julia geschrieben hat – ich meine, über die Mutter. Das kann ich im Übrigen nur bestätigen, die Frau ist eine blutleere Hexe. Eine von denen, die immer lächeln. Ernsthaft, die lächelt immer. Ich glaube, die kann ihr Gesicht gar nicht mehr entspannen. Ich kenne die Mellers ja schon echt lange. War schon oft dort. Wir sind wirklich eng, Leo und ich. *Kurze Pause.* Jetzt habe ich den Faden verloren. Wo war ich eben? Ach ja, ich weiß wieder. Die Einzige, die wirklich von dieser ganzen Nummer profitieren würde, ist Marlene. Wenn sie die Einträge veröffentlicht hat, und je länger ich darüber nachdenke, desto sicherer bin ich mir, dass sie es war, dann weiß auf einmal jeder, warum sie immer so kaltschnäuzig und gemein zu allen gewesen ist. Ein richtiges Biest. Weil sie zu Hause selbst das Opfer war. Und das ist etwas, das echt jeder versteht. Gott, ich meine, es ist genial, oder? Die, die gemobbt hat, ist auf einmal das Mobbingopfer. Auf so etwas muss man erst mal kommen. *Er lacht.* Oder? Dass die Täterin plötzlich bemitleidenswert ist. Und zur selben Zeit hätte Marlene sich auch noch an Julia für die Einträge gerächt, die die über sie geschrieben hat. *Und* sie bekommt ihren Bruder zurück. Wenn das mal nicht durchdacht ist. *Ein anerkennendes Nicken.* Marlene ist klug. Echt klug. Sie könnte so was bringen. *Pause.* Außerdem würde das endlich erklären, warum sie nie was von mir wollte. Ich meine, jetzt ergibt es Sinn, mit ihrer hässlichen Haut und allem.

18:30 Uhr

Die Musik ist leise wie ein Flüstern aus den Lautsprechern, sie läuft nebenher wie bei einem Film. Als würde sie, so paradox das auch klingt, die Stille des Moments beschreiben. Die Schwere. Und seine Bedeutsamkeit. Sie sitzen alle drei in Gedanken versunken im Wagen von Lindas Vater. Und alles ist durchdrungen von ihrem Schweigen. Die Sitze, die Luft, die staubigen Fenster. Wäre das gerade eine Filmszene, läge ein bläulicher Filter über allem. Linda malt es sich aus. Zeitlupe, Sonnenstrahlen, Wind, der ihr durchs Haar wirbelt, Großaufnahmen ihrer Gesichter, nur Augen, Nasen und Münder. Spiegelbilder ihrer Seelen in flüchtigen Blicken. Das Einzige, was nicht so recht passt, ist Julias gebrochene Nase. Und das Kopfsteinpflaster. In Lindas Vorstellung müssten sie dahingleiten wie auf Eis, ganz kurz vor schwerelos. Das Holprige macht es irgendwie zu real. Wie eine Erinnerung daran, dass das gerade das echte Leben ist. Die Geschichte eines Menschen – oder auch die von dreien.

Aber wenn es nun doch ein Film wäre, und wenn Linda einen passenden Song für den Moment auswählen dürfte, wäre es »Otherside« von Perfume Genius. Melancholisch, einnehmend und ein kleines bisschen pathetisch. Es wäre der perfekte Song. Er hat dieselbe innere Spannung. Aufgeladen wie die Atmosphäre, kurz bevor es blitzt. Und gleichzeitig ist er irgendwie beruhigend.

Linda sieht durch die Frontscheibe auf die Straße, im Augenwinkel bemerkt sie, wie ihr Vater sich die Brille ein Stück die Nase hochschiebt, so wie er es alle paar Minuten tut, ohne es wahrzunehmen. Er schaut konzentriert und nachdenklich, beide Hände am Steuer. Julia sitzt reglos auf dem Rücksitz, so reglos, dass man fast meinen könnte, sie wäre nicht mehr da – und gleichzeitig ist sie so präsent, als wäre das Auto voll mit ihr.

Linda will sich gerade nach Julia umdrehen, als ihr Handy vibriert. Sie schaut wie abgerichtet auf das erleuchtete Display in ihrem Schoß und liest Edgars Namen. Daneben nur ein Satz.

> EDGAR ROTHSCHILD:
> **Was ich vorhin vergessen habe: Ich glaube, Momo ahnt etwas.**

Die Ampel wird rot, Lindas Vater hält an und setzt den Blinker. Tick Tock Tick Tock Tick Tock. Momo ahnt etwas. *So eine Scheiße*, denkt Linda. Es vibriert erneut. Wieder Edgar:

> EDGAR ROTHSCHILD:
> **Denk an unseren Deal.**

Und Linda schreibt zurück:

> LINDA O' LINDA:
> **Das mache ich.**

Es wird grün, und ihr Vater fährt los.

»Könntest du mich im Anschluss bei Momo vorbeifahren?«, fragt Linda, und ihre Stimme wirkt seltsam laut in der abgestandenen Stille.

»Klar«, sagt ihr Vater müde.

»Aber nur, wenn es kein Problem ist.«

»Ist es nicht, Kleines«, antwortet er und legt seine Hand in ihren Nacken. Linda mag es, wenn er das tut. Es ist das sicherste Gefühl der Welt. Eine ganz besondere Wärme, so als gäbe es die nur in seiner Hand. Oder nur dann, wenn seine Hand ihren Nacken berührt.

»Danke«, sagt Linda.

»Keine Ursache«, sagt ihr Vater.

Sie biegen links ab, passieren einen riesigen Lidl-Parkplatz und fahren unter einer Bahntrasse hindurch. Linda fühlt sich wie in einer anderen Stadt. Als wäre sie plötzlich in Berlin. Ihr Vater bremst ab und fährt langsam weiter. »Welches Haus ist es?«, fragt er und schaut über den Rückspiegel zu Julia.

»Das da vorne an der Ecke«, sagt sie und zeigt darauf.

Lindas Vater fährt weiter, dann hält er in zweiter Reihe und stellt den Motor ab.

»Soll ich dich begleiten?«, fragt er ruhig.

Julia schüttelt den Kopf. »Aber danke«, sagt sie. Und nach weiteren zwei Sekunden: »Für alles.«

Lindas Vater nickt. Eine kleine Geste, die mehr Menschlichkeit enthält, als jede Antwort sie enthalten hätte. Ausgetauschte Wertschätzung über den Rückspiegel.

Dann schnallt Julia sich ab, greift nach ihrem Rucksack und steigt aus. Sie geht vorne herum um den Wagen, den Kopf gesenkt, dann bleibt sie unvermittelt stehen und schaut auf. Zu Linda. Direkt in ihre Augen.

Es gibt viele Blicke. Vielleicht sogar unendlich viele. Doch an diesen wird Linda sich erinnern. Weil er nur für sie ist. Ein *Augenblick*, schießt es ihr durch den Kopf. Wie geteilte Gedanken. Als wüssten sie beide in diesem Moment, dass man in einem ganzen Leben nur ganz selten so angesehen wird. Julias Augen sagen: *Danke*. Und: *Es tut mir leid*.

Linda lächelt sie an. Dann startet ihr Vater den Wagen, und Julia läuft ins Haus.

—

18:32 Uhr

Seit über zwei Stunden schaut Anita Nolde immer wieder aus dem Fenster. Mal aus dem in der Küche, mal aus dem im Wohnzimmer, weil sie so beide Gehwege im Blick behalten kann. Sie ist nervös und angespannt, als würde sie auf eine Katastrophe warten, auf ein Unwetter biblischen Ausmaßes und nicht auf ihre Tochter.

Um sich abzulenken, aber auch, weil sie musste, ist Anita schließlich einkaufen gegangen. Normalerweise erledigt sie das immer abends, wenn alles bereits geplündert ist, oder sie bittet Julia darum, ein paar Sachen zu besorgen, doch heute hatte sie Zeit. Mehr Zeit als sie gewöhnt ist, gleich mehrere Stunden, in denen sie eigentlich hätte arbeiten müssen. Als sie mit ihren Besorgungen wieder zu Hause ankam, war es ruhig. Eine ungehetzte Stille, die sie hätte genießen können, wenn ihre Gedanken nicht unentwegt um Julia gekreist wären.

Anita hat die Lebensmittel weggeräumt und im Anschluss die Wohnung geputzt. Alles. Die Badewanne, die Waschbecken, die Böden, ja, sogar die Fenster – etwas, wozu sie sonst nie kommt. Und bei jedem noch so kleinen Geräusch hat sie kurz innegehalten, weil sie dachte, Julia käme nach Hause. Aber es war nie sie, immer nur die Nachbarn. Und dann war es irgendwann halb sechs gewesen, und Anita hatte Neli und Marie aus dem Kindergarten abholen müssen. Sie hat sich gesagt, dass Julia bestimmt zu Hause sein wird, wenn sie mit den Kleinen zurückkommt. Aber das war nicht der Fall. Niemand war zu Hause, und Julia war irgendwo. Allein, oder auch nicht, Anita hatte keine Ahnung. Niemand hat ihr gesagt, wie oft man sich Sorgen macht, wenn man Kinder hat. Keiner hat sie davor gewarnt. Vor der Verantwortung und den Ängsten.

Sie stand im Flur mit ihren Schlüsseln in der Hand, während Marie und Neli barfuß zu Julias Zimmer gelaufen sind und dann enttäuscht feststellten, dass sie nicht da war. Bevor sie irgendwas fragen konnten, steckte Anita die beiden in die Badewanne. Sie saß auf dem geschlossenen Toilettendeckel und schaute ihnen beim Plantschen zu. Wenn sie sie ansahen, zwang sie sich zu einem Lächeln, während Besorgnis und Wut sich in ihr abwechselten, wie bei einem Tennis-Match zwischen ebenbürtigen Gegnern. Dazu kam dann noch das schlechte Gewissen, die Stimme, die ihr sagte, dass es ihre Schuld war, weil sie sich zu wenig kümmerte. Weil sie eine schlechte Mutter ist, eine ganz schlechte Mutter.

Sie hat den Stöpsel aus der Wanne gezogen und dabei zugesehen, wie das lila-gräuliche Lavendelöl-Wasser gurgelnd im Abfluss verschwand. Dann hat sie wieder bei Julia angerufen. Immer neue Versuche, die auf ihre Mailbox brandeten, wie Wellen aufs Land. Sie erreichte auch jetzt nur die aufgezeichnete Stimme ihrer Tochter, nie ihre Tochter selbst.

Ungefähr zu dem Zeitpunkt hat Anita angefangen zu weinen – und dann etwas zu essen zu machen. Erst in dem Moment ist ihr aufgefallen, wie lange sie das schon nicht mehr getan hat, etwas gekocht. Und wie oft sie, während Julia das für sie übernommen hatte, rauchend am Wohnzimmerfenster gestanden war. Da weinte Anita gleich noch mehr. Und sie war erleichtert, es auf die beißenden Dämpfe der Zwiebeln schieben zu können, als Marie und Neli sie so in der Küche vorfanden, ganz klein mit nassen Haaren in ihren Schlafanzügen. Ihre Gesichter waren bei Anitas Anblick eingefroren. Große Augen und rote Wangen vom warmen Badewasser. Und sie hatte gesagt: »Es geht mir gut, meine Süßen, alles ist gut, das kommt nur von den Zwiebeln.« Sie haben die Lüge geschluckt, und Anita hat sich am Riemen gerissen. Danach hat sie die Spaghetti Bolognese auf zwei Tellern verteilt, den geriebenen Käse darübergestreut und dann schweigend dabei zugesehen, wie ihre Kinder darüber herfallen.

Jetzt spielen sie nebenan in ihrem Zimmer, noch eine halbe Stunde, bis sie ins Bett müssen. Anita räumt auf. Und während sie die Pfanne abspült, fragt sie sich, wie sie glauben konnte, ihre Tochter so gut zu kennen. Sie erinnert sich an die vielen Male, in denen sie anderen stolz erzählt hat, wie nahe sie sich stehen, sie und Julia, wie gut ihr Verhältnis ist. Vollkommen lächerlich. Was weiß sie schon von ihr? Außer dass sie in dem halben Zimmer zwischen Bad und Wohnzimmer wohnt und jeden Tag in die Schule geht? Und nicht mal das weiß sie sicher. Anita hatte keine Ahnung, dass ihre Tochter schon Sex hat, und erst recht nicht, dass sie schlechten Sex hat. Sie wusste nicht, dass ihre Tochter zu den beliebten Mädchen zählt oder dass Marlene jahrelang die Anführerin ihrer Schulklasse war. Und dass die beiden zusammen ein Mädchen gemobbt haben sollen – dasselbe Mädchen, das Julia heute zum Arzt begleitet hat. Das alles war neu für Anita. Und auch der Name Edgar sagt ihr nichts. Als wäre ihre Tochter eine Fremde, von der jemand anders ihr erzählt.

Anita war erschüttert gewesen, als Frau Dr. Ferchländer ihr Julias Internetseite gezeigt hatte. Nach dem Eintrag über Jessica, hatte sie nicht gewusst, wie sie reagieren soll. Weil sie einfach nicht hat glauben können, dass ihre Tochter das geschrieben haben könnte. Ihre Juli. Und da ist ihr klar geworden, dass sie nur einen Bruchteil von ihr kennt. Den, den sie eine Stunde am Tag um sich hat. Ein Mädchen, das ihren kleinen Geschwistern vorliest. Das vor dem Abendessen mit ihnen kuschelt und für sie kocht. Ein Mädchen, das auf jede erdenkliche Art versucht, ihre Mutter zu unterstützen.

Anita sitzt auf dem Sofa und fragt sich, wie diese zwei Personen dieselbe sein können. Und in dem Moment hört sie eine Autotür zuschlagen und geht, einer Intuition folgend, zum Fenster hinüber. Und da sieht sie Julia. Wie sie an der Haube eines dunklen Passat Kombi vorbeigeht, unvermittelt stehen bleibt und jemanden hinter der Frontscheibe ansieht. Anita kann nicht erkennen, wer da in dem Wagen sitzt. Sie steht starr am Fenster, hält mit einer Hand den weißen Wohnzimmervorhang zurück und blickt hinunter auf ihre Tochter, die im selben Augenblick weitergeht. Der Fahrer des Passats lässt den Motor an, wartet aber noch, bis sie im Haus verschwunden ist, dann fährt er los.

Anita geht zielstrebig und mit klopfendem Herzen durch die Küche in den Flur. Sie hört, wie die alten Stufen knarrend Julias Kommen ankündigen, und öffnet die Wohnungstür. Licht fällt auf den Holzboden wie ein Scheinwerfer.

Als Julia aufschaut, treffen sich ihre Blicke, und in derselben Sekunde schlägt Anita die Hände vor dem Mund zusammen – eine automatische Reaktion auf das, was sie sieht. Julia steigt die restlichen Stufen hinauf, sie geht die letzten Meter durch den Korridor bis zur Wohnungstür, dann steht sie verloren im goldgelben Lichtkegel. Ein zierliches kleines Wesen, das fast eine Frau ist. In einem weißen T-Shirt, das nicht ihr gehört, in schwarzen Jeans, die nicht ihr gehören, und mit einem Gesicht, das irgendwie auch nicht ihr gehört. Auf dem Oberteil liest Anita: *Why be racist, sexist, homophobic or transphobic when you could just be quiet?*

Sie stehen sich gegenüber und sagen nichts. Anita sucht unter den Blutergüssen nach ihrer Tochter. Als wären sie eine Decke, die sie zurückschlagen kann, und darunter liegt dann Julis liebes Gesicht, zugedeckt, als würde es nur schlafen. Anita hat nie zuvor so rote Augen gesehen. So viele geplatzte Äderchen. Julias Lider sind angeschwollen, und ihr sonst so schmaler Nasenrücken seltsam breit, wie der eines Boxers. *Jetzt ist es nicht mehr Patricks Nase*, denkt Anita, während sie und Julia einander weiter gegenüberstehen, in einer Stille voller Worte und Vorwürfe. Als wäre der Flur voll davon – von ihren Füßen bis zur Decke.

Und dann, als Anita gerade Luft holen und all das sagen will, was die Sprachlosigkeit bis dahin zurückgehalten hat, bricht Julia vor ihr in Tränen aus. Laut schluchzend und herzzerreißend. Es ist ein Heulen, das sie von ihrer Tochter nicht kennt, von dem sie nicht wusste, dass es in ihr steckt. Ein Laut, der ihr so nahegeht, der sie so tief berührt, dass sie nicht anders kann, als mit ihr zu weinen. Als wäre Julias Schmerz ihr eigener. Als wären sie und ihre Tochter untrennbar miteinander verbunden. Eine Seele in zwei Körpern.

Und ohne weiter darüber nachzudenken, macht Anita einen Schritt auf Julia zu und schließt sie fest in die Arme.

Die anderen

Franziska: Ich konnte Marlene Meller nie leiden. Sie hat mir nie etwas getan oder so, wahrscheinlich weil mein großer Bruder ihr vor Jahren mal angedroht hat, dass er ihr eine reinhaut, wenn sie es tut, aber ich habe ja mitbekommen, was sie mit anderen so abgezogen hat. Wenn man mich gefragt hätte, ich hätte gesagt, sie hat keine Seele. Aber jetzt, da ich weiß, wie es bei ihr zu Hause so ist, tut sie mir fast ein bisschen leid. Ich meine, ich war nie super beliebt oder so, aber ich habe Freunde, und ich verstehe mich gut mit meiner Familie – vor allem mit meiner Schwester und meiner Mutter. Und ich bin bestimmt nicht perfekt, aber immerhin muss ich mich nicht hinter einer zentimeterdicken Make-up-Schicht verstecken, um das Haus verlassen zu können. Ich denke nicht, dass sie es war. Ich meine, wer würde bitte so etwas über sich selbst online stellen? Das wäre doch verrückt.

Ich glaube nach wie vor, dass es Linda war. Linda hätte am meisten Grund, sich zu rächen. Und zwar an allen Beteiligten. Ja, gut, ich gebe zu, dass der Eintrag über Edgar nicht besonders gut ins Bild passt, aber vielleicht wusste der ja davon. Vielleicht hat sie ihm den Text ja gezeigt, und sie haben es dann zusammen geplant. Zwei Außenseiter, die ihre Chance genutzt haben. Also, für mich klingt das ziemlich plausibel. Jedenfalls plausibler, als dass es Marlene Meller war.

Elisabeth: Ich kenne Julia kaum, habe keine drei Sätze mit ihr gewechselt. Und auch mit Marlene hatte ich nie wirklich viel zu tun. Ob ich ihr zutrauen würde, dass sie einen Eintrag über sich postet, um dadurch von sich abzulenken? Klar traue ich ihr das zu. Ich würde ihr sogar zutrauen, so einen Eintrag selbst zu verfassen, wenn es ihr nutzt. Das bedeutet aber noch lange nicht, dass sie es deswegen auch war.

Stefan: Klar war es Marlene. Das sagen alle. Und außerdem, wer sollte es sonst gewesen sein? Eine wie die geht doch über Leichen, um zu bekommen, was sie will. Irgendjemand hat mir neulich erzählt, dass sie total eifersüchtig auf Julia war, wegen ihrem Bruder und so. Der war ja offensichtlich echt krass verliebt in sie. Zumindest kam es so rüber. Wobei ich auch dachte, Julia wäre in ihn verliebt, und das war ja dann nicht so. Hm. Wie auch immer. Es würde jedenfalls zu Marlene passen, sich selbst als Opfer zu inszenieren. Ob sie es wirklich war, weiß ich natürlich nicht. Vielleicht war es auch jemand ganz anders. Aber ich glaube, dass sie es war. Ich meine, das sagen alle.

Kerstin: Ich wüsste ja zu gern, wie sie ungeschminkt aussieht. Bestimmt schlimm, oder? Sonst wäre es ja kein solches Thema. Ob Marlene mir leid tut? Na ja, soweit würde ich jetzt nicht gerade gehen. Höchstens wegen der Mutter, die klingt ja wirklich schlimm. Aber nach allem, was man so hört, hat Marlene die Einträge ohnehin selbst veröffentlicht. Das sagt zumindest Verena. Aber die ist auch davon überzeugt, dass Marlene das alles selbst geschrieben hat, und das glaube ich jetzt wieder nicht. Dennis – das ist mein Freund – also, Dennis hat auch gehört, dass sie es war. Und irgendwie glaube ich es stimmt. Ja, doch, wahrscheinlich war es Marlene.

Lea: Also, ich glaube nicht, dass Marlene Meller etwas mit der Sache zu tun hat. Alle reden darüber, als wüssten sie irgendwas, aber das ist Bullshit. Die quatschen doch nur nach, was sie hören. Erst dachten alle, es wäre Edgar gewesen, dann war es angeblich Linda, und jetzt denken eben alle, es war Marlene. Mal ehrlich, ich wette, es war jemand ganz anders. Irgendwer, auf den wir niemals kommen werden.

18:44 Uhr

Frida sitzt neben Momo auf ihrem Hochstuhl und baumelt mit den Füßen. Sie haben schon mal den Tisch gedeckt, weil ihre Mutter jeden Moment mit dem Abendessen zurückkommt. Eigentlich hat nur Momo den Tisch gedeckt, aber Frida wollte helfen, also hat Momo sie hochgehoben, damit sie die Gläser neben die Teller stellen kann. Und währenddessen hat Frida vom Kindergarten erzählt, von all den Dingen, die in ihrer Welt von Bedeutung sind. Dem Puppenhaus, der Schaukel auf dem Hügel in dem Garten, wo sie immer spielt, den neuen Buntstiften – und, das Wichtigste: dem Kuchen, den die Mutter eines Kindes heute mitgebracht hat, weil das Geburtstag hatte. Ein Paul, den Frida wirklich gern hat. »Aber nicht so wie du Linda gern hast«, hat sie gesagt. Und dann hat Momo kurz gestutzt und gefragt: »Wie meinst du das?« Frida hat verschämt weggeschaut und ihr kleines Gesicht verzogen. Als würden ihr für eine solche Erklärung die Worte fehlen. »Los, komm schon«, meinte Momo und kitzelte sie. »Na so, wie Mama Papa gern hat«, hat Frida gesagt, die Handflächen nach oben gedreht und die Schultern hochgezogen, eine Bewegung, die sagte: *Du weißt schon*. Und Momo wusste es. Aber sie hätte nicht gedacht, dass ihre kleine Schwester es weiß. Dass sie durchschaut hat, was ihren Eltern seit Monaten verborgen geblieben ist.

Danach haben sie weiter den Tisch gedeckt, als wäre nichts gewesen. Frida ist auf ihren kurzen Beinen durch die Küche gelaufen, links und rechts am Kopf zwei wippende Pferdeschwänzchen, so als hätte sie waagrechte Palmen über den Ohren. Momo wäre bei dem Anblick vor Liebe beinahe übergelaufen. Das kleine Gesicht mit den Mandelaugen und dem winzigen Mund, der gerade geschnittene Pony, das Haar kurz vor Schwarz, die Haut blass, wie die einer Puppe.

Dann hört Momo den Schlüssel im Schloss, dicht gefolgt von den hohen Absätzen ihrer Mutter, die kurz und knapp durch den gefliesten Eingangsbereich hallen. Ein paar Sekunden später betritt sie die Küche mit drei Papiertüten und einem Lächeln auf den Lippen.

»Na, habt ihr Hunger?«, fragt sie, und Frida nickt auf eine Art übertrieben, wie es nur Kinder tun. »Und du, meine Süße?«, fragt sie in Momos Richtung.

»Ja, ich auch«, sagt sie.

Ihre Mutter stellt die Tüten auf der Anrichte ab, und ein salzig-würziger Duft breitet sich aus, er rollt durch den Raum, durchsichtig und schwer, wie eine Welle aus Geruch.

Ihre Mutter küsst erst Frida und dann sie auf die Wange. Dann sagt sie, während sie die Pappschachteln mit den Gerichten neben die entsprechenden Teller stellt: »Dann kommt Linda also nicht?«

Und in exakt dem Augenblick, als Momo Luft holt, um zu antworten, klingelt es an der Tür. Ihre Mutter, Frida und sie sehen einander an, dann rennt Frida hinaus in den Flur. Momo folgt ihr, und ihr Herz schlägt unnötig schnell für die Situation. Als hätte es bereits durch den Spion geschaut und Linda gesehen.

Frida streckt sich nach der Türklinke, sie erreicht sie gerade so mit den Fingerspitzen, schafft es aber dennoch, sie hinunterzuziehen. Die Tür geht auf, und davor steht Linda. Wie ein Geschenk, das jemand als Überraschung auf dem Abstreifer deponiert hat.

Anstatt Hallo zu sagen, sagt sie: »Es tut mir leid, dass ich nicht ans Telefon gegangen bin.« Frida schaut zwischen Momo und Linda hin und her. »Der Tag war echt verrückt. Wenn du mich lässt, erkläre ich es dir.«

Momo spürt die Erleichterung körperlich, wie ein Flirren, das sich in ihr ausbreitet. Dann fängt sie an zu weinen. Und da wird ihr klar, dass ein Teil von ihr bereits damit gerechnet hatte, verlassen zu werden. Dass dieser Teil sich schon darauf vorbereitet hat, dass ihre Beziehung zu Ende geht. Wie jemand, der ahnt, dass er krank ist, und auf die vernichtende Diagnose wartet.

Momo spürt, wie ihre Schwester ihr Bein umklammert, so als wäre sie ein kleines Tier. Das macht Frida immer, wenn Momo traurig ist – am Arm, am Bein, je nach dem, was sie zu fassen bekommt. Momo schluckt laut in die Stille.

»Es tut mir leid«, sagt Linda noch einmal, wischt Momo die Tränen aus dem Gesicht und zieht sie an sich. Die Schwere von davor verfliegt. Das bohrende Unbehagen, die zermürbenden Gedanken, die Momo sich verboten hat, aber dennoch nicht aufhören konnte zu denken. In dieser Umarmung zu stehen, Körper an Körper mit Linda, ist, als würde ein schmerzender Zahn endlich aufhören wehzutun.

»Ach Linda, du bist ja doch da«, hallt die Stimme von Momos Mutter durch die Diele, und Momo lässt Linda augenblicklich los. So schnell, als hätte sie sich an ihr verbrannt. Dann stehen sie unbeholfen nebeneinander, Momo mit einem Gesichtsausdruck, als wäre sie bei etwas Verbotenem erwischt worden.

»Ich habe dir was zu essen mitbestellt«, sagt ihre Mutter zu Linda. Und dann zu allen: »Los kommt schon, wir müssen anfangen, sonst wird es kalt.«

20:57 Uhr

Linda steht neben Momos Bett. Sie hat sich nie falsch in diesem Zimmer gefühlt, doch jetzt tut sie es. Momo hat schon auf dem Weg nach oben versucht, sie zu küssen, auf den ersten Stufen, eigentlich sobald sie die Küchentür hinter sich ins Schloss gezogen hat. Und davor hat sie Linda unter dem Tisch berührt, am Knie, dann an der Innenseite ihres Schenkels. Momo hat sie verstohlen angesehen, als ihre Mutter aufgestanden ist, um sich einen Wein aufzumachen. Und Linda hätte Lust, mit ihr zu schlafen. Sie zu küssen und auszuziehen, ihre Haut zu berühren. Sie hätte Lust auf das alles. Darauf, sie zu fingern und dabei zuzusehen, wie sie kommt. Aber Linda rührt sich nicht, sie steht weiter neben dem Bett, auf dem Momo sitzt und sich das T-Shirt über den Kopf zieht. Nur die Nachttischlampe ist an, der Rest des Raums ist in eine graue Dunkelheit gehüllt, die Linda an die Nacht mit Edgar erinnert.

Momo öffnet ihren BH. Sie macht es langsam und einladend, streift sich die Träger über die Schultern, Zentimeter für Zentimeter ihre Arme entlang. Dabei sieht sie Linda mit diesem schüchtern sehnsüchtigen Blick an, der etwas Unerklärliches in Linda auslöst. Dann fällt der BH zu Boden. So schwarz, dass ihn die Schatten verschlucken. Linda sieht Momo an, wie sie oben ohne auf dem Bett kniet und wartet. Als wären ihre Brüste ein Köder und Linda ein Fisch. Und normalerweise würde das reichen, denn Linda steht auf Momos Brüste. Doch heute wehrt sich etwas in ihr dagegen. Gegen die Anziehung. Gegen das, was ihr Körper will. Und es ist nicht nur die Sache mit Edgar, die ihr zu schaffen macht. Diese Lüge, die wie eine unüberwindbare Hürde zwischen ihr und der Matratze aufzuragen scheint, hoch wie ein Turm. Sondern das Gefühl, dass Momo sich nie zu ihr bekennen wird. Zu ihr und ihren Gefühlen. Und dem, was sie verbindet. Linda hat Verständnis gehabt. Sie hat es noch. Es ist nicht einfach, das weiß sie. Nicht jeder hat ihre Eltern. Aber die Situation vorhin im Flur war auf so vielen Ebenen falsch. Wie Momo sich aus ihren Armen gewunden hat. Als wäre die Stimme ihrer Mutter ein Stromschlag gewesen.

Als die Sekunden verstreichen und Linda sich weiterhin nicht bewegt, nicht auf Momo zugeht, sie nicht küsst, sie nicht berührt, kippt die Stimmung in ein seltsames Unbehagen. Eine Stille, die nicht mehr erregt ist, sondern einfach nur still. Und plötzlich wirkt Momo noch viel nackter. Ein Zustand, der weit über nackt hinausgeht, weit über Körperlichkeit. Sie greift nach ihrem T-Shirt und hält es sich schützend vor die Brust.

»Was ist los?«, fragt Momo.

Und Linda weiß nicht, was sie sagen soll. *Wie* sie es sagen soll. Bei allem, was passiert ist, ist sie kaum in der Position, Forderungen zu stellen. Sie hat mit Edgar geschlafen, etwas, das Momo zutiefst verletzen würde, wenn sie es wüsste. Beim Gedanken daran schluckt Linda und schaut zu Boden. Sie würde Momo gerne hier und jetzt alles erzählen. Aber das darf sie nicht. Trotzdem gärt es in Linda. Sie ist wütend. Obwohl sie diejenige ist, die etwas falsch gemacht hat, diejenige, die ein Geheimnis hat, diejenige, die lügt. All das ändert nichts an dem, wie sie sich fühlt.

Linda hat Momo von Anfang an gesagt, dass sie keine Beziehung will, die nur hinter verschlossenen Türen stattfindet. Keine Liebe, die sich als Freundschaft tarnt, die nachts in der Dunkelheit mehr ist und dann mit Anbruch des Tages wieder in eine Box gestopft wird, die man bei den ersten Sonnenstrahlen mit einem luftdichten Deckel vor der Welt verschließt. Sie hat Momo gesagt, dass sie sie nicht drängen wird. Und dass es okay ist, wenn sie ihren Eltern nichts davon erzählen will, weil es ihre Sache ist, wann oder ob sie es ihnen sagt, aber dass sie, Linda, kein solches Geheimnis sein möchte. Jedenfalls nicht auf Dauer. Sie hat gesagt, dass es Momos Entscheidung ist und dass sie jede Entscheidung akzeptieren wird. Aber dass es für beide stimmen muss. Und dann hat Linda ihr gesagt, dass sie sie liebt. Und dass sie sich nicht für ihre Gefühle schämt. Sie hat ihr gesagt, dass es ihr egal ist, was andere über sie denken. Und dass sie, zumindest auf lange Sicht, nur mit Momo zusammen sein will, wenn es ihr genauso geht. Wenn auch sie öffentlich dazu stehen kann, dass sie sie liebt.

Linda war klar gewesen, dass es dauern würde. Dass sie warten muss, weil es ein großer Schritt ist. Ein Schritt, zu dem man niemanden zwingen kann, den jeder allein gehen muss. Sie hätte Momo dabei begleitet. Sie wäre da gewesen. An ihrer Seite. Doch vorhin im Flur, als Momo so unvermittelt vor ihr zurückgewichen ist, verschreckt und peinlich berührt, ist Linda schmerzhaft klar geworden, dass Momo nie etwas sagen wird. Nicht jetzt, nicht in einem Jahr. Vielleicht, irgendwann mal, wenn sie ausgezogen ist. Vielleicht nicht mal dann. Die Art, wie Momo vor ihr, ja, fast zurückgeschreckt ist, ist wie eine Ohrfeige für Linda gewesen. So, als hätte sie damit körperlich ausgesprochen, was sie nie in Worte hatte fassen können: Nämlich, dass sie sich für Linda schämt. Und wenn nicht Linda, dann für ihre Gefühle für sie. Als wären die minderwertig oder falsch. Als wäre alles besser, wenn Linda ein Kerl wäre.

Momo krabbelt übers Bett. Dann steht sie neben Linda, schlüpft in ihr T-Shirt und sieht sie an.

»Was ist mit dir?«, fragt sie. »Warum weinst du?«

Die Wimperntusche läuft in Lindas Augen. Ein scharfes Brennen, das sie blinzeln lässt.

»Was ist passiert?«, fragt Momo liebevoll und legt ihre Hände auf Lindas Schultern. »Du kannst es mir sagen.«

Sie stehen einander gegenüber in dieser grauen Lichtstimmung und sehen einander an. Schattige Gesichter, eine Hälfte erhellt, die andere verborgen. Linda liebt Momos Augen. Diese leicht fremde Form, die sie so einzigartig macht, das tiefe Braun, die langen Wimpern.

»Die Sache vorhin im Flur«, sagt Linda schließlich. Nur diesen halben Satz. Mehr braucht es nicht. Und dann: »Ich glaube, ich will nach Hause.«

23:05 Uhr

Julia kann sich nicht daran erinnern, jemals so offen mit ihrer Mutter gesprochen zu haben. Als hätten sie mit ihren Worten Wälle eingerissen. Die Wochen zuvor hat sich alles in Julia angestaut, Sorgen und Ängste, die sie immer mehr verstopft haben. Und heute ist es dann plötzlich aus ihr herausgebrochen. Sie hat die Last einfach nicht länger halten können. Den inneren Druck. Es hat sich alles auf einmal entladen. In Tränen und ausgesprochenen Gedanken, die nicht aufhören wollten, aus Augen, die gebrannt haben, und einem Hals, der rau und trocken war. Ab und zu unterbrochen von gelegentlichem Schluchzen und Schluckauf.

Sie haben über alles geredet. Erst wütend und aufgebracht, laut flüsternd in der Küche, neben dem Zimmer der Kleinen. »Was war das für ein Arzttermin? Und wieso wusste ich nichts davon?« Ihre Mutter muss bereits eine Vorahnung gehabt haben, denn bei der Antwort *Frauenarzt* hat sie nur kurz die Augen geschlossen und sich dann abgewendet, um Teewasser aufzusetzen. Als der fertig war, sind sie ins Wohnzimmer gegangen. Dort saßen sie nebeneinander auf der Couch, beide mit einer Tasse Tee und einer seltsamen inneren Ruhe, die sich wie der Lavendelduft des Tees im Raum ausbreitete. Julias Mutter hat einen Schluck getrunken und dann gefragt: »Dieser Termin heute ... worum ging es da genau?«

Julia hat sich geschämt, sie hat in ihren Schoß geschaut,

als wäre sie beschädigt, als wäre sie weniger wert, wenn ihre Mutter erst mal davon weiß. Trotzdem hat sie es ihr erzählt. Dass sie befürchtet hat, schwanger zu sein – obwohl Leonard und sie *wirklich immer* verhütet haben. Aber eben nur mit Kondomen. Und dass sie erst heute bei dem Termin erfahren hat, wie unsicher die Dinger eigentlich sind – ein Pearl-Index von 18. Dr. Overbeck hat es ihr in einer Broschüre gezeigt. Bis zu 18 Frauen von 100 werden jährlich trotz Verwendung eines Kondoms schwanger.

»Und dann habe ich meine Tage nicht bekommen, und ich wusste nicht, was ich tun soll«, sagte Julia.

»Mit mir reden«, hat ihre Mutter geantwortet, kühl und ruhig. Und irgendwie enttäuscht.

»Das wollte ich ja«, hat Julia sich verteidigt. »Ich wollte es dir erzählen. Ich stand sogar schon vor deiner Zimmertür, ich war kurz davor zu klopfen, aber dann hast du so geweint. Und da konnte ich es nicht.« In dem Moment hat ihre Mutter schuldbewusst weggeschaut. »Du hast ohnehin schon so viele Sorgen. Da wollte ich nicht auch noch mit meinen kommen.«

»Ich bin deine Mutter, Julia.«

Und dieser Satz war so groß und so unbegreiflich, dass Julia nichts darauf erwidern konnte.

»Also?«, hat ihre Mutter nach ein paar Sekunden in die stille Pause zwischen ihnen gefragt. »Bist du es? Ich meine, schwanger?«

»Nein«, hat Julia gesagt. Mehr nicht.

Danach haben sie sich angesehen, ein direkter, ehrlicher Blick, so als hätten sie ihre seelischen Tore für einander geöffnet.

»Hättest du mir jemals von dem Termin und deinen Sorgen erzählt, wenn es nicht auf diese Art rausgekommen wäre?«

»Ich glaube nicht«, hat Julia geantwortet. »Aber ich bin froh, dass es rausgekommen ist.«

»Das bin ich auch«, hat ihre Mutter gesagt, ihren Tee weggestellt, dann den von Julia und sie dann in die Arme genommen. Julia weiß nicht wie lange. Eine halbe Ewigkeit, die viel zu schnell vorbei war. Und im Anschluss haben sie weitergeredet. Über Julias Einträge, über Jessica und wie sie auf Julia losgegangen ist, über Linda, die ihr geholfen hat, obwohl sie keinen Grund hatte, ihr zu helfen, über Leonard und über ihr erstes Mal, das Julia sich so anders vorgestellt hatte. Danach erzählte ihre Mutter Julia, dass es bei ihr damals auch nicht so gewesen war, wie sie es sich gewünscht hat. Der richtige Junge zur falschen Zeit. Sie sprachen über Edgar und wie sehr Julia ihn mag, und irgendwann über Linda und das, was sie und Marlene ihr jahrelang angetan haben.

Der Abend ist wie eine nicht enden wollende Beichte. Stunden, die Julia mit jeder verstrichenen Minute leichter machen. Als wären zuvor Steine auf ihrem Brustkorb gelegen. Und auf ihren Schultern und ihrem Kopf. Und mit jeder Wahrheit, die sie eingestanden und ausgesprochen hat, sind sie von ihr abgefallen. Wie Krusten von verheilten Wunden. Darunter wartete hellrosa Haut, verletzlich und dünn, wie der Anfang von etwas Neuem.

Julias Mutter trinkt einen Schluck Tee, dann fragt sie: »Warum habt ihr es getan? Das mit Linda?«

Julia würde gern lügen. Etwas sagen, das weniger

scheußlich klingt als die Wahrheit. »Weil sie dick war, schätze ich«, sagt sie dann.

»Ihr habt dieses Mädchen gemobbt, weil sie dick war?«, fragt ihre Mutter, und obwohl sie versucht, das Abschätzige in ihrer Stimme zu kaschieren, schwingt es eindeutig mit. Ein Zittern, irgendwie wütend und irgendwie erschüttert, dass ihre Tochter zu so etwas fähig ist.

»Ja«, sagt Julia. »Wir haben sie gemobbt, weil sie dick war.«

Das zuzugeben fällt ihr schwer. Weil es sie und Marlene so hohl und oberflächlich erscheinen lässt, wie sie es waren – wie sie es vielleicht noch immer sind. Und weil es so eindeutig falsch ist. So offensichtlich, dass sie im Erdboden versinken will. Trotzdem war es so. Sie haben Linda gemobbt, weil sie dick war. Und unsicher. Und irgendwie anders als die anderen.

»Warum hast du mitgemacht?«, fragt ihre Mutter.

Julia zögert. »Anfangs war es noch lustig. Da waren es noch keine so schlimmen Sachen. Wir haben Linda nur ein bisschen geärgert, das war alles. Und dann war es irgendwann nicht mehr lustig. Und ich war zu feige, etwas zu sagen.« Ihre Mutter sieht sie lange an, sie nickt nicht, aber ihre Augen sagen, dass sie sie versteht. »Abgesehen davon war Marlene meine beste Freundin. Es wäre mir falsch vorgekommen, ihr in den Rücken zu fallen – insbesondere, weil ich die Einzige war, die wusste, wie beschissen es bei ihr zu Hause ist.«

Julias Mutter runzelt fragend die Stirn. »Wieso? Was war denn bei ihr zu Hause?«

»Ist«, sagt Julia. »Aber zu der Zeit war es noch schlimmer.

Marlenes Eltern haben nicht mehr miteinander geredet, es war der reinste Terror. Bei den Abendessen wurde immer nur geschwiegen. Es wurde kein Wort gesagt. Und Marlene hat total verkrampft versucht, alle aufzuheitern. Sie hat dann von ihren guten Noten erzählt oder Witze gemacht.« Julia schüttelt den Kopf. »Es war richtig zwanghaft. Ich glaube, sie hat die Stille einfach nicht ertragen. Und dann wurde das irgendwie zu ihrer Rolle. Das liebe Kind, das keine Fehler macht.« Julia schaut ins Leere. »Leonard hat nichts gesagt, der hat sich genauso verhalten wie seine Eltern, aber Marlene konnte das nicht, sie wollte, dass es wieder gut wird. Dass ihre Eltern sich wieder lieben, dass sie eine Familie bleiben, sowas eben.«

»Hm«, macht ihre Mutter. »Sie wollte eben das, was alle Kinder wollen.«

»Ich war froh, als Papa damals ausgezogen ist.«

Ihre Mutter legt den Kopf schräg. »Ehrlich?«, fragt sie. »Du warst froh darüber?«

»Na ja, vielleicht nicht froh, aber es war besser.« Julia zuckt mit den Schultern. »Er war doch ohnehin so gut wie nie da. Und wenn er mal da war, war die Stimmung scheiße. Er war mies drauf, und du warst traurig. Du hast zu der Zeit so viel geweint, und ihr habt nur noch gestritten.« Pause. »Doch, ehrlich gesagt war ich froh, als er ausgezogen ist. Im direkten Vergleich dazu war der Umzug hierher viel härter für mich.«

»Ich weiß«, sagt ihre Mutter. »Ich wäre auch lieber in der alten Wohnung geblieben.« Sie atmet tief ein und dann hörbar aus. »Vielleicht können wir es uns ja irgendwann wieder leisten, dorthin zu ziehen.«

»Ich mag es hier inzwischen eigentlich ganz gerne«, sagt Julia. »Es ist ein bisschen wie eine andere Stadt. Als hätten wir neu angefangen.«

Dann lächeln sie beide. So, als wäre alles gesagt. Und alles gut. Und das, obwohl vieles noch genauso schlecht ist wie heute Morgen. Im Grunde kaum anders. Ihre Mutter hat nach wie vor zu wenig Geld und zu viele Jobs, Julias geheimste Gedanken sind auch weiterhin für jeden online einsehbar. Ein paar der Menschen, die monatelang, einige von ihnen sogar jahrelang, ein fester Bestandteil ihres Lebens gewesen waren, werden wohl nie wieder mit ihr sprechen. Und das vollkommen zu Recht. Und trotzdem fühlt Julia sich in diesem Moment gut. Als hätte der Fokus sich wieder auf das gerichtet, was wirklich zählt. Nicht auf die Belanglosigkeiten des Lebens, nicht auf die Dinge, vor denen sie Angst hat, nicht auf das, was die Leute denken, oder auf die Dinge, die fehlen, sondern auf die Dinge, die da sind. Und die Menschen, die bleiben, selbst wenn man es nicht verdient hat.

Dieser Abend mit ihrer Mutter, dieser Augenblick, das gerade in diesem Moment, ist das Ergebnis aus allem, was ihr jemals widerfahren ist – jede Entscheidung und jede Fehlentscheidung. Ohne den schlechten Sex und die Einträge und die gebrochene Nase wäre Julia immer noch die, die sie vorher war. Und damit jemand, der sie eigentlich schon ziemlich lange nicht mehr hatte sein wollen. Leonards Hase, Marlenes Schatten, eine Mitläuferin.

Vielleicht hat Linda recht. Wenn man jemanden zum Reden hat, muss man nicht mehr so viel aufschreiben. Und Julia hat jemanden zum Reden.

23:36 Uhr

Als Linda zu Hause ankommt, läuft »A Trick of the Light«
von den Villagers vom Wohnzimmer auf die Terrasse, wo
ihre Eltern sitzen und ein Glas Rotwein zusammen trinken. Die Tür zum Garten ist offen, aber das Kerzenlicht
verrät, dass Linda stören würde.

Ein, vielleicht sogar zwei Minuten lang, steht sie am
gekippten Küchenfenster und schaut auf die Flammen,
deren kreisrunde Lichter nervös im lauen Abendwind
über den Tisch zucken. Und auf die einander liebevoll
zugewandten Köpfe ihrer Eltern.

Linda würde ihnen gern alles erzählen. Von der Sache
mit Momo vorhin. Und von der Nacht mit Edgar. Wahrscheinlich würden sie sich darüber sogar freuen. *Also
wenn du mich fragst, gehört ihr zwei einfach zusammen,*
würde ihre Mutter sagen. Und dann würde Linda sich
aufregen und ihnen vorwerfen, dass sie Momo nie eine
Chance gegeben haben, und dann würden sie lauter
richtige Dinge sagen. Und dazu viel nicken. Sie würden
sich gegenseitig recht geben und Situationen aufzählen,
in denen sie sehr wohl nett zu Momo waren. Und danach
würden sie fragen, warum Linda mit Edgar geschlafen
hat, wenn sie doch so viel für Momo empfindet. *Bist du
dir sicher, dass das zwischen Edgar und dir wirklich vorbei ist? Ich meine, so etwas passiert doch nicht ohne Grund.*
Linda muss gar nicht mit ihren Eltern reden. Sie weiß auch

so, was sie sagen würden. Und dazu hätten sie diesen
Wir-waren-auch-mal-in-deinem-Alter-Blick, der Linda ganz
wahnsinnig macht. Manchmal kommt es Linda so vor, als
wären ihre Eltern schon als Eltern geboren worden. Ohne
den lästigen Umweg über Kindheit und Jugend.

Linda fragt sich, ob sie enttäuscht von ihr wären, wenn
sie die Wahrheit wüssten. Bei ihren Eltern ist das schwer
zu sagen. Mal sind sie Hippies – ganz freie Liebe und gegen das Establishment – und dann plötzlich wieder total
vernünftig. *So etwas macht man nicht.* Vermutlich würden sie insgeheim hoffen, dass Linda und Edgar wieder
zusammenkommen, den sie, auch wenn sie das niemals
zugeben würden, immer ein bisschen lieber mochten als
Momo. Linda hat es nur einmal gehört. Da hat ihre Mutter leise zu ihrem Vater gesagt: »Also ein bisschen seltsam ist Momo ja schon.« Ihr Vater hat nicht geantwortet.
Jedenfalls hat Linda nichts gehört. Aber vermutlich hat
er genickt. Bestimmt sogar. Ihre Eltern sind sich so gut
wie immer einig.

Nein, Linda wird ihnen nichts davon erzählen. Vielleicht sollte sie einfach mit Edgar darüber sprechen. Nur,
dass der leider Teil des Problems ist und garantiert dasselbe sagen würde wie gestern. *Denk an unseren Deal.*
Aber mit Momo kann Linda noch weniger sprechen. Vielleicht sollte sie einfach einen Film anschauen. Oder in
den Sport gehen. Aber dafür ist es zu spät. Das Fitnessstudio schließt in zwölf Minuten.

Sie könnte ihre Eltern fragen, ob sie Gras dahaben.
Vielleicht würde sich das Gespräch dadurch ganz natürlich ergeben. Oder aber sie würden alles besser wissen

und es gut meinen. *Schatz, das sind alles Erfahrungen.*
Oder: *Ach, Kleines, das gehört zum Erwachsenwerden
einfach dazu.* Linda hat keine Lust auf Ratschläge. Erst
recht nicht auf elterliche.

Am besten, sie geht einfach in ihr Zimmer, legt sich
aufs Bett und hört Musik. Sie könnte auch irgendwas auf
Netflix anmachen, irgendeine Serie, die sie dann doch
nicht anschaut – so wie meistens. Weil sie zu viel nachdenkt oder bei Instagram versackt. Oder sie ruft doch
bei Edgar an, dann könnte sie wenigstens über die Situation mit Momo reden. Aber während sie das denkt,
hört sie bereits Edgars Stimme in ihrem Kopf: »Ich hab
dir gleich gesagt, dass Momo keine ist, die sich outet.
Jedenfalls noch nicht. Vielleicht irgendwann.« Und es
stimmt. Genau das hat er damals gesagt. Und eigentlich
hat auch Linda es gewusst. Weil Momo eine ist, die alles
tun würde, um ihrem Vater zu gefallen – im Notfall sogar
hetero sein.

Linda lehnt an der Arbeitsfläche, bewegungsunfähig,
als hätte sie sich in ihren eigenen Gedanken verheddert.
Gedanken an Momo, an Edgar, an die Nacht mit ihm und
den Tag mit Julia. An den Moment, als sie vorhin neben
dem Aquarium plötzlich verstanden hat, dass es vorbei
ist. Dass ihre Vergangenheit nicht mehr zu ihr gehört.
Jedenfalls nicht mehr so wie früher. Als wäre sie eine
Schlangenhaut, die Linda nach Jahren endlich abge-
streift hat. Sie denkt an Julias Gesichtsausdruck, als sie
vorhin vor deren Auto stand. An den Augenblick, der ihr
gezeigt hat, dass sie keine Ahnung hat, wer Julia Nolde
eigentlich ist. Vielleicht sogar jemand, den sie unter an-

deren Umständen hätte mögen können. Oder schlimmer noch: jemand, den sie mag, obwohl es keinen Grund dazu gibt – nur welche dagegen.

Linda wirft einen letzten Blick nach draußen. Auf ihre Mutter, die lacht, und ihren Vater, der sie auf die Stirn küsst, als wäre das nach so vielen Jahren Ehe das Normalste der Welt, dann wendet sie sich ab und geht zum Kühlschrank, wie meistens, wenn sie nicht weiß, was sie sonst tun soll. Beim Anblick der zwei ganzen Paletten Andechser Rahmjoghurts, die ihre Mutter mitgebracht hat, wandern ihre Mundwinkel nach oben. Erdbeere, Herzkirsche, Mango-Vanille – zwei von Lindas Lieblingssorten –, Stracciatella, Himbeere. Und dann gibt es noch Sahnepuddings. Einer fehlt bereits. Linda weiß, wer den gegessen hat.

Sie ist gerade dabei, zwischen Herzkirsche und Schokopudding abzuwägen, als ihr Vater auf einmal hinter ihr sagt: »Also, ich an deiner Stelle würde ja den Schokopudding nehmen.« Linda dreht sich zu ihm um. Er steht mit zwei leeren Weingläsern neben dem Küchentisch. »Ich kann nämlich nicht garantieren, dass von denen morgen noch einer da ist.«

»Verstehe«, sagt Linda. »Und was ist, wenn ich beide haben will? Die Herzkirsche und den Pudding?«

Ihr Vater lacht. »Dann bist du ganz meine Tochter«, sagt er. »Ich hatte vorhin Schokopudding und Stracciatella.«

Nach dieser Antwort schließt Linda die Kühlschranktür mit dem Fuß, stellt den Kirschjoghurt auf den Deckel des Puddings und holt mit der freigewordenen Hand einen kleinen Löffel aus der Besteckschublade. Es ist der letzte.

»Verdammt«, sagt ihr Vater, als er es sieht, »das heißt dann wohl, ich muss morgen früh ausräumen.«

»Ja, das heißt es wohl«, sagt Linda zufrieden.

»Eigentlich ist es nicht fair, du solltest nämlich gar nicht hier sein«, sagt ihr Vater, während er die Weingläser wieder auffüllt. »Habe ich dich nicht vorhin extra zu Momo gefahren?«

Linda weicht seinem Blick aus.

Ein paar Sekunden ist es still. Als sie auch weiterhin nicht antwortet, fragt ihr Vater: »Ist irgendwas zwischen euch vorgefallen?«

»Nein«, sagt Linda, »eigentlich nicht.«

»Okay?«, erwidert ihr Vater halb fragend.

»Das ist eine längere Geschichte.«

»Ich mag längere Geschichten«, sagt er. »Und deine Mutter auch. Warum kommst du nicht mit raus und erzählst sie uns?«

»Ich will euch nicht stören.«

»Wir trinken Wein, du isst Joghurt und Pudding, wir unterhalten uns.« Ihr Vater zuckt mit den Schultern. »Klingt nach einer ziemlich guten Kombination, wenn du mich fragst.«

»Aber ihr habt Kerzen angezündet«, sagt Linda.

»Wenn du willst, puste ich sie aus.«

Linda lacht. »Nein«, sagt sie, »es ist wirklich nichts. Ich geh hoch und schaue einen Film.«

»Sicher?«

»Ja«, sagt Linda.

Ihr Vater nickt. »Na gut. Du weißt ja, wo du uns findest, wenn du es dir anders überlegst.«

Dann zwinkert er ihr zu und verschwindet mit den aufgefüllten Weingläsern auf der Terrasse.

Als Linda wenig später ihr Zimmer betritt, vibriert ihr Handy. *Bestimmt ist es Momo*, denkt sie und stellt die beiden Joghurtbecher auf ihre Tagesdecke, dann schaut sie auf das Display. Doch die neue Nachricht ist nicht von Momo. Sie ist von Edgar.

EDGAR ROTHSCHILD:
Ich stehe vor Julias Haus. Soll ich klingeln?

Kurz davor

Edgar steht vor Julias Haus. Er ist vor knapp einer Stunde Laufen gegangen, so wie jeden Abend. Und dann war er plötzlich an ihrer Bushaltestelle. Er hat es nicht geplant, es ist einfach passiert. Als hätte ihn etwas unbewusst hierhergelockt.

Edgar ist ihre Straße hinuntergegangen. Er weiß, wo sie wohnt. Sogar die Hausnummer. Julia hat die Adresse mal in einem ihrer Gespräche erwähnt. Nur nebenbei. Etwas in der Art wie *Die Anschrift klingt im Grunde ja ganz gut, aber irgendwie fühlt sie sich falsch an. So als wäre es nicht meine.* Und Edgar hat sie sich gemerkt. Wie armselig.

Er schaut hoch an der Fassade, die im Schein der Straßenlaterne irgendwie grau und irgendwie braun aussieht. Er weiß nicht, in welcher Etage Julia wohnt. Falls die Anordnung der Klingeln stellvertretend ist, wäre es eine der Wohnungen im ersten Stock. Bis auf das zweite Fenster von rechts sind sie alle dunkel. Edgar fragt sich, ob der erleuchtete Raum Julias Zimmer sein könnte und im selben Moment, was er dort eigentlich will. Mit ihr reden ganz sicher nicht. Aber warum sonst ist er hergekommen? Wohl kaum, um einfach auf dem Gehweg herumzustehen.

Für gewöhnlich joggt Edgar eine andere Route. Immer dieselbe. Es ist eine Strecke, die seine Beine auswendig gelernt haben, wie Kinder ihren Schulweg. Edgar denkt nicht, wenn er läuft, er läuft einfach. Seine Beine übernehmen die Kontrolle. Als wären sie ein Pferd, auf dem Edgar reitet. Doch heute war es anders. Heute war er plötzlich hier. Wie nach einem Blackout, aus dem man aufwacht.

Sein Vater hat ihm diese Flausen in den Kopf gesetzt, daran wird es liegen. An den vielen Geschichten über seine Mutter, die er heute gehört hat, viele davon zum ersten Mal. Er und sein Vater haben den ganzen Nachmittag über sie gesprochen. Bis in den Abend hinein. Bis vorhin. Edgar wünschte, er hätte das Gespräch aufgezeichnet, dann könnte er es immer wieder anhören. Wie sein Vater das blaue Kleid beschreibt, das seine Mutter getragen hat, als er sie das erste Mal abholte. »Es war ein ganz besonderes Blau. Eine Mischung aus, ich weiß nicht, Glockenblume und dunklem Flieder. Sie hat die Haare offen getragen. Sie waren hellbraun und schulterlang. Und sie haben so gut gerochen«, hat sein Vater gesagt. »Wonach?«, wollte Edgar wissen. Und sein Vater hat geantwortet: »Nach ihr.«

Jahrelang hatten sie nur über sie geschwiegen, bestenfalls etwas angedeutet. Bis zu diesem Tag. Als wäre mit diesem 22. Mai der richtige Zeitpunkt gekommen. Wie ein Fastenbrechen für ihr Schweigen.

Sie haben beide geweint, sein Vater und er. Es waren verschiedene Arten von Tränen. Rührung, Trauer, Mitgefühl. Als würden die Emotionen aus unterschiedlichen Tiefen in ihrem Inneren an die Oberfläche drängen. Und jede Geschichte und jede Erinnerung drang noch etwas weiter in Edgar. Es war ein nostalgischer Schmerz, weil Edgar wusste, dass die Bilder in seinem Kopf immer anders sein würden, als es wirklich gewesen war. Eine Fantasie, zusammengesetzt aus den Worten seines Vaters. Nicht echt. Und doch so viel echter als alles, was er bis dahin über seine Mutter erfahren hatte.

Sie haben gemeinsam alte Fotoalben angesehen. Vier oder fünf. Gefüllt mit Momenten, die seine Eltern hatten festhalten wollen. Ihre Hochzeit, eine Reise nach Italien, Edgars Mutter hochschwanger und dann mit ihm im Arm. Es fiel Edgar schwer zu glauben, dass er das sein sollte, dieses kleine Etwas in der graublauen Decke. Der Anfang eines Menschen, in den Armen einer Mutter, die sein gesamtes Leben verpassen sollte. Nur, dass sie das nicht wusste.

Edgars Vater hat ihm Schallplatten vorgespielt, Lieder, zu denen er und seine Mutter getanzt haben, Lieder, die seine Mutter ihm vorgesungen hat, als er noch ganz klein war. Und bei einem davon wurde Edgars Herz ganz eng, so als hätte sein Vater danach gegriffen und es in seiner Faust zerquetscht wie eine überreife Frucht. Schmerzhafte Schönheit in einer Erinnerung konserviert, von der er nicht gewusst hatte, dass er sie in sich trug.

Unmittelbar danach hat sein Vater gesagt: »Sie hat uns jeden Sonntag Milchreis gekocht. Milchreis mit Zimt.« In dem Moment, als er das sagte, ist Edgar zusammengebrochen. Die Tränen und die Erkenntnis kamen so plötzlich, dass er davon völlig überwältigt wurde. Er verbarg das Gesicht in seinen Händen und weinte wie ein Junge, der sich entsetzlich dafür schämt, jedoch nicht anders kann. Und sein Vater verstand es. Vielleicht sogar besser als Edgar. Vielleicht besser als irgendjemand sonst.

Später, als Edgar sich wieder beruhigt hatte, hat er mit belegter Stimme gefragt: »Warum muss ich bei Linden an sie denken?« Und sein Vater hat geantwortet: »Daran erinnerst du dich?« Edgar hat genickt. »Das war der Duft, den deine Mutter am meisten geliebt hat. Der von Lindenblüten.«

Deswegen steht Edgar jetzt hier. Weil er innerlich aufgewühlt und aufgeraut ist. Weil er mit seiner Mutter nie sprechen wird, kein einziges Wort, egal, wie gern er will. Weil Julias Worte ihn verletzt haben, sie ihm aber dennoch nicht egal ist. Und weil er gern jemand wäre, der einfach bei ihr klingelt. Jemand, der nicht an die Folgen denkt, sondern es einfach tut. Klingeln und dann sehen, was passiert. Aber so ist Edgar nicht. Er denkt Dinge zu Ende, jede mögliche Variante davon. Und dann ist es zu spät. Ein weiterer verpasster Moment, wie so viele in seinem Leben.

Edgar holt sein Handy aus der Tasche und schreibt Linda eine Nachricht. Zwei Sätze mit zitternden Daumen.

> **EDGAR ROTHSCHILD:**
> **Ich stehe vor Julias Haus. Soll ich klingeln?**

Dann wartet er. Und in dem Moment, als er das Handy gerade wieder einstecken will, weil es ihm so entsetzlich idiotisch vorkommt, sie das zu fragen, erscheint oben im Chat-Fenster unter Lindas Namen das Wort *online*. Und keine zwei Sekunden später wechselt es zu *schreibt …*

Edgar befeuchtet sich die Lippen. Er ist verschwitzt und müde. Er sollte sich auf den Heimweg machen, kurz duschen und dann noch etwas lesen. Das wäre das Beste. Er weiß selbst nicht, warum er Linda geschrieben hat. Und noch weniger, warum er hergekommen ist. Beides war dumm.

Sein Handy summt.

> **LINDA O' LINDA:**
> **Vielleicht willst du sie lieber kurz anrufen? Es ist schon ziemlich spät.**

> **EDGAR ROTHSCHILD:**
> **Das würde ich ja. Aber ich habe ihre Nummer nicht.**

> **LINDA O' LINDA:**
> **Du würdest sie auch dann nicht anrufen, wenn du ihre Nummer hättest. 🙂**

Edgar atmet genervt aus. Weil sie recht hat. Aber das schreibt er ihr nicht. Zum einen, weil er es sich nicht eingestehen will, zum anderen, weil sie es ohnehin weiß.

> **EDGAR ROTHSCHILD:**
> **So sehr ich unsere hypothetische kleine Diskussion auch genieße, ich habe ihre Nummer nicht. Daher werden wir wohl nie wissen, was ich in dem Fall tun oder nicht tun würde.**

> **LINDA O' LINDA:**
> Und was, wenn ich ihre Nummer habe?

Edgar starrt auf die Nachricht.

> **LINDA O' LINDA:**
> Sie hat sie mir heute gegeben. Willst du sie?

Eine Stimme in Edgars Kopf schreit Ja, die andere Nein. Dazwischen laufen Julias Worte durch seinen Verstand, wie bei einem News-Ticker mit rot leuchtenden Digitalbuchstaben. *Mager und dünn. Ein schwacher knochiger Körper. Wie ein kleiner Junge, der seinen Penis nur braucht, um zu pinkeln. Geschlechtslos.*

Er kann nicht mit ihr reden. Er wüsste nicht mal über was. Erst denkt er es nur, dann schreibt er es.

> **EDGAR ROTHSCHILD:**
> Ich kann nicht mit ihr reden, ich wüsste nicht mal über was.

> **LINDA O' LINDA:**
> Hm. Wolltest du nicht eben noch bei ihr klingeln?

Edgar antwortet nicht, er ringt mit sich, alleine auf dem Gehweg stehend, ein Verlierer, der einem Mädchen nachläuft, und das im wahrsten Sinne des Wortes.

> **LINDA O' LINDA:**
> Bist du noch da?

> **EDGAR ROTHSCHILD:**
> Ja. Aber ich gehe jetzt nach Hause. Trotzdem danke fürs Zuhören.

Er schickt die Nachricht ab, dann startet er seine *Let's Run*-Playlist von Neuem und steckt das Handy weg. Er spürt noch das Vibrieren von Lindas Antwort durch den dünnen Stoff der Trainingshose, doch er ignoriert es.

Als »Leave Me Lonely« von Hilltop Hoods beginnt, rennt Edgar los. Seine Füße treffen schnell und kurz auf den Asphalt.

Und mit jedem Meter, den er zwischen sich und Julia bringt, fühlt er sich leichter und schwerer. Beides zur selben Zeit.

SAMSTAG, 23. MAI

16:56 Uhr

Julia liegt in der Badewanne. Und mit geschlossenen Augen fühlt es sich fast so an, als hätte es ihre Probleme nie gegeben. Als wäre sie heute Morgen in einer Parallelwelt aufgewacht, in der sie nie befürchtet hat, schwanger zu sein. In einer Welt, in der dieses Kapitel gar nicht existiert. Julia treibt schwerelos im Wasser, ein leichter Körper mit noch leichteren Gedanken. Wie eine kleine Luftmatratze auf einem See.

»Dein Hormonhaushalt ist einfach durcheinandergeraten, das kommt vor«, hört sie Dr. Overbeck sagen. »Es ist alles in Ordnung. Du bist nicht schwanger.« Sie ist einfach nur durcheinander. Sie und etwas in ihr. Alles ist gut.

In dem Moment, als sie das denkt, hallt ein vibrierendes Geräusch durchs Bad, und Julia öffnet die Augen. Ihr Blick folgt dem Summen, dann sieht sie, wie ihr iPhone langsam in Richtung Waschmaschinenrand wandert. Es ist vielleicht alt, aber Julia braucht es noch, sie schnellt hoch, trocknet ihre Hände oberflächlich ab und greift danach, bevor es abstürzen kann.

Eigentlich will Julia mit niemandem sprechen. Sie ist gerade erst Neli und Marie losgeworden. Die wollten unbedingt mit ihr in die Wanne. So schnell wie die beiden nackt waren und über den Wannenrand geklettert sind, konnte Julia gar nicht schauen.

Doch dann sieht sie Lindas Namen auf dem Display. Und ohne weiter darüber nachzudenken, geht sie dran.

»Hi«, sagt sie. »Mit dir habe ich nicht gerechnet.«

»Ich hatte auch eigentlich nicht vor anzurufen«, antwortet Linda.

»Warum tust du es dann?«

»Keine Ahnung.« Stille. »Wie geht's der Nase?«

»Geht so«, sagt Julia. »Ein Freund meiner Mutter war vorhin da und hat sie eingerenkt.«

»Ein Arzt?«

»Ein Boxlehrer.«

Linda lacht los. Und bei dem Klang muss Julia selbst lachen.

»War es so schlimm, wie ich es mir vorstelle?«

»Schlimmer«, sagt Julia. »Wie ein Messer im Gesicht.«

»Autsch.« Pause. »Und sonst?«, fragt Linda. »Wie geht es dir sonst so?«

»Erleichtert, schätze ich«, sagt Julia und lässt sich zurück ins warme Wasser gleiten.

»Badest du etwa auch gerade?«

Ein kurzes Zögern, dann sagt Julia: »Wieso? Du auch?«

»Ja«, sagt Linda und macht ein plätscherndes Geräusch, als wollte sie es beweisen. Irgendwie ist die Vorstellung seltsam, dass sie beide gerade nackt sind. Als würde das einen Unterschied machen.

»Wie war das Gespräch mit deiner Mutter?«, fragt Linda dann. »Du hast doch mit ihr gesprochen, oder?«

»Ja«, sagt Julia. »Es lief gut. Keine Ahnung, warum ich solche Angst davor hatte.«

Danach ist es ein paar Sekunden lang still.

»Hast du eine Ahnung, wer es war?«, fragt Linda. »Ich meine, wer deine Einträge veröffentlicht hat?«

»Nein«, sagt Julia.

»Was denn, du hast nicht mal eine Vermutung?« Linda klingt ungläubig. »Komm schon, du musst eine Vermutung haben.«

»Es gibt genug Leute, die mich nicht leiden können«, erwidert Julia. »Ich nehme an, es war einer von denen.«

»Also, ich glaube ja, es war Marlene«, sagt Linda. »Und das dachte ich im Übrigen auch schon, bevor alle anderen auf den Zug aufgesprungen sind.«

»Hm«, macht Julia. »Mittlerweile glauben das wirklich viele.«

»Aber du glaubst es nicht?«

»Nein«, sagt Julia und schaut auf die weiß gefliese Wand über der Badezimmertür. »Ich kenne Marlene. Sie war es nicht.«

»Na ja, dein Eintrag über sie war ziemlich hart. Ich an ihrer Stelle hätte es bestimmt getan.«

»Nein, das hättest du nicht«, sagt Julia, und in dem Moment, als sie es laut ausspricht, wird ihr klar, dass sie es eigentlich nur hatte denken wollen.

»Ach nein?«, fragt Linda amüsiert. »Und wie kommst du darauf?«

»Keine Ahnung, vielleicht weil du mir nach allem, was ich getan habe, trotzdem geholfen hast.« Julia betrachtet ihre schrumpeligen Fingerkuppen. »Und das gleich zwei Mal. Und jetzt rufst du auch noch an und fragst mich, wie es mir geht.« Pause. »Klingt für mich nicht gerade nach einer rachsüchtigen Person.«

»Das ist nicht der einzige Grund, warum ich angerufen habe«, erwidert Linda.

»Kann schon sein«, sagt Julia, »aber du hast *auch* deswegen angerufen.«

Stille.

»Bist du noch dran?«

»Ja«, sagt Linda.

»Na gut, ich will es wissen. Warum hast du noch angerufen?«

Linda zögert, dann sagt sie: »Weil ich jemanden zum Reden brauche.«

Ein paar Sekunden lang antwortet Julia nicht. Sie spürt den erstaunten Ausdruck auf ihrem Gesicht, er schmerzt in ihrer Nase und zieht bis in die Stirn.

»Und da rufst du mich an?«, fragt sie schließlich.

»Sieht so aus, ja.«

Wieder ist es still.

»Warum redest du nicht mit Edgar darüber? Oder mit Momo?«

»Weil Edgar mir in diesem Fall nicht helfen kann. Und mit Momo kann ich nicht darüber reden, weil sie nichts davon weiß.«

»Und wovon genau weiß Momo nichts?«

»Wenn ich es dir erzähle«, sagt Linda, »und du mit irgendjemandem darüber sprichst, dann mache ich dich fertig.« Pause. »Das meine ich ernst.«

»Hörst du mich etwa lachen?«, fragt Julia.

»Nein. Aber das muss unter uns bleiben«, sagt Linda. »Kein Wort an irgendjemanden.«

Julia setzt sich in der Wanne auf, das Wasser plät-

schert. »Was soll der Scheiß?«, fragt sie. »Du weißt doch
sowieso, dass du mich in der Hand hast. Dein Vater ist an
seine ärztliche Schweigepflicht gebunden, aber du …«
Julia bricht mitten im Satz ab. »*Deswegen* hast du mich
angerufen. Weil du wusstest, dass ich nichts sagen kann.«

»Ja, auch«, gibt Linda zu. »Aber nicht nur deswegen.«

»Sondern? Warum dann?«, fragt Julia kühl.

»Wegen deiner Menschenkenntnis.«

»Meiner Menschenkenntnis?«

»Ja«, sagt Linda. »Ich dachte immer, du wärst grauenhaft, aber dann habe ich deine Einträge gelesen.«

»Du verstehst es wirklich, einem ein Kompliment zu
machen.«

»Komm schon, du weißt, wie ich es gemeint habe.«

Julia lächelt gegen ihren Willen, dann sagt sie: »Na
gut. Rede.«

»Hast du denn vor, es wieder zu tun?«, fragt Julia.

»Du meinst, mit Edgar schlafen?«

»Ja.«

»Nein«, sagt Linda. »Habe ich nicht.«

»Und da bist du dir sicher?«

»Ich habe es nicht vor. Reicht das nicht?«

»Na ja, ich nehme mal an, du hattest es auch nicht vor, als es neulich nachts passiert ist, oder?«

Linda schließt einen Moment die Augen.

»Du siehst, worauf ich hinaus will?« Julia fragt es nicht wertend, nicht mal rechthaberisch. Es ist nur eine Frage, die Linda nicht beantworten will.

Trotzdem sagt sie: »Ja. Aber das war anders. Edgar und ich sind damals so plötzlich auseinandergegangen. Ich meine, wir waren«, sie bricht ab, denkt kurz nach und fügt dann hinzu, »irgendwie noch nicht ganz fertig miteinander.«

»Seid ihr denn jetzt ganz fertig miteinander?«, fragt Julia.

»Ja«, sagt Linda. Und nun heißt es, vorsichtig sein, denn wenn sie etwas Falsches sagt, droht sie, Edgar etwas kaputt zu machen. Doch wenn sie es geschickt anstellt, erreicht sie exakt das, was sie will. Und dann sagt sie: »Wenn man es genau nimmt, ist das alles sowieso nur deinetwegen passiert.«

»Interessant«, sagt Julia. »Ihr habt also *meinetwegen* miteinander geschlafen?«

»Im Grunde ja. Edgar und ich haben gestritten.« Linda zieht den Stöpsel aus der Wanne. »Wir haben uns gestritten, weil er mir nicht erzählt hat, dass ihr ...« Sie bricht ab.

»Dass wir zusammen Bus fahren?«, fragt Julia.

»Ja«, erwidert Linda. »Er hat nichts gesagt. Kein Wort.«

»Das ist nicht dein Ernst. Deswegen habt ihr euch gestritten? Weil Edgar und ich zusammen Bus fahren?«

»Du weißt genau, dass es für Edgar mehr ist als das.« Der letzte Rest des Badewassers läuft gurgelnd den Abfluss hinunter.

»Hat er das gesagt oder glaubst du das nur?«, fragt Julia.

»Edgar würde so etwas nie sagen. Aber ich kenne ihn. Ich weiß, dass ich recht habe.«

»Wenn das stimmt, wenn es wirklich mehr für ihn ist, warum hat er dann mit dir geschlafen?«

»Das hab ich doch eben gesagt«, sagt Linda an der Grenze zu gereizt. »Weil noch etwas zwischen uns stand.«

»Richtig«, sagt Julia. »Das hatte ich vergessen.«

»Glaubst du mir etwa nicht?«

»Keine Ahnung. Irgendwie ja und irgendwie nein.«

Linda seufzt. »Ich weiß nicht, wie ich es besser erklären soll ... es war, als hätte hinter unserer Geschichte noch ein Punkt gefehlt. Es war wie ein offenes Ende. Ergibt das Sinn?«

»Liebst du ihn noch?«, fragt Julia und stellt damit die eine Frage, auf die es keine wirklich gute Antwort gibt. Dann fügt sie hinzu: »Du musst es mir nicht sagen, wenn du nicht willst.« So als hätte sie Lindas Gedanken gelesen.

»Ich werde Edgar immer irgendwie lieben«, sagt sie dann nach einer Weile. »Aber eben nicht so. Nicht so, wie ich Momo liebe.« Pause. »Das, was ich für Edgar empfinde, hat nicht gereicht. Jedenfalls nicht, um mit ihm zusammenzubleiben.«

»Okay«, sagt Julia. »Und du hast nicht vor, es wieder zu tun. Mit ihm zu schlafen, meine ich.«

»Nein«, sagt Linda, während sie aus der Wanne steigt und nach ihrem Handtuch greift. »Das zwischen Edgar und mir ist vorbei.« Sie trocknet sich ab. Der Spiegel ist milchig angelaufen, und Linda wischt mit der flachen Hand über die glatte Fläche.

»Wenn das wahr ist«, sagt Julia, »wenn du nicht vorhast, es noch mal zu tun, und du auch nicht wieder mit Edgar zusammenkommen willst, dann darfst du Momo auf keinen Fall davon erzählen. Weder jetzt noch sonst irgendwann.«

Linda mustert ihr verwaschenes Spiegelbild, die nassen grünen Haare und ihre blasse Haut. *Ihr nichts davon erzählen?* Irgendwie war Linda sich sicher gewesen, dass Julia genau das Gegenteil sagen würde. Dass die Wahrheit letzten Endes ohnehin immer ans Licht kommt. Dass sie und ihre Einträge ja wohl das perfekte Beispiel sind. Schließlich waren die auch nicht für fremde Augen bestimmt gewesen, und jetzt kennt sie jeder. Linda dachte, Julia würde so etwas sagen wie: *Wenn du es ihr selbst sagst, hast du vielleicht eine Chance, dass sie dir verzeiht.* Und jetzt das.

»Ich soll sie anlügen?«, sagt Linda schließlich. »Ist das dein Ratschlag?«

»Du lügst sie nicht an. Du sagst ihr nur nicht die ganze Wahrheit.«

»Das ist Wortklauberei.«

»Ist es nicht«, entgegnet Julia. »Eine Lüge wäre es dann, wenn Momo dich direkt danach fragt, ob du mit Edgar fremdgegangen bist und du sagst Nein.«

»Was ist, wenn sie von jemand anders davon erfährt?«, fragt Linda.

»Aber von wem denn?«, fragt Julia zurück. »Außer euch beiden und mir weiß doch keiner, was passiert ist.«

Stille.

»Das heißt dann also«, sagt Linda, »wenn du mit Edgar geschlafen hättest, als du noch mit Leonard zusammen warst, dann hättest du ihm nichts davon erzählt?«

»Ist das eine ernst gemeinte Frage?«, fragt Julia. »Du hast doch die Einträge selbst gelesen. Ich habe mit Leonard so ungefähr über gar nichts gesprochen. Ich war ja noch nicht mal wirklich in ihn verliebt. Also nein, ich hätte ihm sicher nichts davon erzählt.«

»Auch wieder wahr«, sagt Linda. »Außerdem hättest du erst gar nicht mit Edgar geschlafen, so geschlechtslos wie er ist.«

Julia antwortet nicht darauf. Sie schweigt auf eine Art, die mehr sagt, als wenn sie etwas sagen würde.

»Moment«, sagt Linda. »Du findest ihn gar nicht geschlechtslos ...«

Julia sagt immer noch nichts.

»Aber warum hast du es dann geschrieben?«

»Zu der Zeit kannte ich Edgar kaum«, sagt Julia.

»Und? Geschrieben hast du es trotzdem.«

»Ja schon, aber das war nicht das Einzige, was ich über ihn geschrieben habe. Es gab noch andere Einträge. Nur, dass die natürlich nicht veröffentlicht wurden.«

»Was waren das für Einträge?«, fragt Linda neugierig.

»Du erwartest doch jetzt wohl nicht im Ernst, dass ich dir das erzähle.«

»Warum eigentlich nicht? Ich habe dir das von Edgar und mir doch auch erzählt.«

»Ja, weil du mit sonst niemandem darüber reden konntest.«

Eine Weile ist es still, dann sagt Linda: »Du stehst auf Edgar.«

»Wenn es dir nichts ausmacht, möchte ich lieber nicht darüber reden.«

»Und wenn es mir was ausmacht?«, fragt Linda.

»Du bist ziemlich nervig, weißt du das?«

»Das sagt Edgar auch immer«, sagt Linda lachend. Und dann: »Jetzt gib es schon zu. Du stehst auf ihn.«

Julia seufzt. »Kann sein. Und?«

»Und ich verstehe das Problem nicht«, sagt Linda. »Du willst was von ihm und er von dir.«

»Er will garantiert nichts mehr von mir, nach dem, was ich über ihn geschrieben habe.«

»Ach, papperlapapp«, sagt Linda. »Du unterschätzt ihn, was das betrifft. Edgar ist härter im Nehmen, als man denkt.« Sie muss grinsen. »Und das in jeder Hinsicht.«

»Okay, ich hab's verstanden«, sagt Julia gereizt. »Edgar ist gut im Bett.«

»Edgar ist richtig gut im Bett«, sagt Linda. »Und ich bin mir ziemlich sicher, er würde dir das nur zu gern beweisen.«

»Können wir jetzt bitte das Thema wechseln?«

»Wieso?«, fragt Linda.

»Weil wir eigentlich gerade darüber gesprochen haben, dass du deine Freundin betrogen hast.«

Linda sieht sich im Spiegel die Stirn runzeln. »Das nenne ich mal einen Übergang«, murmelt sie.

»Bei sowas gibt es keinen guten Übergang«, antwortet Julia, und nach einer Pause sagt sie: »Okay. Ich werde dir jetzt die knallharte Wahrheit sagen. Bist du bereit?«

»Nein«, sagt Linda.

»Ich sage sie dir trotzdem«, erwidert Julia, »denn genau deswegen hast du mich angerufen. Weil wir keine Freunde sind.«

Linda muss lachen. »Also schön, ich höre.«

»Solange Momo nichts von der ganzen Sache weiß, geht es ihr gut und dir schlecht. Und genau so soll es sein. Weil *du* fremdgegangen bist.« Pause. »Du hast dieses Gefühl verdient. Und das weißt du.«

Danach ist es lange still. Ein Zeitraum, der aus mehreren Minuten zu bestehen scheint, sich aber vermutlich nur so anfühlt. Ein Zeitraum, in dem Linda einfach nur dasteht, reglos und nackt mit dem Handy am Ohr.

»Bist du okay?«, fragt Julia irgendwann.

»Nein«, sagt Linda. »Aber danke.«

22:22 Uhr

Ich war ziemlich genau zwölf Jahre alt, als ich begriffen habe, dass es nicht von Vorteil ist, besonders zu sein. Da habe ich die anderen Mädchen in meinem Alter um fast einen Kopf überragt. Ich war auch größer als die meisten Jungs des Jahrgangs. Damals wurde mir schmerzlich bewusst, dass es besser ist, der Norm zu entsprechen. Mittelgroß, mittelschön, mittelklug. Normalgewicht, Mischhaut, hellbraunes Haar. Dazu die eine oder andere kleine Schwäche – so wie Kurzsichtigkeit oder Legasthenie. Ein durchschnittliches Gesicht, hübsch ja, aber bitte nicht zu hübsch. Gefällig. Kleine Nase, große Augen, so was in der Art. Ein Crowd-Pleaser. Jemand, der niemanden stört, weil er niemandem gefährlich werden kann, keine Ecken, keine Sommersprossen, keine bösen Worte, nur schale Freundlichkeit. Kurz: die kleine Schwester von scheiße. Und das bitte immer und zu jedem. Ein Abziehbild von einem Menschen, den man im Bruchteil einer Sekunde vergessen kann, weil man an seiner Oberfläche abrutscht.

Ich glaube, wenn man so ist, hat man es leichter im Leben. Wenn man niemandem in Erinnerung bleibt, weil man so unfassbar gewöhnlich ist. Ein Notendurchschnitt von 2,3 und ein paar Hobbys, die sich selbst erklären. Alles andere könnte Leute vor den Kopf stoßen. *Wie meinen Sie das, Ihre Tochter boxt? Das ist doch ein Jungen-Sport?* Besser, man spielt Klavier. Fußball und Ballett eignen sich auch – aber nur solange Jungs Fußball spielen und Mädchen Ballett tanzen, auf keinen Fall andersrum. Ein Segelschein ist in den entsprechenden Kreisen auch gut. Oder reiten. Freizeitbeschäftigungen, die andere nicht mit ihrer eigenen Gewöhnlichkeit konfrontieren. Ein Genie ist man besser erst nach der Schule. Wenn überhaupt. Und wenn es schon sein muss, dann bitte bodenständig. Denn alles, was anders ist, macht anderen Angst. Und Angst macht etwas mit Menschen.

Die längste Zeit wollte ich ein Mädchen der Masse sein. Ein kleines Etwas in einem großen Ganzen. Aber ich bin es einfach nicht. Und ich war es auch nie. Zu groß, zu anders. Ich bin ein unfertiges Bild. Und mein Leben voll mit fehlenden Teilen. Vielleicht kann ich noch gar nicht wissen, wer ich wirklich bin – vielleicht habe ich mich dafür noch nicht gut genug kennengelernt. Vielleicht bin ich gerade erst dabei. Weder die Person, die ich sein will, noch die Person, die ich sein sollte. Aber die, die ich war, bin ich eben auch nicht mehr.

Wenn ich mir ansehe, was ich getan habe, schäme ich mich ein bisschen dafür, aber nicht genug, um es zu bereuen. Diese Einträge zu veröffentlichen war kein Fehler. Manche Dinge gehören ausgesprochen, sonst erstickt man daran. Ich hätte nicht gedacht, dass jemand Julia gleich die Nase brechen würde, ich meine, Gott, was ist nur los mit den Leuten? Trotzdem war es im Großen und Ganzen richtig. Wie einer von diesen verheerenden Waldbränden, nach denen der Boden viel fruchtbarer ist. Auf den ersten Blick eine Katastrophe, auf den zweiten ein neuer Anfang.

Als ich vorhin noch einmal Julias Eintrag über mich gelesen habe, war es, als ginge es dabei nicht um mich. Ich habe ihre Sätze noch gespürt, jedoch nicht mehr wie Klingen, eher wie Wind in einer Baumkrone. Es hat mich berührt, es zu lesen, aber es hat mich nicht mehr verletzt. Als hätte ich in den vergangenen Tagen mit Julias Worten in mir aufgeräumt. Ordnung geschaffen. Und plötzlich habe ich mich seltsam vollständig gefühlt, auf eine Art ganz, die ich dunkel aus meiner Kindheit kannte. Mein Bruder und ich haben damals zu Weihnachten einen Schlittenhund-Welpen bekommen. Einen Seppala Siberian Sleddog um genau zu sein. Das war, bevor wir hierhergezogen sind, in dieses Haus voller Gästezimmer.

Marla sah aus wie ein Wolf. Mit dichtem Fell und einem Blick, als hätte sie die Antworten auf alle Fragen, die ich jemals haben könnte. Und egal, wo ich hinging, sie folgte mir. Als wäre sie mein Schatten. Und dann hat irgendein Arschloch sie überfahren, sie von einem Moment auf den anderen aus meinem Leben gelöscht.

Es passierte an einem trüben Dienstag im Winter, kurz nach meiner Einschulung. Der Tag war grimmig kalt und grau wie eine Schwarzweißfotografie. Unter anderen Umständen hätte ich ihn schon lange vergessen. Er hätte sich unbedeutend eingereiht in viele andere. Doch jetzt sticht er heraus. Wie eine Narbe im Gesicht. Ich erinnere mich an jedes Detail dieses Dienstags. An den eisigen Geruch der Luft und an das Gefühl der Wollhandschuhe auf meinen rissigen Handrücken. An die Sonne, die es nicht durch die Wolken geschafft hat, ein milchiger Lichtkreis, der im Himmel erstickte. Als ich an dem Morgen in die

Schule ging, hat Marla noch gelebt. Als ich am frühen Nachmittag zurückkam, war sie tot. Mit ihr verschwand auch dieses Gefühl des Aufgehobenseins, das ich in ihrer Gegenwart immer gehabt hatte. So als wären wir ein Rudel, sie und ich.

Seitdem habe ich oft geträumt, wie wir durch Wälder streifen, in sternenklaren Nächten unter hohen Bäumen. Lautlose Schritte, und sie an meiner Seite. Und plötzlich fühle ich mich wieder so. Als wäre etwas in mir eingerastet. Als hätte ich zu mir zurückgefunden.

Im Nachhinein bin ich froh, dass ich Julias Eintrag über mich gelesen habe. Die schmerzhafte Wahrheit, die ich einfach nicht sehen wollte.

Ich schätze, wir sind alle nur ein Moment. Ein flüchtiges Blinzeln in der Zeit. Eine Summe aus unseren Entscheidungen, und damit etwas, das erst am Ende Sinn ergibt – wenn überhaupt.

SONNTAG, 24. MAI

21:25 Uhr

Gestern Abend kurz vor Mitternacht hat Linda eine Nachricht von Momo bekommen. Nur einen Satz: *Ich wünschte, es wäre anders, aber ich bin noch nicht so weit.* Linda wollte darauf antworten, aber sie wusste nicht was. Sie hat nach den richtigen Worten gesucht, nach einem Weg von ihrer Insel auf Momos, nach einer verbalen Hängebrücke, auf deren Mitte sie sich treffen könnten. Aber es gibt keine Mitte zwischen Outing und Geheimnis. Keinen Kompromiss, den man eingehen könnte. Es sind zwei Seiten, die einander gegenüberstehen. Sie auf der einen und Momo auf der anderen. Und dazwischen irgendwo das Geheimnis mit Edgar.

Also ist Linda aufs Rad gestiegen und ins Fitnessstudio gefahren. Sie war die ganze Woche nicht im Sport. Am Mittwoch wegen des Streits mit Edgar. Am Donnerstag, weil sie mit ihm geschlafen hat. Und am Freitag wegen der Sache mit Julia – und dem Abend mit Momo, der so falsch endete. Am Samstag hätte sie gehen können, aber dann hat sie zu lange mit Julia telefoniert. Das Gespräch liegt ihr noch immer flau im Magen, so als hätte Linda nicht nur etwas Falsches getan, sondern auch etwas Falsches gegessen. Sie konnte nicht aufhören, an das zu denken, was Julia gesagt hat: »Du hast dieses Gefühl verdient. Und das weißt du.« Dazu mischten sich Bilder von Edgar und ihr. Bilder, an die Linda nicht denken wollte und die sie gleichzeitig erregt haben. Sie hat sich gesagt, dass ihre Erregung eine rein körperliche Reaktion ist, etwas Harmloses wie ein Magenknurren oder ein Niesen. Doch zur selben Zeit hat sie gewusst, dass es nicht stimmt. Dass es halb gelogen ist. Vielleicht sogar mehr als nur halb.

Es war eine ausweglose Situation. Das, was sie hatte tun müssen, um mit Edgar abzuschließen, hatte einen Keil zwischen sie und Momo getrieben. Bei dem Stichwort *Keil* und *zwischen sie und Momo getrieben*, hat Linda schließlich ihre Sportsachen gepackt und ist ins Fitnessstudio gefahren. Dort zu sein ist wie ein Mal feucht durchwischen in ihrem Gehirn. Es ist das Einzige, was hilft.

Linda war eine Dreiviertelstunde auf dem Laufband. Sie ist so lange gerannt, bis sie nicht mehr konnte – weder laufen noch denken. So lange, bis sie nur noch aus Körper bestand. Aus Schmerz und Muskeln und Schweiß. Und währenddessen hat sie Musik gehört. Sie hat nicht weiter auf den Text geachtet, nur auf die Melodie. Irgendeine Spotify-Playlist, in ein Ohr rein, aus dem anderen raus. Bis zu diesem einen Lied, das Linda nicht kannte. Ein Lied, das etwas zu ihr gesagt hat. Mehr als die gesungenen Worte, mehr als man beschreiben kann. Es waren Lyrics, die Linda gerührt haben wie der Donner. Sätze, die in ihr Bewusstsein eingeschlagen sind und anstelle von Verwüstung Ordnung hinterlassen haben. Nur ein Song. Die Worte eines anderen Menschen, die in ihrem Kopf Sinn gestiftet haben.

Linda stand danach beinahe zwanzig Minuten lang

mit geschlossenen Augen auf dem abgeschalteten Laufband und hat zugehört. Immer wieder demselben Song:
»OTL« von Little Hurricane.

My mind's made up
Took me long enough
You're my one true love
I never thought I could love someone so much

When I'm with you I feel love
I wanna know that real love
What we have is enough
Enough for us

Und dann hat sie Momo angerufen. Und als die rangegangen ist, hat Linda nur gesagt: »Ich liebe dich.« Danach
war es lange still. Eine aufgeladene Ruhe, die sich erst legen musste. Dann hat Momo geantwortet: »Ich liebe dich
auch.«

Das war's. Der Rest des Gesprächs war nicht mehr wichtig. Ein knappes Verabreden für später, eine verlegene
Pause, Vorfreude. So als hätte die Tatsache, dass sie sich
lieben, alles andere weggewischt. Wie eine Staubschicht,
unter der das Wesentliche gewartet hat.

Jetzt steht Linda unter der Dusche und wäscht sich das
Shampoo aus den Haaren, im Reinen mit sich selbst und
der Welt. Sie hat das Lied noch im Kopf, als sie die Brause
abstellt und sich in ihr Handtuch wickelt, dann geht sie
leise summend zu ihrem Spind zurück, vorbei an Frauen,
die sich ganz selbstverständlich aus- und umziehen, die

sich eincremen und sich die Haare föhnen. An Frauen, die einander kurz anschauen und dann wieder weg. Alle zusammen in einer Intimität, die nur wenige Augenblicke andauert. Sekunden, in denen man sich x-beliebigen Menschen freiwillig durch seine Nacktheit ausliefert.

Linda mag diese Momente, weil sie so ehrlich sind. Keine Kleidung, die kaschiert, ungeschminkte Gesichter, müde Körper, nasse Haare, Fettpölsterchen, mal mehr, mal weniger Muskeln, straffe und alte Haut, weiche Körper, lange Beine, Gerüche von Bodylotions und Deos, von Shampoos und Körperölen. Es ist wie eine Welt in der Welt, in der alle auf eine seltsame Art und Weise irgendwie gleich sind und gleichzeitig vollkommen verschieden.

Linda holt ihre Sachen aus dem Spind und zieht sich an. Die Unterhose, dann das T-Shirt, ohne BH, weil sie BHs nicht leiden kann, und zuletzt die schlabbrige Jogginghose, die eigentlich Edgar gehört, und die sie ihm schon längst mal zurückgeben wollte. Er hat sie, als sie noch zusammen waren, bei Linda im Schrank deponiert und dann dort vergessen. Die Erinnerung fühlt sich weit weg an und zur selben Zeit ganz nah. Es war letzten Juni, fast ein Jahr her. Linda weiß es deswegen noch so genau, weil sie unmittelbar danach in den Garten gegangen sind und dort mit ihren Eltern einen Joint geraucht haben.

In dem Moment, als sie daran zurückdenkt, vibriert ihr Handy auf der Holzbank. Und es ist Edgar.

21:33 Uhr

Normalerweise meldet Edgar sich mit einem *Hallo*, wenn er Linda anruft. Oder mit einem *Hi, wie geht's?*, doch jetzt ist es ein: »Stör ich? Können wir reden?«

»Ich bin gerade in der Umkleide«, sagt Linda leise.

»Heißt das ich störe oder wir können reden?«, fragt Edgar seltsam verunsichert.

»Du störst nie«, entgegnet Linda.

Edgar atmet tief ein, dann sagt er: »Mir geht einfach nicht aus dem Kopf, was du gestern am Telefon gesagt hast.«

»Und was davon?«, fragt Linda. »Dass Julia auf dich steht oder dass ich ihr von unserem Schlusspunkt erzählt habe?«

Edgar schließt einen Moment die Augen.

»Beides«, sagt er. »Aber vor allem, dass sie auf mich steht.«

Edgar liegt auf seinem Bett. Genau da, wo Linda und er noch vor ein paar Tagen miteinander geschlafen haben. Und wo er gestern Abend saß, als sie ihn aufgelöst angerufen hat, um ihm zu beichten, dass sie Julia davon erzählt hat, weil sie mit irgendjemandem darüber reden musste. Ausgerechnet mit Julia. Edgar denkt an seine Reaktion – »Wir hatten einen Deal, schon vergessen?! Und warum ausgerechnet sie?« – und dann an Lindas Antwort: »Ich war verzweifelt, okay? Außerdem war sie die Einzige, von der ich wusste, dass sie den Mund halten wird.«

Was sie da so sicher machte, wollte Linda ihm einfach nicht sagen. Er hat drei Mal nachgefragt und sie hat drei Mal nicht geantwortet. Doch das ist ihm erst so richtig aufgegangen, nachdem sie aufgelegt hatten. Seitdem beschäftigt ihn diese Frage. Sie und das gesamte Telefonat.

»Woher weißt du so genau, dass Julia mit niemandem darüber reden wird?«

»Ich weiß es einfach, okay?«, sagt Linda.

»Nein, nicht okay. Sag mir, warum.«

»Das kann ich dir nicht sagen.«

»Und wieso nicht?«, erwidert Edgar.

»Weil ich nicht jemand bin, der die Geheimnisse anderer Leute weitererzählt.«

Edgar setzt sich auf. »Ach nein?«, sagt er. »Komisch, ich hatte irgendwie den Eindruck, du hättest gestern genau das getan.«

»Edgar, ich habe ihr nicht ein Geheimnis von dir verraten, sondern etwas, das auch mich betrifft. Das ist was anderes.«

»Hm«, macht Edgar. »Es betrifft *auch* dich, das stimmt. Aber eben nicht nur.«

Linda seufzt. »Du kannst mir glauben, ihr Geheimnis ist eine Nummer größer als unseres.«

»Inwiefern größer?«, fragt Edgar.

»Einfach größer«, sagt Linda.

»Ich bin dein bester Freund. Und dein Exfreund. Und dein Kindergartenfreund«, sagt Edgar. »Du musst es mir einfach sagen.«

»Hör auf damit«, sagt Linda schroff.

»Nein, ich höre nicht auf«, antwortet Edgar angespannt. »Wie kannst du nach diesem Eintrag auf ihrer Seite sein?«

»Ich bin nicht auf ihrer Seite«, erwidert Linda. »Und abgesehen davon gibt es noch andere Einträge. Einträge, die laut Julia ganz anders sind.«

»Tja, nur dass diese Einträge leider sonst niemand lesen wird. Sie kennen alle nur den *einen*.«

»Seit wann interessiert es dich, was andere über dich denken?«, fragt Linda.

»Das mag dich jetzt vielleicht überraschen, aber es ist mir nicht egal, dass die ganze Schule von mir denkt, ich wäre ein schwanzloser Vollidiot«, sagt Edgar bitter. »Einer, der von seiner Freundin für ein Mädchen verlassen wird. Glaubst du, das ist mir egal?« Linda sagt nichts. »Du weißt, dass ich in sie verliebt bin.« Edgar sagt es ganz plötzlich, ganz ohne Zusammenhang, so als hätte er es nicht mehr ausgehalten, es nicht zu sagen. Als hätte er es wenigstens ein Mal aussprechen müssen. »Ich habe es nie gesagt«, sagt er, »aber du weißt es.«

»Ja«, sagt Linda. »Ich weiß.«

»Du warst eifersüchtig auf sie, weil du Angst hattest, du könntest mich an sie verlieren. Und jetzt habt *ihr* Geheimnisse vor mir?«

»Komm schon, Edgar«, sagt Linda. »Wir haben keine Geheimnisse vor dir. Es ist *Julias* Geheimnis. Und ich weiß nur deswegen davon, weil ich in dem Moment zufällig dabei war. Wäre es anders gewesen, hätte sie mir niemals davon erzählt.«

»Bitte sag es mir«, sagt Edgar. Und dann noch einmal: »Bitte, Linda.«

Danach ist es mehrere Sekunden lang still. Weit entfernt im Hintergrund hört Edgar Umkleidegeräusche – Spind-Türen, die geschlossen werden, das entfernte Brummen eines Föhns, gedämpfte Unterhaltungen. Er weiß, dass Linda mit sich ringt, er hört es an der Art, wie sie schweigt. Und so wartet er, weil sie es ihm sonst nicht sagen wird. Aber sie muss es ihm sagen. Der Moment ist bis zum Zerreißen gespannt. Sekunden, die kaum zu ertragen sind.

Dann atmet Linda endlich ein, und Edgar hält die Luft an. Sein Herz schlägt schnell, ein unangenehmes Vibrieren in seinem gesamten Körper.

»Du willst nicht, dass ich dir das erzähle«, sagt Linda schließlich. »Du willst, dass *sie* dir das erzählt. Und das wird sie.« Pause. »Weil sie dich mag. Sie mag dich wirklich.«

Edgar atmet langsam aus und massiert sich mit einer Hand die Stirn.

»Du wirst es mir also wirklich nicht sagen«, sagt Edgar leise.

»Nein«, antwortet Linda. »Es wäre falsch.«

»Sie hat geschrieben, dass ich –«

Doch weiter kommt er nicht, denn Linda schneidet ihm das Wort ab. »Das, was sie geschrieben hat, ist totale Scheiße, und das weißt du.«

Zornige, enttäuschte Tränen sammeln sich in Edgars Augen. Immer mehr, bis sein Zimmer pulsierend und verschwommen vor ihm liegt, ein halbdunkler Raum, der zu Braun und Grau verschmilzt.

»Mir ist klar, dass meine Meinung nicht mehr so viel wert ist wie früher«, sagt Linda. »Aber du bist verdammt gut im Bett, Edgar.« Er antwortet mit einem abschätzigen Geräusch, ein seltsames Schnauben, das nicht recht zu ihm passt. »Das meine ich ernst«, erwidert Linda. »Und das letzte Mal war« – sie schluckt angestrengt und trocken, ein Mal, dann ein zweites Mal –, »das letzte Mal war ...«

»Der Wahnsinn«, sagt Edgar tonlos.

»Ja«, sagt Linda.

Dann sagen sie eine Weile nichts. Und so, als hätte Linda mit ihren Worten ein Ventil in ihm geöffnet, spürt Edgar, wie sein Zorn weniger wird. Wie ein nicht hörbares Zischen.

Irgendwann sagt er: »Danke.«

»Wofür?«, fragt Linda.

»Du weißt wofür«, antwortet er.

MONTAG, 25. MAI

7:13 Uhr

Der Tag beginnt heiß und wolkenlos. Ein Morgen wie aus einem Film. Oder einem Kinderbuch. Würde Julia an Zeichen glauben, wäre das ein gutes. Eine gleißend helle Sonne an einem blauen Himmel, der nicht zu enden scheint.

Julia geht zur Bushaltestelle. Sie braucht sich nicht zu beeilen, weil sie viel zu früh dran ist – was vor allem daran liegt, dass sie ihr eigenes Spiegelbild keine Sekunde länger hätte ertragen können. Sie hat versucht, die Blutergüsse in ihrem Gesicht einigermaßen abzudecken, aber die getönte Tagescreme hat keine Chance gehabt gegen das tiefe Lila-Grün. Wenn man es genau nimmt, hat sie es eigentlich nur noch schlimmer gemacht. Schwer vorstellbar, aber wahr. Als hätte das Abdecken die Blutergüsse erst richtig betont. Wenigstens sind die Schwellungen etwas zurückgegangen. Das ist ein Anfang.

Als Julia heute Morgen ihr Spiegelbild betrachtet hat, hat sie sich nicht wiedererkannt. Trotzdem hat es sich nicht falsch angefühlt. Als wären dieser Anblick und jede Regung in ihrem Gesicht eine schmerzhafte Erinnerung daran, dass sie mit ihren Einträgen, auch, wenn es nie ihre Absicht gewesen war, anderen wehgetan hat.

Als Neli und Marie vorgestern unbedingt mit ihr in die Badewanne wollten, haben sie sie gefragt, warum dieses

Mädchen aus der Schule auf sie losgegangen ist. Und Julia hat geantwortet: »Weil ich es verdient habe.«

Diese Antwort kam so spontan und unüberlegt, dass selbst Julia davon überrascht wurde. Von der Wahrheit, die auf einmal so offensichtlich war. Von der simplen Logik, die allem zugrunde lag. Genauso wie Linda ihr schlechtes Gewissen verdient hat, hat Julia die Blutergüsse verdient. Es laut auszusprechen, fühlte sich so richtig an, dass Julia sogar dabei lächeln konnte. Und danach ging es ihr irgendwie besser. Ein Gefühl, wie wenn man aus einem guten Traum erwacht, an den man sich zwar nicht im Detail erinnert, dessen Leichtigkeit man aber dennoch deutlich in sich trägt. Ein Gefühl, dass alles gut wird, auch wenn der Verstand es noch nicht glaubt.

Genau so hat der heutige Tag begonnen. Julia hat zusammen mit ihrer Mutter und den Kleinen gefrühstückt. Neli hat ihr eins von seinen Wurstbroten auf den Teller gelegt, und als sie gesagt hat, dass sie keine toten Tiere isst, hat er sie nur verständnislos angesehen und gesagt: »Das ist ein Schinkenbrot und kein totes Tier.« Julia musste lachen. Sie wollte es nicht, aber es ging nicht anders. Sie wird es ihm irgendwann anders erklären. Irgendwann, wenn er ein Käsebrot isst, damit ihm danach nicht schlecht wird. Sie saßen über eine halbe Stunde zusammen am Küchentisch. Etwas, das sie sonst so gut wie nie hinkriegen, weil einer von ihnen eigentlich grundsätzlich zu spät dran ist. Meistens ihre Mutter. Aber heute Morgen war es anders. Neli und Marie sind auf Zehenspitzen in Julias Zimmer geschlichen und haben sie ganz sanft geweckt. Bewaffnet mit einem Arnika-Gel aus dem

Kühlschrank, das ihre Mutter ihnen gegeben hat, das sie dann – so zart, dass es Julia seltsam gerührt hat – auf ihr geschwollenes Gesicht aufgetragen haben. Winzige Fingerkuppen in genauso winzigen Bewegungen. Ein bisschen wie Regentropfen auf der Haut. Julia lag auf dem Rücken und hat ihre beiden Geschwister angesehen, die links und rechts von ihr saßen und hochkonzentriert bei der Arbeit waren. Und in dem Moment dachte sie, dass sie vielleicht auch das verdient hat. Nicht nur die Faust in ihrem Gesicht, sondern auch diese vielen kleinen Finger. Dass vielleicht beides stimmt.

Danach haben sie noch ein paar Minuten gekuschelt. Kleine kalte Füße, die sich an Julias Beinen gewärmt haben. Verwuschelte Haare, die noch nach Schlaf rochen, und kratzige müde Stimmen, die erst noch zu Ende aufwachen mussten. Es war ein Moment, der so schön war, dass man ihn nicht erklären kann. Man kann sich nur an ihn erinnern.

Und genau das tut Julia, während sie den Gehweg hinuntergeht. Denselben Gehweg, den sie vor nur ein paar Tagen verzweifelt in Richtung Bus gerannt ist, in der wahnwitzigen Hoffnung, irgendwie doch noch an ihren Jutebeutel zu kommen. Rückblickend betrachtet eine völlig sinnlose Aktion. So sinnlos, dass Julia beim Gedanken daran kurz lachen muss.

Sie wechselt auf die andere Straßenseite. Und da bemerkt sie, dass jemand auf eine der Hauswände, die vergangene Woche gerade erst frisch gestrichen wurden, in scharlachroten Buchstaben ACAB gesprayt hat. Das Lieblingskürzel ihres Viertels. Das Kürzel, das Edgar ihr erst hatte erklären müssen, weil sie nicht wusste, was es bedeutet: *All Cops Are Bastards.*

Julia fragt sich, ob Edgar im Bus sein wird. In dem um 7:19 Uhr. Oder ob er vielleicht einen früheren genommen hat, um nicht mit ihr fahren zu müssen. Sie würde es ihm zutrauen. Oder aber er sitzt ganz hinten und ignoriert sie die ganze Fahrt über. Das wäre auch möglich.

Ob Linda ihm wohl alles erzählt hat? Bestimmt. Andererseits hat sie gesagt, dass sie es nicht tun wird. Sie hat es versprochen. Na gut, vielleicht nicht gerade versprochen, aber fast. Sie hat kurz vorm Auflegen gesagt: »Es wäre nicht richtig, ihm davon zu erzählen.« Nur, dass *nicht richtig* nicht unbedingt heißt, dass man etwas nicht tut, sondern bloß, dass es falsch wäre, es zu tun. Linda hat es ihm garantiert erzählt. Weil Linda und Edgar die besten Freunde sind. Eine echtere Version von Marlene und ihr. So gute Freunde, dass sie vor nur ein paar Tagen noch zum Abschied miteinander ins Bett gegangen sind. Beim bloßen Gedanken daran zieht sich Julias Magen wütend zusammen.

Wenn sie sich beeilt, könnte sie den früheren Bus noch erwischen. Dann müsste sie nicht mit Edgar fahren. Außer natürlich, der hat auch den früheren Bus genommen, und dann sitzen sie beide drin.

Im selben Moment erübrigt sich dieser Gedanke, denn Julia sieht den Bus am Ende der Straße von rechts ins Bild fahren. Er bremst ab und bleibt stehen. Egal, wie schnell sie rennt, sie würde ihn jetzt ohnehin nicht mehr erwischen. Julia versucht, Edgar hinter der schmutzigen Glasscheibe zu erkennen, doch das Sonnenlicht spiegelt zu sehr. Falls er da ist, hat Julia ihn nicht gesehen. Als sie die Kreuzung erreicht, setzt sich der Bus bereits schleppend in Bewegung und verschwindet wenig später in der Dunkelheit der Bahn-Unterführung.

Julia schaut ihm nach, bis er abgebogen ist, dann geht sie über die Straße. Die Morgensonne scheint ihr auf den Kopf. Und es ist seltsam warm für diese Uhrzeit. Zu warm. Als wäre bereits Mittag.

Als Julia sich auf die blaue Metallbank in dem leeren Bushäuschen setzt, ist sie aufgekratzt und unsicher. Sie holt ihr Handy aus der Tasche, steckt die Kopfhörer an und sucht nach Musik, um ihre Nervosität zu übertönen. »Anemone« von The Brian Jonestown Massacre. Das Lied ist ruhig und ihr Herzschlag schnell. Ein summendes Gefühl unter den Rippen, das sich so laut und aufgeregt anfühlt, als müsste man es von Außen hören – durch ihre Haut und ihren Mund und ihre Ohren. Julia schließt einen Moment lang die Augen, dann öffnet sie sie wieder und gleich danach WhatsApp. Sie gibt Linda Overbeck in das Suchfeld ein, dann wählt sie den gefundenen Chat aus und schreibt mit zittrigen Fingern:

> JULIA NOLDE:
> **Hast du es Edgar erzählt?**

7:15 Uhr

Linda und Momo sitzen am Küchentisch der Overbecks und essen Cornflakes. Die Nacht war verdammt kurz. Oder verdammt lang. Wie man es nimmt. Sie haben ewig geredet, sich geküsst, sich ausgezogen. Und dann miteinander geschlafen. Danach lagen sie nackt auf dem Bett mit offenen Fenstern. Die Blätter haben geraschelt, und Linda und Momo haben sich unterhalten. Irgendwann später haben sie sich Joghurts aus dem Kühlschrank geholt und weil es keine kleinen Löffel mehr gab, hat Linda beide auf Momos Bauch verteilt. Und zwischen ihren Beinen und auf ihren Brüsten. Und dann alles abgeschleckt. Momo lag auf dem Rücken, die Arme weit ausgestreckt, Linda zwischen ihren Oberschenkeln. Sie hat Momo gefingert. Erst mit nur einem Finger, dann mit zweien und am Ende mit Zunge und zwei Fingern. Und Momo hat auf diese seufzende Art gestöhnt, die Linda jedes Mal fertig macht. Ein Laut, als wäre es so gut, dass sie es gerade noch ertragen kann. Kurz vor zu viel. Momos Beine haben gezuckt, sie hat die Hände in den Decken vergraben, und Linda hat weitergemacht. So lange, bis sich alles in Momo angespannt hat, jeder einzelne Muskel, gefolgt von zwei ohrenbetäubend stillen Sekunden und einem japsenden Atemzug, wie von jemandem, der zu lang unter Wasser war und dann gerade noch rechtzeitig die Oberfläche durchbricht. Das Bettzeug war voll mit Joghurt und die

Luft elektrisch aufgeladen. Alles hat nach Mango und Vanille gerochen. Und nach Schweiß. Und Sex. Linda hat sich zu Momo gelegt, und für ein paar stille Minuten lagen sie schweigend und eng ineinander verschlungen auf dem Bett, zwei Körper, die sich wie nur einer angefühlt haben.

Danach hat Momo sich revanchiert.

Als sie letzten Endes zusammen unter die Decken gekrochen sind, ganz klebrig und glücklich, fast betrunken voneinander, färbte sich der Horizont bereits hell. Keine zwei Stunden später klingelte der Wecker sie dann unsanft in die Realität zurück. Zerknittert, aber zufrieden.

Momo sieht Linda an, ein verstohlenes Lächeln auf den Lippen. Im selben Moment vibriert Lindas Handy auf dem Küchentisch. Ein Mal, dann ein zweites Mal, dann ein drittes Mal.

Lindas Mutter schaut von ihrer Zeitung auf. »Wer schreibt denn da die ganze Zeit?«, fragt sie gereizt, weil Handys und Essen in ihrer Welt ein Widerspruch sind. Dass Linda im Grunde dasselbe tut wie sie, nämlich durch Nachrichten scrollen und lesen, geht ihr nicht in den Kopf. Zeitungen sind gut, Handys nicht.

»Edgar«, sagt Linda nach einem Blick auf ihr Display.

»Oh«, sagt ihre Mutter, was so viel heißt wie: *Na ja, in dem Fall …*

»Und was schreibt er?«, fragt Momo leise, so als hätte sie Angst, dass Lindas Mutter sie für zu neugierig halten könnte.

Linda liest Edgars Nachrichten. »Es geht um Julia«, sagt sie dann. »Sie steigt jeden Moment zu ihm in den Bus. Und seine Nerven liegen blank.«

Linda tippt ihre Antwort und drückt auf senden.

Dann vibriert es wieder, doch diese Nachricht ist nicht von Edgar, sie ist von Julia.

JULIA NOLDE:

Hast du es Edgar erzählt?

LINDA O'LINDA:

Nein. Kein Wort.

JULIA NOLDE:

Ehrlich nicht?

LINDA O'LINDA:

Ehrlich nicht.

JULIA NOLDE:

Gott, ich bin so erbärmlich. Wahrscheinlich ist Edgar noch nicht mal in dem blöden Bus. Und ich sitze hier und übergebe mich fast, weil ich so nervös bin. Ich wette, er hat den früheren genommen.

LINDA O'LINDA:

Hat er nicht. Er ist zwei Stationen von dir entfernt. Und genauso nervös wie du.

Linda wechselt zu Edgars neuer Nachricht.

EDGAR ROTHSCHILD:

Was, wenn sie den früheren Bus genommen hat?

😲

In dem Moment muss Linda lachen.

»Was ist?«, fragt Momo.

»Julia und Edgar schreiben mir gerade fast wortglei-
che Nachrichten. Er ist nervös, sie ist nervös, er denkt, sie
wird nicht im Bus sein, sie denkt, er wird nicht im Bus
sein. Eigentlich ist es lustig.«

Linda zeigt Momo die Nachrichten, sie sieht dabei zu,
wie ihre Augen über die Sätze wandern.

»Edgar und Julia also«, sagt Momo und schaut auf.

»Edgar und Julia«, wiederholt Linda.

Dann schreibt sie Edgar zurück.

Nur zwei Sätze.

1. Sie ist an der Bushaltestelle.

2. Go get her, Tiger.

7:19 Uhr

Edgar sieht sie bereits von Weitem. Sie trägt ein weißes knielanges Sommerkleid mit schmutzig-weißen Chucks und über der Schulter den obligatorischen Jutebeutel. Nackte Arme und nackte Beine. Das Haar offen. Es glänzt in der Sonne. In einem Farbton, für den es keine Worte gibt. Und plötzlich scheint der Entschluss, den Edgar auf dem Weg hierher gefasst hat, vollkommen lächerlich. Er selbst scheint vollkommen lächerlich. Als würde er so etwas jemals tun. Als hätte er die Eier dafür. Seltsam. Vor nicht mal einer Minute hat er es noch geglaubt – es zumindest für möglich gehalten. Bis er sie gesehen hat, danach nicht mehr.

Der Bus wird langsamer, dann hält er an, und Julia geht zum hinteren Einstieg. Sie schaut durch die staubige Scheibe und lächelt ihm schüchtern aus ihrem lilagrünen Gesicht entgegen. Edgar ist entsetzt über ihren Anblick. Er hätte nicht gedacht, dass sie so schlimm aussehen würde. So übel zugerichtet. So eindeutig geschlagen. Julia so zu sehen macht ihn wütend.

Die Türen gehen auf, eine Frau mit Hund steigt aus und Julia ein. Die folgende Situation ist unbehaglich und angespannt. Ganz knapp an dem vorbei, wie Edgar es sich ausgemalt hat. Er versucht sich an einem Lächeln, aber es missglückt. Zu sehr schockieren ihn die Blutergüsse unter Julias Augen und die Schwellung ihres Nasenrückens.

374

Dann reißt Edgar sich am Riemen und deutet auf den freien Platz neben sich. Eine simple Geste, die ihn unverhältnismäßig viel Kraft kostet.

Julia setzt sich hin. Sie sagt: »Hallo.« Ganz klein und leise. Ein bisschen wie das Zwitschern eines Vogels.

»Hi«, sagt Edgar.

Der Bus fährt los. Er rattert holprig über das Kopfsteinpflaster, und plötzlich sind sie Knie an Knie, Ellenbogen an Ellenbogen, als hätte der Fahrer sie in die richtige Position geschüttelt. Edgar riecht Julias Shampoo. Er spürt die Härchen an ihrem Arm, weich wie Flaum.

Sie mag dich wirklich, hört er Linda sagen. So, als säße sie in seinem Ohr, eine winzige Souffleuse, die ihm Mut zusprechen will. *Go get her, Tiger.*

»Ich war nicht sicher, ob du in diesem Bus sein wirst«, sagt Julia schließlich, ohne Edgar anzusehen. Doch er bemerkt ihren Blick in der Glasscheibe, die ihre beiden Sitzplätze von den Türen trennt. Eine kleine Annäherung, die keine ist und irgendwie doch. Und im nächsten Moment schaut Julia ihn an. Unvermittelt und direkt. Ein Blick, so deutlich, dass er ihm zusetzt. Dann sagt sie: »Ich hatte gehofft, dass du es bist. Im Bus, meine ich.«

Edgar zögert. »Warum?«, fragt er. Und seine Frage ist eine Mischung aus Flüstern und heiser.

»Weil ich dich sehen wollte«, sagt sie.

Es ist ein schlichter kleiner Satz, zusammen mit knisternden Augen. Die Sekunden dehnen sich zwischen ihnen aus, ein Gefühl wie Kohlensäure knapp unter der Haut. Edgar spürt, wie sich die Härchen an seinen Armen langsam aufrichten, als würden sie sich vorbereiten auf das, was gleich kommt. *Geschlechtslos*, hämmert es in Edgars Kopf. Aber Julias Blick sagt etwas anderes. Schwere Lider und offene Lippen. Edgars Herz schlägt wie kurz vor einem Stillstand. Sein Hals ist trocken und seine Handflächen feucht. In seinem Kopf kämpfen Bedenken und Gedanken, Ängste, Erregung, alles auf einmal.

Und dann plötzlich nichts mehr.

Nur sein Blick, der für den Bruchteil einer Sekunde auf Julias Lippen fällt. Er ist wie ein Eingeständnis. Wie ein Riss in einem Damm, durch den erste Tropfen dringen, kurz bevor er bricht.

Im nächsten Moment schaut Edgar auf.

Und dann küsst er sie.

7:51 Uhr

Es ist der mit Abstand unbequemste, schmerzhafteste und wunderbarste Kuss, den Julia je bekommen hat. Edgar küsst sie auf eine Art, die sie überall spürt. Wie ein Lauffeuer, das sich in ihr verbreitet. Als würde eine Zelle der nächsten aufgeregt davon erzählen. Ein Kribbeln und Brennen, sensible Haut, Zungenspitzen, ein Ziehen im Bauch, unnütze Hände, von denen Julia nicht recht weiß, wo sie sie hintun soll, und die sie letzten Endes zittrig auf Edgars Wangen legt. Zart und zugleich rau von den Bartstoppeln. Edgars Hände sind so klamm wie ihre. Eine Temperatur von Nervosität. Und die Geräuschkulisse unromantisch. Das Bremsen und Anfahren des Busses, Türen, die auf- und wieder zugehen, Menschen, die reden, die aussteigen, klingelnde Handys. Und dazwischen irgendwo sie. Wie in einer Luftblase, in der sie schwerelos umhertreiben.

Edgars Nasenspitze berührt immer wieder Julias und wird jedes Mal zu einem dumpfen Schlag in ihrem Gesicht. Aber es ist ihr egal. Genauso wie die harte Kante des Plastiksitzes, die ihr unangenehm in die Kniebeuge schneidet. Nichtsdestotrotz lehnt sich Julia noch weiter in den Kuss, in diesen Moment mit Edgar, den sie sich schon so oft ausgemalt hat. Das Bild, das sie davon hatte, war blass und farblos. Wie ein Lied, das jemand nur summt im Vergleich zu einem Orchester. Zwischen ihren

Lippen und seinen und ihren Zungen und ihrem heißen Atem hat Julia die Zeit vergessen. Die Zeit und sich und alles, was in den vergangenen Tagen passiert ist. Julia spürt, wie ihr Bein langsam einschläft, wie es kribbelt und brennt, aber sie will nicht aufhören. Noch nicht. Eigentlich gar nicht mehr. Wenn es nach ihr ginge, würde sie den ganzen Tag mit dem Bus im Kreis herumfahren. Und Edgar küssen.

PROTOKOLL

München, Montag, 25. Mai, 11:30 Uhr
Direktorat, Städt. Käthe-Kollwitz-Gymnasium
Betreff: Mobbingvorfall Julia Nolde
Anwesende:

- Frau Dr. Ferchländer, Rektorin
- Ludwig Meller und Marah Meller,
  Eltern von Marlene und Leonard Meller,
  Erziehungsberechtigte

Herr Meller:
Sie haben also bis auf die paar Aussagen, die Sie uns eben dargelegt haben, gar keine Beweise? Oder habe ich diesbezüglich etwas missverstanden?

Frau Dr. Ferchländer:
Nein, das haben Sie nicht missverstanden.

Herr Meller:
Darf ich erfahren, warum Sie uns dann zu diesem Gespräch gebeten haben? Nichts für ungut, aber meine Frau und ich leiten ein Unternehmen, wir haben keine Zeit für so einen Blödsinn.

Frau Dr. Ferchländer:
Die Tatsache, dass Ihre Tochter leidet, ist also Blödsinn?

Herr Meller:
Ich mag es nicht besonders, wenn mir jemand die Worte im Mund verdreht, Frau Dr. Ferchländer.

Sie haben uns nicht herbestellt, weil unsere
Tochter leidet, sondern weil sie sie beschuldigen, für einen Mobbingvorfall verantwortlich
zu sein.

Frau Dr. Ferchländer:

Ich beschuldige Marlene nicht. Ich gehe lediglich meiner Pflicht nach und befrage alle mög-
lichen Beteiligten.

Frau Meller:

Beteiligten? Unsere Tochter ist ja wohl kaum beteiligt. Sie ist hier das Opfer. Und ich erwarte
von Ihnen, dass Sie herausfinden, wer dafür verantwortlich ist. Und natürlich, dass diejenigen
dann entsprechend hart bestraft werden.

Frau Dr. Ferchländer:

Wir tun alles, was wir können.

Herr Meller:

Alles, was Sie können? *Abschätziges Lachen.* Soll
mich das jetzt etwa zuversichtlich stimmen? Ich
meine, immerhin geht es hier um unsere Tochter.

Frau Dr. Ferchländer:

Wo ist Marlene eigentlich? Ich hätte sie wirklich gern bei unserem Gespräch heute dabei
gehabt, aber sie ist nicht zum Unterricht
erschienen. Geht es ihr nicht gut?

Frau Meller:

Ob es ihr nicht gut geht? Ist das eine ernst
gemeinte Frage? Sie haben den Eintrag über
unsere Tochter doch bestimmt gelesen, Frau

Dr. Ferchländer. Wie soll es ihr schon gehen, nach all den Lügen, die über sie verbreitet wurden.

Frau Dr. Ferchländer:

Sind es denn Lügen?

Herr Meller:

Ob es Lügen sind? Es handelt sich hier um Rufmord. Das, was da über unsere Familie, insbesondere unsere Tochter, veröffentlicht wurde, ist schlicht und ergreifend infam. Dasselbe gilt im Übrigen auch für die Bemerkungen mich und meine Frau betreffend – *Blick zu seiner Frau und Ergreifen ihrer Hand* –, wir sind seit über dreiundzwanzig Jahren sehr glücklich miteinander verheiratet.

Frau Dr. Ferchländer:

Das bedeutet dann also, dass Julia Nolde sich das alles ausgedacht hat? Können Sie sich erklären, warum sie so etwas tun würde?

Frau Meller:

Das ist nicht weiter schwierig, wenn Sie mich fragen. Julia hat es in den letzten Jahren wahrlich nicht leicht gehabt. Ich weiß nicht, wie gut Sie mit der familiären Situation der Noldes vertraut sind – die Trennung der Eltern, der Vater, der in dem Moment, als die Scheidungspapiere eingereicht sind, gleich die nächste heiratet, und dann noch der soziale Abstieg.

Frau Dr. Ferchländer:

Der soziale Abstieg?

Nun ja, Julia wohnt zusammen mit ihrer Mutter und ihren zwei kleinen Geschwistern in einer winzigen Wohnung, klein wie ein Schuhkarton. Sie haben kaum Geld, fahren nie in den Urlaub, ihr Vater interessiert sich nicht für sie, ihre Mutter hat drei Jobs – schlecht bezahlte Jobs nebenbei bemerkt.

Frau Dr. Ferchländer:

Dann ist Julia also neidisch auf Marlene?

Frau Meller:

Natürlich kann ich nur mutmaßen. Aber die Unterschiede zwischen Julia und unserer Tochter – und auch zwischen den Leben, die sie führen –, sind doch beträchtlich. Unsere Lene kommt aus einem wohlhabenden, stabilen Elternhaus, sie ist finanziell abgesichert und hat eine sehr enge Bindung zu uns und natürlich auch zu ihrem Zwillingsbruder. Lene hat herausragende Zensuren und ist überaus beliebt. Dass sie hübscher ist als Julia, brauche ich eigentlich nicht zu erwähnen, aber auch das ist ein Fakt. Es würde mich dementsprechend nicht wirklich wundern, wenn hinter diesen doch recht offensichtlich wütenden Texten eine junge Frau steckt, die – sogar aus ziemlich gutem Grund – neidisch ist, ja.

Frau Dr. Ferchländer:

Sie bleiben also dabei, dass nichts davon stimmt? Dass alles frei erfunden ist?

Frau Meller:

So ist es. *Pause.* Und es fällt mir nicht leicht,
das zu sagen, weil ich Julia schätze. Sie ist
ein wirklich nettes Mädchen. Aber mit diesen
Einträgen ist sie entschieden zu weit gegangen.
Ich meine, sofern sie überhaupt von ihr sind.
Das wissen wir ja nicht.

Herr Meller:

Genau das wollte ich auch eben ansprechen. *Er
richtet sich in seinem Stuhl auf.* Woher wissen
Sie eigentlich, dass Julia die Verfasserin dieser Einträge ist? Ich kenne Julia schon sehr
lange und weder der Tonfall noch derartige Aussagen sehen ihr ähnlich. Daher stellt sich mir
unweigerlich die Frage, ob tatsächlich sie diese
Texte geschrieben hat – und nicht vielleicht
doch jemand anders in ihrem Namen?

Frau Dr. Ferchländer:

Wir sind dem nachgegangen. Die Texte stammen
von Julia.

Herr Meller:

Das hat sie so vor Ihnen gesagt? Sie hat gesagt:
Ja, ich habe all diese Einträge geschrieben.
Jeden einzelnen davon. Das war alles ich. Das
hat sie so gesagt? Oder denken Sie das nur?
Stille. Wenn das nämlich der Fall ist, Frau
Dr. Ferchländer, wenn Sie lediglich Vermutungen
anstellen, mit denen Sie dann achtlos um sich
werfen, muss ich mich wirklich fragen, ob Sie

den Anforderungen Ihrer Stellung an dieser
Schule gerecht werden. Ob Sie dem gewachsen
sind. Und wenn ich das so sagen darf – und ich
hoffe, ich trete Ihnen damit nicht zu nahe –,
den Eindruck vermitteln Sie nicht gerade.

Frau Dr. Ferchländer:

So sehr ich es auch bedaure, dass Sie mich
in dieser Angelegenheit für nicht kompetent
genug erachten, Herr Meller, so bin ich doch
die Leiterin dieser Schule, und dementsprechend
liegt auch die Vorgehensweise diesen Vorfall betreffend in meinem Ermessen und nicht in Ihrem.

Herr Meller:

Da haben Sie vollkommen recht. Sie sind die
Schulleitung. Und ich bin ein vielbeschäftigter
Mann. *Er blickt auf die Uhr und erhebt sich.*
Daher muss ich mich nun leider von Ihnen ver-
abschieden.
Seine Frau steht ebenfalls auf.

Frau Meller:

Ja, ich auch. Leider. Wir wünschen Ihnen viel
Erfolg bei der Suche nach den Verantwortlichen.
Eine abscheuliche Sache. Hoffentlich finden Sie
sie. Solche Aktionen schreien ja förmlich nach
Nachahmungstätern.

Frau Dr. Ferchländer *bleibt sitzen:*

Ich danke Ihnen, dass Sie sich die Zeit genommen
haben. Und bitte richten Sie doch Ihrer Tochter
Grüße von mir aus.

14:06 Uhr

Leonard liegt auf dem Bett. Er hört seit knapp einer Stunde denselben Song. »10am Gare du Nord« von Keaton Henson. Er kann nicht aufhören, daran zu denken, dass dieses Lied lief, als er Juli damals das erste Mal geküsst hat. Seitdem ist es mit dem Kuss verbunden. Als wäre zwischen dem Lied und dem Kuss ein so komplizierter Seemannsknoten, dass Leonard ihn nicht mehr aufbekommt. Er sollte den Song ausschalten. Aber wenn er es tut, läuft er in seinen Ohren einfach weiter. Er hat es versucht. Und ihn dann wieder angemacht.

Leonard schließt die Augen. Er hat schon viele Mädchen geküsst, aber in gewisser Weise war dieser Kuss mit Juli sein erster. Der erste, der etwas bedeutet hat. Gott, Leonard war so nervös gewesen damals, so unfassbar nervös. Wenn er daran zurückdenkt, wird das Gefühl wieder in ihm wach, so als hätte er es in sich eingesperrt und mit dem verdammten Song geweckt. Leonard wird dieses Gefühl nie vergessen. Niemals, solange er lebt. Die stillen Sekunden davor, die Intensität von Julis Blick, ihre dunklen Augen, sein flacher Atem, der sich mit ihrem vermischt hat, und dann ihre Lippen, warm und weich, auf seinen.

Jetzt liegt Leonard da und denkt an Edgar und sie. Daran, wie sie nach der Schule Hand in Hand in Richtung Bushaltestelle gegangen sind. Seine Juli mit diesem

Arschloch – das im Grunde gar keins ist. Leonard hätte sich nie mit Edgar angefreundet, aber eigentlich fand er ihn immer ganz nett. Trotzdem war Julis Hand in seiner einfach falsch. Weil sie in Leonards gehört. In seine Hand und in sein Leben.

Er stand auf dem Gehweg und schaute ihnen nach. Ein Anblick wie eine Knospe. Ganz zart und neu, wie etwas, das gerade erst anfängt, und das Leonard am liebsten zerquetscht hätte. Weil dieses Neue ihn zu etwas Altem macht. Zu einem Relikt der Vergangenheit. Julis Hand in Edgars war wie der Beweis dafür, dass Leonard ihr nie etwas bedeutet hat. Eine Erkenntnis, die ihn fertig macht.

Seit seinem Zusammenbruch in Lenes Zimmer vor ein paar Tagen hat er nicht geweint. Als wäre er ein randvolles Becken gewesen, von dem der Stöpsel gezogen wurde, und das jetzt leer ist. Bis auf den Grund ausgelaufen. Leonard hat dieses beklemmende Gefühl nicht oft gehabt in seinem Leben. Immer nur dann, wenn es um den Tod ging. Darum, irgendwann nicht mehr zu existieren. Und dass es keine Rolle spielt, ob er da ist oder nicht – dass es bei niemandem eine Rolle spielt. Weil alle eines Tages einfach weg sind. Genauso wie sie vorher nicht da waren. Das Gefühl, das Leonard in diesem Moment empfindet, fühlt sich ähnlich schwer an, nur dass Leonard noch lebt. Er atmet und schläft und geht joggen. Aber er ist nicht mehr derselbe. Er ist das, was von ihm übrig ist. Wie der Kaffeerand in einer Tasse.

Leonard fragt sich, ob es Elisabeth seinetwegen damals auch so schlecht ging. Ob sie auf eine ähnliche Art gelitten hat. Zu der Zeit hat er nie darüber nachgedacht, erst jetzt, so viele Monate später. Weil er plötzlich weiß, wie es ist, mehr zu wollen als der andere. Ein scheußliches Ungleichgewicht. Und dann fragt er sich, ob Elisabeth ihm vielleicht auch alles vorgespielt hat. Das Stöhnen, die geschlossenen Augen, den angespannten Ausdruck in ihrem Gesicht, wenn sie unter ihm lag. Leonard glaubt es nicht. Aber Leonard hat es bei Juli auch nicht geglaubt. Wie konnte er nur so danebenliegen? Und wie ist es möglich, dass ein Vollidiot wie Edgar es geschafft hat, ihn auszubooten? Besser zu sein als er?

Der Song startet von Neuem. Er hallt durch die Leere, die Leonard so komplett ausfüllt, als wäre er weit wie eine Bahnhofshalle. Er hat kein Zeitgefühl mehr. Es könnte zehn Uhr vormittags sein oder drei Uhr nachts. Und es ist ihm egal. Ihm ist alles egal. Er hört den Songtext, wartet auf die Stelle, die er am meisten mag.

And please do not hurt me, love,
I am a fragile one, and you are the white in my eyes
Please do not break my heart,
I think it's had enough pain to last the rest of my life.
And I will not tire of you.

Aber es ist zu spät. Sein Herz liegt wie Hackfleisch unter seinen Rippen. Und trotzdem hasst Leonard sie nicht. Nicht so, wie er will. Nicht so, wie Juli es verdient hätte.

In dem Moment, als er das denkt, mischt sich die schneidende Stimme seiner Mutter zu der sanften des Sängers. Seine Mutter schreit nicht, sie schreit nie. Das ist auch gar nicht nötig, weil ohnehin jeder verstummt, sobald sie das Wort ergreift. Sie hat diese Wirkung auf andere. Wie ein bissiger Hund, der schmallippig lächelt.

Dann wird es nebenan plötzlich laut, und Leonard setzt sich auf. Ein paar Sekunden lang verharrt er so mit angehaltenem Atem und gerunzelter Stirn. Er versteht nicht, was gesagt wird, nur wie die Stimmen seiner Mutter und seiner Schwester sich abwechseln. Ein Schlagabtausch. Das lässt Leonard stutzen.

Er muss sich verhört haben, Lene widerspricht ihrer Mutter nie. Niemand tut das. Und abgesehen davon wird in diesem Haus nicht gestritten. Es wird vernichtend geschwiegen, und es werden tödliche Blicke ausgetauscht, aber man setzt sich nicht auseinander. Nicht so, dass es andere mitbekommen. Solange Leonard denken kann, lag in eben jener Stille seiner Mutter ihre größte Bedrohung. Das, was kommen *könnte*. Etwas, von dem niemand so genau sagen konnte, was es war.

Leonard steht auf. Wie ferngesteuert. Er öffnet die Tür zu seinem Zimmer und geht leise in den Flur.

Dann hört er, wie seine Mutter sagt: »Du warst es, richtig? Du hast diese Einträge veröffentlicht.«

Lene antwortet nicht.

»So war es doch, oder? Du wolltest mich bloßstellen vor allen, hab ich nicht recht?«

Wieder keine Antwort.

»Ich wusste immer, dass du hinterfotzig bist, Lene. Dass du alles tun würdest, um im Mittelpunkt zu stehen. Aber das ... das ist sogar für dich ein starkes Stück.« Pause. »Doch es passt zu dir. Du das Opfer und ich die Böse.« Ein abschätziges Lachen. »Und deinen Bruder hast du auch wieder ganz für dich. Genau so wie du es wolltest. Nicht wahr?«

Als sie das sagt, fängt Leonards Verstand an, sich zu drehen. Immer schneller, so schnell, dass der Flur sich mit ihm dreht und Leonard sich an der Wand festhalten muss, um nicht das Gleichgewicht zu verlieren.

»Bist du jetzt endlich zufrieden? Hast du genug kaputt gemacht?«

14:19 Uhr

Leonard hört Schritte auf dem Parkett, die näher kommen. Er steht starr im Flur, dann versteckt er sich im Türrahmen seines Zimmers. Sein Herz schlägt schnell und fest, als wäre er ein kleiner Junge, der den Zorn seiner Mutter fürchtet. Leonard wartet, dann beobachtet er aus der schattigen Schwärze heraus, wie seine Mutter Lenes Zimmer verlässt und beinahe lautlos in Richtung Stufen schwebt. Geisterhaft und fließend durch den halbdunklen Gang, diese vertraute Fremde, die er liebt und vor der er genauso viel Angst hat.

Sie erreicht die Treppen. Und mit jeder, die sie hinuntergeht, taucht sie ein Stückchen weiter ab – ihre Beine, ihr Rücken, ihr Kopf –, bis sie schließlich nicht mehr zu sehen ist.

Ein paar Sekunden lang verharrt Leonard in seinem Türrahmen-Versteck und wartet. Als würde er befürchten, dass sie doch noch mal zurückkommt. Er ist so ein Feigling. Doch dann hört er das alte Knarren der Wohnzimmertür und weiß, dass sie weg ist.

Leonard geht den Flur hinunter, und die Stimme seiner Mutter begleitet ihn wie ein Hallen in seinem Verstand bis zu Lenes offener Zimmertür.

Du hast diese Einträge veröffentlicht.

Und deinen Bruder hast du auch wieder ganz für dich. Genau so wie du es wolltest. Nicht wahr?

Leonard atmet flach. Es stimmt nicht. Es kann nicht stimmen. Lene würde so etwas nicht tun. Nicht, wenn es um ihn geht. Bei anderen vielleicht. Aber nicht mit ihm. Nein, mit ihm nicht.

Leonard betritt mit seinen dunklen Socken den Lichtkegel, der warm auf den Teppich im Gang trifft. Dann sieht er sie, Lene, auf dem Bett sitzend, mit ausgestreckten Beinen, den Rücken an die Wand gelehnt, genauso wie vor ein paar Tagen, nach der Veröffentlichung des Blogeintrags. Als hätte sie sich seit Freitag keinen Millimeter bewegt. Alles ist gleich. Ein Déjà-vu. Und doch auch wieder nicht. Denn sie ist nicht geschminkt. Und mit einem Mal sieht sie so verstörend anders aus, dass er sie kaum wiedererkennt. Ihre entzündete rote Haut, die Krater an der Kinnlinie und den Wangen, die selbst im schwachen Licht deutlich sichtbar sind. Schwulstig und vernarbt. Er hat Lene lang nicht mehr so gesehen. So farblos um die Augen und rotgefleckt im Gesicht. Er hat fast vergessen, wie sie wirklich aussieht. Kurz fragt er sich, wann wohl das letzte Mal war. Es muss Monate her sein. Nein, das stimmt nicht. Ein Mal noch vor ein paar Wochen. Da ist sie in sein Zimmer gekommen und hat ihm davon erzählt, dass sie ein paar Mädchen auf der Schultoilette belauscht hat. Aber Leonard hat nur halb hingehört, weil er zu Juli fahren wollte und schon spät dran war. Er erinnert sich, wie Lene neben seinem Schreibtisch stand und wie sie gesagt hat: »Eins von den Mädchen meinte, dass niemand mich mag. Dass sie mich alle nur auf ihre Partys einladen, weil sie Angst haben, sonst fertiggemacht zu werden. Und dass jeder insgeheim hofft, dass ich absage. Glaubst du, das stimmt?« Leonard hat damals pflichtbewusst den Kopf geschüttelt und Nein gesagt. Sein genauer Wortlaut war »Natürlich nicht«. Aber er wusste, dass es stimmt. Es hat ihn in dem Moment nur einfach nicht interessiert. *Sie* hat ihn nicht interessiert.

Und dann setzt sich Stück für Stück das Puzzle in seinem Kopf zusammen. Ein Teil nach dem anderen. Eintausend Kleinigkeiten, die in ihrer Gesamtheit ein Ganzes ergeben.

Hat Lene deswegen am Freitag so gefasst auf Julis Text reagiert? Weil sie ihn da schon längst kannte? Weil sie ihn selbst veröffentlicht hat? *Nein, das würde sie niemals tun*, sagt eine Stimme in seinem Kopf, und eine andere erwidert: *Na ja, zuzutrauen wäre es ihr schon.*

Leonard steht da und schaut Lene an. Sie hat ihn noch immer nicht bemerkt. Dann fragt er in die Stille des Raums: »Warst du es?« Sie zuckt zusammen und schaut auf. »Hast du die Einträge veröffentlicht?«

Lene sieht Leonard an. Mit einem Blick, als hätte er auf sie geschossen. Als wäre seine Frage wie eine Kugel in sie eingedrungen. Und sie sieht an sich hinunter und begreift das ganze Blut nicht, das den Stoff ihres Oberteils durchtränkt und sich immer weiter nach außen frisst.

Irgendwann schluckt sie und sagt in einem fassungslosen Flüstern: »Du glaubst, dass ich es war?«

Leonard will es nicht glauben, aber es ergibt so verdammt viel Sinn. Eine perfide Logik und auf eine Art durchdacht, die so gut zu seiner Schwester passt. Sie wäre zu so einer Sache in der Lage. Im Kopf und in der Disziplin.

»Warst du es?«, fragt er noch einmal.

Lene starrt ihn an, ein entsetzter blaugrüner Blick. So verletzt und überzeugend, dass alles in Leonard ihr glauben will. Aber es gelingt ihm nicht. Es bleibt ein Restzweifel. Ein klitzekleiner Funke, der sich einfach nicht löschen lässt. Weil Lene so eifersüchtig war, als Juli und er zusammengekommen sind. So unendlich wütend auf ihn. Auf sie beide. Sie hat damals tagelang nicht mit ihm gesprochen. Und auch wenn es mit der Zeit wieder besser geworden war, so wurde es doch nie wieder wie vorher. Als hätten er und Juli sie hintergangen und auf eine Art betrogen, die Lene ihnen nicht verzeihen konnte. Weil sie sie beide für sich allein haben wollte, ihren Bruder und ihre beste Freundin. Die zwei einzigen Menschen, an denen ihr jemals wirklich etwas lag. Die Einzigen, die wissen, wie es hinter der Fassade aussieht. Hinter ihrem aufgesetzten Lachen und der Schminke.

Lene hat ihm immer wieder gesagt, wie sehr sie es hasst, sich zu verstecken. Und dass sie sich irgendwie dazu verpflichtet fühlt. Wegen ihrer Mutter. Und wegen dem, was andere denken könnten. Leonard hätte es niemals zugegeben, aber er war froh, dass sie es getan hat. Sich versteckt. In erster Linie natürlich ihr zuliebe, ja, aber eben auch ihm selbst zuliebe. Bei dieser Einsicht ist Leonard schockiert über sich. Über seine Oberflächlichkeit. Er hätte nicht gedacht, dass er so ist. Er hat es sich nie klar gemacht, es sich nie eingestanden, dass es ihm peinlich gewesen wäre, wenn andere die Wahrheit über seine Schwester gewusst hätten. Dass die ach so perfekte Lene gar nicht so perfekt ist. Als hätte sich das irgendwie negativ auf ihn auswirken können.

Leonard steht in der Tür, angeekelt von sich selbst. Und von ihr. Und von Juli, die das alles aufgeschrieben hat. Und die recht damit hatte. Sie hat mit allem recht gehabt.

Der Blick seiner Schwester trifft ihn leer und enttäuscht. Vielleicht sagt sie die Wahrheit, vielleicht war sie es wirklich nicht. Andererseits hat sie nie gesagt, dass sie es nicht war, oder? Wieder nur impliziert, wieder nur zwischen den Zeilen, so wie sie es immer tut.

Also fragt er noch einmal: »Hast du die Einträge veröffentlicht?« Und dabei klingt er ruhig und fremd, ein bisschen wie sein Vater. Irgendwie bedrohlich, als wäre seine Stimmung kurz davor zu kippen. »Antworte mir«, sagt er kühl.

Und da bemerkt er, dass Lene weint. Stille Tränen, die man nur sieht. Tränen, die beides bedeuten könnten, stilles Eingeständnis oder Enttäuschung. »Ich muss es wissen«, sagt Leonard.

Dann kriecht Lene zum Bettrand und steht auf. Sie wischt sich die Tränen von den Wangen und kommt langsam auf ihn zu, groß und selbstsicher. Als wäre das gerade erst wirklich sie. Als müsste sie sich nach diesem Eintrag nun endlich nicht mehr verstecken. Weil jeder alles weiß. Wie beschissen ihre Mutter sie über Jahre behandelt hat, wie verlogen es bei ihnen zu Hause zugeht, und dass sie eigentlich ganz anders ist. Und das ist sie. Lene ist sanft und sensibel, wenn man sie lässt. Sie wollte auch immer so sein, das weiß er. Aber sie wusste nicht wie. So als hätte sie sich in eine Sackgasse manövriert, aus der sie aus eigener Kraft nicht mehr herausgefunden hat. Und dann ist sie irgendwie an die Einträge gekommen. Sie hat sie gelesen, und in dem Moment hat Lene verstanden, dass das ihr Ausweg ist.

Ihr Weg aus der Sackgasse.

Leonard schluckt.

Er erinnert sich daran, wie oft Lene zu ihm gesagt hat, dass Juli es nicht ernst mit ihm meint. Dass sie ihn nicht liebt. Hat Lene es da schon gewusst? Hat sie da die Einträge bereits gekannt? Oder haben Julis Posts ihre Vorahnung einfach nur bestätigt? Wären sie unveröffentlicht geblieben, würde Leonard die Lüge immer noch glauben. Er wäre glücklich. Glücklich mit einem Mädchen, das nichts von ihm hält. Das ihm monatelang etwas vorgespielt hat. Einem Mädchen, das heute nach der Schule Hand in Hand mit einem anderen zum Bus gegangen ist. So als hätte es Leonard nie gegeben.

Dann steht Lene vor ihm. Er riecht ihren warmen Duft. Er ist ihm so vertraut wie kein anderer. Wie eine Erinnerung, die länger besteht als er. Lenes Blick ist wütend, ein Ausdruck wie ein Schlag.

Sie fragt: »Du glaubst ernsthaft, dass ich es war?« Ihre Stimme vibriert, und da ist keine Spur mehr von Tränen. Nur noch von Zorn. So als wäre eine Emotion in eine andere umgeschlagen. »Glaubst du, dass ich es war?«, fragt sie noch einmal.

Lene sieht Leonard an, ein intensiver, eindringlicher Blick, scharfe Augen, die nass schimmern. Sie macht einen halben Schritt auf ihn zu, als wollte sie ihn ohrfeigen. Oder treten. Es ist vollkommen still, so als wäre der Raum vom Boden bis zur Decke mit Stille gefüllt. Es ist eine Stille, an der man langsam erstickt.

Dann nickt Leonard.

Und Lene sagt: »Fick dich. Verschwinde aus meinem Zimmer.«

Zeitgleich

Alle glauben, es war Marlene Meller. Na ja, vielleicht nicht ganz alle. Aber die meisten. Und die wenigen, die es noch nicht glauben, glauben es bald. Fast jeder, mit dem man spricht oder schreibt, in der Schule, in Gruppen-Chats, fast alle verdächtigen sie. Sie sind dermaßen überzeugt davon, dass es Marlene war, dass ich zuweilen selbst vergesse, dass das gar nicht stimmt.

Mein Plan ist aufgegangen. Ich habe eine falsche Fährte gelegt – von Edgar weiter zu Linda bis hin zu Marlene –, und die Vollidioten sind ihr gefolgt. Einer nach dem anderen. Sie denken, sie sind selbst darauf gekommen, aber ich habe sie darauf gestoßen. Sie tuscheln hinter vorgehaltener Hand und erzählen eifrig Geschichten weiter, die sie irgendwo aufgeschnappt haben, Geschichten, die ihnen angeblich jemand erzählt hat – wer, wissen sie nicht mehr. Es war ich.

Die Wahrheit ist: Menschen glauben das, was sie glauben wollen. So funktionieren wir. Wir sind Rudeltiere. Wenn genug Leute in eine Richtung rennen, rennt der Rest hinterher. Wir orientieren uns an dem, was der Großteil tut oder denkt. Nicht an uns selbst, nicht an unseren Werten oder dem, was wir moralisch richtig finden. Sondern an dem, was man uns beigebracht hat. Das Kollektiv ist unser Richtwert. Aber das, was man einem Fischschwarm nicht vorwerfen kann, kann man Menschen vielleicht auch nicht vorwerfen. Wir sind nun mal empfänglich für Lügen, die in unser Weltbild passen. Und so gesehen, hat Marlene es mir wirklich leicht gemacht. Eine glaubwürdigere Täterin hätte ich mir nicht wünschen können. Eine, der man zutraut, etwas so moralisch Verwerfliches zu tun, die gleichzeitig intelligent genug ist, um eine solche Nummer zu planen und durchzuziehen, und die – und das ist ganz besonders wichtig –, auch noch ein Motiv hat. Verrat.

Verrat lässt Menschen gern falsche Dinge tun. Und Marlene wurde verraten. Gleich mehrfach. Von ihrer Mutter, von Julia und dann auch von ihrem Bruder. Es war einfach perfekt.

Im Grunde hat es mit Marlene gar nicht so viel zu tun. Sie ist ein Kollateralschaden. Aber wenn man es genau nimmt, hat sie sich diese Rolle selbst ausgesucht. Wäre sie in der Vergangenheit mal etwas netter gewesen, würde keiner so leicht glauben, dass sie zu so etwas Abscheulichem fähig wäre. Sie glauben es deswegen so bereitwillig, weil sie wissen, dass sie es ist. Weil Marlene es ihnen über Jahre hinweg immer wieder bewiesen hat. Das ist auch der Grund, weshalb mich niemand verdächtigt – obwohl ich, wenn auch anders, genauso viel Anlass dazu hatte, Julias Einträge zu veröffentlichen. Offensichtlich. Sonst hätte ich es ja wohl kaum getan.

Der Denkfehler, den alle begehen, ist, dass sie glauben, *Julia* wäre das Ziel. Das ist der Punkt, an dem sie alle falsch liegen. Sie lassen sich von einem Detail in die Irre führen, nämlich, dass die Person, die die Einträge veröffentlicht hat, sich an deren Verfasserin rächen will.

Aber es ging nicht eine Sekunde lang um Julia. Sie hat mit der ganzen Angelegenheit nur peripher zu tun. Weil er ihr von uns erzählt hat. Er hat es ihr erzählt. Alles. Und dann hat er ihr auch noch die Fotos gezeigt. Ich hätte nicht gedacht, dass er das tun würde, was rückblickend betrachtet reichlich naiv von mir war.

Aber vielleicht war ich das einfach. Naiv, meine ich. Denn jedes Mal, wenn er mit mir geschlafen hat und danach sagte, dass ich nicht so bin wie die anderen Mädchen, habe ich irgendwie gedacht, es wäre seine Art, mir zu sagen, dass ich ihm etwas bedeute. Dass ich ihm wichtig bin. Bis er mich am nächsten Morgen gebeten hat zu gehen, manchmal mit Worten, meistens mit Ignoranz. Er hat sich verhalten, als wäre ich gar nicht da. So lange, bis ich endlich gegangen bin. Als wäre ich ein Schulbuch auf seinem Schreibtisch, das ihn nicht sonderlich interessiert, oder ein Paar getragener Socken auf dem Fußboden. Bis er dann ein paar Tage später wieder geschrieben hat. *Können wir uns sehen?* oder *Ich denke an dich* oder *Was machst du gerade?* Einzelne Sätze, die in meinem Kopf alle versteckt *Ich liebe dich* bedeutet haben.

Leonard hat Julia erzählt, wie oft ich ihn in den Zwischenstunden auf der Schultoilette getroffen und ihm einen geblasen habe. Einmal auch im Geräteraum der Turnhalle, während einer Party. Dass er mir nur kurz schreiben musste, und ich habe geschluckt. Er hat ihr erzählt, dass er oben ohne Fotos von mir haben wollte, und dass ich dumm genug war, sie ihm zu schicken. *Nacktfotos. Sie hat mir Nacktfotos von sich geschickt. Ich meine, wie dumm kann man sein?* Nichts davon ist gelogen. Alles ist wahr. Jedes Wort. Aber er hatte nicht das Recht, Julia davon zu erzählen. Und dass er ihr die Fotos gezeigt hat … wie konnte er das tun? Wie konnte er mich so bloßstellen?

Ich erinnere mich noch genau, wie ich sie damals für ihn gemacht habe. Wie ich in meinem Zimmer stand, nackt und verunsichert. Und wie viele Versuche es brauchte, bis ich einigermaßen gut darauf aussah. Ich musste das Fenster aufmachen, damit meine Brustwarzen sich zusammenziehen, ich dachte, das würde irgendwie besser wirken. Ich habe mich frierend auf dem Bett geräkelt und mich dabei geschämt. Mich wertlos gefühlt. Ich so blass und dünn, wie ich versuche, sexy auszusehen. Fotos, die zeigen, wie ich mich erniedrige. Für ihn. Ich wusste, dass es falsch ist. Ich habe es die ganze Zeit gewusst. Dass ich einfach Nein sagen sollte. Trotzdem habe ich sie ihm geschickt. Weil ich befürchtete, dass er die Sache zwischen uns beenden könnte, wenn ich es nicht tue. Gott, wie armselig ich war. Und wie lange. Leonard hat mir versprochen, sie niemals jemandem zu zeigen. Das war meine einzige Bedingung.

Und dann zeigt er sie Julia. Mich nackt auf meinem Bett.

Ich war so verliebt in ihn. Und er hat das gewusst. Er hat gewusst, dass ich beinahe alles für ihn tun würde. Was heißt da, tun würde? Getan habe. Nachts zu ihm fahren, meine Eltern belügen, mich rausschleichen, zu viel trinken, alles, nur um ihm zu gefallen. Und dann zeigt er ihr diese beschissenen Fotos. Er hat sie ihr gezeigt. Julia ist dabei nicht mal das Problem, denn sie hat verstanden, warum ich es getan habe – das ging deutlich aus ihrem Text hervor. Ganz im Gegensatz zu Leonard. Der hat es nicht mal versucht.

Manchmal wünschte ich, man könnte mit der Erfahrung, die man aus einer Situation gewinnt, zurückspringen zum Anfang der Geschichte. So wie es in Filmen möglich ist. Und dann entscheidet man sich anders. Man tut das Richtige. Man sagt Nein. Oder Ja. Je nachdem, worum es geht. Auf eine gewisse Art habe ich das getan. Zumindest habe ich manche Dinge mit Julias Einträgen wieder geradegerückt. Ein bisschen so, wie man das kleine gelborange Männchen von Google Maps über irgendeiner Karte einfach loslässt, und es katapultiert einen in eine andere Realität. In meinem Fall in eine, in der endlich *der* leidet, der es verdient hat. Und er hat es verdient. Weil es Phasen gab, in denen es mir so schlecht ging, dass ich jeden Tag gekotzt habe. In denen ich nicht mehr schlafen konnte. In denen meine Mutter dachte, dass ich an einer Essstörung leide.

Und trotzdem bin ich immer wieder mit ihm ins Bett gegangen. Monatelang. Ich habe mich bei den Mellers ins Haus geschlichen, durch die Hintertür und durch den Kellereingang, Leonard und ich Hand in Hand kichernd durch dunkle Flure. Manchmal angetrunken, meistens bekifft. Ich würde gern behaupten, dass er an allem schuld war, aber das wäre gelogen. Ich wollte es. Ich wollte mit ihm schlafen. Es war schön. Und der einzige Weg, von ihm geliebt zu werden. Leonard hat mich zu nichts gedrängt. Und mir nichts versprochen. Er hat kein einziges Mal gesagt, dass es mehr für ihn ist. Immer nur, dass *wir Spaß zusammen haben*. Und den hatten wir. Den hatten wir wirklich. Jedenfalls bis zu einem gewissen Punkt.

Ich bin bei den Mellers ein- und ausgegangen, als wäre ich Leonards Freundin. Aber nur, wenn uns niemand gesehen hat. Kein Frühstück mit der Familie, kein Abendessen, nur wir, die durch dieses riesige Haus schleichen und dann Sex haben. In seinem Zimmer, in Gästezimmern, im Gartenschuppen, im Fitnessraum. Leonard meinte, seine Eltern wären unterwegs. Vielleicht stimmt das. Oder er hat mich immer nur dann zu sich eingeladen, wenn sie nicht da waren. Und wenn wir Marlene über den Weg gelaufen sind, hatte sie immer diesen seltsamen Gesichtsausdruck, ein halb herablassendes Lächeln in den Augen, das laut und deutlich gesagt hat, dass ich ihm egal bin. Dass er mich benutzt. Nur, dass ich das nicht hören wollte. Ich wollte, dass er mich liebt. Und ich dachte, wenn ich mit ihm schlafe und wenn ich nachts mit ihm ins Dantebad einsteige und wenn ich ihm während des Unterrichts oder in Zwischenstunden auf irgendwelchen Schulklos einen blase, dass es dann vielleicht irgendwann passiert. Dass er mich mag, wenn ich mich nur genug dafür anstrenge. Aber es ist nicht passiert. Stattdessen hat er mich fallen gelassen und ist mit Julia zusammengekommen. Von einem Tag auf den anderen hat er nicht mehr angerufen. Und wenn ich ihn angerufen habe, hat er mich weggedrückt. Immer und immer wieder. So lange, bis ich es endlich kapiert habe. Auf meine Nachrichten kamen keine Antworten mehr. Und wenn doch, dann nur ein: *Hör verdammt noch mal auf, mir zu schreiben.* Im Nachhinein glaube ich, dass ich gar nicht zu viel verlangt habe, sondern nur von der falschen Person. Leonard hat verdient, was ihm passiert ist. Was ihn betrifft, habe ich kein schlechtes Gewissen. Bei Julia schon eher. Vor allem die Sache mit ihrer Nase tut mir leid. Damit habe ich nicht gerechnet. Schon seltsam, was für eine Macht Worte haben können. Was sie in Menschen auslösen. Welche Charakterzüge sie aus ihnen herauskitzeln. Da schlägt dann plötzlich jemand zu, der sonst keiner Fliege etwas zuleide tut. Nur weil irgendjemand irgendwas geschrieben hat. Wahrscheinlich die Wahrheit.

Ich frage mich, was bei dem Frauenarzttermin rausgekommen ist, den Julia am Freitag hatte. Ihr unvollständiger Eintrag vom vergangenen Montag ist mir nicht aus dem Kopf gegangen. Die Tatsache, dass er mitten im Satz endete. Als hätte man bei einer Serie die letzte Folge weggelassen. Ich hoffe, es war nichts. Aber so sorglos wie Julia heute mit Edgar Hand in Hand zum Bus gegangen ist, scheint das der Fall zu sein. Wenn man es genau nimmt, habe erst ich die beiden zusammengebracht. Und sie werden es niemals wissen.

Vielleicht läuft alles darauf hinaus, was neulich auf meinem Glückskekszettel stand: *Jeder von uns ist in der Geschichte eines anderen der Böse.* Vielleicht stimmt das. Und in dieser bin ich es. Andererseits hätte Julia ja nicht aufschreiben müssen, wie schlecht Leonard im Bett ist. Ich habe es nur geteilt – so wie er meine Fotos.

21:23 Uhr

Es ist Abend geworden. Der Abend eines Tages, der Marlene in Erinnerung bleiben wird, so viel ist sicher. Das Ende von etwas und der Anfang von etwas anderem.

Sie sitzt an ihrem Schreibtisch und hört »The Quality of Mercy« von Max Richter. Der Song ist entspannt, aber ihr Herz schlägt schnell. So wie es schon seit Stunden schnell schlägt. Als würde etwas ganz tief in ihr verzweifelt klopfen. Ein Teil von Marlene, der ihr Leben lang im Dunklen eingesperrt war und nun endlich raus will.

Nach der Auseinandersetzung mit Leo hat Marlene geweint. Sie hat lange geweint. Und irgendwann ist sie dann eingeschlafen. So wie ein Kind, das mitten beim Spielen zusammenbricht, weil es schlicht zu erschöpft ist, um die Augen offen zu halten.

In den vergangenen Tagen hat Marlene sich immer wieder gefragt, wer es wohl war. Wer wohl hinter der ganzen Sache steckt. Die meisten ihrer Mitschüler schieden sofort aus, weil sie weder die Nerven noch den Verstand dafür hätten. Ein Haufen Angsthasen, die von A nach B springen, immer dahin, woher der Wind weht. Allesamt Mitläufer und Vollidioten.

Und dann ist es Marlene wie Schuppen von den Augen gefallen. Die Antwort kam ihr vor wenigen Stunden im Traum. Einem Traum in Schwarzweiß über Trümmerfrauen und Zerstörung. Und dazwischen ein Gesicht, das sie kannte. Ein Gesicht, das nicht dorthin gehörte, aber perfekt ins Bild passte. Bei ihrem Anblick ist Marlene hochgeschreckt: Elisabeth Rath. Die Erkenntnis hat sie aus dem Schlaf gerissen. Und dann saß Marlene im Bett und starrte ins Nichts. Und da wusste sie, dass es stimmt. Da wusste sie, dass sie recht hat.

Ihr erster Impuls war, zu Leo zu rennen und ihm alles zu sagen, aber dann ist ihr eingefallen, dass sie sauer auf ihn ist. Und sie war sich sicher, dass er ihr kein Wort glauben würde. Es klang auch weit hergeholt. Trotzdem war Marlene sich sicher. Und fest entschlossen, ihre Seite der Geschichte zu erzählen. Ihre Theorie vorzubringen, als wäre es ein Gerichtsverfahren.

Vor ein paar Stunden dachte Marlene noch, dass sie genau das tun müsste. Es richtigstellen. Sagen, dass sie es nicht war. Dass sie nichts damit zu tun hatte. Doch dann ist ihr klar geworden, dass das alles keine Rolle spielt. Weil der Ausgang der Geschichte so oder so derselbe wäre. Weil es nicht um Tatsachen geht, sondern darum, was die Mehrheit glaubt. Denn Glaube schlägt die Wahrheit immer. Es ist ein unfairer Kampf, der von Anfang an verloren ist.

Im ersten Moment war diese Erkenntnis für Marlene ernüchternd, doch dann war es okay. Erstaunlich okay. Wie ein Haken hinter einer Sache. Dann ist es eben so.

Marlene stand im Badezimmer und hat sich im Spiegel angesehen. Mehrere Minuten lang. Die Narben und die Akne und die roten Stellen. Es war nicht sie, und gleichzeitig mehr sie als jemals zuvor. Und dann hat sie alles niedergeschrieben. Alles, was sich in ihr aufgestaut hat.

Sie saß an ihrem Schreibtisch und hat wie im Wahn getippt. Ihre Sicht auf die Dinge. Ihre Wahrheit, die niemals jemand lesen wird. Die niemand lesen muss, weil es darum nicht geht. Es geht um etwas anderes.

Jetzt ist Marlene fertig. Sie fühlt sich besser und ausgelaugt. So als wäre ihr seit Monaten schlecht gewesen und als hätte sie sich nun endlich den Finger in den Hals gesteckt und alles erbrochen, das sie so lange in sich behalten hat. So viele Jahre lang. Aber jetzt nicht mehr. Sie hat es aus sich herausgewürgt, in eine E-Mail ohne Empfänger, die sie lediglich geschrieben hat, um sie danach zu löschen.

Marlenes Augen wandern über die Worte, die aus ihr herausgequollen sind, schwarz und dick wie Öl, eine klebrige Masse, die nie ordentlicher war als in diesem Moment. Schlanke Buchstaben in langen Reihen. Sätze, die in ihr getickt haben wie Zeitbomben. Wie Tumore, die kurz davor waren, bösartig zu werden. Marlene hat sich selbst ausgeschüttet. So wie Julia es getan hat. Nur, dass von Marlenes Gedanken nie jemand erfahren wird. Weil es keinen etwas angeht, in wen sie verliebt ist. Oder wie einsam sie sich manchmal fühlt. Und auch nicht, was sie über ihre Mutter denkt – diese kalte Frau, für deren Wärme sie alles getan hätte. Es musste einfach nur raus. Raus aus Marlene, damit es ihr nicht länger unter die Haut gehen kann. Weil es wichtig ist, sich Dinge einzugestehen, sich selbst, nicht anderen. Wie sehr ihr Julia fehlt. Und wie sauer sie auf sie ist. Und wie nah ihr die Sache mit Leo geht. Dass er wirklich glaubt, sie könnte ihm so etwas antun. Ja, Marlene hat schlechte Seiten und davon auch nicht zu wenige, aber hier geht es um Leo. *Um Leo.* Der müsste es doch wirklich besser wissen. Aber er tut es nicht, und in diesem Moment hasst sie ihn dafür. Doch irgendwann, das weiß Marlene, wird sie ihn nicht mehr hassen. Dann wird sie ihm verzeihen. Weil etwas in ihr versteht, warum er es geglaubt hat. Und weil sie in seinem Gesicht erkennen konnte, dass er es nicht glauben wollte.

Und irgendwann wird Marlene auch wieder mit Julia sprechen. Sie wird ihr sagen, dass sie recht hatte. Und dass es ihr leid tut. Und wie enttäuscht sie von ihr ist. Wie unglaublich enttäuscht.

Irgendwann. Aber noch nicht jetzt.

Marlene klickt in ihren Text, dann markiert sie ihn mit *Steuerung* und *A,* und der Hintergrund färbt sich blau. Sie zögert nicht. Sie drückt auf *entfernen.* Und im selben Moment verschwindet alles. Übrig bleibt nur Weiß. Weiß und ein blinkender Cursor. Es war nur eine Fingerkuppe auf einer Taste – genauso wie *senden* nur eine Fingerkuppe auf einer Taste gewesen wäre. Dasselbe Gefühl und vollkommen andere Folgen. So muss es sich für Elisabeth angefühlt haben, als sie Julias Einträge veröffentlicht hat. Genau so. Eine winzige Handlung, die Leben umschreibt und den Lauf der Welt verändert. Marlenes hat sie in Trümmer gelegt. Und doch hat sie sich nie so frei gefühlt wie in diesem Moment. Als wäre etwas endlich richtig, das so lange falsch war. Als hätte sie in den letzten Tagen einen Teil von sich selbst gefunden. Einen Teil, den sie sofort gemocht hat. Wie eine entfernte Cousine, die ihr plötzlich jemand vorstellt. Eine Fremde, die gar nicht so fremd ist.

Marlene denkt an die verwackelten Videoaufnahmen der Trümmerfrauen, von denen sie so viele im Geschichtskurs in Dokumentationen gesehen hat. Sie waren immer so weit weg gewesen, als hätte sich jemand das alles nur ausgedacht. Und jedes Mal hat Marlene sich gefragt, wo man anfängt, wenn alles zerstört wurde. Wenn man in Schutt und Asche steht. Wenn nichts mehr übrig ist. Die Antwort ist erschreckend einfach: irgendwo. Man fängt irgendwo an. Und dann macht man weiter. Stück für Stück.

In dem Augenblick, als sie das denkt, piept ihr Handy auf dem Schreibtisch. Marlene greift danach. Es ist ein Reflex, etwas, das sie tut, ohne darüber nachzudenken. Als wäre ihr Arm darauf abgerichtet. »The Quality of Mercy« von Max Richter beginnt von vorn. Und dann sieht sie seinen Namen auf dem Display.

Tom. Decker.

Marlene war zwei Mal in ihrem Leben verliebt. Das erste Mal in der zehnten Klasse in Jan Schilling, einen Jungen aus der Oberstufe, auf den so ziemlich jedes Mädchen stand. Und seit etwa acht Monaten heimlich in Tom Decker. Ungefähr genauso lang ist er an ihrer Schule. Dafür, dass sie noch nie mit ihm gesprochen hat, weiß sie recht viel über ihn. Er ist ein Jahr älter als sie, Sternzeichen Löwe, spielt Basketball und hat die schönste Haut, die Marlene je gesehen hat. Tiefes, reines Schwarz.

Und jetzt steht auf ihrem Display sein Name. Und daneben eine Nachricht.

Marlene öffnet WhatsApp. Ihre Finger zittern, und ihr Mund ist trocken.

> **TOM DECKER:**
> Falls ich der Tom bin, von dem in Julias Eintrag die Rede ist, hast du dann vielleicht morgen Lust auf Kino?

Tom Decker.

Marlene starrt auf seinen Namen. Und auf diesen einen Satz. Sie liest beides wieder und wieder. Bis die nächste Nachricht eintrifft.

> **TOM DECKER:**
> Und falls ich nicht der richtige Tom bin, hast du dann vielleicht trotzdem Lust auf Kino? Mittwoch ginge auch.

> **MARLENE MELLER:**
> Woher hast du diese Nummer?

> **TOM DECKER:**
> Schön, dass du antwortest.
> Linda hat sie mir gegeben.

Linda?, denkt Marlene. Und dann schreibt sie:

> **MARLENE MELLER:**
> Linda hat meine Nummer nicht, das kann also nicht stimmen.

Das ergibt doch alles keinen Sinn. Er hat sie von Linda? Und Linda von Julia? Aber da steht Tom Decker. Andererseits könnte jeder sich Tom Decker nennen. Sie selbst könnte sich Tom Decker nennen, wenn sie Lust dazu hätte. Sie müsste nur zu den WhatsApp-Einstellungen gehen und ihren Namen ändern.

Danach antwortet Tom nicht mehr. Es vergeht eine ganze Minute. Vielleicht hätte Marlene das nicht schreiben sollen. Vielleicht war das ein Fehler.

Doch dann klingelt ihr Handy. Ein Facetime-Anruf. Auf dem Display erscheint Marlenes ungeschminktes Gesicht. Wie eine Warnung. *Das würdest du ihm zeigen.* Augen, Nase, Mund, geschwungene Brauen, hohe Wangenknochen. Umgeben von entzündeter Haut. Eine nackte Aufnahme der Wahrheit. Wenn Tom sie so sieht, will er sicher nicht mehr mit ihr ins Kino gehen. Andererseits will Marlene nur mit jemandem ins Kino gehen, der sie so mag, wie sie ist.

Also geht sie dran.

Das Bild ruckelt, es braucht einige Sekunden, bis die Verbindung sich aufbaut und Tom zu sehen ist. Er schaut sie an und Marlene schaut zurück. Ein langer Blick, der ihren Magen leicht macht. Sie wartet darauf, dass Tom jeden Moment mit einer Ausrede kommt. Dass er leider doch keine Zeit hat.

Aber stattdessen sagt er: »Beweis genug? Bin ich ich?«

»Ja«, antwortet Marlene. »Du bist du.«

Tom lächelt. »Und? Morgen? Kino?«

Marlene nickt.

»Okay«, sagt er und fügt dann grinsend hinzu: »Das Beste wird sein, ich hole dich ab. So lerne ich auch gleich deine Mutter kennen.«

22:23 Uhr

Leonard hat geschrieben. Einfach so. Ich saß mit meinem
Eis auf einer Parkbank und habe auf den Kanal geschaut,
als seine Nachricht kam. Die längste, die er mir je geschickt hat. Und dann habe ich ihn gesehen. Im dämm-
rigen Licht auf der anderen Seite des Kanals. Das Wasser
lag schwarz und schimmernd zwischen uns. Wie eine
unüberwindbare Wahrheit, auf der Enten schwimmen.

Leonard war joggen. Er trug eine Trainingshose mit
Reflektoren und ein T-Shirt, das seine Arme zeigte. So
stand er auf dem schmalen, asphaltierten Weg, und das
grelle Licht seines Handydisplays hat sein Gesicht ange-
strahlt. Künstlich blau in der sommerlichen Dunkelheit.
Ihn so aus der Entfernung zu sehen, hat ihn irgendwie
schrumpfen lassen. Davor war er überlebensgroß. Ein
Goliath. Und auf einmal war er einfach nur ein Mensch.
Kein Gott. Kein höheres Wesen. Nur er. Als hätte mir immer der nötige Abstand gefehlt, um ihn so zu sehen, wie
er wirklich ist.

Ich saß auf der Bank, und das Eis ist langsam ge-
schmolzen. Leute sind an mir vorbeigegangen, verliebte
Paare, Jogger mit Hunden, Frauen, die sich unterhalten.
Ich habe sie wahrgenommen und trotzdem nicht wirklich
bemerkt. So wie Wolken, die über den Himmel ziehen.
Sie waren Teil einer Kulisse. Teil dieses vollkommen ab-
surden Moments. Leonard, der nicht weiß, dass ich ihn

beobachte, während er mir schreibt, und ich, die ihm antworte, als wäre ich ganz woanders, nicht schräg gegenüber. Ich habe ihn gemustert, und da habe ich gedacht, dass er immer noch er ist. Der, der er vorher war und doch auch wieder nicht. Er war er, minus der Dinge, die ich in ihn hineininterpretiert habe. Groß, athletisch, dunkelblond – jemand, in den man sich verliebt, auch ohne ihn zu kennen. Und dann ist mir klar geworden, dass es genau so bei mir war. Dass ich keine Ahnung habe, wer Leonard eigentlich ist. Wir haben die Oberfläche nie verlassen. Haut und Körper – und das, was ich in ihm sehen wollte. Es war seltsam, das zu begreifen. Zu begreifen, dass meine Enttäuschung ebenso viel mit mir zu tun hatte wie mit ihm. Es war ein Moment der völligen Klarheit. Wir waren beide da. Jeder auf seiner Seite des Kanals. Als wären wir Figuren auf einem riesigen Spielbrett.

Ich hatte nicht damit gerechnet, noch mal von ihm zu hören. Und wenn doch, dann eher in Form einer betrunkenen Nachricht. Frustriert und einsam, weil das Mädchen, das er liebt, ihn nicht liebt – und vielleicht nie geliebt hat.

Leonard hat mir früher oft geschrieben, wenn er angetrunken war. Zweideutige Nachrichten, über die ich dann doch jedes Mal lächeln musste. So was wie: *Und? Noch Lust, (zu mir) zu kommen?* Und das bin ich dann. Zu ihm und mit ihm.

Aber dieses Mal war es anders. Wir waren anders – nicht nur er. Ohne unsere Vorgeschichte hätte ich mich wahrscheinlich sofort wieder für ihn interessiert. Doch dieses Mal aus anderen Gründen. Weil er echt war. Und

413

verletzlich. Beinahe fragil. Keine anzüglichen Sprüche, keine blöden Witze, keine Oberfläche. Stattdessen ein Stück von ihm, von einem Leonard, den ich vielleicht schon früher in seinem Inneren vermutet habe. Als hätte dieser Teil seines Wesens immer mal wieder durch seine Fassade hindurch gescheint. Wie eine Sonne durch diesige Wolken. Würde ich ihn nicht hassen, ich hätte ihn gemocht.

Vielleicht ist das der springende Punkt. Dass ich noch nicht fertig mit ihm bin. Dass ich immer noch etwas für ihn empfinde. Dass er mir, nach allem, was war, trotzdem noch etwas bedeutet. Obwohl ich ihn kaum kenne. Wäre es anders, gäbe es keinen Grund, ihn zu hassen. Ich müsste ihm nichts nachtragen, er wäre mir einfach egal. Irgendein Typ, mit dem ich mal geschlafen habe. Ein Name auf einer Liste. Aber Leonard ist die Liste. Da ist kein anderer. Ich weiß, es klingt pathetisch, aber er hat mein Leben verändert. Vollkommen umgekrempelt. Und ich jetzt auch seins.

Ich glaube, wir haben uns mit diesen Nachrichten voneinander verabschiedet. Kein *Auf Wiedersehen*. Ein *Das war's*. Wie eine Person, die in einen Zug steigt und eine andere, die ihr nachsieht. Es ist ein Abschied, von dem Leonard nichts weiß. Ich weiß es für uns beide.

Wir haben noch eine Weile auf unsere Displays geschaut, als würden wir darauf warten, dass der jeweils andere noch etwas schreibt. Aber es war alles gesagt. Wie eine Akte, die man schließt. Ich habe dabei zugesehen, wie Leonard sein Handy einsteckt, und dann ist er losgelaufen. Die Reflektoren an seinen Hosenbeinen haben sich immer weiter von mir entfernt, bis sie schließlich in einer der Seitenstraßen verschwunden sind. Danach habe ich mich auf den Heimweg gemacht. Es war besser so. Denn je länger Leonard und ich uns geschrieben haben, desto mehr hat es in mir geflackert. Wenn es um ihn geht, traue ich mir nicht über den Weg, deswegen dürfen sich unsere nicht kreuzen. Erst recht nicht nach heute Abend. Denn das, was er mir in dieser halben Stunde am Kanal von sich gezeigt hat, war so viel schöner als sein Gesicht. Schöner als seine Augen. Schöner als die Schwere seines Körpers auf meinem. Diesmal haben mich seine Worte berührt. Ihre Ehrlichkeit und ihre Tiefe.

Ich öffne noch mal die Nachricht, die er mir vorhin geschrieben hat, diesen Anfang von unserem Ende.

LEONARD MELLER:

Ich weiß jetzt, dass ich dir wehgetan habe. Ich hätte es vorher kapieren müssen, aber das habe ich nicht. Weil ich manchmal dumm bin. Und ich-bezogen. Die Wahrheit ist: Wahrscheinlich hat es mich einfach nicht interessiert. Es gibt Menschen, die sind empathisch, und es gibt Menschen wie mich – die müssen etwas erst selbst erlebt haben, um es wirklich zu verstehen. Ich glaube, das habe ich jetzt. Ehrlicherweise bedauere ich nicht die Zeit mit dir und auch nicht, dass wir miteinander geschlafen haben – ich bedauere nicht mal, dass ich dein Erster war,

415

obwohl ich das vermutlich sollte. Aber ich bedauere, wie ich dich behandelt habe. Weil ich genau wusste, dass es mehr für dich ist. Ich wusste, dass du Gefühle für mich hast, und das habe ich ausgenutzt. Wer weiß? Vielleicht ist das alles ja deswegen passiert. Das mit den Einträgen, meine ich. Vielleicht war es Karma. Oder eine Revanche. So oder so: Ich wollte mich bei dir entschuldigen. Es tut mir leid, Elisabeth. Das tut es wirklich.

Ich stecke das Handy ein und hole die Schlüssel aus meiner Tasche. Und in dem Moment denke ich an den Hasen auf dem Grünstreifen zurück. Daran, dass ich sein wollte wie er. Und dann begreife ich, dass ich das vielleicht längst bin. Dass ich es vielleicht schon immer war. Ein Wolf unter den Hasen.

Ich sperre die Haustür auf, und da höre ich die Stimmen meiner Eltern und das Lachen meines Bruders. Es ist, als wäre nie etwas passiert. Und trotzdem ist alles anders.